»Wir lieben uns. Wir mögen uns nur nicht besonders.«

Rosalind, Bianca und Cordelia: Die drei Schwestern – von ihrem exzentrischen Vater liebevoll nach Shakespeare-Figuren benannt – verbindet die Liebe zum Lesen. Darüber hinaus könnten sie jedoch unterschiedlicher nicht sein: Rose, die Vernünftige, die den Mann ihrer Träume gefunden hat, aber dem Abenteuer der großen Liebe nicht traut, Bean, die in New York ein Leben in Glanz und Glamour führt, und Cordy, das Nesthäkchen, das nicht erwachsen werden will und ziellos durch Amerika vagabundiert …

Eines Sommers kehren Rose, Bean und Cordy nach Hause zurück, in die öde Kleinstadt im Mittleren Westen. Die anfängliche Freude über das Wiedersehen währt nur kurz, denn nicht nur das Temperament der Schwestern, auch deren unterschiedliche Lebensvorstellungen prallen aufeinander. Und als nach und nach die wohlgehüteten Probleme der jungen Frauen ans Tageslicht kommen, wird die familiäre Harmonie auf eine harte Probe gestellt …

Die Shakespeare-Schwestern ist eine ebenso mitreißende wie tiefgründige, spritzige wie humorvolle Geschichte über das Los und den Segen lebenslanger Schwesternbande, die – sosehr man sich bemüht, sie zu lösen – doch allen Stürmen des Lebens standhalten.

Eleanor Brown hat einen M. A.-Abschluss in Literatur und lebt in Denver, Colorado. Ihre Texte und Geschichten wurden in zahlreichen Anthologien, Magazinen und Literaturzeitschriften veröffentlicht. *Die Shakespeare-Schwestern* ist ihr erster Roman, der sich auf Anhieb zum *New York Times*-Bestseller entwickelte. (www.eleanor-brown.com)

insel taschenbuch 4300
Eleanor Brown
Die Shakespeare-Schwestern

Eleanor Brown
Die Shakespeare-Schwestern

Roman

Aus dem Amerikanischen von
Brigitte Heinrich und Christel Dormagen

Insel Verlag

Die Originalausgabe erschien 2011 unter dem Titel
The Weird Sisters

Umschlagabbildung: plainpicture / Bildhusel

Erste Auflage 2014
insel taschenbuch 4300

Vertrieb durch den Suhrkamp Taschenbuch Verlag
Umschlaggestaltung: bürosüd, München
Satz: Satz-Offizin Hümmer GmbH, Waldbüttelbrunn
Druck: CPI – Ebner & Spiegel, Ulm
Printed in Germany
ISBN 978-3-458-36000-1

Die Shakespeare-Schwestern

Für Chris

Für den Frühling,

für eine Rock'n'Roll-Show,

für immer

Aber wir riefen nur die Feuerwehr, und kurz darauf kam das Feuerwehrauto, und drei große behelmte Männer brachten einen Schlauch ins Haus, und Mr. Prothero schaffte es gerade noch rechtzeitig hinaus, ehe sie das Wasser anstellten. Nirgendwo hätte es am Weihnachtsabend lauter sein können. Und als die Feuerwehrmänner das Wasser abstellten und in dem nassen, verqualmten Zimmer standen, kam Jims Tante, Miss Prothero, die Treppe herunter und steckte den Kopf durch die Tür. Jim und ich machten keinen Mucks, um zu verstehen, was sie sagen würde. Sie sagte immer das Richtige. Sie betrachtete die drei großen Feuerwehrmänner mit ihren glänzenden Helmen, die da inmitten von Rauch und Asche und halb geschmolzenen Schneebällen standen, und sagte: »Möchten Sie etwas zu lesen?«

Dylan Thomas, *A Child's Christmas in Wales*

»Mir träumte jüngst von den drei Zauberschwestern«

William Shakespeare, *Macbeth*

Prolog

Wir kamen nach Hause, weil wir Versager waren. Das würden wir natürlich nicht zugeben, nicht gleich, nicht vor uns selbst und gewiss nicht vor anderen. Wir sagten, wir seien nach Hause gekommen, weil unsere Mutter krank war, weil wir eine Pause bräuchten, eine kurze Pause, bevor wir zu unserem Nächsten Großen Projekt aufbrächen. Doch in Wahrheit hatten wir versagt, und damit niemand davon erfuhr, ließen wir uns passende Ausreden und Ausflüchte einfallen und hüllten uns darin ein wie in einen Umhang, um die kalte Wahrheit fernzuhalten. Erstes Stadium: Leugnung.

Für Cordelia, die Jüngste, begann es mit den Briefen. Sie kamen beide am selben Tag, waren aber im Inhalt so verschieden, dass sie zunächst auf den Poststempel schauen musste, um festzustellen, welcher zuerst abgeschickt worden war. Sie wirkten so schlicht, einfach Papier in ihren Händen, anfällig gegen Regen oder Feuer oder unvorsichtige Behandlung, doch sie würde sie nicht vernichten. Sie waren von der Art, die man aufbewahrt, sorgfältig zusammengefaltet in ein Kästchen legt, um sie, brüchig vor Alter, Jahre später mit klopfendem Herzen behutsam auseinanderzufalten, beseelt vom krankhaften Wunsch nach Erinnerung.

Wir sollten erzählen, was darin stand, und das werden wir auch, denn ihr Inhalt hatte Auswirkungen auf alles, was später geschah, doch zunächst müssen wir erklären, wie unsere Familie miteinander kommuniziert, und dazu müssen wir unsere Familie erklären.

Mannomann.

Vielleicht erklären wir lieber unseren Vater.

Falls Sie zufällig ein Shakespeare-Seminar belegen, gäbe es den Namen unseres Vaters vielleicht in irgendeinem entlegenen Winkel Ihres Gehirns, begraben unter Schichten unbenutzter Telefonnummern, vergessener Träume und bestimmter Wörter, die es im Bedarfsfall nie ganz bis zu Ihrer Zunge schaffen. Unser Vater ist Dr. James Andreas, Professor für Englische Literatur am Barnwell College, ausschließliches Forschungsgebiet: Der Unsterbliche Barde.

Die Worte, die einem vielleicht zur Beschreibung der Arbeit unseres Vaters einfallen, können kaum vermitteln, was es heißt, mit jemandem zusammenzuleben, der nur ein einziges Thema kennt. Enthusiast, Experte, Besessener – diese Worte haben angesichts des Shakespeare'schen Wirbelsturms, in dem wir aufwuchsen, allesamt einen hohlen Klang. Unsere Kinderreime waren Sonette. Ratschläge und Anweisungen erhielten wir drei in Form von Couplets; einen Spielkameraden, den wir nicht mochten, nannten wir höchstwahrscheinlich »gemästeter Schuft« und nicht Blödmann; wenn wir auf Weihnachtsfesten unter dem Tisch spielten, landeten zusammen mit den Weihnachtsliedern Begriffe wie »Philosophie des Dekonstruktivismus« und »patriarchalischer Übergriff« durch das schwere Tischtuch unten bei uns.

Und das beschreibt es nur annähernd.

Doch für unsere Zwecke genügt es.

Der erste Brief stammte von Rose: gestochene Schrift auf dickem Bütten. Aus »Romeo und Julia«; Cordy erkannte es sofort. *Wie und wo und wann wir uns gesehn, erklärt und Schwur um Schwur getan, das alles will ich dir auf unserem Weg erzählen; nur bitt ich, willge drein, noch heut uns zu vermählen!*

Jetzt verstehen Sie vielleicht, dass unsere große Schwester uns auf diese Weise mitteilte, sie werde heiraten.

Der zweite stammte von unserem Vater. Er kommuniziert beinahe ausschließlich über fotokopierte Seiten aus dem *Riverside-Shakespeare*. Diese Seiten enthalten so viele Anmerkungen aus Jahrzehnten des Nachdenkens und Deutens, dass wir die eigentlichen Textzeilen, die er kommentiert, kaum entziffern können. Doch das spielt keine Rolle; wir wurden mit Theaterstücken genährt und gepäppelt, und beim kleinsten Anstoß kommen die Worte wieder.

Kommt, gehn wir; und zu allen Göttern fleht für unsere Mutter, die in Wehen liegt. Und so erfuhr Cordy, dass unsere Mutter Krebs hatte. So erfuhr sie, dass wir nach Hause mussten.

Eins

Cordy hatte noch nie etwas gestohlen. Aus persönlichem Stolz hatte sie nie mitgemacht, wenn unsere Freunde als Teenager leichtfingrig die Regale der Geschäfte in Barnwell absuchten, hatte sich sogar geweigert, die billigen Ohrringe und den krümeligen Lippenstift zu tragen oder die geklaute Musik zu hören. Doch da stand sie nun in dieser gottverlassenen Wüstenstadt vor einer Wand voller Schwangerschaftstests und wusste sehr genau, dass sie nicht genug Geld hatte, um einen zu kaufen. Countdown im Wilden Westen: Cordy um zwölf Uhr mittags gegen kleine rosafarbene Stäbchen.

Sie hatte es an einem anonymen Ort erledigen wollen, in einem Geschäft mit breiten Gängen und leiser, unaufdringlich dahinplätschernder Musik, das einem Unternehmen und keiner Privatperson gehörte, doch solche Geschäfte waren längst clever modernisiert und hatten an ihren Türen Diebstahlsicherungen aufgestellt, die wie rundschultrige Wachmänner aussahen. Deshalb stand sie nun mit rebellierendem Magen und brennenden Wangen in dieser verstaubten kleinen Familiendrogerie.

»So rührt die Trommeln, ruft: wohlauf! Und fort!«, murmelte sie leise und fing an zu kichern, während sie mit ihrer schmalen Hand verstohlen nach einer Packung griff – irgendeiner, es spielte keine Rolle. Sie würden ihr alle sagen, was sie ohnehin wusste, sich aber nicht eingestehen mochte.

Sie ließ die Schachtel aus der Hand in ihre offene Schultertasche gleiten und wühlte mit der freien anderen in deren Tiefen nach den Resten ihres letzten Monatsgehalts, den wenigen losen Münzen, die zwischen verklebten Pfefferminzbonbons für frischen Atem, Fusseln und ausgetrockneten Stiften vergraben waren. Auf dem Weg zum Ausgang nahm sie einen Schokoriegel aus einem Regal, legte ihn der Kassiererin hin und suchte gleichzeitig nach weiteren Pennys, und ihre Finger brannten, wenn sie gegen die in den Untiefen der Tasche versteckte Schachtel stießen.

Draußen vor dem Geschäft schockartige Erleichterung. »Zu einfach«, sagte sie laut zu der menschenleeren Straße; ihr Rock fegte über den Gehsteig, der vom fortschreitenden Frühling bereits heiß und abweisend war, und ihre Sandalen waren so abgelaufen, dass sie die aufdringliche Wärme durch die Sohlen spüren konnte. Die Freude über das Verbotene hielt an, bis sie das baufällige dunkle Haus erreichte, wo sie zur Zeit wohnte und wo auf den schäbigen Möbeln im Wohnzimmer ein paar Leute herumlagen, die die Exzesse der vergangenen Nacht ausschliefen. Sie riss die Packung auf, warf die Gebrauchsanweisung Richtung Mülleimer und schritt zur Tat. Und wie sie da im Badezimmer auf der Toilette hockte, die Füße auf zersprungenen, morschen Kachelscherben, und die rosige Linie anstarrte, die blass war wie verblichene Druckerschwärze, packte sie das schlechte Gewissen.

»Viel tiefer kannst du nicht fallen, Cordy, alte Socke«, hörte sie Bean fröhlich sagen.

»Wie willst du dich um ein Baby kümmern, wenn du dir nicht einmal einen Schwangerschaftstest leisten kannst?« Rose ließ nicht locker.

Cordy wischte unsere imaginären Stimmen beiseite und begrub den Beweis im Mülleimer. Eigentlich spielte es keine Rolle, sagte sie sich. Sie war ohnehin unterwegs nach Hause, ließ sich dabei aber treiben, wo immer der Wind oder die nächste Mitfahrgelegenheit sie hinführten. Sie hatte jetzt einfach die Bestätigung für das, was sie längst wusste – dass es, nach sieben Jahren des Sich-Treibenlassens wie Löwenzahnsamen, an der Zeit war, irgendwo sesshaft zu werden.

Sesshaft werden. Ihr wurde kalt.

Die Worte brachten etwas in Erinnerung. Aus diesem Grund war sie schließlich weggegangen. Unmittelbar vor dem Examen im Frühjahr ihres ersten Jahres am Barnard College hatte sie im Arbeitsraum des Psychologieseminars auf dem Teppichboden gelegen und sich mit verschränkten Armen ein Lehrbuch vors Gesicht gehalten. In der Nähe unterhielten sich zwei Frauen, höhere Semester – die eine würde demnächst heiraten, die andere die Universität besuchen. Cordy ließ das Buch auf ihre Brust sinken, und sein Gewicht wurde schwerer und schwerer, während sie der Litanei KOMMENDEN GLÜCKS lauschte. Hochzeitsplanungen und Studiendarlehen. Hypotheken und Krankenversicherung. Karriere und Steuern. Sie konnte kaum noch atmen, schob das Buch auf den Fußboden und verließ den Raum. Wenn das die Zukunft war, wollte sie nichts davon wissen.

Wahrscheinlich war es unser Fehler, weil wir sie stets so bemuttert hatten. Vielleicht war es aber auch der Fehler unseres Vaters – Cordelia war immer sein Liebling gewesen. Er hatte stets nachgegeben – ihrem atemlosen Babygeschrei ebenso wie ihrem kindlichen Flehen nach Ballettstunden (die sie fallen ließ, noch ehe die vierte Position drankam, obwohl sie danach noch furchtbar lange das Ballettröckchen trug, also war es keine komplette Verschwendung) und den verzweifelten spätnächtlichen Anrufen in späteren Jahren, als sie sich mal hier, mal dort herumtrieb und um Geldspritzen bat, ohne je irgendetwas zustande zu bringen. Sie war Cordelia, er Lear, und ihre Treue war legendär. *Er hat immer unsere Schwester am meisten geliebt.* Doch wer auch immer Schuld hatte, Cordy weigerte sich einfach, erwachsen zu werden, und wir hatten ihr das genauso nachgesehen, wie wir ihr alles nachgesehen hatten, wonach ihr jemals der Sinn gestanden hatte. Weshalb wir kaum ihr die Schuld geben konnten. Wir waren uns ziemlich sicher, dass, wenn jemand je publik machen würde, auf wie viele Weisen einen das Erwachsensein fertigmachen kann, wahrscheinlich noch mehr Leute aussteigen würden.

Und jetzt? Anscheinend war das Erwachsenwerden inzwischen nicht mehr eine Frage der Wahl. Cordy durchsuchte eines der Schlafzimmer nach einem Kalender und rechnete zurück. Jetzt müsste fast Juni sein, da war sie sich ziemlich sicher. Und sie hatte Oregon, die letzte Station auf dieser langen, seltsamen Reise, wann, im Februar?, verlassen. Sie rieb sich die Stirn und überlegte. Es war schon so lange her, dass Dinge wie Daten eine Rolle gespielt hatten.

Doch sie konnte die Reise bis zu dem Zeitpunkt zurückverfolgen, bevor sie morgens mit diesem Gefühl von Leere und Übelkeit aufgewacht war und ihre Brüste so empfindlich waren, dass sogar ein T-Shirt ihre Haut zu kratzen schien, bevor sie in den unmöglichsten Momenten von einer bodenlosen Müdigkeit übermannt wurde. Bevor sie Bescheid gewusst hatte. Washington, Kalifornien, Arizona. In Arizona hatte sie ihre Periode gehabt; sie erinnerte sich dunkel an den Kampf mit einem unwilligen Tamponautomaten in einer Raststättentoilette. Und dann war sie nach New Mexico gefahren, wo es einen Maler gegeben hatte, wesentlich älter, das Haar von schockierend weißen Strähnen durchzogen, mit sonnenverbrannter, runzliger Haut und großen, schwieligen Händen. Sie hatte dort ein paar Wochen Rast gemacht und ein bisschen gekellnert, um sich das Geld für die restliche Heimreise zu verdienen – gereicht hatte es dann allerdings doch nicht. Er war zum Essen in das Restaurant gekommen, ganz allein, es war so spät gewesen, und seine Augen waren so einsam. Eine Woche hatte sie bei ihm gewohnt, hatte die Tage zusammengekauert auf der Couch in seinem Studio verbracht, gelesen und auf die Schluchten hinausgesehen, während er schweigend gemalt hatte: seltsame, verzerrte Farbwirbel, die von den Leinwänden auf den Fußboden tropften. Doch er war sanft gewesen und wunderbar ruhig, und nach so viel »Sturm und Drang« tat ihr der Abschied fast ein wenig leid. In der letzten Nacht hatte es ein gerissenes Kondom, gedämpften Streit und düstere Träume gegeben, und am folgenden Morgen war sie verschwunden.

Cordy hockte zusammengesunken auf dem Bett und ließ den Kalender aus der Hand fallen. Was sollte sie jetzt tun? Nach New Mexico zurückfahren und es dem Maler sagen? Sie bezweifelte, dass er begeistert wäre. Sie war selbst auch nicht gerade entzückt. Vielleicht würde sie ja eine Fehlgeburt haben. Romanheldinnen hatten immer zufällig zum richtigen Zeitpunkt eine Fehlgeburt, die sie davor bewahrte, schwierige Entscheidungen treffen zu müssen. Und Cordy war immer ein Glückspilz gewesen.

Bis jetzt.

Cordy stieg über die herumliegenden Haufen dreckiger Wäsche und ging zurück in den Flur. Die Lottertruppe im Wohnzimmer schnarchte noch, als sie auf Zehenspitzen weiter in die Küche schlich, wo sie ihren Rucksack gelassen hatte. Sie hatte mal einen Winter lang hier gewohnt – es kam ihr vor, als wäre es Jahre her, doch das konnte nicht sein, denn die Briefe waren an diese Adresse geschickt worden. War es schon Jahre her? War es tatsächlich schon Jahre her, dass sie sich lange genug an einem Ort aufgehalten hatte, um eine Adresse zu haben?

Mit knirschenden Zähnen begann Cordy, ihre Sachen zu packen. Sie wusste nicht, was sie tun sollte. Aber das war in Ordnung. Irgendjemand würde es für sie herausfinden. Irgendjemand würde sich um sie kümmern. Irgendjemand kümmerte sich immer um sie.

Kein Problem.

Bean glaubte entschieden und absolut an nichts, was auch nur im Entferntesten irgendwie übersinnlich schien. Doch seit ungefähr einer Woche hatte sie das merkwürdige Gefühl, dass etwas Schlimmes bevorstand. Sie wachte morgens mit einem Klumpen im Magen auf, als hätte sie etwas Bösartiges verschluckt, das langsam wuchs, und dieses Gewicht drückte sie den ganzen Tag, so dass ihre Absätze auf den Stufen zur U-Bahn härter klapperten, ihr Körper nach wenigen Minuten auf dem Laufband schmerzte, edelsteinfarbene Cocktails in ihrem Magen gärten und sie sie auf den Mahagonitresen der angesagtesten Bars der Stadt stehen ließ, wo sie wässrig wurden.

Kein Mittel aus ihrer Trickkiste brachte dieses Gefühl zum Verschwinden – weder die Verführung eines glücklosen Investmentbankers in einem lärmenden Club noch eine selbstquälerische Tretradrunde, nach der sie so aufgelöst und müde war, dass sie sich im Fitnessstudio in die Toilette übergeben musste, noch ein neues Paar Schuhe, das so viel kostete wie die Miete, die sie für das winzige Kabuff von Schlafzimmer in der Wohnung bezahlte, die sie in Manhattan mit anderen teilte. Das Ergebnis dieses letzten Versuchs war nur, dass der Stein in ihrem Innern zu Stahl wurde.

Als der Moment, den sie fürchtete, schließlich kam und der geschäftsführende Partner der Anwaltskanzlei, wo sie arbeitete, an ihren Schreibtisch trat und sie bat, ihn in seinem Büro aufzusuchen, war das fast eine Erleichterung. *»Wärs abgetan, so wie's getan, wärs gut, 's wär schnell getan«*, zitierte sie im Geiste und folgte seinen schlurfenden Schritten in sein Büro.

»Setzen Sie sich, Bianca«, sagte er.

In New York nannte jeder sie Bianca. Männer, die sie in einem der absolut angesagten Clubs nach ihrer Nummer fragten, baten sie, ihn zu wiederholen, um dann wissend zu lächeln. Etwas an diesem Namen – und ehrlich gesagt verfügten nur wenige von ihnen zu diesem fortgeschrittenen Zeitpunkt noch über die nötigen Synapsen, um irgendwelche literarischen Bezüge zu erkennen, also musste es an etwas anderem liegen – machte sie für Männer sogar noch attraktiver.

Für uns jedoch würde sie immer Bean bleiben. Und so sprach sie auch mit sich selbst. »Gut gemacht, Bean«, sagte sie etwa, wenn sie etwas fallen ließ, woraufhin ihre Mitbewohnerinnen sie seltsam anschauten. Doch sie spielte die Bianca-Rolle gut und fragte sich jetzt, ob ein Teil ihres mulmigen Gefühls wohl von dem Wissen herrührte, dass diese Vorstellung ihrem Ende entgegensah. Für immer.

Sie hockte auf der Kante des einen ledernen Ohrensessels in seiner Sitzecke. Er saß im anderen. »Wir haben ein wenig unsere Buchhaltung geprüft«, sagte er ohne weitere Vorrede.

Bean starrte ihn an. Der Knoten in ihrem Magen fing an zu brennen. Sie starrte ihn an – seine buschigen, fühlerartigen Augenbrauen, seine weichen, runzligen Hände – und hätte am liebsten geheult.

»Wir haben eine Anzahl ... nun, sagen wir mal, Unstimmigkeiten in den Gehaltsabrechnungen gefunden. Zu Ihren Gunsten. Ich würde gerne glauben, dass es sich um einen Irrtum handelt.« Er wirkte beinahe hoffnungsvoll.

Sie sagte nichts.

»Können Sie mir sagen, was passiert ist, Bianca?«

Bean blickte auf das Armband an ihrem Handgelenk. Sie hatte es vor Monaten bei Tiffany gekauft, und sie konnte sich an das seltsame Ziehen im Magen erinnern, als sie ihre Kreditkarte vorgelegt hatte, dasselbe Gefühl, das sie in letzter Zeit jedes Mal hatte, wenn sie etwas kaufte, seien es Lebensmittel oder eine Handtasche. Das Gefühl, dass ihr Glück sie verließ, dass sie nicht weitermachen sollte und es vielleicht (am erschreckendsten von allem), vielleicht auch gar nicht wollte.

»Das ist kein Irrtum«, sagte sie, doch beim letzten Wort versagte ihre Stimme, und sie räusperte sich und versuchte es noch einmal, lauter. »Das ist kein Irrtum.« Sie faltete ihre Hände im Schoß.

Der geschäftsführende Partner wirkte nicht überrascht, aber enttäuscht. Bean fragte sich, warum sie gerade ihn für diese unangenehme Aufgabe ausgewählt hatten – er war praktisch pensioniert, hielt aber an seinem Eckbüro fest, und zwar aus dem einzigen Grund, weil er so einen Ort hatte, wo er vor seiner Frau sicher war und die Stunden bis zu seinem Tod verbringen konnte. Sie überlegte, ob sie versuchen sollte, mit ihm zu schlafen, doch er sah sie mit solch großväterlicher Besorgnis an, dass Bean diese Idee verwarf, noch ehe sie richtig Gestalt angenommen hatte. In Wahrheit empfand sie so etwas wie Dankbarkeit, dass er es war, nicht einer der anderen Partner, deren verzweifeltes Sich-nach-oben-Boxen ihre Zungen geschärft hatte wie Zähne und deren frustriertes Bellen durch die Flure rollte wie eine anschwellende Flut, sobald irgendetwas nicht in ihrem Sinne lief.

»Ist alles in Ordnung?«, fragte er, und beim freundlichen Klang seiner Stimme krampfte sich ihr Herz zusammen. Sie biss sich fest auf die Zunge und blinzelte die Tränen weg. Sie würde nicht weinen. Jedenfalls nicht vor ihm. Nicht hier. »Das ist eine Menge Geld, Bianca. Gab es irgendeinen Grund …?« Seine Frage hing hoffnungsvoll in der Luft.

Sie hätte lügen können. Vielleicht hätte sie sich diese Szene längst ausmalen, sie planen sollen. Sie war gut im Theater des Lebens, unsere Bean, sie hätte jede Rolle spielen können, die sie wollte. Doch Lügen kam ihr verzweifelt und schwach vor, sie war plötzlich erschöpft. Sie wollte nichts lieber als sich hinlegen und tagelang schlafen.

»Nein«, sagte sie. Sie konnte ihm nicht in die Augen sehen. »Es gab keinen Grund.«

Da seufzte er, ein langes, langsames Ausatmen, das die Luftbewegung im Raum zu verändern schien. »Wir könnten die Polizei rufen.«

Bean riss die Augen auf. Daran hatte sie nicht gedacht. Warum hatte sie nie daran gedacht? Sie hatte gewusst, dass es falsch war, seinen Arbeitgeber zu bestehlen, aber irgendwie hatte sie nie den Gedanken zugelassen, dass es eigentlich kriminell war (kriminell! Wie war es bloß so weit gekommen?). Gott, sie könnte ins Gefängnis wandern. Sie sah sich in einer Zelle, in einem orangefarbenen Overall, ohne ihr Armband und ihr Make-up und die ganze Panzerung, die das Leben in der Stadt erforderte. Sie war sprachlos.

»Aber ich halte das nicht für unbedingt nötig. Sie haben gute Arbeit für uns geleistet. Und ich weiß, was es heißt, in dieser Stadt jung zu sein. Es ist auch so unerfreulich, die Polizei einzuschalten. Ich würde denken, Ihre Kündigung genügt. Und Ihre Schulden werden Sie natürlich zurückzahlen.«

»Natürlich«, sagte Bean. Sie war immer noch wie versteinert und fragte sich, wie sie sich so hatte verkalkulieren können, fragte sich, ob sie wirklich nur mit einem Klaps aufs Handgelenk davonkommen würde oder ob man sie in Handschellen aus der Lobby zerren und ihren Karton mit persönlichen Habseligkeiten auf dem Marmorfußboden verteilen würde, während alle diesem Spektakel zuschauten.

»Es könnte Ihnen guttun, sich ein wenig Zeit zu lassen. Kehren Sie für eine Weile nach Hause zurück. Sie kommen aus Kentucky, nicht wahr?«

»Ohio«, sagte Bean, und es war nur ein Flüstern.

»Richtig. Gehen Sie zurück in den Buckeye-Staat. Bleiben eine Weile dort. Versuchen Sie herauszufinden, was Ihnen wichtig ist.«

Bean schluckte die Tränen hinunter, die abermals unkontrolliert fließen wollten. »Danke«, sagte sie und sah zu ihm auf. Wundersamerweise lächelte er.

»Wir alle haben große, große Dummheiten gemacht, meine Liebe. Meiner Erfahrung nach bestrafen gute Menschen sich selbst viel härter, als Außenstehende es je fertigbrächten. Und ich glaube, Sie sind ein guter Mensch. Sie haben Ihren Weg möglicherweise mehr als nur ein wenig aus den Augen verloren, aber ich glaube, Sie werden wieder zurückfinden. Darin besteht der Trick. Wieder zurückzufinden.«

»Natürlich«, sagte Bean, und ihre Zunge war ganz schwer vor Scham. Vielleicht wäre es leichter gewesen, wenn er wütend geworden wäre, wenn er sie so zur Verantwortung gezogen hätte, wie er es eigentlich hätte tun müssen, wenn er die Polizei gerufen, ein gerichtliches Verfahren eingeleitet, jedenfalls irgendetwas getan hätte, das der Niedertracht entsprach, mit der sie Vertrauen missbraucht und alles mit Füßen getreten hatte, was, wie sie wusste, gut und richtig war – für nichts als einen Haufen teurer Kleider und nächtlicher Taxifahrten. Sie wünschte sich, er würde schreien, doch seine Stimme blieb ruhig und leise.

»Ich empfehle Ihnen, Ihre Anstellung hier nicht zu erwähnen, wenn Sie sich nach einer neuen Stelle umsehen.«

»Natürlich nicht«, sagte Bean. Er wollte noch etwas sagen, doch sie strich ihr Haar zurück und fiel ihm ins Wort. »Es tut mir leid. Es tut mir so schrecklich leid.«

Er hatte seine Hände zu einem Dach zusammengelegt. Er blickte sie an, sah, dass ihr Augenmake-up verschmiert war, trotz ihrer beeindruckenden Fähigkeit, die Tränen zurückzuhalten. »Ich weiß«, sagte er. »Sie haben eine Viertelstunde, um das Gebäude zu verlassen.«

Bean floh.

Sie nahm nichts von ihrem Arbeitsplatz mit. Sie interessierte sich ohnehin für nichts dort, hatte sich nie die Mühe gemacht, den Platz zu ihrem zu machen. Sie ging nach Hause und rief einen Freund an, der sein Auto zu einem Spottpreis verkaufen wollte, wobei selbst der noch fast den letzten Rest ihrer unfein erworbenen Barschaft auffressen würde, und während er unterwegs zu ihr war, packte sie ihre Kleider und fragte sich, wie sie all das Geld hatte ausgeben und dafür nichts als Kleider und Accessoires und eine lange Liste von Männern bekommen hatte, die sie am liebsten niemals wiedersehen wollte, und dieser Gedanke setzte ihr derart zu, dass sie sich im Badezimmer übergeben musste, bis nur noch Blut und Galle kamen; dann hob sie so viel Geld wie möglich von ATM ab, warf alles, was sie besaß, in die Schrottkiste und fuhr auf der Stelle los, ohne der Stadt auch nur auf Wiedersehen zu sagen, die ihr … tja, nichts gegeben hatte.

Weil Cordelia die Letzte war, die es erfuhr, war sie auch die Letzte, die ankam, und wir verstehen, dass dies weder ihre Absicht noch ihr Fehler war. Es war einfach ihre Gewohnheit. Cordy, die Letztgeborene, kam einen Monat später als erwartet, glitt träge aus dem Leib unserer Mutter und strafte die Vorstellung, wonach Wehen mit jedem Mal kürzer dauern, Lügen. Seither kommt sie immer zu spät und sagt gerne, dass sie zu spät zu ihrem eigenen Begräbnis kommen wird, ha ha ha.

Wir verzeihen ihr ihre Unpünktlichkeit, nicht aber diesen Scherz.

Ob wir uns wohl alle entschieden hätten zurückzukommen, wenn wir gewusst hätten, dass wir wieder zu dritt sein würden und all die Geheimnisse, in einem Haus zusammengepfercht, unmöglich bewahrt werden könnten? Die Antwort spielt keine Rolle – es war einfach eine Laune des Schicksals. Wir waren qua Geburt zu Schwestern bestimmt, und offenbar waren wir dazu bestimmt, auch jetzt noch Schwestern zu sein, obwohl wir glaubten, wir hätten all das hinter uns.

Während Bean und Cordy noch ihr Gepäck (buchstäblich und metaphorisch) quer durchs Land schleppten, hatte Rose sich bereits fest im Haus unserer Kindheit eingerichtet. Anders als Bean und Cordy war Rose nie längere Zeit weg gewesen. Seit Jahren aß sie ein- oder zweimal in der Woche mit unseren Eltern zu Abend und kam an den Sonntagen regelmäßig nach Hause. Jemand musste schließlich ein Auge auf sie haben. Sie wurden allmählich älter, erzählte Rose Bean am Telefon mit einem genau bemessenen Seufzen, das vermitteln sollte, sie habe das Gefühl, dass sie Beans und Cordys Pflicht ebenso erfülle wie ihre eigene. Und gewöhnlich kamen ihr die sonntäglichen Besuche zum Abendessen tatsächlich wie eine Pflicht vor, bedeuteten gleichermaßen Frustration und Triumph, wenn sie unseren Vater daran erinnerte, dass er den Rasen mähen musste, bevor sich die Nachbarn beschwerten; wenn sie im Wohnzimmer aufräumte und Lesezeichen in geöffnet herumliegende Bücher legte, deren Rücken unter dem Gewicht brachen; wenn sie unsere Mutter daran erinnerte, dass sie die Post nicht nur ins Haus holen, sondern auch öffnen musste. Es war eine gute Sache, dass sie da war, sagte sich Rose jedes Mal, wenn sie (mit tief zufriedener Miene) wieder ging. Wer weiß, in was für Katastrophen die Eltern ohne sie geraten würden!

Aber wieder zu Hause einziehen? Im fortgeschrittenen Alter von dreiunddreißig? Als wär's für immer, wie Cordy vielleicht sagen würde?

Eigentlich sollte sie mit ihrem Verlobten Jonathan in derselben Stadt leben, nachdem sie gerade ihren ersten Vertrag als ordentliche Professorin unterschrieben hätte, und sollte jedes Mal, wenn sie wieder nach Barnwell käme, wild mit ihrem Verlobungsring herumwedeln, um zu zeigen, dass sie nicht nur die Intelligente und Bean nicht die Einzige war, die sich einen Mann angeln konnte, und dass unser Vater nicht der einzige geniale Professorenkopf der Familie war. So hätte es sein sollen. Und so war es:

Bühnenbild: das Innere eines Flughafengebäudes kurz nach den Winterferien
Personen: Jonathan, Rose, Reisende

Rose hatte ihre Haltung ein Dutzend Mal verändert, seit die Passagiere von Jonathans Flug durch das Gate strömten. Er sollte sie in der richtigen Position vorfinden; in der richtigen Mischung aus unbekümmerter Zerstreutheit und beiläufiger Anmut, die beide nicht verraten würden, wie sehr sie ihn vermisst hatte.

Doch als er schließlich oben auf der sanft ansteigenden Rampe auftauchte, die vom Gate wegführte, als sie seinen zerzausten Schopf über den Köpfen der anderen Passagiere auf und ab wippen sah und bemerkte, wie elegant er seine breiten, schlaksigen Schultern vorbeugte, als kämpfte er gegen den Wind, vergaß sie ihre Tricks, stand auf, ließ ihr Buch fallen und strich sich Kleider und Haare glatt. Dann lag sie endlich in seinen Armen, und sein Mund presste sich warm auf ihren.

»Ich habe dich vermisst«, sagte sie und strich ihm mit der Hand über die Wange, voller Staunen, dass er tatsächlich vor ihr stand. Sie spürte seine leicht kratzenden Stoppeln, als er wie eine Katze sein Kinn in ihrer Hand rieb. »Geh nie wieder weg.«

Lachend zog er den Kopf leicht zurück, dann drückte er ihr einen Kuss auf die Stirn und rückte die Tasche auf seiner Schulter zurecht, damit sie nicht herunterrutschte. »Ich bin zurückgekommen«, sagte er.

»Ja, und du darfst nie wieder weggehen«, sagte Rose. Später würde sie sich daran erinnern und überlegen, ob sich sein Gesichtsausdruck verändert hatte, doch in diesem Moment fiel ihr nicht das Geringste auf. Sie nahm ihr Buch und schob ihre Hand in die seine, und sie gingen, sein Gepäck zu holen.

»War es so schlimm? Sind deine Schwestern denn nach dem Brief deines Vaters nicht nach Hause gekommen?« Er drehte sich so, dass er ihr Gesicht sehen konnte, stand rückwärts auf der Rolltreppe, die ausgestreckten Arme auf dem Geländer.

»Nein, sie sind nicht gekommen, Gott sei Dank, denn das hätte alles nur noch schlimmer gemacht. Wir waren nur zu dritt, Mom, Dad und ich.«

»Einsam?« Er drehte sich wieder um, trat von der Rolltreppe herunter und streckte ihr die Hand hin, um ihr beim letzten Schritt zu helfen. Glatt zum In-Ohnmacht-Fallen, wie Cordy gesagt hätte.

»Ach. Ich will nicht drüber reden. Wie war deine Reise?«

Jonathan war zwei Wochen weg gewesen, fast die ganzen Ferien über, hatte auf einer Konferenz in Deutschland einen Vortrag gehalten und auf der Rückreise einen Stopp eingelegt, um Freunde in England zu besuchen. Rose hatte sorgfältig jeden Tag in ihrem Terminkalender ausgestrichen und sich dabei wie ein lächerlich verliebtes Schulmädchen gefühlt, aber nichts dagegen tun können. Lächerlich, das wusste sie. Sie war es auch gewesen, die, als sie erst ein paar Monate ein Paar waren, das magische Wort mit den fünf Buchstaben zuerst ausgesprochen hatte, lachend und außer Atem, während sie auf seinem Bett lagen und er abwechselnd ihren Hals geküsst und sie gnadenlos durchgekitzelt hatte. Sie hatte schon seit Wochen gedacht, es müsse Liebe sein, doch sie konnte es nicht als Erste sagen, und dann rutschten ihr die Worte im Glückstaumel einfach so heraus. Sie war erstarrt, ganz entsetzt über ihren eigenen Mangel an Selbstbeherrschung, doch dann hatte er zurückgeflüstert, auch er liebe sie, und vor Erleichterung und Glück war sie fast ohnmächtig geworden. Das Leben ohne ihn war wie eine grausame Amputation gewesen, und sie griff nach seiner Hand, um sich zu vergewissern, dass er wahrhaftig da war.

Er führte ihre Hand an seinen Mund und küsste ihre Fingerspitzen. »Du siehst bezaubernd aus«, sagte er. »Ich hatte vergessen, wie schön du bist.«

Rose wurde rot, schüttelte den Kopf und strich mit der freien Hand wieder ihre Kleidung glatt. »Ich sehe furchtbar aus. Ich hatte kaum Zeit zum Umziehen und –«

Mit einem weiteren Kuss, diesmal in ihre Handfläche, schnitt Jonathan ihr das Wort ab. »Ich wünschte, du könntest dich mit meinen Augen sehen«, sagte er leise. »Meine Augen sind besser.«

Sie fuhr ihn zu seiner Wohnung, und sie schleppten seinen Koffer nach drinnen. Seit seiner Abfahrt war sie nicht mehr dort gewesen – er hatte keine Haustiere und keine Pflanzen, wenn er nicht da war, gab es keinen Grund für einen Besuch –, und in den Räumen war die Luft stickig und abgestanden. Sie öffnete die Fenster und schaltete den Ventilator ein, dann saßen sie mit verschlungenen Fingern auf dem Sofa, bis er sich schließlich unbeholfen räusperte. »Ich habe ein paar Neuigkeiten.«

»Gute oder schlechte?« Rose hörte nicht richtig zu. Sie strich ihm mit ihrer freien Hand eine widerspenstige Locke hinter das Ohr. Seine Haare waren ziemlich lang geworden – sie würde einen Termin beim Friseur für ihn ausmachen müssen.

»Ausgezeichnete. Als ich bei Paul und Shari in Oxford war –«

»Wie geht es ihnen denn?« Paul und Jonathan hatten sich ein Zimmer geteilt, während sie ihre Doktorarbeiten schrieben, und Jonathans beste Geschichten handelten von den Missgeschicken der beiden.

»Großartig – viel zu wenig Schlaf, aber sie sind bis über beide Ohren in das Baby verliebt und machen einen glücklichen Eindruck. Ich habe Fotos mitgebracht. Sie würden dich gerne kennenlernen.«

Rose lachte. »Ziemlich unwahrscheinlich, außer sie denken an einen Atlantikflug mit einem Neugeborenen.«

Jonathan schluckte verlegen. »Genau darum geht es, Liebling. Paul und ich haben drüben einmal mit seinem Dean zu Mittag gegessen.« Er hielt inne und suchte nach Worten, und Rose spürte, wie ihr kalt ums Herz wurde, wie eine dünne Eisschicht es umschloss wie Frost eine Blume.

»Er interessiert sich sehr für meine Forschungen. Er möchte, dass ich Mitglied der dortigen Fakultät werde – mit eigenem Labor und Studenten höherer Semester, die mit mir arbeiten. Es ist ideal. Die absolute Chance.«

Rose griff nach dem Wasserglas, das er für sie auf den Couchtisch gestellt hatte. Ihr Mund war unangenehm trocken, ihre Kehle schmerzte. Wieder allein. Wie es schien, war ihr das Glück beschert worden, endlich ihren Orlando, die perfekte Liebe zu finden, damit sie es gleich wieder verlor. Solche Probleme hatte Shakespeares Rosalind nie gehabt; sie war viel zu sehr damit beschäftigt, in Männerkleidern mit ihrem Diener in den Wäldern herumzutollen. Das Leben war hart. Rose stellte das Glas wieder auf den Tisch und entzog ihm ihre Hand.

»Du gehst also fort«, sagte sie dumpf, als ihre ausgedörrten Lippen wieder Worte hervorbrachten.

»Lust hätte ich schon«, sagte er leise. Er griff erneut nach ihrer Hand, doch Rose rutschte weg und setzte sich anders, schaute jetzt nach vorne, weg von ihm, die Füße adrett gekreuzt, die Hände im Schoß gefaltet, als wartete sie darauf, bei einer besonders steifen Teegesellschaft bedient zu werden.

»Aber wir wollten doch heiraten«, flüsterte sie.

»Das werden wir auch, natürlich werden wir das. Das hat nichts damit zu tun. Aber ich wäre dumm, das Angebot abzulehnen. Das verstehst du doch, oder?« Seine Stimme klang flehentlich, aber sie wandte sich ab.

»Wann gehst du?«

»Ich habe bis jetzt noch nicht zugesagt. Aber ich könnte mit Beginn des dritten Quartals anfangen, kurz nach Ostern.«

»Dein Vertrag hier läuft doch noch bis Ende des Jahres. Du willst also einfach deinen Vertrag brechen?«

»Rose, sei nicht so. Bitte hör mir zu. Ich möchte, dass du mitkommst.«

Rose drehte sich zu ihm und stieß ein kurzes, harsches Lachen aus. »Nach England? Du möchtest, dass ich mit nach England komme? Du machst wohl Witze, Jonathan. Ich habe eine Arbeit. Mein Leben ist hier. Ich bin nicht wie du. Ich fange nicht an, um den Globus zu jetten, sobald mich die Laune packt.«

Ihre Schärfe ließ ihn zurückweichen. »Das ist ein bisschen hart, findest du nicht?«, sagte er. Unsere Rose, *von Zunge gift'ger als der Natter Zahn*! Er rieb sich hastig die Knie, stand auf und fuhr sich ungeduldig durchs Haar. »Es könnte uns guttun – uns beiden. Mir, natürlich, aber auch dir. Übernächstes Jahr hast du doch keine Stelle mehr, oder?«

»Soll ich mich deswegen jetzt besser fühlen?« Man hatte Rose im Frühling ziemlich unmissverständlich mitgeteilt, dass ihr Vertrag als Assistenzprofessorin nicht über dieses Jahr hinaus verlängert würde. Man habe nichts gegen sie, nichts Persönliches, doch es gebe keine offenen festen Stellen mehr, und außerdem sei es wichtig, die Assistenzprofessoren immer mal wieder zu wechseln, damit der Lehrplan lebendig bleibe, das verstehe sie doch sicher. Ja, hatte Rose säuerlich gedacht, und auch deshalb, damit ihr unablässig die frischgebackenen Promovenden durchschleusen könnt und ihnen keinen Penny mehr als unbedingt nötig bezahlen müsst. Die Vorstellung, sich eine neue Arbeit suchen zu müssen, lähmte sie, die Vorstellung, arbeitslos zu sein, lähmte sie, und sie war stark versucht, sich die Finger in die Ohren zu stecken und laut zu singen, bis sich alles wieder beruhigt hätte.

»Besser vielleicht nicht. Aber ich hatte gehofft, du würdest dich wenigstens ein klein bisschen für mich freuen.«

Sie sah zu ihm auf, sah seinen traurigen, verletzten Blick und wurde ein wenig nachgiebiger. »Das tue ich ja. Es tut mir leid. Aber es ist so groß … Es ist so vollkommen anders als das, was wir geplant hatten.«

»Wir haben immer gewusst, dass wir damit rechnen müssten, Liebes. Meine Anstellung hier ist befristet, das weißt du doch.«

»Aber ich dachte, vielleicht …« Rose wollte nicht sagen, was sie gedacht hatte. Sie hatte einfach angenommen, dass er sein tolles akademisches Jetset-Leben aufgeben und irgendwo in der Nähe etwas finden würde, etwas, das es ihr erlaubte, hierzubleiben. Ohne sich auch nur das kleinste bisschen verändern zu müssen. »Es tut mir leid«, sagte sie noch einmal.

»Ach, Rose, mir tut es auch leid. Lass uns nicht mehr darüber reden. Lass uns einfach für eine Weile genießen, dass wir wieder zusammen sind.«

Er nahm sie in die Arme und küsste sie, was allerdings den Schmerz in ihrem Innern, dort wo ihr verletztes Herz saß, nur unwesentlich milderte. So stand es also. Er würde nicht bleiben, und sie würde – könnte – nicht gehen. Es war einfach lächerlich, auch nur darüber nachzudenken.

Seine Hände waren jetzt in ihrem Haar, zogen langsam die Nadeln heraus und ließen es über ihren Rücken fallen, so wie er es mochte, und streichelten es dabei so, wie sie es mochte, dieses sachte, tröstliche Ziehen an ihrer Kopfhaut. Sie war abgelenkt. Bean und Cordy hockten auf ihren Schultern und flüsterten ihr in die Ohren wie Engel und Teufel aus einer Witzzeichnung. Oder eher wie zwei Teufel. »Du könntest gehen, wenn du wolltest, Rosie«, sagte unsere jüngere Schwester. »Pack deine Sachen und geh. Es ist ganz einfach. Ich mache es die ganze Zeit.«

»Wovor hast du Angst?«, spottete Bean. »Du willst wohl dein glamouröses Leben nicht aufgeben?«

Nun gut, dann war es eben kein glamouröses Leben. Aber es war wichtig. Sie war wichtig. Wir brauchten sie doch. Oder etwa nicht?

Bean und Cordy antworteten nicht. Bean rückte ihre Hörner zurecht, und Cordy jagte ihren eigenen gespaltenen Schwanz. Ihr braucht mich, dachte Rose wütend. Die beiden drehten sich weg.

»Pscht«, sagte Jonathan, als könnte er das Rattern von Roses Gedankenmaschine hören, er küsste sie, und wir fielen von ihren Schultern, als hätte man uns leibhaftig weggeschoben.

AKT II

Bühnenbild: Innenraum des Goldenen Drachens, eines kleinen chinesischen Restaurants ein paar Ortschaften weiter, berühmt eher für seine Annehmlichkeit als seine Küche. Außerdem Ort eines unrühmlichen Auftritts von Bean, die als Achtjährige ein gan-

 zes Hauptgericht, Schweinefleisch süß-sauer, verspeist und das Ganze danach sauber in das Maul eines künstlichen Drachens erbrochen hatte, der sich hinter einer Pflanze verbarg, weshalb sie fest überzeugt gewesen war, niemand werde es je entdecken.
Personen: Rose, Jonathan, unser Vater, unsere Mutter

Sie saßen zu viert um den Tisch, teilten sich unter angeregtem Geplauder die verschiedenen Gerichte. Der Tee dampfte in winzigen Tässchen, und Rose fuhrwerkte mit ihren Essstäbchen herum und beneidete Jonathan um seine selbstverständliche Eleganz bei der Handhabung dieser teuflischen Dinger.

»Wir müssen euch etwas mitteilen«, sagte unser Vater und räusperte sich.

Rose sah rasch hoch, argwöhnisch. Das war die Sorte Ankündigung, die den alles verändernden Geburten von Bean und Cordy vorausgegangen war. Wie immer die Neuigkeit auch lautete, gut würde sie wohl nicht sein.

Unser Vater räusperte sich noch einmal, doch es war unsere Mutter, die sprach, die einsprang und Schluss machte mit dem unverbindlichen Plauderton. »Ich habe Brustkrebs«, sagte sie.

Das Eis in Roses Kehle verfestigte sich, sie griff nach ihrer brühend heißen Tasse Tee, nahm einen langen Schluck und ließ die Flüssigkeit den Frost in ihrem Innern wegschmelzen, was eine Blase auf ihrer Zunge produzierte, die sie beim Sprechen noch tagelang spüren sollte. Es herrschte Schweigen. Die spärlichen anderen Gäste im Restaurant aßen nichtsahnend weiter.

»Mom«, sagte Rose endlich. »Bist du sicher?«

Unsere Mutter nickte. »Er ist noch im Frühstadium. Aber ich habe einen Knoten festgestellt – wann, vor einem Monat?« Bestätigung heischend sah sie unseren Vater an, in der ruhigen Gewissheit ihrer Redevertrautheit, die sie im Laufe der Jahre entwickelt hatten. Er nickte.

»Vor einem Monat?« Rose brach die Stimme. Mit zitternder Hand setzte sie ihre Teetasse ab. »Warum habt ihr mich nicht angerufen? Ich hätte ...« Sie verstummte, unsicher, was sie hätte tun können. Doch irgendetwas hätte sie bestimmt tun können. Sie hätte sich darum kümmern können. Sie kümmerte sich um alles. Wie hatte ihr das nur entgehen können? Die beiden waren also vor einem Monat zu Ärzten gegangen und hatten gefasst miteinander darüber gesprochen, und ihr war überhaupt nichts aufgefallen?

»Wir waren beim Onkologen, der Knoten ist bösartig. Es sieht nicht so aus, als hätte er bereits gestreut, aber er ist ziemlich groß. Deshalb bekomme ich vor der Operation eine Runde Bestrahlungen. Damit er ein wenig schrumpft. Und dann ...« Die Stimme unserer Mutter brach, zitterte kurz, als sei ihr die Bedeutung dieser klinischen Worte eben erst klar geworden, sie schluckte und holte tief Luft. »Und dann eine Brustamputation. Einfach, um das Problem ein für alle Mal aus der Welt zu schaffen.« Sie sagte das, als wäre es etwas, das sie beim Aufwachen mal eben kurz beschlossen hatte. Wie auf Kreuzfahrt zu gehen, zum Beispiel, oder Tennis spielen zu lernen.

»Es tut mir so leid«, sagte Jonathan. Er streckte die Hand über den Tisch, legte sie auf die unserer Mutter und drückte sie. Er war so stilvoll in seinem Mitgefühl. »Was können wir tun?«

Rose blickte aufgewühlt im Restaurant umher, registrierte das Gold und das Rot und die papierenen Tischsets. Daran würde sie sich erinnern, das wusste sie, nicht an die Furcht in den Augen ihrer Mutter oder an das Klopfen ihres eigenen Herzens, sondern daran, wie verzweifelt geschmacklos dieser Ort war, wie billig er aussah, wie die Essstäbchen beim Trennen nicht sauber auseinandergebrochen, sondern an den Innenkanten zersplittert waren. Daran würde sie sich erinnern.

Doch als der Schock sich gelegt hatte, stellte sich, man verzeihe ihr, dass sie es dachte, so etwas wie eine gewisse Erleichterung ein. Gott sei Dank, eine Aufgabe. Ein Vorwand, gebraucht zu werden. Ein Grund, Jonathans Weggehen in etwas Bedeutsames zu verwandeln. Und so kündigte sie am nächsten Tag ihre Wohnung, packte ihre Sachen und zog wieder nach Hause, uneingeladen.

Erst nachdem sie schon eine Weile zu Hause war, die kleinen Missstände im Haus beseitigt und unserer Mutter durch die ersten Chemo-Behandlungen geholfen hatte, wurde ihr das Beschämende ihrer Situation bewusst. Wie peinlich, wieder zu Hause zu wohnen. Wenn sie den Leuten erzählen würde, sie sei zurück in ihr Elternhaus gezogen, um ihrer Mutter beizustehen, würden die natürlich nicken und mitfühlend seufzen. Aber dennoch, wo war sie? Lebte bei unseren Eltern? In ihrem Alter? Sie fühlte sich wie eine Schwimmerin, die verbissen gegen die Wellen gekämpft hat und dann feststellen muss, dass sie vollkommen erschöpft ist und noch genauso weit vom Ufer entfernt wie zuvor. Rose fühlte sich einsam und müde.

Schon der Gedanke an ihr so richtungsloses Leben war ihr peinlich, sie errötete und stand ungeduldig von ihrem Platz am Fenster auf, von wo aus sie wütend auf den Wildblumengarten unserer Mutter geschaut hatte. Der Garten war, wie naturnahe Gärten das so an sich haben, außer Kontrolle geraten. Unsere Mutter liebte ihn – liebte die Schmetterlinge und fetten Bienen, die er anlockte, das schwindelerregende Gemisch aus Purpur- und Gelbtönen, wenn die Stängel sich ineinander verhedderten –, doch Rose zog willfährigere Gärten vor.

Sie drehte sich um und betrachtete das Wohnzimmer, wo eine einzige schwache Lampe hinter dem sonnengebleichten orangefarbenen Lieblingsohrensessel unseres Vaters ihr dünnes Licht auf die aufgeschlagenen Bücher warf, die, ungeachtet ihrer Versuche, Ordnung zu schaffen, sämtliche Flächen bedeckten. Die Laster unserer Familie – Unordnung und Literatur – in einem abendlichen Stillleben eingefangen. Wir sind noch nie organisierte Leser gewesen, die ein Buch auch nur irgendwie logisch zu Ende lasen. Wir steigen bei irgendwelchen Wörtern ein und aus, so wie man bei Stadtrundfahrten beliebig ein- und aussteigen kann. Du legst ein Buch in der Küche ab, um auf die Toilette zu gehen, und findest es bei der Rückkehr vielleicht nicht mehr wieder, sondern stattdessen ein anderes, ebenso interessantes. Wir sind nicht wählerisch.

Unser Vater beschränkt seine Lektüre selbstverständlich auf Werke von und über Bill, unseren Jungen, aber unsere Mutter brachte Vielfalt in unsere Lektüre und damit auch in unsere Erziehung. Es war für uns nie ein Problem, eine kindgerechte Biographie über Amelia Earhart zu lesen und danach ein Selbsthilfebuch über Alkoholsucht (an der in unserer Familie keiner litt), gefolgt vom dritten Akt von *Ende gut, alles gut* und schließlich dann einigen Neruda-Sonetten. Cordy behauptet, dies sei der Grund für ihre Unfähigkeit, sich länger als ein paar Minuten auf irgendetwas zu konzentrieren, aber das glauben wir ihr nicht. Wir sind einfach so.

Nicht dass Rose es eigentlich bedauert hätte, wieder zu Hause zu sein. Unser Elternhaus und Barnwell im Allgemeinen waren weit angenehmer als das anonyme Appartement, das sie in Columbus gemietet hatte – dünner Teppich auf Betonboden und Nachbarn, die so flott ein- und auszogen, dass sie aufgehört hatte, sich ihre Namen zu merken –, doch wenn sie die Pillendöschen unserer Eltern gefüllt und das Wohnzimmer aufgeräumt hatte (sie hatte schließlich auch jemanden für den Rasen eingestellt und das Konto ausgeglichen) und wenn sie unsere Eltern zu den Chemo-Behandlungen unserer Mutter begleitet und im Wartezimmer gesessen hatte, weil sie dort eigentlich nicht gebraucht wurde – die Eltern wären sehr gut allein zurechtgekommen, nur sie beide –, dann war ihr Leben beinahe so leer wie zuvor.

Die winzige Uhr auf dem Kaminsims schlug zehn, und Rose seufzte vor Erleichterung. Zehn war eine absolut annehmbare Zeit, um ins Bett zu gehen, ohne sich wie ein totaler Faulenzer zu fühlen. Sie ging Richtung Treppe und blieb vor dem Spiegel stehen, der, halb blind und verzogen, dort hing, solange wir denken können. Rose betrachtete ihr Spiegelbild und sagte sechs Worte, die keine von uns je zuvor geäußert hatte.

»Ich wünschte, meine Schwestern wären hier.«

 Der Fuchs, der Affe, die Biene klein, Weil's drei sind, mußten sie ungleich sein

Unser Vater schrieb einmal einen Aufsatz über die Bedeutung der Zahl Drei im Werk Shakespeares. Ein kleines Nichts, sagte er, eine Bagatelle, aber dieser Aufsatz war uns immer der liebste. Der Vater, der Sohn, der Heilige Geist. Drei Ziegenböcke namens Gruff, Drei blinde Mäuse, *Drei Männer im Boot (ganz zu schweigen vom Hund). König Lear* – Goneril, Regan, Cordelia. *Der Kaufmann von Venedig* – Portia, Nerissa, Jessica.

Und wir – Rosalind, Bianca, Cordelia.

Die Shakespeare'schen Zauberschwestern.

Eingesperrt im Auto, mit unserem Vater am Steuer, wurden wir gern extensiven Deutungen der Wortgeschichte von Shakespeares »Zauberschwestern« in *Macbeth* ausgesetzt, mit speziellen Zugaben aus nordischen und schottischen Quellen, auf die Shakespeare zurückgegriffen hatte, als er *dieses bedeutende Werk schuf*. Diese Demütigungen möchten wir Ihnen ersparen.

Die Macbeth'schen Hexen, diese Zauberschwestern, sind nun stets mit einer Aura des Schicksalhaften umgeben. Dagegen könnten wir argumentieren, uns sei es eben nicht vom Schicksal bestimmt, Dinge zu tun, wir hätten vielmehr alles in unserem Leben selbst bestimmt, und es gebe so etwas wie Schicksal ohnehin nicht. Damit würden wir aber lügen.

Rose immer die Erste, Bean nie die Erste, Cordy immer die Letzte. Und wenn wir das nicht akzeptieren, nicht begreifen, wie Shakespeares Schwestern es taten, dass wir uns nicht gegen unsere Familie und unser Schicksal stemmen können, nun, wer hat dann versagt, wenn nicht wir selber! Unser Schicksal gründet auf der Art und Weise, wie wir geboren wurden, auf der Art und Weise, wie wir erzogen wurden, auf der Summe von uns dreien.

Die Geschichte dieser Trinität ist unzuverlässig – mit stets sich verschiebenden Parteiungen, niemals ausgeglichen, niemals gleich. Zwei gegen eine oder alle drei gegeneinander, aber nie alle gemeinsam. Als Cordy geboren wurde, nahm Rose Bean unter ihre Fittiche, zwei gegen eine. Und als Bean rebellierte, sich weigerte, noch länger Roses Spielchen zu spielen, fanden Rose und Cordy zueinander, und Cordy wurde zum willigen Anhängsel. Zwei gegen eine.

Bis Rose fortging und wir drei zu Einzelwesen wurden.

Und dann fanden Bean und Cordy zueinander, als sie in einer heißen Sommernacht heimlich aus ihren jeweiligen Fenstern auf die ausladenden Eichen kletterten, und wieder waren wir zwei gegen eine.

Und jetzt sind wir hier, können die Entfernung zwischen uns in Armlängen messen, bleiben distanziert und kalt. Warum? Um die anderen in Schach zu halten? Um uns selbst zu schützen?

In Zeitschriften und Zeitungen werden uns manchmal wundersame Schwesterngeschichten präsentiert, oder wir lesen Romane über die tiefe, innige Beziehung zwischen Schwestern. Von Schwestern wird erwartet, dass sie einander eng verbunden sind, dass sie Familiengeschichte und -geschichten teilen, über ihre Missgeschicke lachen. Doch wir sind nicht so. Eigentlich waren wir das nie, denn selbst unsere Bündnisse kamen eher aus Bosheit denn aus Liebe zustande. Wer *sind* diese Schwestern, die sich so verhalten, die sich gegenseitig wie beste Freundinnen behandeln? Wir sind ihnen nie begegnet. Wir kennen viele Schwestern, die gut miteinander auskommen, sicher, doch wozu der Mythos?

Wir glauben nicht, dass es Cordy wirklich etwas ausmacht, dass es so ist, denn sie neigt dazu, die Dinge zu nehmen, wie sie kommen. Rose macht es sicherlich etwas aus, denn für sie sollen die Dinge gern in Einklang mit ihrer inneren Vorstellung sein. Und Bean? Nun, bei Bean ist es mal so, mal so, wie alles bei ihr. Eine so unnatürliche Freundschaft zu knüpfen fände sie viel zu *anstrengend.*

Unsere Entfremdung ist kein Drama – wir haben nicht das Vertrauen der anderen verraten, wir haben einander nicht die Liebhaber weggenommen oder uns um Geld oder Besitz oder irgendetwas gestritten, woran Familien sonst unweigerlich zerbrechen. Die Antwort bei uns ist viel einfacher. Wir mögen einander einfach nicht besonders.

Zwei

Die Sommer in Barnwell sind immer gleich – drückende, bleiern schwüle Tage, gelegentlich von grollenden Gewittern verdunkelt, die Wiesen und Felder grün und saftig halten. Wir erinnern uns an diese Hitze wie an einen ungebetenen Gast. Als wir klein waren, war es nicht so schlimm; wir rannten durch den Sprinkler, bedrängten unsere Eltern so lange, bis sie uns in den College-Pool ließen, und die Haare klebten uns in der Stirn, wenn wir uns mit selbstgemachter Limonade Kühlung verschafften. Doch mit zunehmendem Alter wurde der Sommer zu unserem Feind. Wir saßen in unseren Zimmern, den größten Ventilator, den wir auftreiben konnten, nur Zentimeter entfernt, der dann die stickige Luft zu einem wütenden Wirbel aufpeitschte und gegen die Hitze nicht das Geringste auszurichten vermochte. Schlafen war unmöglich, und häufig sah man uns in unseren weißen, in der Dunkelheit schimmernden Nachthemden durch das Haus wandern, ein Trio von Lady Macbeth, von der Quecksilbersäule in den Wahnsinn getrieben.

Nachdem wir alle ausgezogen waren, ließen unsere Eltern eine zentrale Klimaanlage einbauen, zu spät, um noch zu verhindern, dass sich die Türen verzogen und lästiger Schimmel entstand, der alle Bücher befiel, die länger als ein paar Wochen irgendwo herumlagen, aber immerhin wurde das Leben im August hier zumindest erträglich. Im Winter waren wir weiter den knackenden, zischenden Radiatoren ausgesetzt, mussten weiter freizügig Gebrauch von Heizgeräten machen und, in einem verhängnisvollen Experiment seitens Cordys, die Verwendung einer antiken kolonialen Wärmepfanne erdulden, deren Fähigkeit, die Kohlen so zu isolieren, dass sie nicht die Laken versengten, ihr offenbar abhanden gekommen war.

Bean kam nachmittags an, in einem Designerkostüm, das für

Barnwell völlig unpassend war; sie war durchgeschwitzt und fluchte heftig. Rose hörte ein Auto in die Einfahrt einbiegen, klappte mit Hilfe eines Lesezeichens sorgfältig ihr Buch zu und spähte aus dem Fenster. Bean schälte sich aus dem Fahrersitz eines billigen weißen Kleinwagens, der auf der Fahrerseite einen bösen Kratzer aufwies. Sie beugte sich über den Rücksitz, und Rose erkannte eine Laufmasche in einem ihrer fraglos todschicken Strümpfe. Beans Haare hatten sich aus dem strengen französischen Knoten gelöst, den sie in stundenlangen Sitzungen vor ihrem Schlafzimmerspiegel perfektioniert hatte. Sie sah aus, als hätte sie in ihren Kleidern geschlafen (was den Tatsachen entsprach; als sie zu müde zum Weiterfahren wurde, hatte sie auf einem Rastplatz gehalten, ihre Beine über den Schalthebel gelegt und in der Wärme ihr Kostüm zerknittert). Rose schwang sich vom Fenstersitz ihres Zimmers und ging die Treppe hinunter.

»Du siehst furchtbar aus«, sagte sie, nachdem sie Bean die Tür geöffnet hatte. Ein Hitzeschwall drang ins Haus, drückte gegen die Kühle im Innern, und Rose hatte Mühe zu atmen.

Bean starrte sie wütend an. »Danke«, sagte sie. »Jetzt fühle ich mich gleich viel besser.«

Auf der Stelle zerknirscht, griff Rose nach einer der Taschen, die unsere Schwester mit sich schleppte. »Was ist passiert?«

»Nichts. Mir ist nur heiß, und ich habe eine Ewigkeit im Auto gesessen. Gehst du mal zur Seite?«

Rose gehorchte, und Bean trat in die Diele, ihr Blick wanderte hierhin und dahin, suchte nach Veränderungen in den heimischen vier Wänden. Sie schob sich an Rose vorbei, ließ ihre Tasche neben die Treppe fallen und machte sich auf den Weg in die Küche. Rose folgte ihr lustlos und in dem Gefühl, nicht gut genug angezogen zu sein, etwas, das ihr neben Bean regelmäßig passierte. Selbst nach einem allem Anschein nach unglückseligen Zusammentreffen mit einer Horde wütender Katzen wirkte Bean immer noch chic und elegant. Rose sah aus wie unsere Mutter – beide trugen am liebsten weite Leinenröcke, Hosen mit weitgeschnittenen Beinen und Batik-Tuniken. Normalerweise fühlte Rose sich darin auf exotische Weise wohl, doch jetzt kam sie sich plötzlich schäbig vor. Sie zupfte hinten an ihrer Hose, fühlte den Abdruck ihres seriösen Baumwollslips und schluckte ihren aufwallenden Ärger hinunter, ob über Bean oder über sich selbst, wusste sie nicht.

Als sie die Küche betrat, stand Bean an der Spüle, eine Hand am silbrigen Wasserhahn, und trank gierig Wasser aus einem Marmeladenglas. Sie leerte es mit einem übertriebenen Schmatzen, beugte sich vor, um es neu zu füllen, und lehnte sich dabei gegen die Arbeitsplatte. Mit einer gewissen Erleichterung bemerkte Rose den Riss in Beans leicht derangierter Vollkommenheit, einen nassen Fleck, der sich auf ihrem roten Kostüm an der Stelle ausbreitete, wo sie sich an die Arbeitsplatte gelehnt hatte. »Was machst du hier?«, fragte Rose. »Mom und Dad haben nicht gesagt, dass du kommst.«

Bean, die gerade ein zweites Glas halb leergetrunken hatte, sah mit hochgezogenen Augenbrauen über den Glasrand. »Ich habe ihnen nicht gesagt, dass ich komme.« Und um das Thema zu wechseln und keine weiteren Informationen preiszugeben, sagte sie: »Oh, und ich habe von euch gehört. Herzlichen Glückwunsch.«

»Danke«, sagte Rose, dabei zuckte ihr Finger zu ihrem Ring. Nicht, dass wir dir das alles nicht schon vor Monaten erzählt hätten, Beany. Bloß keine Eile unseretwegen. Es ist ja nicht so, dass Mom nicht vielleicht sterben könnte.

»Ah, der Ring«, sagte Bean, der Roses Bewegung nicht entgangen war. *»Ich schenkte meinem Liebsten einen Ring, und hieß ihn schwören, nie ihn wegzugeben.* Lass mal sehen.«

Rose machte einen unbeholfenen Schritt und hielt Bean steif ihre Hand hin. Bean packte die dicken Finger unserer großen Schwester mit ihren manikürten Krallen und besah sich den Ring. Ein glänzender Saphir in einer antik gearbeiteten Fassung aus Weißgold. Rose hatte das Romantische und Besondere an diesem Ring gefallen, als sie ihn zusammen mit Jonathan ausgesucht hatte. In

Beans Augen, da war sie sich sicher, würde er jedoch billig wirken.

»Hübsch«, verkündete Bean. »Mal was anderes. Finde ich besser. Diamanten sind so langweilig.« Als sie ihre Hand losließ, fiel Roses Blick kurz auf Beans kleinen Finger, dessen künstlicher Nagel abgerissen war und einen schartigen Rand hinterlassen hatte. Roses Hand schwebte einen Augenblick unsicher in der Luft, ehe sie sie zurückzog und auf ihre Hüfte stützte.

»Danke«, sagte Rose. »Mir gefällt er.«

»Wie geht es Mom?«

»Gut. Den Umständen entsprechend eben. Sie hat die Chemo-Behandlungen fast hinter sich. Derzeit hat sie eine freie Woche – nächste Woche bringen wir sie zu ihren nächsten Behandlungen. Sie ist müde, und sie isst nicht viel, aber es ist nicht so schlimm, wie es hätte sein können.« Sie hätte noch mehr sagen können – dass unsere Mutter nach ihrer ersten Behandlung so erschöpft gewesen war, dass sie beinahe drei Tage lang geschlafen hatte; dass ihr etwas später von der Chemotherapie die Haare ausfielen und Rose unsere Mutter weinend auf dem Fußboden des Badezimmers gefunden hatte, nahezu kahl, mit nassen Haarsträhnen, die sich wie Seegras um ihre Glieder gewickelt hatten; dass es selbst nachdem das Schlimmste vorüber war, den Anschein hatte, der Kampf werde niemals enden, aber Bean würde noch schnell genug begreifen, wie die Dinge standen. »Da müssen wir durch.«

»Uff«, sagte Bean. Sie hätte weitere Fragen zum Gesundheitszustand unserer Mutter stellen können, aber sie interessierte sich mehr dafür, dass Roses Darstellung so klang, als wäre sie ein wichtiger Teil dieses Unternehmens, dabei hatten unsere Eltern doch so lange als ein Zweier-Universum überlebt.

Rose straffte die Schultern. »Wir kommen hier zurecht. Du hättest nicht zu kommen brauchen.«

Bean grinste leicht spöttisch, hob die Hände und brachte halbherzig ihr aufgelöstes Haar wieder in Ordnung. »Ja, ich hätte mir denken können, dass du dich bei meinem Anblick nicht gerade freuen würdest.«

»Das stimmt nicht«, sagte Rose, und ihr defensiver Ton überraschte sie selbst. »Gerade vor ein paar Tagen habe ich mir noch gewünscht, wir wären alle hier.«

»Na bitte, dein Wunsch geht in Erfüllung«, sagte Bean und streckte mit einer Geste des Was-willst-du-noch-alles-von-mir ihre weit geöffneten Hände aus. »Cordy ist nicht da, oder?«

»Nein«, sagte Rose. »Ich bin mir nicht einmal sicher, wo sie steckt. Dad hat einen Brief an die letzte Adresse geschrieben, die Mom in ihrem Buch hatte, aber du kennst ja Cordy.«

»Gut. Ich kann sie im Moment ohnehin nicht ertragen.«

»Wie lange willst du denn bleiben?«, erkundigte sich Rose vorsichtig.

Bean zuckte die Schultern. »Eine Weile. Ich weiß nicht. Ich habe meinen Job aufgegeben.«

Wenn das keine Neuigkeit war. Bean hatte in der Personalabteilung gearbeitet – genau gesagt, *war* Bean die Personalabteilung einer winzigen Anwaltskanzlei in Manhattan, doch wenn man sich mal mit ihr in einer Bar traf, erzählte sie einem nur, dass sie in einer Kanzlei arbeite, und überließ es einem, das Beste zu vermuten. Oder das Schlimmste. *Das erste, was wir tun müssen, ist, daß wir alle Rechtsgelehrten umbringen.*

»Oh«, sagte Rose. »Warum denn?«

»Warum gibt jemand seinen Job auf? Ich wollte nicht mehr dort arbeiten.« Bean stieß sich von der Arbeitsplatte ab und schlenderte zur Tür. »Ich gehe nach oben und ziehe mich um. Wo sind Mom und Dad?«

»Dad ist im College, und Mom ist irgendwo unterwegs. Sie kommen erst später zurück.«

»Prima. Dann gehe ich jetzt duschen«, sagte Bean und polterte den Flur entlang. Da die Aufregung sich gelegt hatte, folgte Rose Bean die nackten Holzstufen hinauf und widmete sich wieder ihrem Buch. Wären wir eine andere Sorte Schwestern, dann hätte Beans Schweigsamkeit Anlass zur Neugier sein können. Doch wie die Dinge standen, handelte es sich einfach um ein weiteres Privatgeheimnis, das wir Schwestern mit Sicherheit niemals teilen würden.

Unsere Eltern hatten, wohl aus Nachlässigkeit und nicht absichtlich, unsere Zimmer seit unserem offiziellen Auszug in keiner Weise verändert. Das führte häufig zu den seltsamsten Entdeckungen, da allerlei Gegenstände und Erinnerungsstücke noch vorhanden waren, die wir in unserem neuen Leben zwar nicht mehr haben wollten, die uns aber immer noch so wertvoll erschienen, dass wir es nicht übers Herz brachten, sie wegzuwerfen.

Bean schleuderte ihre Taschen aufs Bett – das massive, tüllgekrönte Baldachinbett, das sie vor Jahren mit Cordy getauscht hatte. Cordy hatte stattdessen das schwere weiße, schmiedeeiserne Bettgestell, das Bean nicht vornehm genug erschienen war. Mit fünfzehn hatte sie die soliden hölzernen Eckpfosten dieses Betts für den Gipfel an Eleganz gehalten. Jetzt wirkte es traurig, der Tüll war grau vor Staub, das Holz matt und unpoliert, der Bettüberwurf verblichen, wo die Sonne hingeschienen und die Farbe herausgesogen hatte. Sie kickte ihre Schuhe von den Füßen, trat ans Fenster und trommelte sich dabei die ganze Zeit mit den Fingern auf den Bauch. Das angespannte, zittrige Gefühl im Magen wollte nicht weichen, nicht einmal jetzt, fünfhundert Kilometer von der Stadt entfernt.

Bean zog den Vorhang vor das Gaubenfenster, ging wieder zum Bett und zog sich aus. Die zerrissenen, klebrigen Nylonstrümpfe wanderten in den Abfallkorb, ihr Kostüm legte sie aufs Bett. Auf dem Rock war ein Fettfleck von einem Hamburger, den sie unterwegs gegessen hatte. Sie würde sehen müssen, ob Barney es während ihrer Abwesenheit zu einer Reinigung gebracht hatte. Als sie ihren Schmuck abnahm, eine silberne Spangenuhr und winzige Diamantohrringe, krampfte sich ihr erneut der Magen zusammen.

Sie zog ihre Unterwäsche aus und schlang ein Handtuch um die Brust, ehe sie über den Flur zu dem Badezimmer ging, das wir drei uns immer geteilt hatten. Die schwere Badewanne mit den Klauenfüßen stand noch immer dort, doch darum hing ein kreisrunder neuer Duschvorhang. Das Shampoo, das sie bei ihrem letzten Besuch – Thanksgiving? Letzten Sommer? Noch länger? – dagelassen hatte, stand Gott sei Dank noch auf dem Fenstersims, denn sie hatte keine Zeit (oder, blicken wir den Tatsachen ins Auge, kein Geld) gehabt, um vor der Abfahrt noch beim Friseur vorbeizuschauen. Sie drehte das Wasser auf, eiskalt, um die klebrige Hitze der Reise abzuwaschen, trat unter den peinigenden Strahl und betete, wie in einem Taufbecken, der Stein in ihrem Innern möge den Abfluss hinabfließen und verschwinden.

Bean hatte sich nicht überlegt, was sie nun eigentlich vorhatte. Sie war nur darauf konzentriert gewesen, der Stadt zu entkommen, fest davon überzeugt, ihr werde eine Art Gnade zuteil, wenn sie nur genügend Meilen zwischen ihr altes und ihr neues Leben legte. Ärgerlicherweise hatte sich das als Irrglaube erwiesen. Im Auto befanden sich Kisten um Kisten mit Kleidern – um Himmels willen, wozu hatte sie nur all diese *Kleider* gebraucht? –, jedes einzelne eine Mahnung an das, was sie getan hatte. Diebin, dachte sie, während sie ihr Gesicht schrubbte. *Bist ein Räuber, ein Spitzbub' und ein Schuft.* Was von ihrem Make-up noch übrig war, löste sich in Wasser und Seife auf, doch sie fuhr sich weiter mit dem Waschlappen über das Gesicht, bis ihre Haut rot und empfindlich war.

Kein Plan. Keine Vergangenheit. Keine Zukunft. Sie war zu Hause, und natürlich musste Rose ebenfalls da sein. Ausgerechnet sie, einer der Menschen, die am ehesten den Stab über einen brachen. Selbst Cordy, verrückt wie sie war, wäre möglicherweise besser gewesen. Aber Rose. Allmächtiger.

Bean bückte sich und stellte das Wasser ab. Sie würde das Problem irgendwie lösen müssen. Sich eine Arbeit suchen. Eine, die keine Referenzen erforderte, natürlich.

Wenn sie es schaffte, wenn sie der Firma alles zurückzahlen und alles loswerden konnte, was sie von diesem Geld gekauft hatte, könnte sie vielleicht neu anfangen. Den Gedanken, nach New York zurückzukehren, konnte sie noch nicht ertragen, aber in eine andere Stadt – San Francisco? Dort wäre immerhin das Wetter besser. Dort könnte sie vergessen. Dort wäre alles anders.

Um sieben beschloss die Sonne unterzugehen, eine Erleichterung nach der drückenden Hitze des Tages. In der Küche saß Bean auf der Arbeitsplatte, den Rücken an die gelbe Wand gelehnt, die Arme von den Schränken zu beiden Seiten eingequetscht. Sie entstielte Erdbeeren, von denen offenbar genauso viele in ihren Mund wanderten wie in die Schale, und ihre Finger klebten vor Saft. Die schwere Keramikschale stammte von unserer Nana, weshalb Bean Sehnsucht nach ihr bekam.

Unsere Mutter stand an der Spüle, mit geschickten Fingern schälte sie mit dem Messer eine Gurke, etwas, das keine von uns schafft, ohne schwere körperliche Verletzungen zu riskieren. Sie ist eine fabelhafte Köchin, jedoch notorisch unzuverlässig. Wenn unsere Mutter zuständig ist, wird das Abendessen in unserem Haus selten vor neun serviert, und wir können uns an Zeiten erinnern, als unsere Eltern uns gelegentlich zum Essen wecken mussten und unsere nickenden Köpfe in Richtung Tischplatte zu kippen drohten, unsere dünnen Beine in den gemusterten weißen Pyjamas wie Pendel schläfrig unter den Stühlen baumelten. Unsere Mutter ist kapriziös, kann plötzlich von einer Laune gepackt werden und an einem gewöhnlichen Mittwoch ein viergängiges Menü zubereiten, um dann, von einer ebenso heftigen neuen Laune gepackt, mitten in den Vorbereitungen alles stehen und liegen zu lassen und ein entspannendes Bad zu nehmen oder sich wieder dem Buch zu widmen, das sie gerade liest, und für eine Weile erneut in jene Welt einzutauchen, bis schließlich das Nudelwasser verkocht ist und der Rauchmelder sie (hoffentlich) wieder in die Realität zurückholt.

Im Sommer jedoch ist es anders, denn im ländlichen Ohio gibt es dann überall Stände an den Straßen, die von der Ernte der Saison überquellen: knackiger, süßer Silver-Queen-Mais; vollreife, pralle Tomaten, groß wie Baseballe; delikat schmeckende Gurken mit wunderbar saftigem Fleisch; Erdbeeren, Brombeeren, Himbeeren, Pfirsiche – eine schwindelerregende Farborgie, strotzend vor Saft. Häufig essen wir im Sommer nur das, Teller voller Obst und Gemüse, und als Rose die Küche betrat, sah sie, dass das an diesem Abend der Fall sein würde. Glücklicherweise bedeutete das auch, dass das Abendessen fertig wäre, ehe die Grillen ernsthaft loslegten.

Bean steckte sich eine Beere in den Mund und langte zwischen ihren Beinen nach einer weiteren, die noch ihre leuchtend grüne Blätterkrone hatte. Fachmännisch drehte sie sie, und der Stiel war ab. Sieben auf einen Streich. »Was ist mit der Buchhandlung passiert?«, fragte sie. Auf der Fahrt waren ihr die leeren Schaufenster und das Schild darin aufgefallen, auf dem in zornigen Lettern RÄUMUNGSVERKAUF! stand.

Rose trat neben ihre Mutter, nahm eine der geschälten, bleichen Gurken und begann, sie in dünne Scheiben zu schneiden und diese rundum auf eine Platte zu schichten. Wir aßen Gurken und Tomaten stets auf dieselbe Weise, zu Ovalen aufgeschichtet, mit scharfem Balsamico beträufelt und mit frisch gemahlenem Pfeffer bestreut. Rose lief bei dem Gedanken das Wasser im Mund zusammen.

»Ach, es ist eine Katastrophe«, sagte unsere Mutter. »Die sind größenwahnsinnig geworden. Wisst ihr noch, wie sie das immer mit den Lehrbüchern für Barney machten?« Das taten wir. Barnwell, das College (nicht die Stadt selben Namens), an dem unser Vater unterrichtet und wo wir deshalb alle drei mit unterschiedlichem Erfolg unseren Abschluss gemacht haben, besaß seit Jahren keine eigene Buchhandlung mehr. Die Buchhandlung in der Stadt, eingeklemmt zwischen einem Diner, der berühmt ist für seine Burger, und dem Postamt, übernahm diese ehrenvolle Aufgabe, und wenn die neuen Lehrbücher verkauft und die alten zurückgekauft wurden, drängten sich dort die Studenten und wirkten hungrig und verzweifelt zwischen den handgestrickten Überwürfen und den Reiswaffel-Mitbringseln in Form des Staates (die sich in Ohio nicht allzu sehr von einer normalen Reiswaffel unterscheidet).

»Aha«, sagte Bean und ließ mit einem sachten *Ping* eine Erdbeere in die Schale fallen.

»Jedenfalls erklärten sie, sie wollten keine Lehrbücher mehr verkaufen, bezichtigten die Studenten im Grunde des Diebstahls.«

»Die haben ja auch geklaut«, unterbrach sie Bean. »Ihre Lehrbücher waren unverschämt teuer.« Sie musste an einen ihrer Freunde denken, einen hübschen Jungen mit Ziegenbärtchen und lebhaft gelocktem schwarzem Haar, der ihr erzählt hatte, er besitze nur deshalb einen Wintermantel, weil dessen Taschen groß genug für ein Chemiebuch waren.

»Lehrbücher sind überall teuer«, sagte Rose.

»Bestimmt haben nicht alle Studenten geklaut«, fuhr unsere Mutter fort. »Wie dem auch sei, ich weiß nicht, was sie sich dabei gedacht haben. All diese Eltern, die in die Stadt kommen und Souvenirs kaufen wollen und jetzt stattdessen in diesen teuren Laden auf dem Campus gehen, um ihre Sweatshirts oder was auch immer zu kaufen.«

»Sie haben also zugemacht?«

»Nicht sofort. Zuerst haben sie eine dieser Kaffee-Bars eröffnet, eigentlich eine gute Idee, aber Maura hatte keine Ahnung, wie man so etwas betreibt. Es gibt ja immer noch die Barnwell Beanery, und die Konkurrenz war zu groß.«

»Oh, weißt du, wer jetzt die Beanery betreibt?«, fragte Rose. »Dan Miller. Hat er nicht mit dir zusammen Examen gemacht?«

»Ja«, sagte Bean und blinzelte ein paar Mal vor Überraschung, ehe sie nach vorne rutschte, von der Arbeitsplatte heruntersprang und das Schälchen mit den Erdbeerstielen zum Mülleimer trug. Sie betätigte das Pedal, und der Deckel sprang ordnungsgemäß auf. »Was? Der lebt immer noch hier? Wie verrückt.«

»Bean? Kompost?«, sagte unsere Mutter mit hochgezogenen Augenbrauen und zeigte mit dem Messer auf den Behälter links neben dem Mülleimer. Zu spät. Bean schüttete die restlichen Erdbeerstiele in den Mülleimer. Sie zuckte die Schultern, als hätte es nicht an ihr gelegen, und trug das Schälchen zur Spüle.

»Es ist gar nicht so übel, hier zu leben«, sagte Rose ein wenig pikiert.

»O hör auf. Ich rede nicht von dir. Wir sind hier aufgewachsen, das ist etwas anderes, als wenn man hier aufs College gegangen ist und dann einfach beschließt zu bleiben, weil es so beschaulich ist.«

»Es ist auch beschaulich«, sagte unsere Mutter.

»Nicht jeder möchte in einer Stadt wie New York leben«, sagte Rose.

»Und das ist gut so. Es ist schon voll genug da«, sagte Bean und stellte das Schälchen unter heftigem Geklapper in die Spüle.

»Was ist die Stadt wohl, als das Volk?«, zitierte Rose.

»Dann willst du also wieder zurück?«, fragte unsere Mutter.

Bean zuckte die Schultern. »Ich bleibe nicht hier, das steht jedenfalls fest.« Rose rutschte das Messer aus und machte einen winzigen Schnitt in ihren Daumenballen. Sie hielt die Stelle an den Mund und saugte Sauer-Salziges und Tomatensüßes auf.

»Hast du tatsächlich deinen Job aufgegeben?«, wollte Rose wissen und untersuchte die Schnittwunde.

Bean sah sie an. »Ja. Warum ist das so schwer zu verstehen?«

»Ich weiß nicht. Ich finde nur, dass du es vielleicht hättest erwähnen können oder so. Dass du das vorhattest.«

»Wann denn? Bei unseren wöchentlichen Plauderstündchen am Telefon?«, meinte Bean höhnisch. »Ich wusste gar nicht, dass ich dich über meinen Fünfjahresplan auf dem Laufenden halten sollte.« Sie spürte, wie die Bosheit in ihr aufwallte, und war machtlos dagegen. Es war die Wut, die sich eigentlich gegen sie selbst hätte richten müssen, aber verdammt noch mal, konnte Rose nicht ein einziges Mal etwas gut sein lassen?

»Du brauchst mir nicht den Kopf abzureißen«, sagte Rose. »Ich habe nur gefragt.«

»Du fragst nie einfach so, Rose. Du willst mich nur kritisieren.«

»Ich kritisiere dich nicht. Verzeih, dass ich ein wenig Interesse für dich gezeigt habe.«

»Mädchen«, sagte unsere Mutter. Wir ignorierten sie.

»Ich habe gekündigt. Ich wollte nicht mehr dort arbeiten. Ich hatte New York satt. Was willst du noch mehr?« *Nimm denn deinen Schein, und nimm dein Pfund Fleisch.*

»Werd nicht dramatisch. Wenn ich meine Stelle aufgeben wollte, würde ich das nicht tun, ohne einen Plan zu haben. Mehr sage ich nicht.«

»Natürlich würdest du das nicht. Aber wir können nicht alle so perfekt sein wie du, Rose.« Bean ging zum Kühlschrank, riss die Tür auf und starrte blind hinein. Der kalte Luftzug verscheuchte ihre Tränen. Sie schloss die Tür und drehte sich wieder zu den beiden um.

»Du kannst so lange bleiben, wie du willst. Es ist schön, euch Mädchen zu Hause zu haben«, sagte unsere Mutter, als hätte sie unseren Streit nicht gehört, spülte die Hände ab und schüttelte sie trocken. Ein letzter Sonnenstrahl fiel durch das Fenster und leuchtete die Falten in ihrem Gesicht aus, und wie jedes Mal, wenn sie nach Hause kam, überraschte es Bean, wie unsere Eltern alterten. Rose dagegen nahm es, ähnlich wie die Veränderungen bei den Möbeln, kaum wahr. Ihr kam der Prozess wie eine schleichende Erosion vor. Für Bean war es eher eine seismische Verschiebung. Seit unserer Jugend trug unsere Mutter ihr Haar in einem großen, lockeren Knoten oben auf dem Kopf und steckte ihn mit unsichtbaren Haarnadeln fest. Doch die Chemotherapie hatte ihr die Haare genommen, jenes Tiefbraun, das wir drei mit ihr geteilt hatten, und das Tiefblau ihrer Augen, das die genetische Schlacht gegen das Schokoladenbraun unseres Vaters verloren hatte, wirkte fahl. Der Schal, den sie um den Kopf geschlungen hatte, betonte ihre bleicher gewordene Haut, und die Augen wirkten groß und verloren in ihrem Gesicht. Es gab auch einen Ansatz loser Haut unter ihrem Kinn, doch ihre Hände sahen zerbrechlich und hager aus, die Haut spannte sich über den scharf hervorstehenden Knochen.

Bean fasste sich nervös unter das Kinn, wo die Haut zum Glück immer noch fest an ihrem Kiefer anlag. Wann war das passiert? Wann war unsere Mutter so gealtert? Kam es nur daher, dass sie krank war? Oder geschah das mit uns allen, ohne dass wir es bemerkten?

Ein fiebriges Schuldgefühl überfiel sie, sie packte die Kante der Arbeitsplatte und befahl sich, nicht ohnmächtig zu werden. Es nützte nichts, sich darüber Gedanken zu machen – wir alle wurden alt. Und während die Zeit verfloss, hatte Bean ihre Jugend in einem Meer von Kleidern und bedeutungslosen Männern ertränkt.

»Ich gehe mich umziehen«, flüsterte sie sich selbst zu, als hätten die Worte die Macht, an ihrer Stelle die harte Arbeit zu erledigen. Neben ihr schwatzten unsere Mutter und Rose weiter und ignorierten ihre Verzweiflung. Das machte nichts. Bean hatte noch einen weiten Weg vor sich, bevor ihr Schwur auch nur irgendeine Bedeutung haben würde. Das hatten wir alle.

»Bianca, hilfst du mir bitte?«, fragte unsere Mutter. Sie stand vornübergebeugt da und zerrte einen Korb nasser Wäsche Richtung Hintertür. Das Haus verfügte über einen perfekt funktionierenden Trockner, doch wenn das Wetter es zuließ, bestand unsere Mutter darauf, die Laken und Handtücher zum Trocknen draußen aufzuhängen. Vor langer Zeit hatten wir uns dagegen gewehrt, dass unsere Kleider zur freien Ansicht der Nachbarschaft an der Leine flatterten, doch die Schlacht um die Wäsche hatten wir verloren und nahmen die etwas steifen Laken und Handtücher hin.

Bean lag auf der Couch, die Füße auf der Rückenlehne, in einer Hand eine Geschichte des Zweiten Weltkriegs, deren Seiten sie mit dem Saft der Pflaume bekleckerte, die sie in der anderen Hand hielt. Sie war seit drei Tagen zu Hause und hatte nichts getan außer schlafen, lesen und essen, und allein die Tatsache, dass unsere Mutter normalerweise keine Maischips und keine Schokolade im Haus hatte, bewahrte sie davor, ihre Ruhepause in einen aus-

gewachsenen, eines Bären würdigen vorgezogenen Winterschlaf
zu verwandeln.

»Lass ihn einfach stehen«, sagte Bean. Sie schob sich den Rest der Pflaume in den Mund und bearbeitete sie mit der Zunge, um das Fleisch vom Kern zu lösen, während sie gleichzeitig aufstand und sich die Hände an den Shorts abwischte. »Ich trage ihn«, sagte sie mit vollem Mund. Ihre Füße und Beine waren nackt, und ihre Shorts enthüllten den leichten Schatten des zuletzt aufgesprühten Selbstbräuners. Am Ausschnitt ihres ärmellosen Oberteils hatte sie Saftflecken.

Unsere Mutter stieß die Hintertür auf, und Bean hob den Wäschekorb hoch, trat aus der Tür und spuckte gleichzeitig in elegantem Bogen den Pflaumenkern in den Garten.

»Sehr schön«, sagte unsere Mutter. »Talentiert.«

»Vielleicht wächst da ja ein Pflaumenstrauch. Oder ein Baum? Wachsen Pflaumen auf Bäumen?«

»Ja, auf Bäumen. Talentiert, aber von mangelhafter botanischer Bildung.«

Bean ließ den Korb unter die Wäscheleine plumpsen, und die Weißwäsche hüpfte hoch und sackte wieder zusammen. »Ich kann das machen, Mom. Du solltest ins Haus gehen und dich ausruhen.«

»Alle wollen immer, dass ich mich ausruhe«, sagte unsere Mutter. »Ich komme mir vor, als machte ich eine Liegekur in einem viktorianischen Roman.« Sie bückte sich und schüttelte mit geübter Selbstverständlichkeit ein Laken aus, dass das feuchte Tuch in der schweren Luft knatterte.

»Tut mir leid«, sagte Bean. »Das wusste ich nicht.« Sie hatte so viel von dem, was unsere Mutter durchmachen musste, verpasst und wusste, dass die Telefonate nicht ihre ganze Geschichte enthalten hatten, es nicht einmal dann getan hätten, wenn Bean diese Telefonate regelmäßiger geführt hätte.

»Nimm das andere Ende, ja?«, bat unsere Mutter. »Du kannst nichts dafür, Beany, es tut mir leid. Ich werde oft müde, und es ist frustrierend, nicht all das tun zu können, was ich gerne tun würde.«

»Rose und ich können dir helfen.« Gemeinsam hängten Bean und unsere Mutter das Laken an die Leine und befestigten es mit zwei hölzernen Wäscheklammern.

»Das könnt ihr gern, aber darum geht es eigentlich nicht. Es geht darum, dass ich all diese Dinge gerne selbst erledigen möchte und nicht will, dass ihr Mädchen sie für mich erledigt. Es braucht einfach Zeit, sich ans Kranksein zu gewöhnen.« Sie glättete das Laken mit einem ungeduldigen Klaps, der ihre Verärgerung verriet.

Bean zog ein schweres Handtuch aus dem Wäscheberg und löste es aus der lasziven Umarmung mit einem Kopfkissenbezug. »Wie fühlst du dich wirklich?«

Unsere Mutter schüttelte den Kopf, ihr Gesicht wurde weich. »Im Augenblick gar nicht so schlecht. Es kommt in Wellen, zusammen mit den Behandlungen. Nach der nächsten Runde wird es ein paar Tage schlimm werden – für mich ist der dritte Tag am schlimmsten, danach wird es besser. Aber ich fürchte, ich werde noch lange müde sein, dabei bin ich es jetzt schon leid.«

»Aber die Chemo wird nicht ewig dauern. Und danach geht es dir besser.«

»Nein, aber dann kommt die Operation. Und vielleicht noch mehr Chemo. Und vielleicht Bestrahlung. Und vielleicht noch eine Operation, wenn ich mich dazu entscheide, die Brust wieder aufbauen zu lassen. Es wird ein langer Weg.«

Bean warf ein weiteres Handtuch über die Wäscheleine, klammerte es fest und empfand das gleiche krampfartige Gefühl wie beim Anblick unserer Mutter in der Küche. »Hast du Angst?«

»Natürlich«, sagte unsere Mutter. Ihre Stimme klang fest, doch ihr Gesicht wirkte gleichzeitig beunruhigt und distanziert. Unsere Mutter nahm den letzten Kopfkissenbezug aus dem Korb und hängte ihn mit flinken, geschickten Fingern auf. Die Laken und Handtücher bildeten um die beiden ein kühles, feuchtes Fort in der strahlenden Hitze des Tages. Eine leichte Brise fuhr dazwischen, und Bean beobachtete, wie die Schatten der Tücher über das Gesicht ihrer Mutter huschten. »Ich bin noch nicht durch«, sagte unsere Mutter, als wäre sie irgendwo weit weg, dann hielt sie inne und schüttelte sich. »Aber ich habe wunderbare Ärzte, und ich habe euren Vater und euch Mädchen natürlich. Wir werden es schaffen.«

»Was immer ich dazu beitragen kann«, sagte Bean. »Deshalb bin ich hier.«

Unsere Mutter stemmte den leeren Korb gegen ihre Hüfte und bedachte Bean mit einem scharfen Blick. »Ich weiß das zu schätzen, Beany, aber ich glaube keine Sekunde daran, dass du nur nach Hause gekommen bist, um mir zu helfen.«

Bean erstarrte. »Wie meinst du das?«

»Wie viele Bilder von New York hast du aus Zeitschriften ausgeschnitten und überall in deinem Zimmer an die Wand geklebt? Wie oft hast du dir *Frühstück bei Tiffany* angeschaut – und die Pointe der Geschichte dabei vollkommen verpasst, wie ich hinzufügen möchte? Wie viele Bücher darüber sollte Mrs. Landrige extra für dich für die Bibliothek bestellen?«

»Tausende, mindestens«, sagte Bean. Sie konnte sich nur noch vage daran erinnern, dass die Stadt, die wie eine Fata Morgana in der Ferne glitzerte, ihr einmal wie der perfekte Zufluchtsort erschienen war. Diese Verheißung war immer mehr verblasst, bis sie nur noch die Erinnerung einer Erinnerung zu sein schien, ein Bild, das so häufig kopiert worden war, dass es längst blass und verschwommen war. Alles, woran sie sich jetzt noch erinnerte, war die harsche Realität verdreckter Straßen, überfüllter U-Bahnen und einer lachhaft hohen Miete.

»Es ist ja nicht so, dass ich dich gerade erst kennengelernt hätte, Süße. Was auch immer dich dazu gebracht hat, diesen Traum aufzugeben, es muss ziemlich schlimm gewesen sein.« Bean machte Anstalten, etwas zu sagen, doch ihre Mutter hob die Hand. »Nein, du musst es mir nicht erzählen. Ich bin mir, ehrlich gesagt, gar nicht sicher, ob ich es wissen möchte. Ich freue mich, dass du hier bist, und du sollst gern so lange bleiben, wie du möchtest.«

»Danke«, sagte Bean mit erstickter Stimme, da ihr die Tränen kamen. Dankenswerterweise war unsere Mutter aber so freundlich, sich rechtzeitig abzuwenden, um es nicht zu sehen. Die Tür zum Haus schlug hinter ihr ins Schloss, und Bean drehte sich um und sah zum hinteren Gartenzaun, wo sich das Geißblatt in dicken Büscheln um die Pfähle rankte. So viele unserer liebsten Sommererinnerungen waren mit diesem Haus verknüpft: nachts im Garten Jagd auf morsende Glühwürmchen machen, auf den breiten, gestrichenen Betonstufen vorm Haus Wassermelonen essen, dann der metallische Geschmack des Wassers aus dem Gartenschlauch und die sich so köstlich dehnenden unbeschwerten Stunden in der Sonne. Selbst der Duft der Wäsche, die auf der Leine trocknete, konnte uns in die Vergangenheit entführen. Doch an diesem Nachmittag vermochte keine dieser schönen Erinnerungen Bean zu erreichen. Unsere Mutter war dabei zu sterben. Rose war eine Zicke. Und Bean selbst war kriminell. Trotz aller Verheißungen würde das Leben in absehbarer Zeit nicht besser werden.

Drei

»Ich mache einen Spaziergang in die Stadt«, erklärte Rose unserer Schwester Bean, die im Wohnzimmer saß und las. Der Tag hatte noch nicht jene drückende Schwüle erreicht, die erst die schlimmste Hitze mit sich bringen würde. Bean saß gegen das Fenster gelehnt, die Knie an die Brust gedrückt, die Zehen seltsam katzenhaft gekrümmt, so wie sie es schon als kleines Mädchen gemacht hatte. Sie blickte von dem Roman auf, in den sie seit dem Frühstück gestarrt hatte. Sie konnte sich an kein einziges Wort erinnern, obwohl sie inzwischen fünfzig Seiten weitergeblättert hatte. »Möchtest du mitkommen?«

Rose sah, wie Bean langsam aus dem Buch oder woraus auch immer auftauchte und ins Zimmer zurückkehrte. Unsere Mutter werkelte draußen im Garten herum, einen großen, mit einem breiten Gummiband befestigten Strohhut über dem Kopftuch, das ihre zarte Kopfhaut schützte. Mit kräftigem, ausholendem Schwung zupfte sie Unkraut aus der Erde und warf es unbekümmert über die Schulter, worauf es in einem Haufen auf dem Backsteinweg landete, als gehorchte es einem präzisen Befehl. »Meinst du, eine von uns sollte ihr Hilfe anbieten?«

»Das habe ich schon«, erklärte Rose entschieden. »Sie sagt, sie will es selbst machen. Es ist lächerlich, aber wenn sie meint, sie schafft es, dann glaube ich, schadet es ihr auch nicht.«

»Wie großzügig von dir«, sagte Bean.

»Willst du nun mitkommen oder nicht?«, fragte Rose eingeschnappt. »Ich habe nur versucht, nett zu sein.«

Bean legte das Buch aufgeschlagen und mit plattgedrücktem Rücken neben sich. »Klar. Besser, als hier herumzusitzen. Gott, kann man denn in dieser Stadt gar nichts machen?« Sie stand auf und schlüpfte in ein Paar Espadrilles, das perfekt zu ihrer frischen Baumwollbluse und dem Wickelrock passte. Sie sah aus wie einer

Werbung entsprungen. Rose seufzte, nahm ein Lesezeichen von einem Regal neben dem Fenster und legte es in das Buch, das Bean dagelassen hatte.

»Natürlich kann man hier etwas machen«, widersprach Rose. »Es geht nur alles etwas langsamer. Du musst dich an das Tempo gewöhnen. Wenn du hierbleiben willst.«

Bean macht ein spöttisches Gesicht, ging zur Tür und musterte sich kurz in dem schweren Spiegel, der in der Diele über dem Tisch hing, auf dem wir unsere Schlüssel, die Post und alles andere ablegten, das ein Bleibe brauchte. Sie schüttelte ihr Haar, worauf es ihr in lockeren Wellen über die Schultern fiel. Rose hielt ihr die Tür auf.

»Wohnen die Mannings noch hier?«, fragte Bean. Sie waren schweigend bis zur nächsten Kreuzung gegangen, hatten auf das ferne Geräusch der Rasenmäher gehorcht und auf das vergnügte Gekreisch der Kinder unten am See. Rose blickte zu dem Haus hinüber, eines der vielen, mit breiten Schindeln verkleideten Häuser aus dem Sears-Katalog, mit ihren langen, klobigen Fenstern und den breiten Veranden.

»Sie hat ein Sabbatjahr, glaube ich. Irgendein Austauschprogramm mit einem College in Kalifornien. Er ist aber noch hier.« Bean sah zu dem leeren Haus. Ein Fahrrad hielt auf dem Gehweg Wache, und eine Gießkanne lag verlassen zwischen den niedergetrampelten Gänseblümchen neben der Verandatreppe.

»Ach«, sagte Bean ein wenig traurig. Professor Lila Manning – Frau Dr. Manning hatten sie sie genannt, um sie von ihrem ebenfalls akademischen Mann zu unterscheiden – war eine ihrer Lieblingsprofessorinnen gewesen: eine kleine, ein wenig elfenhafte Frau mit einer charmant barschen Art. Sie war irgendwann so etwas wie Beans Mentorin geworden, in deren Haus sie die Abende verbracht, Rotwein getrunken und hinten im Garten der Sonne beim Untergehen zugesehen hatte, während die Unterhaltung in wolkigen Höhen dahintrieb. Sie waren ein junges Ehepaar gewesen, das ihr damals Welten entfernt zu sein schien – verheiratet, zwei kleine Kinder, ein Leben in Stabilität und Normalität, das Bean ebenso sehr gehasst wie ersehnt hatte. Einen Augenblick lang krampfte sich ihr Herz wehmütig zusammen, doch als Bean dann ins Großstadtleben eingetaucht war, hatte sie sich von der Welt der Doctores Manning entfernt, die sich mit anderen Studenten füllte, exakten Kopien ihrer Vorgänger.

Vögel und Insekten ließen ein gleichmäßiges, leises Summen hören, das Bean beim Gehen in den Ohren hallte. Sie hatte so lange in der Stadt gelebt, dass diese Geräusche ihr fremd geworden waren, und in gewisser Weise fühlte sie sich von ihnen attackiert wie ein Tourist in New York von den Sirenen und dem Quietschen der Taxibremsen. Beim Gedanken an die Stadt schlug ihr Magen einen Purzelbaum, und sie sagte so laut, dass sie die Stille des Sommermorgens vertrieb, das Erstbeste, was ihr in den Sinn kam. »Und wie kommt die Hochzeitsplanung voran?«

Auf Roses nackten Oberarmen stand Schweiß; Bean sah, wie die Tropfen aus den Poren traten und sich dort sammelten wie Synchronschwimmer, die zu einem Busby-Berkely-Sprung ansetzen. Rose zuckte die Schultern. »Ganz gut, glaube ich. Ich weiß auch nicht, ich habe eigentlich nie über Hochzeiten nachgedacht. Ich sehe mir diese Brautillustrierten an, und sie alle verkünden Dinge wie: ›Du hast von diesem Tag geträumt, seit du ein kleines Mädchen warst‹, aber das habe ich nicht. Das habe ich nie.«

»Ich auch nicht. Ist das abartig? Träumen kleine Mädchen wirklich von ihrer Hochzeit und verkleiden sich als Bräute?«

»Keine Ahnung. Jedenfalls niemand, den wir kennen. Aber schließlich sind wir auch nicht repräsentativ. Und Jonathan und ich würden sowieso keine Hochzeit wollen, von der ein kleines Mädchen träumt. Mit dem ganzen Bohei«, fügte Rose abschätzig hinzu.

»Bohei«, wiederholte Bean und probierte das Wort aus, ließ es versonnen über ihre Zungenspitze rollen. Rose warf ihr einen zweifelnden Blick zu, und beide lachten. »Tut mir leid, das ist ein komisches Wort.«

Eine Pause entstand. Rose griff in ihre Tasche, um zu fühlen, ob ihr Portemonnaie noch da war.

»Und? Wo werdet ihr euch trauen lassen?«, fragte Bean.

»Oh, in der Kapelle auf dem Campus. Und dann ein Empfang im Harris. Das College vermietet den Raum normalerweise nicht in den Ferien, aber Dad hat dafür gesorgt, dass sie eine Ausnahme machen.« Bean nickte, sie erinnerte sich vage an ein Konzert, das sie im Harris-Ballsaal gehört hatte, wahrscheinlich in ihrem zweiten Studienjahr. Die Band war irgend so eine Hippie-Folk-Geschichte gewesen, wahrscheinlich eine von denen, die Cordy kurz zuvor bei irgendeiner sehr schlammigen Veranstaltung gehört hatte, und Bean hatte die meiste Zeit hinten an der Wand gestanden und ziemlich betrunken einen Jungen an sich herummachen lassen. Sie versuchte kurz, sich an seinen Namen zu erinnern, machte schließlich im Geiste eine wegwerfende Geste. *Oh, alles nun vergessen? Die Schulgenossenschaft, die Kinderunschuld?*

»Und wie soll das alles gehen? Wenn Jonathan in England ist und überhaupt?«

Rose knirschte mit den Zähnen und blickte zu einem Haus auf der anderen Straßenseite. »Das haben wir noch nicht ganz geklärt. Die Hochzeit ist immer noch für Silvester geplant. Ich wollte meine Anzahlung nicht verlieren. Vielleicht fahre ich dann als Hochzeitsreise eine Weile zu ihm rüber, und wenn sein Stipendium ausläuft, kommt er wieder zurück.«

Bean konnte sich beim besten Willen niemanden vorstellen, der aus Oxford nach Barnwell würde zurückkehren wollen, doch sie sagte nichts. Sie summte lediglich ein paar Takte von ›How Ya Gonna Keep 'Em Down on the Farm? (After They've Seen Paree)‹.

»Hast du schon angefangen, dich nach einem Hochzeitskleid umzusehen?«

Rose lachte. Das sah Bean ähnlich, ohne Umschweife nach den Kleidern zu fragen. »Nein, ehrlich gesagt, fürchte ich mich davor.« Sie zupfte verlegen an ihren Shorts, die sich an der Innenseite ihrer blassen Oberschenkel hochzuschieben drohten. »Ich kann mir keine dieser riesigen weißen Monstrositäten an mir vorstellen.«

»Kein Mensch sagt, dass du ein großes weißes Kleid tragen musst. Trag, was du willst. Es wird doch keine formelle Hochzeit werden, oder? Kein schwarzer Anzug oder so was?«

Rose schüttelte den Kopf.

»Dann spielt es keine Rolle, wenn es nicht der Tradition entspricht.«

»Vermutlich nicht«, sagte Rose, schien aber leicht verwirrt von der Vorstellung.

Sie hatten den Anfang der Hauptstraße erreicht, und Bean blieb stehen. »Ich komme mit dir aussuchen. Wir fahren nach Columbus; hier wird es nichts geben«, sagte Bean. Sie schaute Rose kurz an und lächelte, ein seltsam ironisches, ungewohntes, aber dennoch nettes Lächeln. »Du wirst schön aussehen«, sagte sie und drückte die verschwitzte Hand ihrer älteren Schwester.

Rose erwiderte das Lächeln, ein echteres Lächeln der Freude und der Überraschung, und blieb vor dem Postamt stehen. »Danke.« Sie wollte noch etwas sagen, doch der Augenblick war vorüber, und es lag ihr ebenso wenig wie uns anderen, sich in Sentimentalitäten zu ergehen. Sie hatte einen Moment lang den Eindruck, sie könnte Bean erzählen, wie sehr sie sich wegen Jonathans Abreise verraten fühlte, wie zerrissen und verwirrt, weil sie nicht wusste, was sie tun sollte; vielleicht würde Bean es ja verstehen und könnte ihr helfen. Doch dann schob sie den Gedanken beiseite. Bei so etwas konnte Bean ihr nicht helfen. Auf Kleider verstand Bean sich. Aufs Leben, nein. »Ich muss ins Postamt und das aufgeben.«

»Gut. Ich wandere mal die Straße entlang, um mich zu orientieren. Ich treffe dich dann in der Beanery, sagen wir, in einer halben Stunde?«

»Gut.« Rose zuckte die Schultern und sah Bean hinterher, ihre Haare waren immer noch voller Sprungkraft, ihre Bügelfalten unbeeinträchtigt von der Hitze. Rose schüttelte den Kopf und betrat das Gebäude, um eine Briefmarke zu kaufen und einen Brief an Jonathan nach Oxford zu schicken.

Die Bibliothek ein paar Häuser weiter lockte Bean, so wie sie uns alle über die Jahre gelockt hatte. Unsere Eltern hatten uns zu Leserinnen erzogen, und anders als die Kirche war die städtische Bibliothek der eine Ort gewesen, den wir Woche für Woche aufgesucht hatten. Als wir klein waren, hatten wir drei rote Wägelchen, die wir jeden Samstagmorgen im Gänsemarsch in die Stadt zogen, unsere Mutter wie ein Feldmarschall hoheitsvoll vorneweg. Rose bildete gerne den Schluss, um uns Übrige im Auge zu behalten, vor allem Cordy, die es meist besonders nötig hatte. Cordy konnte ein Eis lutschen, es an ihrem Arm hinunterlaufen lassen und zwischendurch stehen bleiben, um sich die klebrige, süße Schneckenspur von der Haut zu lecken. Oder sie hatte ihre Bücher nicht ordentlich gestapelt, so dass sie über den Rand des Wägelchens kippten und Rose sie wie ein Blumenmädchen rückwärts wieder aufhob. Oder Cordy hockte sich plötzlich hin und starrte, gebannt von dem Gewimmel, auf einen Ameisenhaufen in den Ritzen des Gehwegs, bis Rose sie gegen das Hinterteil stupste, damit Cordy weiterwackelte. Bean, die gerne als Erste ankam, folgte unserer Mutter auf dem Fuß und bombardierte sie mit Fragen, die sie beantwortete, wenn das Geplauder mit Bekannten in der Straße ihr Zeit dazu ließ.

Das Gebäude roch noch immer gleich – staubig und feucht, und Bean blieb hinter der Tür stehen und atmete tief ein. Bei dem vielen Geld, das die Stadt vom College erhielt, hätte sie gedacht, dass die Bibliothek umgebaut worden wäre, doch sie sah aus wie immer. Der Teppich war schmutzig-dottergelb und verschlissen. Zu ihrer Rechten befand sich die Belletristik für Erwachsene, und an der Rückseite, vor den Fenstern, die auf eine ausladende Weide und ein paar unbeschnittene Büsche hinausgingen, war die Kinderabteilung untergebracht. Eine Frau sah sich in den Regalen mit Neuerscheinungen um, und zwei Kinder, vermutlich ihre, saßen zufrieden hinten an dem gelben Plastiktisch, ganz vertieft in Bücher, die zu groß für ihre Hände waren. Ein Mann saß mit gebeugtem Kopf in einer der abgewetzten holzverkleideten Lesenischen, Bean konnte nur die rötlich-blonden Locken über seinem Kragen sehen.

Die Bibliothekarin Mrs. Landrige war schon in den Tagen der roten Wägelchen weißhaarig und gebeugt gewesen, aber Bean entdeckte sie jetzt immer noch an ihrem Tisch, wo sie geduldig Bibliotheksausweise abstempelte. Sie empfand ein Gefühl süßer Wehmut für diese Frau, die sie mit E. Nesbit und Edward Eager und Laura Ingalls Wilder bekannt gemacht hatte, und sie hätte die alte Frau am liebsten umarmt, nur dass Mrs. Landrige sich das nicht hätte gefallen lassen. Mrs. Landrige ließ sich, um es deutlich zu sagen, nicht viel gefallen.

Bean trat an ihren Schreibtisch und beugte sich vor, und sofort wurde ihre Stimme zu einem Flüstern. Wir waren gut geschult. »Mrs. Landrige.«

Der Kopf der alten Frau fuhr hoch, mit ihren wässrig-blauen Augen sah sie Bean scharf an. »Bianca!«, sagte sie, ohne im Geringsten zu zögern. Ihr Erinnerungsvermögen erstaunte Bianca. Bei all den Professoren mitsamt Familien, die in diese Stadt hereinschneiten und sie wieder verließen, fragte sie sich, wie viele Kunden diese ansonsten kleinstädtische Bücherei wohl gehabt haben mochte und wie viele Ausweise Mrs. Landrige mit einem Gesicht verbinden konnte. »Wie schön, dich zu sehen!«

»Ich freue mich auch«, sagte Bean aufrichtig. »Ich dachte, Sie wären vielleicht schon pensioniert.«

Mrs. Landrige lächelte. »Ich bin zu alt, um *nicht* zu arbeiten. Lenkt mich vom Unausweichlichen ab.« Sie stieß ein keuchendes kleines Kichern aus, und die rotschwarz karierte Schleife an ihrem Kleid zitterte auf ihrer Brust.

Bean wusste nicht recht, was sie sagen sollte, also erwiderte sie das Lächeln und ließ ihren Blick erneut durch den Raum schweifen; sie verharrte bei dem Schreibtisch mit den Papierstapeln und den abgewetzten Gummistempeln, die wie betrunken aneinandergelehnt auf der Tischplatte standen. Die Kinder hinten stritten sich kurz über ein Buch, das mitten auf dem Tisch lag, und der Mann in der Lesenische hob den Kopf und ließ Bean für einen Augenblick sein Profil sehen – kräftige Wangenknochen über einem Ziegenbärtchen, Haare, die nobel hoch auf seiner Stirn ansetzten. Er könnte gut aussehen, dachte Bean. Nur schade mit dem Ziegenbärtchen.

»Auf Besuch hier?«, fragte Mrs. Landrige. Sie hatte sich wieder ihrer bedächtigen Arbeit zugewandt, stempelte serienweise und ein wenig schief ein zukünftiges Rückgabedatum nach dem anderen. »Oder um zu bleiben?«

»Um zu bleiben«, sagte Bean und nahm es sofort stotternd wieder zurück. »Ich meine – ich weiß nicht, wie lange ich bleibe. Vielleicht gehe ich wieder nach New York, wenn ...« Wenn was genau? Wenn unsere Mutter gestorben wäre? Wenn niemand mehr dich ins Gefängnis werfen will? Wann wirst du sicher sein, Bean? »Wenn ein wenig Zeit vergangen ist«, schloss sie lahm.

Mrs. Landrige hielt mitten im Stempeln inne und setzte ihre Waffe ab. Sie sah kurz zu Bean auf, überlegte und nickte dann, als hätte sie still einen Entschluss gefasst. »Dann wirst du einen Bibliotheksausweis brauchen, nicht wahr?«, sagte sie schließlich, als würde das alles lösen (was es in unserer Familie auch beinahe tat). Mit ihrer stark geäderten Hand öffnete sie eine Schublade und nahm einen Stapel Ausweise heraus. In präziser Schreibschrift setzte sie Beans Namen auf eine Karte und überreichte sie Bean mit schwungvoller Geste. »Es ist schön, dass du wieder da bist, meine Liebe«, sagte sie lächelnd, und Bean hätte am liebsten geheult.

Sie blinzelte heftig und wandte den Blick ab, falls der Drang zu weinen oder, noch schlimmer, sie zu umarmen, zurückkehren sollte. Der Mann in der Lesenische sammelte seine Sachen ein und kam nach vorne geschlendert. Er trug Jeans und ein Superman-T-Shirt, und seine Stiefel waren abgewetzt und stellenweise ohne

Farbe. Kein Ehering und ungefähr im richtigen Alter. Zumindest ein Haareschütteln wert.

»Fertig, Father?«, fragte Mrs. Landrige und nahm dem Mann die Bücher ab.

»Sofern ich das je sein werde«, erwiderte er.

»Kennst du Father Aidan schon?«, erkundigte sich die Bibliothekarin bei Bean, die bei der Vorstellung, mit einem Geistlichen zu flirten, gerade ein klein wenig errötete.

»Nein«, sagte Bean und streckte etwas zu rasch die Hand aus. »Ich bin Bianca Andreas. Mein Vater ist hier Professor. Am Barnwell«, fügte sie hinzu, als wäre die Stadt ein akademisches New York, wo es vor lauter Institutionen höherer Gelehrsamkeit nur so wimmelte.

Er lächelte und ließ leuchtend weiße Zähne sehen, die etwas schief standen, als wäre sein Mund ein wenig aus dem Gleichgewicht geraten. »Angenehm«, sagte er. »Ich bin Aidan.«

»Father Aidan ist der neue Pfarrer von St. Markus«, erklärte Mrs. Landrige Bean, klappte ordentlich das letzte Buch zu und schob den Stapel über den Tisch zu ihm hin.

Dann war er wenigstens nicht katholisch. St. Markus war unsere Kirche – episkopalisch, nicht so fortschrittlich allerdings, um unserer Bean tatsächlich zu erlauben, den Mann, der da vor ihr stand, in ihr Bett zu locken (zumindest nicht in diesem Tempo), aber sie landete auch nicht in der Hölle, nur weil sie so etwas dachte. Pfarrer der Episkopalkirche durften sich mit Frauen verabreden, sich verlieben, heiraten. Möglicherweise durften sie sich sogar auf ein heftiges voreheliches Petting einlassen. Bean hatte noch keine rechte Gelegenheit gehabt, sich darüber Gedanken zu machen.

»Wie schön!«, antwortete Bean ein wenig zu fröhlich. Es irritierte sie, dass sie unfähig war, ihr Flirttalent zum Einsatz zu bringen, Puck ohne seinen Liebeszauber. Es war ja aber wirklich schön, dass die Kirche einen neuen Pfarrer hatte; der letzte hatte sein Verfallsdatum schon vor Jahren überschritten, jedoch eigensinnig an seinem Amt festgehalten und seine Gemeinde noch lange nachdem Bean sich zu weniger grünen Weiden aufgemacht hatte, mit seinen altersschwachen Weihnachtsgottesdiensten gelangweilt. Doch das wollte sie nicht sagen. »Meine Eltern gehen in die Kirche. In St. Markus.«

Aidan nickte. »Sie sind die Tochter von Dr. Andreas, nicht wahr? Ihr Vater hat vor ein paar Sonntagen für uns Bibelstellen gelesen. Er ist ein ausgezeichneter Sprecher.«

Das stimmt. Jahrelange Vorlesungspraxis hat einen Monster-Performer aus ihm gemacht – seine Stimme steigt und fällt wie eine Achterbahn, flammt an wichtigen Stellen auf wie ein Feuerwerk, um dann wieder in sich zusammenzusinken, und die Zuhörer folgen ihm gebannt. Seine buschigen Marx-Augenbrauen zucken, und er legt seine großen Hände auf das Podium, als könnte er nur mit Mühe seine Papiere festhalten, die seine hochfliegenden Gedanken sonst vielleicht wegzaubern würden.

»Danke«, sagte Bean, obwohl nichts daran ihr oder unser Verdienst ist.

»Wie geht es Ihrer Mutter? Sie muss in ein paar Tagen wieder zur Chemotherapie, nicht wahr?«

Bean wich vor Überraschung einen Schritt zurück. Sie hatte vergessen, wie sehr unsere Eltern sich in der Gemeinde engagierten – wie sie uns dazu erzogen hatten, uns gleichermaßen zu engagieren, wovon allerdings nicht viel hängengeblieben war. Bean dachte nicht häufig an Gott. Keine von uns tat das. Er war einfach da, wenn wir ihn brauchten. So wie eine Ersatztube Zahnpasta unter dem Waschbecken.

»Es geht ihr recht gut. Sie sagt, sie sei müde. Doch das ist ja normal. Und ich bin übrigens hier, um zu helfen.« Bean gefiel die Vorstellung, sich einem Geistlichen als moderne (wenn auch besser gekleidete) Florence Nightingale zu präsentieren.

»Ich sehe Sie dann also beim Gottesdienst?«, fragte Aidan und griff nach seinen Büchern. Seine große Hand mit ihrem Flaum goldener Härchen umspannte problemlos die diversen Bände, und

Bean starrte darauf, während sie sich eine Antwort überlegte.
Sie hatte seit Jahren keine Kirche mehr besucht, außer wenn sie Weihnachten nach Hause gekommen war, und das war selten genug. Unsere Eltern hatten uns im Glauben erzogen, uns aber außerdem beigebracht, jenseits der Kirche nahezu alles in Frage zu stellen. Es hat uns nie besonders eingeleuchtet, dass unser Vater, ein Mann, der seine Tage damit zubringt, die höchst endlichen Silben des einen Buchs zu analysieren, so problemlos die weniger glaubhaften Grundsätze eines anderen akzeptiert. Das ist zum Teil auch der Grund, warum das Geheimnis des Glaubens sich uns allen entzogen hat, und warum Bean – nein, keine von uns – je auch nur so getan hat, als wäre die Kirche ein fester Bestandteil unseres Erwachsenenlebens.

Allerdings war es nicht so, dass sie irgendwelche anderen dringenden Verabredungen gehabt hätte, oder?

»Warum, zum Teufel, nicht«, sagte sie. »Ich meine, ja.« Aidan sah sie einen Augenblick seltsam an, während sie wieder errötete – zweimal innerhalb weniger Minuten, ein Rekord –, dann lächelte er, verabschiedete sich und trat durch die Tür in die Sonne hinaus.

»Möchtest du heute etwas ausleihen?«, fragte Mrs. Landrige und wandte sich wieder ihrer monotonen Stempelei zu, um Fälligkeitskarten vorzubereiten.

»Nein, vielen Dank«, sagte Bean. »Ich treffe mich gleich mit meiner Schwester.«

Zumindest boten wir einander gute Ausreden.

Am nächsten Abend saß Rose auf ihrem Bett und sah den Staubteilchen zu, die in der Luft tanzten, während sie Jonathans Nummer wählte. »Auf die Minute«, sagte Jonathan, als er, einen Ozean entfernt, den Hörer abnahm.

Rose und Jonathan hatten ein wöchentliches Telefonat verabredet. Nicht gerade romantisch, würde Cordy vielleicht sagen.

Praktisch, würde Rose antworten.

»Ich vermisse dich«, sagte sie und seufzte beim Klang seiner Stimme. Sie schloss die Tür zu ihrem Zimmer. Diese Gespräche waren ihr immer irgendwie zu viel und zu wenig – wie konnte sie sicher sein, dass er nicht etwas anderes machte, während sie miteinander sprachen? Wie konnte sie sicher sein, dass er sich tatsächlich gern mit ihr unterhielt? Die Entfernung wurde durch die Leitung sowohl vergrößert als auch aufgehoben.

»Ich vermisse dich auch, Liebling. Wie geht es dir?«

»Ganz gut. Bean ist da.«

»Die verlorene Tochter kehrt heim? Es muss schön sein, sie um sich zu haben.«

Rose ließ ein verärgertes Schnaufen hören. Jonathan verstand uns einfach nicht. Seine Familie war zahlreich, laut und liebevoll – sechs Geschwister, inzwischen exponentiell vervielfacht durch Ehen und Kinder. Als sie ihn Weihnachten in seinem Elternhaus besuchte, hatte sie sich gefühlt, als wäre sie von einem Rudel allzu enthusiastischer junger Hunde umringt. »Eigentlich nicht. Sie tut nicht viel. Liegt nur herum und liest. Sie ist Mom keine Hilfe.«

»Wie lange bleibt sie?«

»Das ist das Komische. Sie hat ihren Job aufgegeben. Hat ihren ganzen Kram nach Hause geschafft. Als wollte sie für immer bleiben.«

»Das ist wirklich komisch.« Jonathan hatte Bean an Thanksgiving kennengelernt und sich seltsamerweise prächtig mit ihr verstanden. Rose war bei dem Gedanken, ihm unsere Femme-fatale-Schwester vorzustellen, ein wenig bange gewesen, doch Bean hatte sich mustergültig benommen, ihn mit perfektem New Yorker Slang unterhalten und beim Kartenspiel, das sie bis in den frühen Morgen hinein fortgesetzt hatten, zur allgemeinen Belustigung Dauerfluchtiraden losgelassen. »Ich hatte eher angenommen, sie würde für immer ein Stadtmensch bleiben.«

»Ich auch«, sagte Rose. »Ich glaube wirklich, da stimmt etwas nicht, aber sie will mir nichts erzählen. Ich habe versucht, es anzusprechen, aber sie hat mir beinahe den Kopf abgerissen.«

»Lass ihr Zeit. Wenn da wirklich irgendetwas nicht stimmt und es gereicht hat, um sie endgültig von dort zu vertreiben, dann ist es wahrscheinlich ziemlich schlimm.«

»Aber ich könnte ihr doch helfen«, sagte Rose traurig.

Jonathan lachte. »Meine kleine Helferin aus der Not. Kein Problem, das sie nicht lösen könnte.«

»Spotte nicht. Ich würde ihr gerne helfen, wenn sie mich ließe. Sie hat sich erboten, mit mir das Hochzeitskleid auszusuchen.«

»Nimm ihr Angebot an. Du hasst Einkaufen, sie findet es toll. Perfekt.«

Rose schaute aus dem Fenster. Unser Vater und Bean saßen Seite an Seite auf der hinteren Veranda und lasen. »Werde ich denn eins brauchen?«

»Ein Hochzeitskleid? Natürlich brauchst du eins. Es sei denn, du hast mir etwas zu sagen.«

»Nein, an mir liegt es nicht. Ich dachte nur ... Ich weiß nicht, ich fühle mich nicht ganz wohl mit dieser Sache. Was ist, wenn du dort jemanden kennenlernst? Wenn du beschließt, dass du mich überhaupt nicht vermisst? Was ist, wenn du gar nicht zurückkommen willst?« Rose legte sich aufs Bett und verbarg das Gesicht im Kopfkissen. Sie schämte sich, weil sie so viel von ihrer Angst gezeigt und es aus Furcht nicht geschafft hatte, nicht zu fragen.

»Rose.« Jonathans Stimme war sanft, aber fest. »Du bist es, die ich liebe. Du. Ich habe mein ganzes Leben auf dich gewartet und will dich jetzt nicht verlieren. Ich vermisse dich so sehr, und ich möchte nichts lieber, als dich zu meiner Frau zu machen. Und das wird sich auch nicht ändern. Verstanden?«

»Aber du könntest ja beschließen, dortzubleiben ...«

»Wo immer ich auch hingehe, ich gehe gemeinsam mit dir. So lautet die Abmachung. Und ich treffe keine einseitigen Entscheidungen mehr. Die Entscheidung, dass ich nach England gehe, haben wir gemeinsam getroffen, und wo immer wir danach hingehen, wir werden es gemeinsam entscheiden. Richtig?«

Das war keine ganz faire Darstellung. Sie hatten nicht gemeinsam entschieden: Rose hatte einfach widerwillig beschlossen, sich seinem Wunsch, ins Ausland zu gehen, nicht zu widersetzen. Trotz ihrer Bedenken wusste sie, dass es wichtig war für seine Karriere, und obwohl die Vorstellung, so lange ohne ihn zu sein, ihr wehtat, wusste sie auch, dass sie ihn nicht verlieren wollte, auch nicht aus diesem Grund. Doch sie hatte sein Anliegen nicht gerade unterstützt. »Richtig«, sagte sie.

»Kauf das Kleid. Ordere Streichholzbriefchen mit persönlichem Aufdruck und engagiere das Cleveland Symphony Orchestra. Was immer dich glücklich macht. Silvester werde ich jedenfalls ganz bestimmt in Barnwell sein, und du besser auch.«

»Ich werde da sein«, sagte sie mit einem Lächeln und stellte sich seine Hand in ihrer vor. Und verdrängte die unvermeidliche Frage, was denn wohl mit ihnen geschehen würde, wenn die Hochzeit vorbei war, wenn tatsächlich der Alltag der Ehe begann. Wenn sie noch nicht einmal in der Lage waren, zu entscheiden, wo sie leben wollten!

Es wäre gelogen, wenn Rose behauptet hätte, dass ihre Arbeit ihr gefiel. Da eine Stelle in einem anderen Staat nicht in Frage kam, hatte sie eine an der Columbus University angenommen, wo sie nur ein Rädchen im Getriebe war. Das Mathematikgebäude bestand aus kaltem Beton, in den Gängen vor den Fenstern und in den Unterrichtsräumen gab es kein natürliches Licht. Ihre Studenten starrten sie aus übermüdeten und vom Bier aufgedunsenen Gesichtern an. Sie wirkten kränklich unter den grellen Leuchtstoffröhren, die von der Decke hingen und ihre Vorlesungen mit einem ärgerlichen, stotternden Summen begleiteten.

Rose teilte sich ein winziges Büro mit zwei anderen Professoren, von denen der eine ständig fehlte und der andere die lästige Neigung hatte, seinen Kaffeebecher auf ihrem Schreibtisch abzustellen, eine Gewohnheit, die auf den Papieren, die sie dummerweise herumliegen ließ, zu kleinen Venn'schen Mengendiagrammen führte. Sein eigener Schreibtisch war mit dem Geröll jahrelanger Desorganisation so überladen, dass sie den Mann zwar seiner misslichen Lage wegen bemitleidete, andererseits jedoch, nun ja. Man kennt doch Rose. Unter solchen Bedingungen benotete sie Arbeiten, hielt Sprechstunden für Studenten ab, die beim Anblick eines Koordinatensystems fast in Tränen ausbrachen, starrte mit leerem Blick auf die Wände, statt etwas zu schreiben, und kritzelte Vielecke um die kreisrunden Kaffeeflecken auf ihren Papieren. Die Wände bestanden aus Betonschalsteinen, deren weißer Anstrich in dem Licht einen gelblichen Schimmer hatte.

Rose hatte das kafkaeske Gefühl, eines nicht genauer beschriebenen Verbrechens wegen im Gefängnis zu sitzen.

In einer Universität dieser Größe hatten die Angestellten kaum Kontakt untereinander – Schiffe in der Nacht; sie fühlte sich unvertäut, trieb vom Unterrichtsraum zum Büro zum Angestellten-Parkplatz. An manchen Tagen waren die Einzigen, mit denen sie sprach, ihre Studenten, und das konnte kaum als wirklicher Kontakt bezeichnet werden (oder, wie Rose es an einem besonders schlimmen Tag ausdrücken würde, sie konnten kaum als wirkliche Menschen bezeichnet werden). Hin und wieder traf sie sich mit Männern, einem Studenten mit Tutorfunktion, einem Lehrbuch-Vertreter, einem Professor einer anderen Universität, der hier eine Vorlesung hielt. Ihre selbstverständliche Stärke zog diese Männer an, sie fühlten sich herausgefordert, ihr ein Lächeln zu entlocken, ihr Gesicht im Kerzenschein zum Leuchten zu bringen. Doch diese Verabredungen waren nichts als Zerstreuungen, armselige obendrein, und sie schwebte weiter wie Banquos Geist die Flure entlang, wurde gesehen und doch nicht gesehen, gefürchtet und missverstanden.

Und dann kam Jonathan.

Vor einem Jahr kam sie an einem trüben Januartag in ihr Büro, und da saß er mit lässig hochgelegten Füßen am Schreibtisch des *mysteriösen Professors* und starrte mit vorgeschobener Unterlippe auf das Buch in seinem Schoß. Hätte Jonathan gewollt, hätte er wahnsinnig gut aussehen können. Tatsächlich aber war sein Haar nachlässig gebürstet, und ein kleiner Schopf stand hinten vom Kopf ab, als wollte er zur Meuterei anstiften. Seine Brillenfassung war beinahe genau so schwarz wie seine Haare, und die Gläser bedurften dringend der Reinigung. Er trug ein kurzärmeliges Hemd mit Krawatte, eine Zusammenstellung, die uns immer an unseren Vater erinnert, doch Jonathans Hemd war weinrot, die Krawatte farblich abgestimmt, was wiederum auf gewisse Dandy-Allüren schließen ließ. Seine Hose allerdings war schwarz mit braunen Schuhen darunter, ein Hinweis auf denselben professoralen Sinn für Mode, über den unser Vater verfügte.

Da Rose mit ihren Gedanken völlig woanders war und nicht im Mindesten mit einem Menschen in ihrem Büro gerechnet hatte, schrie sie bei seinem Anblick schrill auf, und der ordentliche Papierstapel in ihrer Hand verrutschte zu einem nachlässigen Bündel. Jonathan blickte auf, weniger erschrocken als sie, und fing, wie schockierend!, an zu lachen. Später würde er ihr erzählen, dass der unglaubliche Laut, den sie von sich gegeben hatte – ein Asthmapatient auf Helium – sein Gelächter ausgelöst hatte, doch in jenem Moment dachte Rose, er lache über sie, weshalb sie heftig errötete und auf ihre Papiere starrte.

»Ich habe Sie wohl erschreckt«, sagte er. Er ließ die Beine hochschnellen und setzte sie auf den Boden. Er war groß, schlank. Mit ungleich langen Koteletten. »Ich bin Gastprofessor. Ich werde das kommende Jahr über hier sein.«

Den Blick noch immer auf ihre Papiere geheftet, sagte Rose: »Sie müssen der mysteriöse Professor sein«, und errötete noch tiefer, als ihr aufging, was sie da gerade gesagt hatte. Sie schob die Blätter wieder zusammen und ging zu ihrem Schreibtisch. Sie musste sich seitlich zwischen den Schreibtischen hindurchzwängen, die wie zwei zusammengehörige Blöcke nebeneinandergeschoben waren, um in den Raum zu passen, der eigentlich nur für einen gedacht war. Diese Durchschlängelaktion war ihr irgendwie peinlich, ihre ausladenden Hüften so unmittelbar in seiner Nähe.

Jonathan lachte schallend vor Vergnügen. »Nennen Sie mich

so?« Er stand auf und streckte ihr über den kurzen Abstand der Schreibtische hinweg die Hand entgegen. »Ich heiße Jonathan Campbell. Ich unterrichte Chemie, aber drüben bei denen gibt es kein freies Büro, deshalb wurde ich hierher verbannt. Weshalb Sie mich auch nie sehen. Ich bin seit September hier.«

»Ich freue mich, Sie kennenzulernen. Woher kommen Sie?«, sagte sie und ergriff seine Hand. Sie blickte ihm in die Augen, die braun waren, beinahe schwarz, und sein stoppeliger Bartschatten war wie das schattige Laub in Shakespeares Wald von Arden.

»Ich bin so etwas wie ein Wandernder. Geboren bin ich in Michigan, habe aber überall gelebt.«

»Dann ist unser glamouröses Columbus, Ohio, also nur ein Zwischenstopp auf Ihrer Weltreise?«, fragte Rose mit brennenden Wangen. Flirtete sie etwa?

Er lachte in sich hinein. »Das könnte man so sagen. Letztes Jahr war ich in Paris.«

»Dann muss das hier ja ein Abstieg gewesen sein.« Ihr Herz schlug rasch, und sie konnte gar nicht aufhören, wie eine Zwölfjährige dümmlich zu lächeln. Sie fragte sich, was Bean jetzt wohl tun würde. Wahrscheinlich ihr Haar zurückwerfen. Rose tastete unbeholfen nach dem braven Knoten in ihrem Nacken.

»Ganz und gar nicht. Paris wird überschätzt. So viele Franzosen. Ich habe Ihren Namen nicht verstanden?«, fragte er charmant.

»Rose Andreas«, sagte sie.

»Sie unterrichten Mathematik?«, fragte er. Rose starrte ihn an und brachte kein Wort heraus.

»Ja«, sagte sie schließlich. »Das hier ist mein Büro.«

Jonathan nickte und sah Rose nachdenklich an. Oh, unsere Rose. Das Haar frisiert wie ein Gibson-Girl, die Haut fleckig errötet, das Gesicht ohne jedes Make-up und dazu eines dieser fließenden Gewänder, das ihre Kurven verbarg, *Schönheit und Zucht sind so verwebt in ihr …* doch würde er es erkennen? Würde er hinter ihre Befangenheit blicken und begreifen, dass sie einen Fleck auf seiner Krawatte einzig mit Club Soda und ihrem Hemdzipfel entfernen konnte; dass sie die Spinnen fing, vor denen wir uns fürchteten; dass sie uns geschickt anleiten konnte, das Auto für eine Reise so zu beladen, dass alles hineinpasste und nichts vergessen wurde; dass sie die frischesten Blumen zu pflücken verstand, die aus dem Frühstückstisch eine Festtafel machten; dass sie uns nach einem Albtraum in die Arme nahm und dass sie selbst sich immer im Hintergrund hielt, einzig darauf bedacht, dass wir glücklich waren? Würde er begreifen, warum wir sie so liebten? Wir hielten den Atem an.

»Hätten Sie Lust, mittagessen zu gehen?«, fragte er.

Er begriff es.

Vielleicht hat Ihnen Ihr Name ja nie gefallen. Vielleicht haben Sie jede sich bietende Gelegenheit genutzt, ihn zu ändern: in einer neuen Schule, zum Beispiel, wo Sie das Leben mit einem blassen Echo Ihres wirklichen Namens ausprobierten – von Elizabeth zu Bitsy, wäre das nicht nett? Ein ganz neues Ich. Sie haben es mit Ihrem zweiten Namen versucht, vorausgesetzt, er taugt etwas und ist nicht peinlich, wie zweite Namen es gewöhnlich sind. Vielleicht gehören Sie auch zu diesen armen Seelen, deren Eltern es besonders gut meinten und Ihnen, zu Ehren irgendwelcher längst verstorbener Verwandten, einen Namen gaben, den man keinem Zeitgenossen antun dürfte. Zum Beispiel Evelyn oder Leslie oder, für einen Jungen, Laurie. Oder Florence oder Mildred oder Doris für ein Mädchen – an sich keine üblen Namen, das wissen Sie durchaus, nur jämmerlich veraltet und die Garantie für jahrelange Folter auf dem Spielplatz und für das Gefühl, Sie seien lange vor der Zeit für Schaukelstuhl und Altersheim bestimmt.

Doch was wäre, wenn es sich nicht um einen Namen mit einer leider falschen Geschlechtsfestlegung handelte oder um einen, den Sie für sich einfach nicht passend finden? Was, wenn der Name, den man Ihnen gegeben hat, bereits von jemandem getragen wurde, der ihn derart intensiv ausgefüllt hat, dass allein seine Erwähnung den ursprünglichen Träger ins Gedächtnis ruft und Ihr Dasein zu wenig mehr als einem Echo verblassen lässt?

Bei einem ihrer vielen befristeten Jobs hatte Cordy in einem Büro zusammen mit einer gestressten Sekretärin namens Elizabeth Taylor gearbeitet. In ihr kleines, abgeteiltes Büro gekauert, hatte Cordy verzweifelt versucht, so zu tun, als wäre sie die fünfundzwanzig Dollar wert, die die Firma ihrer Agentur bezahlte (natürlich ohne dass sie tatsächlich etwas leistete), und gleichzeitig Elizabeth Taylor beobachtet und immer aufgehorcht, wenn sie ans Telefon ging. Mindestens eine Million Mal pro Tag, dachte Cordy, während sie mit den Fingern über die Büromaterialien strich, die sie als Requisiten für ihre Solo-Fleiß-Burleske arrangiert hatte, sagte Elizabeth Taylor: »Ja, wirklich.« Und jedes Mal sagte sie es mit einem Lächeln. Cordy nahm an, dass das zumindest teilweise daran lag, dass Elizabeth Taylor in ihren Namen eingeheiratet hatte, ihn also wohl erst seit etwa fünfzehn Jahren trug. Irgendwann jedoch, da waren wir uns sicher, würde sie genug haben von den Scherzen aus *Kleines Mädchen, Großes Herz*, genug von den Kommentaren über ihre Ehebegeisterung, eines Tages würde Elizabeth Taylor die Nerven verlieren, auf ihren Ehemann losgehen und wünschen, sie hätte ihn nie geheiratet.

Mit einem Vater wie dem unseren und Namen wie den unseren hatten wir diesen Punkt schon vor Jahren erreicht.

Zuerst Rosalind, eine schöne Wahl; möglicherweise wurde ihr durch das Eingreifen unserer Mutter etwas Schwerwiegenderes erspart. Doch danach war alles das Werk unseres Vaters, da waren wir uns sicher. Denn dann kam die zweite Tochter, und wie hätte man eine zweite Tochter nennen sollen, wenn nicht Bianca? Dann die dritte, und etwas anderes als Cordelia hätte den Himmel zum Einsturz gebracht. Bean und Rose waren dankbar, doch ja, dass die *Lear*-Vergleiche erst angestellt werden konnten, als die Troika komplett war, sonst hätte man sie womöglich mit den älteren Schwestern des Stücks in Zusammenhang gebracht, und dass sie die Namen Goneril und Regan nicht überleben würden, stand für sie fest. Nicht heute, nicht in diesem Jahrhundert.

Wir tragen schwer an unseren Namen. Und obwohl wir versucht haben, ihrem Einfluss zu entkommen, sind sie uns in Fleisch und Blut übergegangen, und wir stellen immer wieder fest, dass wir ihren Mustern entsprechen.

Es ist unwahrscheinlich, dass unsere Eltern jemals eines dieser Namensbücher zu Rate gezogen haben. Der *Riverside-Shakespeare* war offensichtlich ihre Fundgrube der Wahl gewesen. Rose hatte im Sommerlager einmal einen Betreuer, der, um das Eis zu brechen, die Bedeutung der Kindernamen nachschlug, und Rosalind war entsetzt, als sie erfuhr, dass ihr Name nicht nur »schöne Rose« bedeutete, sondern auch »Pferdeschlange«. *Pferdeschlange*? Wenn das einem Mädchen nicht lebenslang Probleme mit seinem Körper einträgt, dann wissen wir auch nicht.

Doch der hauptsächliche Stachel im Fleisch unserer Rose – wieder Cordy mit ihren Wortspielen – war die Liebe. Denn die Verwandlung in *Wie es Euch gefällt* geschieht ja durch die Liebe zwischen Rosalind und Orlando. Wie soll man mit solch einer Erwartung leben? Wie im Amerika des einundzwanzigsten Jahrhunderts einen Mann finden, der einen ganzen Wald mit Gedichten an die Liebste pflastert?

Nun, Rose wird Ihnen erklären, das kann man nicht.

Und wenn doch, dann wäre dieser Mann wahrscheinlich auch ziemlich neben der Spur.

Sagen kann sie Ihnen das aber erst nach sechzehn Jahren – sechzehn *Jahren*! – der Suche im Wald, des Aussortierens unpassender Verehrer durch eine Art romantischer Schnitzeljagd: Emotional unzugänglich? Check! Ödipuskomplex? Check! Stalker? Check! Unfähig, sich zu binden? Check! Unfähig, sich NICHT zu binden? Check! Erst gegen Ende ihrer langen Männerprüfungskarriere, als ein besonders gefühlloser Verehrer sie zu einer Aufführung des unglücklichen Stücks mitnahm, erkannte Rose, was für eine Falle ihr Name war. Denn wenn sie Rosalind war, hieß das natürlich, dass sie immer nach der wahren Liebe suchen, jedoch so furchtbar lange für die Prüfung brauchen würde, dass sie sie niemals finden würde, zumindest nicht jenseits der Literatur.

Deshalb servierte sie den Theatermenschen ab und schwor sich, die Suche endgültig aufzugeben, denn schließlich, sagte sie sich, war ihr Leben nicht unbefriedigend, und natürlich begegnete sie in genau dem Moment Jonathan, der nicht der Typ war, der Gedichte schrieb, um sie überall auf dem Campus auszuhängen, sondern der Typ Mann, der dazu bereit gewesen wäre, falls es das war, was sie wollte, und sie kam zu dem Schluss, dass das gar nicht mal so übel war.

Vier

Selbst wenn nicht Sommer, sondern Herbst, Frühling oder Winter gewesen wäre und der Campus von Studenten statt nur von einer Rumpfbesetzung bevölkert, die das Leben in der Stadt während der langen, öden Durststrecke zwischen Abschlussprüfungen und Orientierungswoche aufrechterhält, wäre abends noch immer nichts los gewesen. Vielleicht hätte das Konzert eines durchreisenden Künstlers oder die missglückte Inszenierung eines experimentellen Stücks im Black-Box-Theater über die heikle Zeit gegen neun Uhr hinweghelfen können, doch danach, was dann? Bean, seit jeher eine Nachteule, war schon in unserer Kindheit wiederholt von Rose beim Lesen mit der Taschenlampe unter der Bettdecke ertappt worden und hatte deshalb das Flair der Stadt, die niemals schlief, begeistert begrüßt.

Und da war sie nun, zurück in Barnwell. Unsere Eltern waren etappenweise, quasi in einer Serie lebender Bilder, Richtung Schlaf abgezogen, hatten das Geschirr gespült, dann auf dem Sofa gelesen und sich später oben leise miteinander unterhalten, jetzt herrschte Stille. Rose hatte einen langen Spaziergang gemacht, und bei ihrer Rückkehr hätte Bean aus lauter Verzweiflung beinahe eine Partie Skip-Bo vorgeschlagen, ein Kartenspiel aus unserer Kindheit, das mit nur zwei Spielern zwar blöd war, aber immerhin die Zeit totgeschlagen und sie bettreif gemacht hätte. Aber da Rose mürrisch und schweigsam gewesen war, hatte Bean es sich anders überlegt und sich mit einem Buch auf dem Sofa zusammengerollt, bis auch Rose die Treppe hinaufstapfte und ihre schlechte Laune wie Puuhs kleine schwarze Regenwolke mit sich nahm.

»In New York würde so was nie passieren«, erklärte Bean ihrem Buch, einem tränenseligen Roman, den sie halb gelesen in der Vorratskammer gefunden hatte.

Kaum überraschend, schwieg das Buch dazu.

Auf der ganzen Heimfahrt hatte sie sich ihren Aufenthalt in Barnwell ausgemalt – eine Art asketische, klösterliche Existenz als geistige Buße für das, was sie getan hatte. Sie würde düstere Farben tragen und trockenes Brot essen, ihre Haut würde, während sie demütig alle leiblichen Genüsse ausschlug, allmählich die filmreife Blässe einer glamourösen Leidenden annehmen. Doch dieses härene Gewand begann schon jetzt zu kratzen. Es war Freitagabend, verdammt noch mal. In New York würde sie sich um diese Uhrzeit gerade erst zum Ausgehen fertigmachen, und hier dachte sie ernsthaft daran, ins Bett zu gehen.

»Lächerlich«, sagte sie zu ihrem Buch und klappte es entschlossen zu. Im Auto war genügend Benzin, und sie hatte noch ein paar zusammengefaltete Zehn-Dollar-Scheine in ihrer Brieftasche, was allerdings nicht hieß, dass sie ihre Getränke selbst zu zahlen gedachte. Irgendein einsames Landei würde das nur zu gern für sie übernehmen. Sie huschte die Treppe hinauf in ihr Zimmer. Riss den Schrank auf und suchte zwischen ihren Kleidern, bis sie etwas Annehmbares fand – für New York bei Weitem nicht chic genug, aber immer noch viel zu chic für die Bars dieser Gegend. Mit Haaren und Make-up war sie im Handumdrehen fertig – wenigstens *ein* Vorteil an solch niveaulosen Orten –, und schon war sie aus dem Haus, bereit, sich der Nacht zu stellen. Sie zündete sich eine Zigarette an, während sie, ganz wie in alten Zeiten, den Wagen im Leerlauf und mit ausgeschalteten Scheinwerfern von der Einfahrt auf die Straße rollen ließ. Sie war wieder Bianca, jedenfalls fast, wenn auch nur für eine Nacht.

Bean trug an Bianca Minolas Namen ebenso schwer wie Rose an Rosalind. Rose hätte behaupten können, dass der Name Bianca ja wohl kaum eine Last sei – ewig die Schönste des Balls, um deren Gunst zahlreiche Freier wetteifern, von ihrem Vater geliebt und nach nur einer Begegnung so beschrieben: *»Ich sah sie öffnen die Korallenlippen, und wie ihr Hauch die Luft umher durchwürzte: Lieblich und süß war alles, was ich sah«*. War das so schwer?

In Wahrheit sehen wir drei einander sehr ähnlich (wir finden Geschwister, die einander nicht ähnlich sehen, ein wenig verdächtig, irgendwie ist das Betrug), doch Bean war immer die Schöne. Gut, sie hat viel mehr Zeit im Sportstudio verbracht und die merkwürdige Figur, die unsere Eltern uns vererbt haben – hauptsächlich unsere Mutter –, besiegt: eine Taille wie Scarlett O'Hara und kleine, hochstehende Brüste, aber muskulöse Arme und breite Schultern, dazu geschwungene Hüften und kräftige Oberschenkel. Außerdem hat Bean ein Vermögen in Friseursalons gelassen und unser dichtes, aber notorisch unbändiges und unleugbar langweiliges braunes Haar den besten Stylisten anvertraut. Darin gleicht sie Eltern, die ihr schwieriges Kind zu lauter steifnackigen, in Tweed gewandeten Psychiatern schleppen, in der verzweifelten Hoffnung, den einen zu finden, der es versteht.

Selbst wenn man uns nebeneinanderstellt und sieht, dass unsere Augen identisch sind – groß, kuhbraun, etwas zu eng stehend –, unsere Nasen den gleichen geraden, kräftigen breiten Nasenrücken aufweisen und unsere Münder alle gleich schmallippig, aber breit sind, würde man Bianca wahrscheinlich noch immer für die Schöne halten. Wir sind alle drei die Töchter unseres Vaters – *So ähnlich stellt Ihr Euren Vater dar* –, aber Bianca ist es, bei der dieses Gesicht zu Schönheit gelangt.

Bean fuhr den Wagen auf einen Parkplatz ein paar Ortschaften weiter und tupfte sich den Inhalt einer Parfümprobe ins Haar, um den Rauchgeruch zu überdecken. Die Wagentür knarzte beim Öffnen, und Bean stakste auf ihren hohen Absätzen schwankend durch den Kies zum Bürgersteig. Schon fühlte sie sich besser. Ein wenig männliche Aufmerksamkeit, ein paar Gläschen, und sie wäre so gut wie neu. Sie konnte auch morgen noch Mutter Teresa sein. Solange sie keinen Kater hatte.

Es gab auch Bars in der Nähe, doch eine versprach großartig eine Karaoke-Nacht (hm, nein), und die Parkplätze der anderen waren gähnend leer. Sie konnte schon von Weitem die Musik hören, klassischen Rock aus der Jukebox, und den Bierdunst riechen, der über die Schwelle kroch. Bean holte tief Luft und trat ein.

Niemand drehte sich nach ihr um, als sie durch die Tür trat. Sie verschaffte sich rasch einen Überblick und steuerte dann auf einen Barhocker seitlich am Tresen zu, von wo aus sie ihre möglichen Kandidaten gut im Blick haben würde. Der Barkeeper näherte sich träge, nahm das Geschirrtuch von der Schulter und wischte nachlässig über die klebrige Holzfläche. »Was darf's denn sein?«, fragte er. Bean klimperte mit den Wimpern und begutachtete die magere Auswahl.

»Einen doppelten Jack Daniels und eine Flasche mit was Leichtem, was immer Sie da haben«, sagte Bean. Sie warf ihm unter ihren Mascara-Fliegenbeinen einen Blick zu, aber er hatte sich bereits wieder seinem Kühlschrank zugewandt. Er wäre nicht mal eine Notlösung, entschied sie, als sie seinen Rücken betrachtete. Schon etwas ältlich, mit schlaffem Bauch und wässrigen, vom Alkohol geröteten Augen. Ihr stand Besseres zu.

»Fünf fünfzig«, sagte er und setzte Flasche und Glas vor ihr auf dem Tresen ab.

Sie begann, in ihrer Tasche nach Geld zu kramen, hielt dann aber inne und nahm stattdessen ihre Zigaretten heraus. »Setzen Sie es auf die Rechnung«, sagte sie. Er zuckte die Schultern und wandte sich ab.

Aus der Jukebox dröhnte gerade ein blechernes Gitarrensolo, als Bean den Jack Daniels hinunterkippte und den Alkohol brennend durch ihre Kehle rinnen ließ, bis sie es kaum noch aushielt und rasch in großen Zügen das wässrige Bier trank, um den Brand zu kühlen. Der Raum begann auf angenehme Weise zu verschwimmen, sie stützte den nackten Ellbogen auf den klebrigen Tresen, drehte sich auf ihrem Hocker ein wenig zur Seite und lächelte.

Eine Gruppe von Frauen hatte sich in eine Nische im hinteren Teil des Raums zurückgezogen; Bean konnte nur die auf und ab wippenden Köpfe sehen, wenn sie vor Lachen kreischten. Happy Hour nach der Arbeit. Sie kannte dieses Gefühl – die kribbelige

 Erleichterung, für die Dauer der Nacht vom Büro befreit zu sein, die teenagerhafte Erregung, wenn das Gespräch auf Sex kam, die im Schützengraben geschmiedete Kameradschaft, die mit einigen Gläschen gefeiert wurde, das Gefühl, dass man als Gruppe Gewaltiges geleistet hatte, einfach indem man den Arbeitstag überlebte.

Zwischen ein paar Tischen bei der Jukebox hatten einige Paare eine provisorische Tanzfläche eingerichtet. Bean sah einen Augenblick lang zu, wie sie sich im Takt wiegten, dann ließ sie ihren Blick weiterwandern.

Der Billardtisch wirkte vielversprechend. Eine Gruppe von Männern Anfang dreißig, die eine (wie es aussah, jämmerliche) Partie um Bier spielten. Einer trug einen Anzug mit gelockerter Krawatte und hochgekrempelten Hemdsärmeln, die Übrigen waren in T-Shirts und Jeans. Massig gewordene sportliche Typen mit Gesichtern, die einmal ansehnlich gewesen, inzwischen aber von Alkohol und Enttäuschung aufgeschwemmt waren. Männer, die ihre besten Tage hinter sich hatten und in Städten festsaßen, in denen sich Fuchs und Hase gute Nacht sagten – eine Lage, in die sie, das hatte sie sich geschworen, niemals geraten würde. In der sie jetzt war.

Bean hatte immer gut mit Männern gekonnt. Es gab hübschere Frauen und klügere, dünnere und witzigere, doch Bean hatte das gewisse Etwas. Schon mit zwölf oder dreizehn hatte sie bei Veranstaltungen im Barney die Blicke der Collegejungen auf sich gezogen, die wahrscheinlich – hoffentlich – entsetzt gewesen wären, wenn sie ihr Alter gewusst hätten. Und nachdem sie herausgefunden hatte, wie sie sich freitags und samstags abends aus dem Haus schleichen konnte, um den Kitzel von Bier und Erregung zu suchen, hatte sie in dieser Dunstglocke aus Rauch und Lärm zu flirten gelernt, hatte gelernt zu küssen, ohne etwas zu versprechen, und einen Mann nur mit Blicken durch einen ganzen Raum zu sich her zu locken.

Sie setzte das Bier an die Lippen, den Flaschenhals locker zwischen zwei Fingern, und warf das Haar in den Nacken. Der im Anzug. Der würde es sein. Mit einem Handzeichen bestellte sie noch einen Whiskey, kippte ihn hinunter, nahm Bier und Zigaretten und postierte sich an einem Stehtisch in Nähe der Billardspieler.

»Nicht schlecht«, bemerkte sie, als einer der T-Shirt-Typen zu kräftig zustieß und die Kugel über den Rand sprang und von dort unter ihren Stuhl rollte.

»Tut mir leid«, sagte er und ging auf die Knie, um sie aufzuheben.

»Überhaupt nicht. Mir gefallen Männer auf Knien.« Sein Kopf schoss in die Höhe. Er sah sie überrascht an, dann lächelte er.

»Das ließe sich arrangieren.«

Bean sagte nichts, lächelte nur und nahm einen Schluck von ihrem Bier, umschloss den Flaschenhals gerade so mit den Lippen. Er warf die Kugel in die Luft, hätte sie fast nicht wieder gefangen und ging an den Tisch zurück.

»Wegtreten«, meinte sie nickend, und er war entlassen. Mittlerweile sahen die anderen her und taxierten sie mit Blicken. Sie schlug die Beine übereinander, ließ ihren High Heel vom Fuß gleiten, bis er nur noch an den Zehen baumelte, und zündete sich mit einem Seufzer eine Zigarette an. Wirklich keine Kunst. *Dieses ist eine Gabe, die mir verliehen ward – simple, simpel.*

Eine Partie später ging der Mann zum Tresen und kam mit einem Bier und einem Whiskey für sie zurück. »Wie wär's mit einem Spiel?«, fragte er.

»Gerne«, sagte sie. »Solange es Ihnen nichts ausmacht, zu verlieren.« Er lachte, als sie mit einem geübten Schütteln ihrer Mähne vom Hocker sprang und das Queue entgegennahm.

Bean war so betrunken, dass sie wunderbar lässig und ohne nachzudenken ihre Rolle spielen konnte: den Typen mit dem Anzug streifen, sich wie zufällig gegen den Tisch lehnen, bis schließlich einer die verdammte Rechnung übernehmen und sie mit weiteren Drinks versorgen würde.

Doch dann schwappte eine heiße Woge von der Tür in den

 Raum, und eine Schar schnatternder Mädchen kam herein. Möglich, dass sie über einundzwanzig waren, doch sie waren eindeutig noch Mädchen. Die Haare zu aufdringlich gefärbt, zu hoch aufgetürmt, die Shorts zu kurz und das Make-up zu dick. Aber anders als Bean waren sie eben unter und nicht über dreißig. Und anders als Bean spielten sie bereitwillig die albernen Gänschen und trippelten hüftschwenkend und unsicher kichernd vom Tresen zum Billardtisch. Die Luft im Raum schien dünner und die Beleuchtung schwächer zu werden, während Bean zusah, wie die Männer einer nach dem anderen den Kopf drehten, sich von ihr abwandten und ihr damit deutlich machten, dass sie sie nur benutzt hatten, als Zeitvertreib, bis etwas Besseres des Weges kam. Genau wie sie es mit ihnen gemacht hatte. Ein Kloß formte sich in ihrer Kehle, und sie schluckte schwer. Würde sie kämpfen? Sie hatte noch nie um Aufmerksamkeit buhlen müssen; würde sie es jetzt etwa für diese Männer tun müssen, die es doch sowieso kaum wert waren?

»Meine Damen«, sagte der Mann, der sich anfangs Bean genähert hatte, und seine Stimme war ein kehliges Schnurren. »Ein Spielchen?« Wie Affen glotzten die Männer mit offenem Mund, die Bierflaschen schlaff in den Händen, ihre Queues lehnten an der Wand oder am Tisch, während sie die Ausstellung von Frischfleisch bewunderten. Bean hatte das Gefühl, sich in sich selbst zusammenzufalten wie ein Origami-Kranich.

Die Mädchen sahen einander fragend an, wie Mädchen das in diesem Alter zu tun pflegen, eine Art telepathischer Verständigung vor dem nächsten Schritt. »Wir wissen nicht mal, wie man spielt!«, kreischte eine, und die anderen kicherten sofort wieder los.

»Also wirklich!«, sagte Bean. Sie ging zur Wand und kreidete ihren Queue, strich dabei mit fester, geübter Hand am Holz entlang und pustete dann sachte mit leicht geschürzten Lippen. Die Männer beachteten sie gar nicht. Eines der Mädchen warf ihr einen mitleidigen Blick zu, und Bean hielt die Luft an, als sie diesen Blick erkannte, früher hatte sie selbst das eine oder andere

Mal jemanden so frech angesehen. Eine junge Frau, die sich in der unverdienten Schönheit ihrer Jugend so sicher fühlte, dass sie es sich leisten konnte, jemanden wie Bean zu bemitleiden. Und statt sich überlegen vorzukommen, hatte Bean das Gefühl, im Unrecht zu sein, als hätte sie sich zu angestrengt bemüht, sei zu gut angezogen, zu alt und schlicht von gestern. Jeglicher Kampfgeist, den sie soeben noch verspürt hatte, löste sich in Luft auf, wie Wasser, das aufs Feuer geschüttet wird.

»Wir bringen es euch bei«, sagte einer der Männer, und Bean sah, wie ihnen vor Stolz die Brust schwoll bei dem Gedanken, dass sie diese hilflosen Frauen gleich vor den Tücken des Billardtischs retten würden.

Es kam zu einem kleinen Getümmel, als die Mädchen sich um den Tisch drängelten und so taten, als wüssten sie nicht, welcher Teil des Queues wofür da war, und die Männer sich neben sie stellten und alle immer wieder die Partner wechselten, als führten sie ohne Ansager einen komplizierten Square Dance auf, bis sich schließlich alles beruhigte. Eines der Mädchen stieß mit Bean zusammen und schubste sie gegen die Tischkante. »Sollen wir noch mal von vorne anfangen?«, fragte einer der Typen.

Bean, die kurz davor gewesen war, mit ihrem Partner die letzte Runde zu gewinnen, unterdrückte den Impuls, ihm mit ihrem Queue eins über den Kopf zu ziehen. Mit einem hilfesuchenden Blick bat sie ihn um Unterstützung, doch der Mann sah aus, als wollte er gleich kopfüber im üppigen Ausschnitt eines der kichernden Mädchen verschwinden. Bean stellte sich in Positur, stemmte eine Hand in ihre trainierte Hüfte. Nichts. Sie schüttelte ihr Haar. Keine Reaktion. Einer der Männer beugte sich vor und flüsterte seiner Partnerin etwas ins Ohr. Sie kreischte vor Lachen, er legte den Kopf in den Nacken, leerte seine Bierflasche und wirkte sehr zufrieden mit sich. »Also gut«, sagte Bean und zog sich wieder vom Tisch zurück. Einer der Männer ordnete die Kugeln wieder ein.

Bean suchte sich einen Platz weiter hinten und spielte mit dem Glas in ihrer Hand, während sie die Vorstellung beobachtete, die da ihren Lauf nahm. Sie leerte den Whiskey, ohne den bitteren Geschmack überhaupt wahrzunehmen, der Lärm der Bar trat in den Hintergrund, und ihr Blickwinkel verengte sich. Im Schatten der Wand hatte sie das Gefühl, als wäre sie von der Bühne direkt in den Zuschauerraum getreten. Denn daran bestand kein Zweifel – das hier passierte tatsächlich. Sie stand nicht in den Kulissen und wartete drauf, wieder die Bühne zu betreten. Sie war von einer weit unterlegenen zweiten Garnitur ersetzt worden – Frauen, die lauter, dümmer, hässlicher und geschmackloser, aber unbestreitbar jünger waren.

Der Alkohol lag ihr sauer im Magen, und sie begriff, dass sie es irgendwie nach Hause schaffen musste, denn eins war klar, sie würde nicht einmal den kümmerlichsten dieser jämmerlichen Truppe kriegen. Nicht heute Nacht. Denn auch wenn Bean gewöhnlich nicht vor Herausforderungen kniff, ahnte sie, wie dieses Spiel ausgehen würde, und die Vorstellung, mit diesen albernen Mädchen um so traurige Gestalten kämpfen zu müssen, gefiel ihr nicht. Ihr war so wenig Würde in ihrem Leben geblieben, dass sie sie nicht an diese Typen verschwenden wollte.

Da die Männer ihre Rechnung bezahlt hatten, bat Bean den Barkeeper, ihr ein Taxi zu bestellen, ging nach draußen und wartete auf dem Parkplatz. Sie setzte sich auf die Motorhaube ihres Wagens, rauchte eine Zigarette nach der anderen und sah zu, wie die Menschen nach und nach aus der Bar tröpfelten, während es immer später wurde und mit der Nacht allmählich alle Hoffnung schwand.

Was bedeutete das für sie? Was tut man, wenn man nicht mehr die Eine ist, die alle im Blick haben? Wenn es Frauen gibt, die weniger schön, weniger intelligent und in der Kunst dieses Spiels weniger versiert sind und einen trotzdem darin schlagen können, einfach aufgrund ihres Geburtsdatums?

Das Taxi fuhr vor, und Bean schnippte ihre Zigarette in den Kies. Sie lehnte den Kopf gegen das Fenster, das trotz der heißen Nacht kalt war von der Klimaanlage. Was sollte sie jetzt machen?

Wer um Himmels willen konnte sie sein, wenn sie nicht mehr Bianca war? Wer würde Bean noch haben wollen? Sie fühlte sich grausam nüchtern, wahrscheinlich hätte sie sogar mit dem eigenen Wagen fahren können und bedauerte, dass ihr letztes Geld für diese Fahrt draufging und sie am Morgen jemanden würde bitten müssen, sie zum Schauplatz dieser Demütigung zu fahren, damit sie ihren Wagen abholen konnte. Eine Vergeudung. Ihre ganze Nacht, ihr ganzes Leben. Vergeudet.

»Steh auf«, befahl Rose ihrer Schwester. Zum Nachdruck trat sie gegen das Fußteil des Bettes. *»Pfui, Langschläferin.«*

»Mein Gott, Rose«, stöhnte Bean. »Es ist noch nicht mal sieben. Sei still, verdammt noch mal.« Eine Haarlocke klebte an ihren ausgetrockneten Lippen, und sie strich sie zur Seite, ehe sie sich umdrehte und wieder in ihr Kissen kuschelte.

»Mom hat um acht einen Termin in Columbus. Wir fahren in fünfzehn Minuten.«

»Prima. Hau ab.«

Rose schnaufte hörbar, stemmte die Fäuste in die Hüften und sah wütend auf den Deckenberg, der sich über Bean türmte. So wie sie unter diesem Federbett lag – mitten im Juni! –, war eindeutig sie es gewesen, die letzte Nacht die Klimaanlage so niedrig gestellt hatte. Aus schierer Gemeinheit packte Rose die Decke und riss sie weg, worauf Bean protestierend aufheulte und sie wieder an sich zog.

»Deine Mutter ist krank, du egoistisches Gör. Ich habe dir gestern Abend gesagt, dass wir zu ihrer nächsten Chemo fahren, und du hast gesagt, du kommst mit.«

»Hab ich das?«, fragte Bean neugierig und blinzelte hoch zu Roses drohender Silhouette, die die Sonne verdeckte. Es schien bemerkenswert untypisch für sie, etwas Derartigem zugestimmt zu haben. Und offen gestanden konnte sie sich nicht daran erinnern. Seit dem Abend in der Bar hatte sie sich regelmäßig in den Schlaf getrunken, und der gestrige Abend war ein wenig verschwommen, nachdem sie die Flasche Weißwein geleert hatte, die sie im Kühlschrank gefunden hatte. Vielleicht war sie ja in einer dieser alkoholseligen Stimmungen gewesen. Aber wahrscheinlich hatte sie nur irgendetwas zugestimmt, womit sie Rose am schnellsten zum Schweigen bringen konnte.

»Ja, das hast du. Und wenn Eure Hoheit jetzt geruhen wollten, sich anzukleiden, könnten wir losfahren. Ist doch schon schlimm genug, dass ich sie abfahrbereit machen muss; muss ich mich jetzt auch noch um dich kümmern?«

»Bin schon auf«, sagte Bean, schleuderte die Decken weg und setzte sich. »Ich bin auf.« Das »dumme Kuh« am Ende des Satzes musste sie gar nicht erst aussprechen.

Unsere Eltern hörten auf der ganzen Fahrt Radio, während Rose auf dem Rücksitz vor sich hin kochte und Bean in ihrer eigenen Alkoholwolke schmorte und versuchte, sich nicht zu übergeben. Die Zahnpasta hatte zwar beim Atem geholfen, aber ganz und gar nicht bei den morgendlichen Kopfschmerzen vom Weißwein, der sie ausgetrocknet hatte, und von dem Minzegeschmack auf ihrer pelzigen Zunge hatte sie das Gefühl, ihre Kehle sei verstopft.

Im Krankenhaus führte Rose den Aufmarsch an. Bean wollte zu einem Kaffeestand ausscheren, doch Rose zerrte sie zurück ins Glied. Sie beobachtete, wie unsere Eltern nebeneinanderher liefen, mit dem Gang langjähriger Partner. Unser Vater ist ein paar Zentimeter kleiner als unsere Mutter, sein Haar von grauen Fäden durchzogen, sein ordentlich gestutzter Bart inzwischen respektabel grau meliert. Sie gehen immer untergehakt, im perfekt aufeinander abgestimmten Gleichschritt, denn jeder kennt den Gang des anderen; unterdessen fährt die freie Hand unseres Vaters immer wieder hoch, um die Brille zurechtzurücken. Doch am Eingang zur Ambulanz blieb Rose stehen und ließ unsere Eltern allein weitergehen. Als die Tür aufglitt, drehte unser Vater sich zu unserer Mutter um und küsste sie unterhalb des Seidenschals leicht auf die Stirn. Sie nahm diese Zärtlichkeit wie einen Segen entgegen.

»Gehen wir nicht mit rein?«, fragte Bean. Sie hatte in ihrer Tasche die Reste einer Rolle Pfefferminzbonbons gefunden und steckte sich ein so gut wie fusselfreies in den Mund. Sie zerbiss es mit einem kräftigen Knirschen und grinste, als sie Roses Stirnrunzeln sah.

»Sie erlauben nur einen Besucher. Es gibt nicht genug Platz. Wir warten draußen.«

»Wir dürfen nicht rein? Wozu sind war dann verdammt noch mal überhaupt mitgekommen?«

»Zur moralischen Unterstützung.« Rose hängte sich ihre Tasche über die Schulter und wandte sich in Richtung Wartezimmer.

»Ich hätte auch zu Hause moralische Unterstützung leisten können«, brummte Bean leise, folgte ihr jedoch und besorgte sich unterwegs einen Kaffee. »Wie lange dauert es denn?«, erkundigte sie sich, als sie neben Rose Platz nahm.

Rose blickte auf ihre Armbanduhr. »Gegen Mittag sind wir wieder draußen, würde ich sagen. Zuerst müssen sie einen Bluttest machen, und dann muss die Apotheke die Lösung anmischen, die eigentliche Chemo dauert dann noch mal zwei Stunden.« Sie zog ein Buch aus ihrer Tasche und schlug es nachdrücklich auf.

»Was machen sie denn so lange?«

»Er liest ihr gewöhnlich vor. Du hast dir doch hoffentlich ein Buch mitgebracht?«

Bean holte einen dicken Schmöker aus ihrer Tasche, dessen Einband beinahe zerfiel. Rose nickte und wandte sich ihrem Buch zu. Drinnen würde unsere Mutter in einem der tröstlichen, kunststoffbezogenen Krankenhaus-Ruhesessel sitzen, während aus einem Schlauch gutes Gift in ihre Venen tropfte, und unser Vater würde sich seine Lesebrille auf die Nase setzen und ihr vorlesen.

Wie können wir erklären, was Bücher und Lesen für unsere Familie bedeuten, welch ein Geschenk Bibliotheken und Buchseiten sind? Sogar in der Coop, der kleinen, von Professoren geführten kooperativen Schule, die wir besucht hatten, einem Refugium für besonders intellektuelle Familien, waren wir aufgefallen. »Wie meinst du das, du siehst nicht fern?«, hatte ein Mädchen einmal Bean gefragt. Sie war neu, ihre Eltern hatten als Austauschprofessoren nur ein Jahr lang in Barnwell gewohnt, ihr Aufenthalt war so kurz gewesen, dass Bean sich nicht einmal mehr an den Namen des Mädchens erinnert. Sie erinnert sich nur noch an die seltsame Furche zwischen ihren Augenbrauen, die komplette, abgrundtiefe Fassungslosigkeit angesichts der Vorstellung eines Lebens »ohne« signalisierte.

Allerdings war es für uns kein Leben ohne. Es war ein Leben mit. Für Rose hieß dieses Leben, dass sie nach unserem wöchentlichen Ausflug in die Bibliothek ihre Kommode freiräumte und ihre Wochenlektüre darauf ausstellte, hochkant und mit aufspringenden Seiten, die kleine Textwölkchen in den Raum entsandten. Eine ihrer Freundinnen, ein kleines Mädchen mit tief liegenden blauen Augen und papierweißer Haut, drapierte auf diese Weise ihren Modeschmuck; und selbst damals, als Rose in dem mit weißen Korbmöbeln ausgestatteten Zimmer ihrer Freundin stand, hatte sie das Metaphorische daran begriffen, als sie das funkelnde Talmi betrachtete und es ihr vergleichsweise matt vorkam. Für Bean lagen der Glanz und die Einzigartigkeit, nach denen sie suchte, nur eine behutsam umgeblätterte Seite entfernt. Und für Cordy, die immer ein wenig abwesend wirkte, egal wie viele Menschen um sie herum nach ihrer Aufmerksamkeit verlangten, waren Bücher ein Leben, in das sie sich zurückziehen, wo sie allein und gleichzeitig in einer anderen Welt sein konnte.

Als dann auf dem College klar wurde, dass es Menschen gab, die meinten, es gebe interessantere Dinge zu tun, als zu lesen, und die einzigen Bücher, die als Zimmerschmuck taugten, seien gewichtige und kostspielige Fachbücher, deren Wert sich allein in ihrer Wiederverkäuflichkeit nach Semesterende bemaß, mussten wir uns entscheiden. Rose, die sich nie für cooles Auftreten interessiert hatte, las einfach weiter, und ihre einzige Konzession bestand darin, dass sie sich nach ihrem ersten Jahr für ein Einzelzimmer entschied, was allerdings wohl eher mit ihrem Bedürfnis nach

Reinlichkeit zu tun hatte und nicht mit der Furcht, als Leserin enttarnt zu werden. Bean verbrachte ganze Nachmittage in der Bibliothek, nachdem sie dort die Klassikerabteilung entdeckt hatte, die mit riesigen Ledersesseln und Ottomanen ausgestattet war und außerdem mit Wänden voller Bücher, in die sie sich flüchten konnte. Cordy, Konventionen gegenüber ähnlich unbekümmert wie Rose, allerdings ohne deswegen als peinlich aufzufallen, las überall: auf dem Weg zum Unterricht, im Unterricht, im Innenhof, während Frisbeescheiben über ihren Kopf hinweg flogen, nachts im Bett, während ihre Zimmergenossin und ihre Freundinnen auf dem Fußboden Karten spielten, und einmal sogar während einer Bierparty an einem Souterrainfenster, durch das von einer Straßenlaterne gerade so viel Licht hereinfiel, dass sie umblättern konnte. Der Unterschied zwischen Rose und Cordy besteht darin, dass Rose einen Störenfried mit rachsüchtigen Blicken bedachte, wenn sie bei der Lektüre unterbrochen wurde, das Buch jedoch nicht zuklappte und äußerst knappe Antworten gab, bis eine Pause in der Unterhaltung es ihr erlaubte, wieder in die Welt einzutauchen, in der sie eben noch versunken gewesen war. Cordy schlug dagegen das Buch zu oder legte es auf die aufgeschlagenen Seiten und machte mit beim Vergnügen.

In New York entschied Bean sich wegen der geschenkten Zeit für die U-Bahn, die sie zwar vor Fragen, wenn auch nicht vor Ablenkungen bewahrte – heimlichen Frotteuren, Leuten, die über die Schulter mitlasen, Bettlern und nervtötenden Wichtigtuern –, doch Bean lernte rasch, sie alle locker abzuschütteln, immer mit einem Auge in ihrem Buch. Sie erinnerte sich an einen ihrer Liebhaber, der sie irgendwann fragte, wie viele Bücher sie denn in einem Jahr so lese. »Ein paar hundert«, sagte sie.

»Woher nimmst du bloß die *Zeit* dafür?«, fragte er fassungslos.

Sie kniff die Augen zusammen und erwog eine ganze Liste möglicher Antworten: Weil ich nicht stundenlang dasitze, mich durch die Kabelkanäle zappe und dann beschwere, dass nichts läuft? Weil mein Sonntag nicht komplett von dem Gequatsche vor dem Spiel, während des Spiels und nach dem Spiel aufgefressen wird? Weil ich nicht Abend für Abend überteuertes Bier trinke und mit den anderen Finanzcracks Wer-hat-den-Größten-Wettkämpfe veranstalte? Weil ich mich in einer Warteschlange, im Sportstudio, in der Bahn und beim Mittagessen weder über die Warterei beklage noch ins Leere starre oder mich in irgendwelchen spiegelnden Flächen selbst bewundere? Ich *lese*!

»Ich weiß es nicht«, sagte sie achselzuckend.

Diese Unterhaltung war, wenig überraschend, der Anstoß für ihre Trennung, da Bean klar wurde, dass sie ihn nicht nur, wie sie bis dahin geglaubt hatte, nicht besonders mochte, sondern in Wirklichkeit überhaupt nicht. Denn trotz seines Geldes, seines guten Aussehens und all seiner anderen theoretisch positiven Attribute war er kein Leser, und, tja, sagen wir es einfach so, das ist die Sorte Blödheit, die wir nicht bereit sind hinzunehmen.

Erst am dritten Tag nach der Chemotherapie ging Bean allmählich auf, was die Krankheit für unsere Mutter tatsächlich bedeutete. Unserer Mutter tat alles weh. Ihr war kalt, doch die Decken waren zu schwer und zu hart. Beim geringsten Lichtschein, der durch die Vorhänge drang, wandte sie den Kopf ab, denn er schnitt mit der Präzision eines Skalpells durch die zarte Haut ihrer Lider. Sie langweilte sich, doch wenn wir ihr vorlasen, bekam sie Kopfschmerzen und bat uns aufzuhören. Sie fühlte sich allein und rief nach uns, damit wir ihr Gesellschaft leisteten, nur um uns dann wegzuschicken, als machte unsere Gegenwart ihr das Atmen schwer. Sie übergab sich, verlangte dann nach etwas zu essen und erbrach sich erneut. Bean wartete unsicher auf dem Flur vor dem Schlafzimmer unserer Eltern und ging bei jeder neuen Bitte hinein und wieder hinaus.

»Ist es immer so?«, fragte sie Rose, die an der Spüle das Geschirr abwusch und es an Bean weiterreichte, die es, wenig erfolgreich, mit einem nassen Tuch abtrocknete und ungefähr dort hinstellte, wo es hingehörte.

Rose schüttelte den Kopf und kniff die Lippen zu einem schmalen Strich zusammen. Eine Seifenblase stieg aus dem Spülwasser auf, sie zerstach sie mit dem Finger und sah, wie sie im Sonnenlicht funkelnd zerplatzte. »Dieses Mal ist es schlimm. Ich habe gelesen, dass es mit jeder Behandlung schlimmer wird, aber das hier habe ich nicht erwartet.«

»Ich finde es schrecklich, dass ich nichts für sie tun kann. Wie lange dauert das denn?«

»Gewöhnlich nur ein paar Tage – vielleicht diesmal etwas länger, weil es so schlimm ist. Ich muss den Arzt anrufen und mich erkundigen. Danach wird sie noch ein paar Tage müde sein. Sie hat einen Termin, um die Größe des Tumors noch einmal überprüfen zu lassen, und dann steht die Operation an.«

Ein paar Minuten lang spülten und trockneten wir in unbehaglichem Schweigen weiter. Draußen konnten wir die Geräusche des Sommers hören – das Summen der Bienen, die Rufe der Kinder, die schulfrei hatten, ein Sprinkler, der sich drehte. Es schien uns verkehrt und brutal, dass es in diesem Moment in der Welt auch solches Glück geben sollte.

»Wird sie sterben?«, fragte Bean unsicher. Ihre Stimme zitterte ein bisschen, sie starrte konzentriert auf den Teller in ihrer Hand und sah zu, wie die feuchten Streifen verdunsteten.

Rose drehte den Wasserhahn zu. »Sag das nicht. Sprich es nicht einmal aus. Sie wird wieder gesund werden.«

»Aber …«

»Nicht.« Rose hob die Hand, ihre Finger waren vom Wasser ganz runzlig und weiß. Sie sah Bean nicht in die Augen. »Wir dürfen nicht einmal daran denken. Es bringt Unglück.«

Bean sagte nichts. Sie trocknete das letzte Geschirr ab und räumte es weg, dann verschwand sie ins Wohnzimmer.

Rose ging nach oben und spähte durch die Tür ins Zimmer unserer Eltern, sah den undeutlichen Umriss unserer Mutter auf dem Bett. Sie schlief; Rose konnte das gleichmäßige Gewisper ihres Atems hören. Wenn wir ganz früher Albträume hatten, schlüpften wir ins Zimmer unserer Eltern und bettelten, dass wir bei ihnen im Bett schlafen durften. Unsere Mutter wollte meist nichts davon wissen und brachte uns gewöhnlich zurück in unser eigenes Bett und gab uns einen Kuss zum Schutz gegen die Dunkelheit. Jetzt bewegte sie sich ganz leicht, und ihr Mund öffnete sich im Schlaf. Rose wäre am liebsten neben ihr ins Bett gekrochen. Stattdessen ging sie auf Zehenspitzen über den Flur und die Treppe hinunter. Bean hatte ihre Position auf dem Sofa eingenommen, ein Buch locker zwischen den Fingern. Auf dem Fußboden neben ihr ein Glas Wasser, das sie umgeworfen hatte.

Ohnmächtige Wut packte Rose. »Bean, was hast du da wieder angestellt?«

Bean beugte den Kopf so weit über die Sofakante, dass sie das Glas sehen konnte, stellte es mit einer Hand aufrecht hin und wandte sich wieder ihrem Buch zu.

Rose polterte in die Küche und kehrte mit einem Handtuch zurück. Sie ging auf die Knie und tupfte zunächst das Wasser vom Fußboden auf, dann, weniger erfolgreich, die Rinnsale, die bereits in den Teppich sickerten.

»Es ist nur Wasser, Rose. Entspann dich.« Bean knabberte an einem Fingernagel. Als sie ihre künstlichen Nägel entfernt hatte, waren die angegriffenen Fingernägel zum Vorschein gekommen: Sie knickten immerzu um und rissen bis ins Nagelbett ein, so dass ihre Finger ständig wund waren und bluteten.

»Wasser verursacht Schäden, Bean.« Rose beendete ihre Aktion und kam mit einem Ruck auf die Füße. Sie konnte sich gerade noch davor zurückhalten, Bean das nasse Handtuch ins perfekt zurechtgemachte Gesicht zu werfen, um ihrer Aussage Nachdruck zu verleihen.

Bean blickte hoch und wedelte abwehrend mit der Hand. »Verzieh dich«, sagte sie. Sie legte ein Bein auf die Sofalehne und widmete sich wieder ihrem Buch.

»Du bist unmöglich. Hast du überhaupt eine Vorstellung davon, wie das Leben hier ohne mich aussähe?«

»Es wäre wesentlich ruhiger, das steht, verdammt noch mal, jedenfalls fest«, sagte Bean. Sie nagte an einem weiteren Nagel, biss das Weiße ab und spuckte es aus.

»Ich mache alles hier, alles.«

Bean seufzte und ließ das Buch auf die Brust sinken. »Und genau das gefällt dir doch. Also. Möchtest du jetzt darüber reden, was dich wirklich ärgert, oder hältst du endlich den Mund und lässt mich lesen?«

»Was mich wirklich ärgert, ist die Art, wie du hier reinschneist und alles für selbstverständlich hältst, als wären wir dazu da, dich zu bedienen. Du gehst die ganze Nacht aus, und keiner sagt ein Wort. Ich bin es leid, hier wie Aschenputtel rumzurennen und dein Chaos wegzuräumen.«

»Niemand hindert dich daran auszugehen, Rose. Du kannst gehen, wohin du willst. Du bist frei und volljährig.«

»Also gut. Dann gehe ich einfach nach England und lebe dort mit Jonathan. Wie wäre das?«

»Für mich völlig in Ordnung«, sagte Bean schulterzuckend. Sie nahm ihr Haar hoch und breitete es über der Lehne aus, so dass es aussah wie das Ophelias, als sie im Bach ertrank.

Rose setzte sich, das nasse Handtuch noch immer in der Faust. »Sei nicht albern. Ich muss hierbleiben und mich um Mom kümmern.«

»Dafür gibt es schließlich Leute. Ich nenne sie gern Ärzte.«

»Das meinte ich nicht.«

»Gut. Wie wäre es dann damit?« Bean richtete sich auf und legte das Buch neben sich. Rose zuckte zusammen beim Anblick des gebrochenen Buchrückens und der flügelartig aufgefächerten Seiten. »Wie wäre es, wenn du hierbleibst, bis Mom ihre Behandlung hinter sich hat und danach nach England gehst oder wo immer Jonathan dann sein wird?«

»Ich arbeite, ich habe eine Stelle. Die kann ich nicht einfach aufgeben.«

»Bekommt Jonathan ein Gehalt?«

»Natürlich.«

»Stellt man ihm eine Wohnung zur Verfügung?«

»In Oxford ja, aber danach, wer weiß?«

»Dann musst du nicht arbeiten.«

»Es wird dich vielleicht schockieren, Bean, aber nicht jeder arbeitet allein des Geldes wegen.«

»Doch, natürlich. Deshalb heißt es auch Arbeit. Wenn wir nur fürs Herumsitzen und Gutaussehen bezahlt würden, hieße es anders.«

»Ich möchte nicht zu den Menschen gehören, die nicht arbeiten. Ich möchte keine Hausfrau sein. Ich möchte nicht sein wie ...« Rose rief sich zur Ordnung, doch der Satz hing in der Luft, und Bean stürzte sich darauf.

»Du möchtest nicht sein wie Mom? Es wird *dich* vielleicht schockieren, Rose, aber ich bin mir ziemlich sicher, dass Mom gearbeitet hätte, wenn sie gewollt hätte. Es ist nicht so, dass Dad sie in ein Frauenunterdrückungsgefängnis gesteckt hätte. Außerdem schlage ich doch gar nicht vor, dass du nie wieder arbeiten sollst. Ich sage nur, dass du dir nicht sofort Sorgen um eine neue Stelle zu machen brauchst. Viele Leute wären gerne in dieser Situation. Ich zum Beispiel.«

»Ich habe nicht den Eindruck, dass du dir gerade die Beine ausreißt für eine neue Stelle.«

»Ich bereite mich innerlich vor.«

Rose schnaufte verärgert und sah aus dem Fenster. Der Nachmittag hüllte sich in graue Wolken. Ein Unwetter braute sich zusammen. Sie presste die Hände zusammen und zog dann an jedem einzelnen Finger, dehnte die Muskeln, während sie in Gedanken ihre Zukunftsaussichten erwog. Wenn sie auszog, sobald es unserer Mutter besser ging, würde es so aussehen, als wäre es ihr egal, als wäre die Begegnung unserer Mutter mit dem Tod nur eine lästige Verzögerung ihrer eigenen Pläne. Welche Tochter – welcher Mensch – würde so denken? Und wenn sie nun vorhätte wegzugehen und der Zustand unserer Mutter sich nicht verbesserte?

Wenn sich herausstellte, dass sie mit dem Flugticket in der Hand herumsäße und darauf wartete, dass unsere Mutter starb?

»Und wenn sie es nicht schafft?«

»Du hast gerade gesagt, es bringt Unglück, wenn man das sagt.«

»Ich weiß. Aber ich muss dauernd daran denken.«

»Werd bloß nicht dramatisch, Rosie. Ich habe das doch nur so dahingesagt. Es wird nicht passieren.« Bean wandte sich wieder ihrem Buch zu.

Rose fummelte weiter an ihren Fingern, bis Bean ihr Buch weglegte und sie mit einem langen, scharfen Blick bedachte. Es sah Rose gar nicht ähnlich, sich so desorientiert zu fühlen, und das machte sie ein wenig nervös.

»Was mache ich bloß? Was mache ich bloß, wenn sie stirbt?«, fragte Rose, und sie sagte es so leise, dass die Worte sich in Luft aufzulösen schienen.

Bean seufzte. »Wenn du ein bisschen Köpfchen hast, kündigst du deinen Job und gehst mit Jonathan nach England. Siehst du hier eine Zukunft für dich?«

»Nein.«

»Dann hast du keine Entschuldigung mehr. Was immer Mom zustößt oder auch nicht, hat mit dir und deiner Zukunft absolut nichts zu tun.«

»Wie meinst du das?«

»Was ich meine, o Schwester mein: Das Einzige, was dich hier hält, bist du selbst.«

Fünf

Im Traum saß Rose auf dem Rücksitz von Jonathans Auto, das auf dem Highway entlangfuhr, während die Bäume als verschwommenes Grün draußen vorbeisausten. Es gab keinen Vordersitz und keinen Fahrer, und sie fuchtelte verzweifelt mit den Händen in dem Versuch, das Lenkrad und die Pedale zu erreichen. Als sie durch die Windschutzscheibe schaute, sah sie, dass die Straße dunkel und unscharf war. Der Wagen fuhr schneller und schneller, und Rose streckte wieder die Hände aus, doch sie griffen immer nur ins Leere, ganz egal, wie sehr sie ihren Körper verrenkte.

Ein Donnerschlag, so gewaltig, dass er die Fensterscheiben zum Erzittern brachte, ließ sie auffahren, sie richtete sich im Bett auf und fasste sich mit der Hand an ihr heftig pochendes Herz. Ruhig, Rose, ruhig, dachte sie, atme langsam ein und aus, durch die Nase ein und durch den Mund aus, tiefe Yoga-Atemzüge, die die Gedanken beruhigen und das Herz von seinem rasenden Gehämmer erlösen.

Rose hatte über ein Jahr lang Yogaunterricht genommen, bei einer sanften Frau ungefähr im Alter unserer Mutter, mit schimmerndem Silberhaar und einem Körper, der, gleichzeitig weich und geschmeidig, großmütterliche Wärme mit einer athletischen Muskulatur verband. Die Lehrerin, Carol, schien so sehr in sich zu ruhen, dass auch Rose begonnen hatte, sich in ihrem Körper wohler zu fühlen, den sie unter riesigen T-Shirts verbarg, die über einer lose sitzenden Trainingshose bis zu den Knien reichten, auch wenn das ihre Beweglichkeit einschränkte.

Unsere Vorfahren mütterlicherseits waren Russen, irgendwie jedenfalls, sie stammten aus dem kleinen Zipfel Polens, der so oft von so vielen verschiedenen Eroberern annektiert worden war, dass die Bewohner ihre Nationalität schließlich aufgegeben hatten und sich nicht länger mit derartigen Zuschreibungen aufhielten. Demnach könnte man sagen, wir seien von robuster bäuerlicher Herkunft, geschaffen für die Landwirtschaft, fürs Kinderkriegen, für die Arbeit. Rose beneidete ihre Lehrerin um deren schmalhüftige Eleganz, wenn sie von einer Haltung in die nächste wechselte, doch mit der Zeit fand sie heraus, dass sie mit ihren eigenen Beinen, die sie so lange nicht hatte ausstehen können, ziemlich vieles genauso machen konnte. In diese Yogaperiode fielen auch Roses leidenschaftlichste Liebeserfahrungen, die sie jemals mit Männern gehabt hatte, auch mit Jonathan, und manchmal fragte sie sich, ob sie vielleicht zum Teil wegen der erfolgreichen Yogastunden in die Heirat eingewilligt hatte. Sie hatte sich so schön gefühlt, so üppig und geschmeidig.

Doch dann hatte Carol vor ein paar Monaten verkündet, sie und ihr Mann gingen jetzt in Rente, ausgerechnet nach Florida übrigens, und die neue Lehrerin, eine gebleichte Blondine namens Heidi, die zu ihrer Yogahose Schuhe mit Stummelabsatz trug, machte Rose Angst. Heidi hatte gleich in der ersten Unterrichtsstunde die Heizung fünf Grad wärmer gestellt, so dass Rose sich bei den Übungen knallrot, verschwitzt und linkisch vorkam, und das an einem Ort, wo sie sich so gut zu fühlen gelernt hatte. Als Heidi in der Stunde ihre Runde machte und wiederholt Roses Haltung korrigierte, begann ihr Herz zu hämmern, und sie musste nach Luft schnappen. Schließlich hatte sie ihre Matte gepackt und ihre von der Hitze geschwollenen Füße in die Flip-Flops geschoben.

»Du gehst, meine Liebe?«, hatte Heidi gefragt, sich neben sie gestellt und ihre eisigen Finger auf Roses fiebrige Haut gelegt. Sie sah Rose mitleidig an, als hätte sie gleich gewusst, dass Rose es nicht schaffen würde.

Rose nickte, blinzelte ihre Tränen weg und floh.

Seither war sie nicht mehr hingegangen. Und sie merkte es an ihrem Körper, spürte die Verspannung der Muskeln, wo vorher Geschmeidigkeit gewesen war, und das Stolpern ihres Herzschlags, das häufiger wurde, aber sie dachte nicht daran, an den Ort eines so schmerzlichen Versagens zurückzukehren.

Doch die Atemübung funktionierte noch immer, stellte sie fest, als sie mit der Hand erneut ihr Herz überprüfte, ehe sie die Laken beiseiteschob, die Füße über die Bettkante schwang und einen Augenblick sitzen blieb, bevor sie sich von der protestierenden Matratze abstieß. Ihre Knie knackten, eine hörbare Erinnerung daran, dass sie unaufhaltsam auf die Vierzig zuging, und sie machte ein paar schwungvolle Bewegungen, um ihre Muskeln aufzuwärmen. Dann tappte sie über den Flur zur Treppe. Unsere Eltern würden jeden Lärm verschlafen, da war sie sich ziemlich sicher, doch sie wollte Bean nicht wecken, die nebenan schlief.

Sie hatte beinahe die Küche erreicht, von dem Licht geleitet, das unsere Mutter immer über der Spüle brennen ließ, als sie das Klappen der Fliegengittertür und darauf das Knacken des Türknaufs hörte. Von dem Adrenalinstoß begann ihr Herz erneut zu hämmern, und sie schlüpfte rasch durch die Küchentür, um nach dem Eindringling Ausschau zu halten. Draußen zerriss das Aufheulen eines Motors die Nacht, doch das Geräusch wurde von einem weiteren Donnerschlag beinahe übertönt.

Im Schein der Lampen am Fuß der Eingangstreppe erschien, als Schattenriss, Cordy.

»Hallo, Rose«, sagte Cordy, als sie ins Haus trat. Als wäre es das Normalste der Welt, um zwei Uhr morgens nach Hause zu kommen, und genauso normal, von Rose an der Tür begrüßt zu werden. Als wir Cordy das letzte Mal sahen, hatte sie schwarzes Haar und trug den Faltenrock ihrer Schuluniform und immer neue T-Shirts irgendwelcher Bands. An diesem Abend hatte ihr Haar wieder unsere natürliche tiefbraune Farbe. Jetzt trug sie eine weiße Bauernbluse mit kurzen Puffärmeln, auf der dicke Regentropfen ihre Spuren hinterlassen hatten, und einen weiten Patchworkrock. In der einen Hand hielt sie einen schäbigen Matchsack, in der anderen einen mit zahlreichen Aufklebern versehenen Gitarrenkasten – ein von einer Castingagentur geschickter Neo-Hippie.

Da war sie also. Wir waren alle wieder zu Hause, genau wie

Rose es sich gewünscht hatte. Zwar würde sie diesen Wunsch in Zukunft noch oft bereuen, aber immerhin war es im Haus nun nicht mehr so still.

Rose seufzte.

»Hallo, Cordy«, sagte sie. Cordy trat die Tür mit dem Fuß ins Schloss, ohne sich um den Lärm zu kümmern, ließ Tasche und Gitarre fallen, schleuderte ihre Sandalen von den Füßen und nahm Rose in die Arme. Und Rose umarmte unsere jüngste Schwester. Durch die dünne Baumwolle ihrer Bluse konnte sie Cordys Schulterblätter spüren, wie kleine Stummelflügel. Sie löste sich aus der Umarmung, und etwas von Cordys Schweißgeruch blieb an ihrem Nachthemd hängen. »Ich wollte mir gerade etwas zu essen holen. Hast du Hunger?«

»Ich bin am Verhungern«, sagte Cordy und ging in die Küche. Über dem Stuhl direkt hinter der Tür hing eine der ewigen Strickjacken unserer Mutter, Cordy nahm sie und wickelte sich fröstelnd darin ein. »Dieser Regen ist Wahnsinn. Wir konnten auf der 301 kaum etwas sehen.«

»Wer hat dich denn hergebracht?«, fragte Rose.

»Ein Freund von mir. Max. Er will in die Rock and Roll Hall of Fame.« So wie sie es sagte, war nicht ganz klar, ob sie meinte, Max sei unterwegs nach Cleveland, um sich den pyramidenartigen Bau anzusehen, oder ob sie glaubte, eines Tages werde er es selbst da hinein schaffen. Cordy riss die Kühlschranktür auf, und in dem bläulichen Licht aus dem Innern sah ihr Gesicht schmal und abgespannt aus. »Ich habe dann zu ihm gesagt, meine Schwester kommt unter die Haube, fährst du mich hin?«

»Die Hochzeit ist erst im Dezember«, sagte Rose, nahm ein Glas aus dem Schrank und griff an Cordy vorbei nach dem Milchkarton im Kühlschrank. »Du kommst ungefähr sechs Monate zu früh.«

Cordy schälte die Folie von einer weißen Platte und fand darunter ein paar Maiskolben. Sie nahm einen und fing an, ihn kalt zu essen. »Soll ich sie für dich aufwärmen?«, fragte Rose.

»Nein«, sagte Cordy. Maisstückchen steckten zwischen ihren Zähnen, eines auch in ihrem Mundwinkel, und Rose kämpfte gegen den Impuls, es ihr abzuwischen. »Ich hatte irgendwie genug vom Reisen, und dann das mit Mom und alles. Ich dachte, ich könnte vielleicht helfen.« Sie zuckte die Schultern. »Außerdem, was hatte ich denn verdammt noch mal für Alternativen?« Sie lachte, und Rose fiel auf, wie bitter es klang.

»Es ist schön, dass du da bist«, sagte Rose nach einer Pause. »Bean ist auch da.«

»Mmmh. Und? Wie geht es ihr?«, fragte Cordy, den Mund voll Mais. Sie knabberte den Kolben in kleinen Kreisen ab – wie sie es immer tat, während der Rest der Familie senkrecht in langen Streifen zu nagen pflegte.

»Eigentlich weiß ich es nicht. Wir haben nicht viel miteinander geredet. Sie sieht gut aus. Wie immer.«

»Ganz schön komisch, nicht?« Cordy war fertig mit ihrem Kolben, trug ihn vorsichtig zwischen zwei Fingern zum Komposteimer und ließ ihn hineinfallen. »Dass wir jetzt alle wieder zu Hause sind.« Sie setzte sich an den Tisch, stützte einen Fuß auf der Stuhlkante ab und umarmte ihr Bein wie einen tröstlichen Teddybären. Einer der Flicken auf ihrem Rock hatte einen Riss.

»Ja, komisch«, stimmte Rose zu.

»Ich hab gehört, Jonathan ist in England? Klingt übel.« Cordy pulte Mais aus ihren Zähnen und nahm jedes Korn einzeln in Augenschein, ehe sie es vom Finger lutschte. Rose packte ihre Hand, damit sie aufhörte. Cordy fuhr sich mit der Zunge über die Zähne und grinste. »Ich hab sie sowieso schon alle erwischt. Wie geht es überhaupt Mom?«

Rose beherrschte sich und verzog keine Miene. *Überhaupt!* Als wäre es ihr gerade mal so eingefallen. Wie schön, Cordy zu sein und immer davon auszugehen, dass am Ende alles gut wird; um mögliche Gefahren haben sich andere zu kümmern. »Es geht ihr ganz gut. Sie macht gerade eine Chemotherapie, damit der Tumor schrumpft, ehe sie ihn operieren. Vor zwei Tagen hat sie wieder eine Infusion gekriegt, und jetzt erholt sie sich davon. Sie ist ziemlich müde, also kein Drama, ja?«

Cordy dachte kurz darüber nach. »Cool«, sagte sie schließlich. »Also ich bin bettreif. Und du?«

Rose schüttelte den Kopf. Typisch Cordy. Interessierte sich ausschließlich für sich selbst. Nachdem sie ihre Milch ausgetrunken hatte, tapste Rose leise zur Anrichte, spülte das Glas aus und stellte es auf das Abtropfbrett. »Ich nehme deine Tasche«, sagte sie.

Rose ging voran, Cordys feuchten, tarnfarbenen Matchsack über der Schulter. Der leichte Stoff ihres Nachthemds saugte sofort Feuchtigkeit auf. Cordy kam hinterher, wobei ihr Gitarrenkasten fröhlich gegen jeden erdenklichen Gegenstand stieß. »Hoppla«, sagte Cordy jedes Mal. »Hoppla.«

Rose öffnete die Tür zu Cordys Zimmer und ging hinein. Aus irgendeinem Grund hatte Cordy nie wie wir beiden anderen ihr Zimmer neu eingerichtet, als sie älter wurde. Es war noch immer ein Kinderzimmer: in Rosa und Weiß, mit Bändern und Schleifen. Ihr eigenes Aussehen hatte sie tausendmal verändert, doch das Zimmer war immer gleich geblieben.

Cordy trat ein, schlüpfte aus ihrem Rock und warf sich, nur in Bluse und Unterwäsche, aufs Bett. Ihre Beine waren behaart, ihre Fußsohlen beinahe schwarz vor Schmutz, wie Rose mit leichtem Ekel feststellte. »Nacht«, sagte Cordy, schloss die Augen und war im Nu halb eingeschlafen. Rose blieb noch einen Moment stehen, wollte Cordy zum Zähneputzen und zum Gesichtwaschen auffordern oder sonst eine mütterliche Ermahnung vorm Zubettgehen von sich geben. Doch sie überlegte es sich anders.

Fürs Erste würde sie Cordy schlafen lassen.

»Gute Nacht, süßer Prinz«, sagte sie schließlich, blickte noch einmal auf Cordys abgemagertes Gesicht und schloss die Tür.

Unser Vater und Rose hatten unsere Mutter zu einer Nachuntersuchung gebracht, bei der die Tumorgröße gemessen wurde, weshalb Bean, als sie aufwachte, erst einmal nach draußen ging, um die Zeitung zu holen, die ihr beim Frühstück Gesellschaft leisten sollte. Die Fahne am Briefkasten zeigte nach unten – unsere Post wird seit jeher unerhört früh gebracht –, und so nahm sie auch die mit und sah auf dem Weg zum Haus die Briefe durch.

Ein dicker, gepolsterter Umschlag aus New York war an sie adressiert. Sie erkannte das passiv-aggressive Debütantinnengekritzel ihrer ehemaligen Mitbewohnerin Daisy.

Sie ließ die Zeitung und die übrige Post auf den Tisch fallen und riss den Umschlag auf. Darin steckte ein Stapel Post, die an ihre Yorker Wohnung adressiert war. Zwei Hochzeitseinladungen, zwei Postkarten, die sie zu Ausstellungseröffnungen einluden, und dann das, was sie gefürchtet hatte. Rechnungen. Ein Dutzend, mindestens. Kreditkarten, allesamt über dem Limit, allesamt zu Wucherzinsen.

Und zuunterst in dem Stapel eine Notiz auf Daisys abscheulich properem Briefpapier einer Südstaaten-Schönheit. Und zwar die genaue Auflistung dessen, was sie ihren ehemaligen Mitbewohnerinnen schuldete: Miete, Strom, Wasser. Bei der Endsumme musste sie heftig schlucken.

Bean hatte absichtlich keine Nachsendeadresse hinterlassen, doch offensichtlich hatte es Daisys begrenzte Mädchenpensionatskenntnisse nicht überfordert, sie ausfindig zu machen, was bedeutete, dass die Kreditkartenfirmen sich ebenfalls bald melden würden.

Sie hatte schon viel zu lange die Gewohnheit, Rechnungen ungeöffnet liegen zu lassen, als würden ihre Schulden, wenn sie sie nicht zur Kenntnis nahm, schrumpfen oder, wenn sie richtig Glück hätte, einfach verschwinden.

Das war, wie sich dummerweise herausstellte, nicht die allerbeste Strategie gewesen.

Bean dachte an all das Hässliche, das in diesen Umschlägen steckte. Sie dachte daran, wie die Männer in der Bar sich an jenem Abend von ihr abgewandt hatten, als die Mädchen hereinkamen. Sie dachte an die leeren Tage, die sie bisher schon zu Hause verbracht hatte, und an all die leeren Tage, die sich noch vor ihr erstreckten. Sie dachte daran, wie unsere Mutter nach einem weiteren verlorenen Kampf gegen die Übelkeit in ihr Kissen gesunken war, atemlos, aschfahl, wund und mit violetten Ringen um die Augen. Sie dachte an den neuen Pfarrer, der sie gefragt hatte, ob sie zum Gottesdienst kommen werde.

Sie setzte sich an den Tisch und öffnete langsam den ersten Umschlag.

Cordy war Langschläferin und wachte erst auf, wenn die Geräusche im Haus und die hartnäckige Sonne so intensiv wurden, dass sie sich nicht mehr glaubhaft in ihre Träume einbauen ließen. In den fast zehn Jahren ihres Herumziehens war sie vorsichtig geworden, wenn sie die Augen aufschlug – sie hatte sich ein langsames Aufwachen angewöhnt, prüfte den Ort, erzählte sich die Geschichte, wie sie in ebendiesem Bett, diesem Zimmer, dieser Situation gelandet war. Sie blieb also ein paar Minuten im Bett liegen und starrte an die Zimmerdecke ihrer Kindheit. Derselbe Riss über der Tür, dieselbe geriffelte Lampe an der verputzten, ungleichmäßig gealterten Decke. Cordy hatte das Eckzimmer neben unseren Eltern, unter dem Giebel, und zum Ausgleich für die Gaubenfenster in Roses und Beans Zimmern gab es hier sehr schräge Wände, die das Zimmer schattig und höhlenartig machten.

Irgendwann in der Nacht war sie unter die Decke geschlüpft, jetzt tauchte sie wieder auf und wühlte in ihrer Tasche nach irgendetwas annähernd Sauberem. Zuletzt hatte sie monatelang in den Wohnwagen anderer Leute gelebt, war hin und wieder in irgendeine begeisterte jugendliche Wohngemeinschaft hineingeraten und hatte sich mit Leuten zusammengetan, die, auf der verzweifelten Suche nach verlorener Kerouac'scher Herrlichkeit, ziellos umherzogen.

Es war nervig gewesen.

All ihre Sachen waren schmutzig und rochen nach einer gut abgehangenen Mischung aus Schweiß und Pot. Ihr Haar war lang und verfilzt, und sie hatte sich so selten gewaschen, dass sie angefangen hatte, sich gedankenlos zu kratzen, was stumpfe Spuren in dem Film auf ihren Armen hinterließ. Oft dachte sie, wenn sie morgens erwachte und auf einen zerstrubbelten, namenlosen Mann oder Jungen starrte, der neben ihr lag, als Allererstes: Ich bin zu alt für diesen Scheiß. Natürlich waren all die Leute, denen sie begegnet war, freundlich gewesen, aber es war keine echte Freundlichkeit, sondern eher eine Art wohlwollendes Bemühen, das sich einem Cocktail aus illegalen Substanzen und dem stillen, heftigen Verlangen, *gemocht* zu werden, verdankte.

Sie war sich ziemlich sicher, dass keiner dieser Typen sich selbst so charakterisieren würde. Sie waren jung genug, um sich von der Großartigkeit ihrer Pläne blenden zu lassen, waren so eingenommen von dem romantischen Lebensstil, den sie Bruchbude um Bruchbude inszenierten, dass sie sich nicht darum scherten, ob ein Krätzebefall vielleicht alles andere als romantisch war. Und doch konnte Cordy nicht umhin, sie dafür zu mögen, und zwar auf die herablassende Art, in der ein Erwachsener die Dummheiten eines Kindes liebt. Denn das hatte Cordy vor kurzem einsehen müssen: Sie war in einem Kreis von Kindern zu einer Erwachsenen gereift, und es wurde mehr als höchste Zeit für sie, weiterzuziehen. Doch da es nichts gab, wohin sie hätte weiterziehen können, war sie einfach wieder zurückgekehrt.

Als klar war, dass ihre Tasche tatsächlich nichts Sauberes enthielt, riss Cordy die unterste Schublade der antiken Kommode auf, die hinten in der Abseite stand, und förderte ein Paar weite Jeans mit ausgestellten Hosenbeinen zutage und dazu ein T-Shirt, dass eventuell passen würde, dünn, wie sie geworden war. Ein weiterer Nachteil ihres bisherigen Lebensstils war, dass sie die meiste Zeit Hunger hatte. Wenn sie zum Beispiel ein Konzert einer dieser austauschbaren nostalgischen Folk-Rock-Bands besuchte, von denen es anscheinend Millionen gab, war da immer auch irgendein schmutzstarrendes, dreadlockiges Paar, das Sandwiches verkaufte, die sie sich von ihrem mageren Budget leisten konnte. Aber das waren dann trockene, geschmacklose Dinger aus selbstgebackenem Zwölfkornbrot mit tierversuchsfreien Alfalfasprossen und ungesalzener Butter. Bei dem Gedanken schnitt sie eine Grimasse, doch ihr Magen knurrte verräterisch. Sie legte eine Hand auf ihren Bauch, um das Geräusch zu unterdrücken, und spürte stattdessen den kleinen harten Klumpen, der sie daran erinnerte, warum sie letztlich nach Hause gekommen war.

Dem Sonnenstand nach zu urteilen musste es kurz vor elf sein, und so tappte sie ins Badezimmer und ließ im Flur einen riesigen Wäscheberg in den Schacht fallen. Beans Tür stand offen, und sie konnte ihren Rücken sehen, angespannt und gebogen, wie ein gekrümmter Finger. Sie hielt sich den Telefonhörer ans Ohr, ihre Finger waren hektisch gefleckt, und sie weinte. Cordy blieb stehen und legte die Hand leicht auf die Tür, als könnte sie durch Wände hindurch trösten.

»Ich komme nicht zurück«, sagte Bean und stieß einen dieser erstickten Schluchzer aus, die typisch sind für erschöpftes Weinen. Als sie weitersprach, war ihre Stimme nur noch ein Flüstern. »Nein, das werde ich nicht«, zischte sie.

Wieder Schweigen. Cordy veränderte ihre Fußhaltung, und eine Gänsehaut erschien auf ihren nackten Beinen. »Bald«, sagte Bean, und dann »ich weiß, ich weiß.«

Etwas in ihrer Stimme ließ Cordy zurückweichen, weg von der Tür. Hier gab es ein Geheimnis, ein Geheimnis, bei dem Cordy nicht sicher war, ob sie es erfahren wollte, denn sie konnte sich nicht erinnern, wann Bean das letzte Mal geweint hatte, in Gegenwart eines anderen jedenfalls. Irgendetwas roch da nach Schmerz und Bitterkeit. Sie machte auf schmutzigen Fußsohlen kehrt und ging geräuschvoll über den Flur, trat absichtlich auf jede knarzende Diele, um zu signalisieren, dass sie da war.

Cordy kauerte an einem Tisch in der Barnwell Beanery. Nichts hatte sich verändert, überhaupt nichts. Schweres schokoladenbraunes Mobiliar, das nicht zusammenpasste, wackelig und vom beständigen Gebrauch ramponiert; ein abgetretener Holzfußboden, auf dem sich in dunklen Streifen die Hauptverkehrswege abzeichneten. Auf den Tischen lagen Zauberbälle und Dosen mit Äffchenspielen, und an den Wänden flehten Gemälde einheimischer Künstler um Anerkennung. Cordy, die perfekt in die Beanery passte – olivfarbene Cordhose, verwaschenes T-Shirt, Sandalen und ein gewebter Hanfbeutel –, hatte den Kopf auf die Arme gelegt und die Füße um die Stuhlbeine geschlungen. Vor ihr stand ein Glas mit einem Teebeutelschildchen auf dem Rand und schickte Rauchzeichen in die Luft. Cordy betrachtete sie verdrießlich.

»Hey, Cordy! Ich habe gehört, du bist wieder im Land!« Dan Miller setzte sich ihr gegenüber und warf sich ein schmutziges Geschirrtuch über die Schulter. »Wie ist's dir ergangen?«

Cordy richtete sich müde auf. Sie hatte ihr Haar zu zwei unordentlichen Zöpfen geflochten, die sie nach hinten warf, während sie sich ihm zuwandte. »Miller«, sagte sie und lächelte. »Schlechte Neuigkeiten sprechen sich schnell herum.«

Er kicherte, sein Gesicht leuchtete auf und ließ zwei Grübchen sehen. Sein Haar war dunkler, als sie in Erinnerung hatte, beinahe schwarz, und seine Bartstoppeln waren sicher einen Tag alt. »Ganz so schlimm ist es nicht. Die schlimme Nachricht ist, dass Bean auch wieder da ist.«

»O je. Was hat sie dir denn getan?«

»Nichts. Nur einen meiner Mitbewohner ziemlich fertiggemacht, aber mittlerweile haben wir uns, glaube ich, alle davon erholt. Überhaupt sollte ich nicht auf deiner Schwester herumhacken.«

Cordy wedelte großzügig mit den Fingern und nahm dann ihr Teeglas in beide Hände, um sich zu wärmen, obwohl die Sommersonne durch die Fenster schien und ihre Strahlen auf den Fußboden warf. »Nur zu.«

»Also, wie zum Teufel geht es dir? Du siehst beschissen aus.«

»Dein legendärer Charme ist offenbar nicht verblasst«, sagte Cordy und betrachtete ihn über den Rand ihres Glases hinweg, setzte es wieder ab und begann mit dem Faden ihres Teebeutels zu spielen. »Ich war eine Weile unterwegs. Bin Bands nachgereist, du weißt schon. Hab rumgehangen.«

»Toll. Wahnsinn. Ich dachte, das ist vorbei, die meisten von uns sind doch inzwischen alte Säcke.«

»Na ja, ich bin zwei Jahre jünger als du. Und man ist offenbar erst ab dreißig ein alter Sack.«

»Aber jetzt bist du wieder da«, stellte Dan fest. Er zerrte mit einem kräftigen Finger an seinem tarnfarbenen T-Shirt. Auf seinen Handrücken wuchs ein Pelz schwarzer Haare. »Dann hat dich das Alter offenbar schon früh erwischt.«

»Tja, da hab ich die Altersgrenze wohl runtergesetzt. Wenn Barnwell vergleichsweise gut aussieht, weiß man, dass es schlimm steht.«

»Na, na«, meinte er warnend und drohte ihr mit dem Finger. »Vergiss nicht, mit wem du sprichst. Ich lebe freiwillig hier.«

»Ja, aber wieso eigentlich? Kommst du nicht aus Philadelphia oder so?«

»In einem früheren Leben, stimmt. Aber hier gefiel es mir einfach besser. So schlimm ist es doch nun auch wieder nicht, oder?«

Cordy zuckte die Schultern und nahm einen Schluck aus ihrem Glas, ehe sie antwortete. »Nur unerwartet wahrscheinlich. Gestern Abend habe ich in einem dieser Ehemaligen-Magazine rumgelesen, und alle anderen scheinen ins Friedenscorps eingetreten oder bedeutende Krebsforscher geworden zu sein.«

»Und wir sitzen hier. Deprimierend, wie?«

»Hey, ich habe nie Examen gemacht. Ich habe eine Entschuldigung.«

»Ich bin Kleinunternehmer«, sagte Dan und reckte den Oberkörper. »Und ein angesehenes Mitglied der Gemeinde. Ich brauche keine Entschuldigung.«

»Gehört dir das hier?« Cordy blickte sich um. Mitten im Sommer waren nur wenige Leute da, doch während des Schuljahrs brummte der Laden höchstwahrscheinlich, wie alles in Campusnähe.

»Ja, gehört alles mir«, sagte er mit ausladender Geste. »Ich bin der Gastronomiebonze von Barnwell. Verneige dich vor mir.«

»Nein, danke«, sagte Cordy kühl, bedachte ihn aber mit einem kleinen Lächeln, das ihre fettstiftrosa Mundwinkel nach oben zog.

»Wie lange bleibst du?«, wollte er wissen.

»Keine Ahnung. Eine Weile. Meine Mom ist krank. Und Rose heiratet. Und ich muss mir überlegen, wie es weitergeht. Ein bisschen Geld sparen.«

»Scheiße, das ist ziemlich viel auf einmal.« Seine Augenbrauen zogen sich zu einem besorgten V zusammen. »Arbeitest du?«

»Noch nicht.«

»Nun, falls du einen Job brauchst, sag mir Bescheid. Miller hat bestimmt was für dich.« Er klopfte sich auf die Brust und rieb sie. Unter seiner Halskuhle quoll dichtes krauses Haar aus seinem Hemdausschnitt. Ihr fiel wieder ein, wie sie ihn einmal ohne Hemd auf dem Campus hatte Frisbee spielen sehen; damals hatte sie gestaunt, wie behaart er war – es hatte sie weder abgestoßen noch angezogen, sondern einfach wissenschaftlich interessiert, wie es sich wohl anfühlen mochte.

»Aber ich mag keinen Kaffee. Das heißt, ich trinke keinen. Aber den Geruch mag ich«, sagte Cordy.

»Das ist doch schon mal ein Anfang, oder? Und hier drin riecht es wahnsinnig gut, findest du nicht?« fragte Dan und lehnte sich so weit zurück, dass er sich mit dem Stiefel am Tischbein festhaken musste, um nicht nach hinten zu kippen; er holte übertrieben tief Luft.

Cordy kicherte.

»Die Bezahlung ist mies, aber du wohnst doch zu Hause, oder? Also! Ruf mich an.« Es entstand eine kurze Pause. Im Laufe der Jahre hatte sie Dutzende von Jobs gehabt – ein Job bedeutete nicht, dass sie irgendwem oder irgendwas verpflichtet war. Wenn sie in Barney einen Job annahm, hieß das nicht, dass sie ihre Seele an ein Unternehmen verkaufte. Es hieß nicht, dass sie für immer bleiben müsste. Nicht einmal eine ganze Schicht würde sie durchhalten müssen, wenn sie keine Lust hätte.

»Einverstanden«, sagte Cordy, und Dan sprang von seinem Stuhl auf, legte ihr die Hand auf die Schulter und drückte sie leicht.

»Mein Gott«, sagte er und versetzte ihrem Schlüsselbein einen Stups. »Du musst zunehmen, Mädchen. Ich lasse dir ein Stück Kuchen oder sonst irgendwas bringen.«

»Danke«, sagte Cordy, griff nach seiner Hand und drückte sie im Gegenzug. Er ging pfeifend davon, und sie folgte ihm mit den Augen, registrierte den locker hängenden Hosenboden seiner Jeans. Er wirkte so glücklich, und ein wenig traurig stellte sie fest, wie fremd ihr selbst dieses Gefühl geworden war.

Es hätte schlimmer kommen können, das wusste Cordy. Sie hätte Ophelia sein können, mit all der verbotenen Sexualität, mit Wahnsinn und Selbstmord. Sie hätte sogar Bianca sein können und gleichzeitig mit der Schönheit *und* der Pflicht zum Gehorsam zurechtkommen müssen. Da war es dann nicht so schlimm, Cordelia zu sein, das war ihr durchaus klar.

Cordelias Problem – das von Shakespeares Cordelia, aber haben Sie Geduld, und Sie werden verstehen, worauf wir hinauswollen – bestand für Cordy darin, dass sie einfach so *ungeformt* war. Ihr großer Moment der Rebellion bestand in der Weigerung, ihrem Vater Liebe zu schwören, und zwar genau deshalb, weil sie ihn zu sehr liebte. (Auch wenn Cordy, um die Wahrheit zu sagen, immer auch ein wenig Schadenfreude empfand über den Stinkefinger, der – wenn auch nur indirekt – an ihre älteren Schwestern adressiert war.) Und dann steht sie am Ende da, loyal und hilfsbereit bis zu ihrem, na ja, Tod. Gut, da kommt dann noch der Teil, wo sie Königin von Frankreich wird und das französische Heer gegen den Bösen Edmund führt, doch (a) unterliegt sie, und (b) ist es ja nicht so, dass sie es hatte führen *wollen*. Also falls Sie zufällig vorhaben sollten, es mit völliger Passivität zum bedeutenden militärischen Anführer zu bringen, dann ist Cordelia Ihr Vorbild. Cordelia widerfährt alles immer nur, selbst veranlasst sie nie etwas.

Der Name Cordelia hätte ihr eigentlich eine gewisse Würde verleihen sollen, aber davon hat Cordy im Grunde nie etwas verspürt. Das Einzige, was ganz entschieden von diesem Namen auf sie übergegangen war, war ein verhaltener Zorn angesichts einer Ungerechtigkeit, doch genau wie Cordelia zögerte sie, sich lautstark zu äußern, auch wenn Cordelias Zurückhaltung einer übermäßigen Güte geschuldet war und Cordys ... einer gewissen – was? Faulheit? Angst? Sie selbst war sich nicht ganz sicher. In ihrer jüngsten Inkarnation hatte sie benebelt in rauchgeschwängerten Zimmern mit absackenden Fußböden herumgesessen und Leute über *das Patriarchat* und *das Establishment* schwadronieren hören, und auch wenn sie ihnen zugestimmt und die schwer lastende Trauer über all die schrecklichen Dinge empfunden hatte, die es, wie sie wusste, auf dieser Welt gab, fühlte sie sich doch auch unfähig, sie zu ändern. Immerhin war Cordelia exekutiert worden, weil sie *das Richtige* getan hatte, und auch wenn Cordy nicht glaubte, dass ihr selbst etwas Ähnliches widerfahren könnte, war sie nicht erpicht darauf, es zu riskieren.

Auch in der Liebe war Cordy immer gefällig gewesen. Während Rose auf der Suche war und Bean sich zur Verfügung stellte, hatte Cordy sich selten darum bemüht, Dinge für sich herauszufinden. Ihre freundliche, witzige Art hatte die Männer angezogen, das stimmt, doch meist nahm sie sie, wie sie kamen, und ließ sich nicht auf das Drama ein, das das Verliebtsein mit sich bringt. Sie akzeptierte ihre Verehrer, interessierte sich aber im Grunde nicht für sie. Mehr als einmal hatte sie sich, wenn sie unter dem Körper eines schwitzenden, stoßenden Mannes lag, der ihr – heißer Atem auf ihrer Haut – Verliebtheiten ins Ohr flüsterte, irgendwie verwundert gefragt, wie sie überhaupt in diese Lage *gekommen* war und weshalb so ein *Aufstand* darum gemacht wurde. Sex hatte ihr in den letzten Jahren immer wieder zu einem Bett verholfen, doch Leidenschaft hatte darin nie stattgefunden; aus Cordys Sicht war der Sex immer eher kameradschaftlich als irgendwas sonst gewesen.

Für Cordy bestand das Leben aus Dingen, die man einfach tat, wenn sie von einem erwartet wurden, so wie im Austausch für ein

Bett mit jemandem zu schlafen oder als Zimmermädchen in einem Hotel zu arbeiten, wenn man Geld für eine Fahrt in die nächste Stadt brauchte, oder den König von Frankreich zu heiraten und seine Truppen in den sicheren Tod zu führen.

Rose wird Ihnen erklären, dass Cordy, als Jüngste, immer mit allem durchgekommen sei, und das sei absolut ungerecht.

Bean wird Ihnen erklären, dass Cordy, als Jüngste, immer der Liebling gewesen sei, und das sei absolut ungerecht.

Cordy wird Ihnen erklären, beides treffe zu.

Ein Beispiel. Silvester, Cordy ist fünfzehn. Rose ist mit ihrem Freund bei seiner Familie in Connecticut. Sie glaubt, dass sie ihn vielleicht heiraten wird. (Sie irrt sich.) Bean ist ausgegangen. Unseren Eltern hat sie erzählt, sie sei bei Lyssie (eine Abkürzung von Lysistrata – wann immer wir uns über unsere altmodischen Namen beschweren, fällt uns ein, dass wir auch die Kinder eines Professors für Altphilologie sein könnten) und sie würden ins Kino gehen, doch wir wissen, dass sie auf einer Party ist. Und niemand auf dieser Party weiß oder schert sich darum, wer unser Vater ist, das Haus ist vermutlich verdreckt, die Tapeten blättern von den Wänden, und die verwohnten Möbel sind unmöglich krumm und schief. Es wird Bier geben und Pot und überall Matratzen, und lange vor Mitternacht werden Bean und Lyssie komplett hinüber sein und in den verschwitzten Armen irgendeines bierseligen Jungen liegen, den sie schon am nächsten Tag vergessen haben werden. Dieses Abenteuer ist nur deshalb möglich, weil Bean seit eh und je eine ausgezeichnete Lügnerin ist, und nicht, weil unsere Eltern solche Eskapaden jemals gutgeheißen hätten.

Cordy und ihre beste Freundin hatten beschlossen, zu einem Neujahrsfest nach Columbus zu fahren, einer Party mit Band, Feuerwerk und – dank der Brauerei, die das Ereignis sponserte – Tausenden von feiernden Betrunkenen. Cordy trank eigentlich nie besonders viel, weshalb wir nicht glaubten, dass sie wegen des Alkohols ausgebüxt war, so wie Bean. Aber dennoch, ein fünfzehnjähriges Mädchen mit einer vielleicht noch vorpubertären Begleitung allein auf der Straße in einer Nacht, die notorisch zu Ausschweifungen einlädt?

Unsere Eltern sagten ja.

Als Rose das hörte, kochte sie vor Wut. Sie hatte einmal einen Preis in einem staatlichen Geschichtswettbewerb gewonnen, und als sie mit ihren Freundinnen für einen Tag nach Columbus fahren wollte, um an der nächsten Runde teilzunehmen, hatte unsere Mutter darauf bestanden, als Aufpasserin mitzukommen. »Zu einer *akademischen* Veranstaltung!«, hatte Rose geschrien.

Ein andermal verdonnerten unsere Eltern Bean zu einer Woche Hausarrest, nachdem sie in der Buchhandlung eine billige Zuckerstange geklaut und sie im Ärmel ihres Wintermantels versteckt hatte. Ihre Tat flog auf, als sie sich trotz unserer enthusiastischen Heizkörper zu Hause weigerte, ihren Mantel auszuziehen.

Cordy erhielt lediglich eine ernste Standpauke, als sie den Sohn eines Austauschprofessors vom Fahrrad schubste, weil sie selbst damit fahren wollte, was dem Jungen eine aufgesprungene Lippe und die lebenslängliche Angst vor den Andreas-Mädchen eintrug.

»Kapiert?«, fragt Rose.

Was Rose jedoch nicht kapiert, ist, dass diese Nachgiebigkeit auch von einer gewissen Vernachlässigung zeugt. Dass Cordy so beharrlich auf ihrer Empfängnis bestand, hatte unsere Eltern überrascht, weil sie eigentlich entschieden hatten, Bean sei das letzte Elementarteilchen unserer speziellen Kernfamilie. Und als Cordy schließlich auf die Welt kam, waren sie in vielerlei Hinsicht erschöpft. Wenn sie ihr also erlaubten, allein loszuziehen oder Dinge zu tun, die sie Rose oder Bean niemals erlaubt hätten, wäre es durchaus angemessen, darin eine gewisse Bevorzugung zu erkennen, allerdings eine Bevorzugung von uns Älteren, nicht der Jüngeren.

Außerdem glauben wir, dass unsere Eltern, als Cordy zur Welt kam, überzeugt waren, aus ihr würde, egal was sie machten, auf jeden Fall etwas werden. Sie wurde häufiger in den Arm genommen und mehr geliebt, wir fotografierten sie häufiger, lachten und spielten mehr mit ihr; aber ein bisschen war sie wie ein neues Spielzeug – so sehr, wie wir sie herzten, ignorierten wir sie auch.

All das zusammen macht begreiflich, weshalb Cordy das entwickelte, was sie selbst ihr Affenzirkus-Talent nannte. Bei Familienessen, vorzugsweise solchen, bei denen wichtige Collegeangestellte oder Austauschdozenten mit am Tisch sitzen, ist sie diejenige, die uns dazu anstachelt, Löffel aus der Nase baumeln zu lassen oder zu testen, ob der Tisch auch eben ist, indem wir Erbsen darüberrollen lassen, oder eine Szene aus dem Berlitz-Reiseführer aufzuführen, und zwar mit so wichtigen spanischen Sätzen wie »Treffen wir uns in der Diskothek«, »Haben Sie Kokosnüsse?« oder, ganz und gar lebensnotwendig, »Lassen Sie mich in Ruhe.« Und weil Cordy ist, wie sie ist, macht jedermann am Tisch (anwesende Würdenträger eingeschlossen) mit.

Wenig überraschend, wurde sie die Schauspielerin von uns, führte an der Schule Regie, produzierte und trat in allen nur erdenklichen Rollen auf. Die Pubertät brach ihr das Herz, denn bis dahin hatte die Theaterabteilung von Barney sie aufgefordert, in sämtlichen Produktionen auch sämtliche Kinderrollen zu spielen, egal ob männlich oder weiblich. Sie kann immer noch lispelnd die Lieder aus *The Music Man* singen. »Wenn überhaupt irgendjemand an den Broadway geht«, befanden die Leute nach der Aufführung, »dann sie.«

Doch an den Broadway zu gehen hätte eine Zähigkeit erfordert, die Cordy einfach nicht besaß. Wir waren zu nachgiebig mit ihr, stimmt, und wenn sie ihre Haushaltspflichten vergaß und stattdessen ins Schwimmbad verschwand oder uns von der Arbeit abhielt und unbedingt mit uns im Esszimmer ein Fort bauen wollte, verziehen wir ihr diese Verstöße und erledigten ihre Pflichten für sie. Wir halfen ihr bei den Hausaufgaben, sprangen als Babysitter für sie ein, ließen sie stundenlang in der Schulbibliothek sitzen und lesen; und wenn man es genau bedenkt, war Cordy jämmerlich unvorbereitet auf die Tatsache, dass ihr Lächeln und ihre Fähigkeit, ein ganzes Zimmer voller Shakespeareforscher dazu zu bringen, La Macarena zu singen (eine wahre Geschichte), ihr nicht notwendigerweise immerwährenden Erfolg garantieren würden.

Dennoch würde Rose Ihnen erklären, Cordy habe immer die besten Weihnachtsgeschenke bekommen.

Bean würde Ihnen erklären, Cordy habe niemals bei einem Brettspiel verloren, auch wenn das nicht stimmt.

Cordy würde Ihnen erklären, all das treffe zu.

Sechs

Unser Vater kocht nicht. Das war schon immer so. Sowohl er als auch unsere Mutter hätten sich dagegen verwahrt, die Küche als das Reich der Frau zu bezeichnen, doch in der Praxis hatten sie damit keinerlei Probleme. Da unsere Mutter diese Rolle derzeit nicht erfüllen, kaum essen, geschweige denn kochen konnte, fiel diese Aufgabe an uns. Bean braute aus allerlei Resten, die sie im Kühlschrank fand, eine Gemüsesuppe zusammen, Rose taute Brot aus der Tiefkühltruhe auf und machte eine Käseplatte. Cordy blies Trübsal und stand im Weg.

»Was tust du da?«, fragte Rose unseren Vater. Sie deckte gerade den Tisch, während er einen Lehnsessel aus dem Wohnzimmer durch die Tür ins Esszimmer zu wuchten versuchte.

»Ich hole einen Stuhl für eure Mutter. Auf den Holzstühlen kann sie nicht die ganze Zeit sitzen.«

»Wir bringen ihr ein Tablett. Stell ihn zurück.«

»Eure Mutter möchte mit uns essen. *Wir speisen heut zusammen.*«

Und so war es.

Sie kam aus eigener Kraft die Treppe herunter, müde und zart wie feines Porzellan, doch sie war da. »Es ist so schön, dass wir alle beisammen sind«, sagte sie und strahlte.

»Sitzt nieder! eßt! willkommen unserm Tisch!«, sagte unser Vater. Er schob sein Buch an die Tischkante, damit er so tun konnte, als läse er nicht beim Essen.

Cordy, die das Talent besaß, Ruhm einzuheimsen, wo er ihr gar nicht zustand, trug mit schwungvoller Geste das Abendessen auf. Bean wollte sich gerade von der Suppe bedienen, als unsere Mutter sich räusperte. »Könnten wir ein Dankgebet sprechen, bevor wir anfangen?«, fragte sie. Bean versteckte ihre Hand schuldbewusst wieder im Schoss.

»Danke!«, sagte Cordy fröhlich. Unser Vater grinste ihr zu und streckte die Hand über den Tisch. Wir fassten einander an den Händen und senkten die Köpfe, ein Ritual, das wir alle so rührend altmodisch und schön fanden, dass Rose sogar ein wenig schniefen musste; dann sprach unser Vater mit leise grummelnder Stimme das Gebet, und Bean fiel auf, dass die Art, wie unser Vater sein Abendgebet sprach, sie jedes Mal an einen Sonnenuntergang erinnerte.

»Amen«, sagte unser Vater.

»Ah-menn«, fiel Cordy ein und nahm sich gut die Hälfte von Brot und Käse.

»Hallo, Vielfraß. Lass uns auch noch etwas übrig«, sagte Bean.

»Lass sie in Ruhe«, sagte unsere Mutter. »Sie muss ein bisschen zunehmen.« Cordy verschluckte sich an einem großen Stück Brot, das sie sich in den Mund gestopft hatte. Wenn die wüssten, wie viel sie noch zulegen würde! Sie griff hastig nach ihrem Milchglas, leerte es in einem Zug und versuchte so, ihr Rotwerden zu verbergen.

»Ich glaube, sie hat einen Bandwurm«, sagte Bean.

»Halt die Klappe«, sagte Cordy und ging hinaus, um sich noch mehr Milch zu holen. Wir blickten ihr nach, sahen die tief sitzende Hüfthose, die spitzen Ellbogen, die wie Ausrufezeichen durch die Haut stachen. Rose überlegte, ob sie sich ihretwegen Sorgen machen sollte, und beschloss, es sein zu lassen.

»Wie war der Termin heute?«, fragte Bean. Sie war den ganzen Nachmittag mit unbekanntem Ziel außer Haus gewesen und gerade rechtzeitig zum Abendessen zurückgekehrt.

»Gut, gut«, sagte unsere Mutter. »Der Tumor ist ziemlich geschrumpft, deshalb haben wir als nächsten Schritt den Operationstermin für die übernächste Woche festgelegt.«

Rose stockte, den Suppenlöffel auf halbem Weg zum Mund. »Das ist sehr bald.«

»Willst du vielleicht warten, bis der Tumor in Ruhe weitergewachsen ist?«, fragte Cordy, die gerade mit einem übervollen

Milchglas aus der Küche zurückkam. Als sie es auf dem Tisch absetzte, schwappte die Flüssigkeit über den Rand. Rose legte ihren Löffel beiseite und tupfte die Milch mit ihrer Serviette auf, den Blick starr auf den Tisch gerichtet.

»Das ist nicht komisch, Cordy. Wir müssen planen. Müssen vorbereitet sein.«

»Deine Mutter ist vorbereitet, und darum geht es. *Dazu bin ich gerüstet und bereit.*«

War sie bereit? Kann man tatsächlich bereit sein, sich von einem Teil seines Körpers zu verabschieden? Kann man bereit sein, vor einem Messer in die Knie zu gehen und die Kontrolle abzugeben, mit der Aussicht auf nichts als bloße Hoffnung?

Roses Gedanken rasten. Eigentlich wusste sie nicht, was genau sie planen sollten, doch gewiss gab es etwas, das getan werden musste. Vielleicht gab es einen Ratgeber für die Pflege frisch brustamputierter Frauen.

»Ich würde gerne etwas mit euch besprechen«, sagte unser Vater. Er legte seinen Löffel beiseite, tupfte sich mit der Serviette den Bart ab, der grauer wirkte, als Bean ihn in Erinnerung hatte. »Angesichts der Diagnose eurer Mutter halte ich es für notwendig, mit euch über eure Gesundheit zu sprechen.«

Cordy pustete Blasen in ihre Milch. Unser Vater nahm die Brille ab und rieb sich die Augen, typisches Zeichen, dass die Vorlesungsmitte erreicht war, doch in diesem Fall schien es ihm ungewöhnlich schwerzufallen, die richtigen Worte zu finden.

Er hustete.

»Ei, gnädiger Herr, das wäre ein schlechter Koch, der seine eignen Finger nicht ablecken könnte. Drum, wer das nicht kann, der stimmt nicht zu mir«, sagte er schließlich.

»Ähm, was?«, fragte Bean.

»Ich glaube, was euer Vater meint, ist Folgendes: Da Brustkrebs erblich sein kann, ist es wichtig, dass ihr euch selbst untersucht«, sagte unsere Mutter und tätschelte seine Hand, während er verlegen nickte.

Ja, stimmt. Wir sind überzeugt, dass Shakespeare genau das sagen wollte.

Cordy verschluckte sich beinahe an ihrer Milch. »Gruuuselig«, trällerte sie und wischte sich mit dem Handrücken über den Mund.

»Zum Schreien«, sagte Bean.

»Es ist nicht zum Schreien, Bianca, es ist lebenswichtig«, sagte unser Vater.

Rose nickte zustimmend. Na klar fand sie das auch. Sie brachte fünfzehn Prozent ihres Gehalts auf die Bank und ließ alle dreitausend Meilen einen Ölwechsel vornehmen. Doch wer lebte denn so? Außer Rose natürlich.

Mit unserem Vater hatten wir nur eine bescheidene Geschichte peinlicher Unterhaltungen. Traditionellerweise war es Aufgabe unserer Mutter, uns die Sache mit den Bienen und dem Storch zu erklären und uns über die Menstruation, das nötige Zubehör und sonst noch dies und das aus dem Reich der Weiblichkeit zu informieren. Selbstuntersuchungen der Brust gehörten eindeutig in diese Kategorie, und wir hatten ein wenig Mitleid mit unserem Vater, weil er nun dieses Thema anschneiden musste.

Wir aßen einen Augenblick schweigend weiter, und dann meldete sich Cordy zu Wort. »Also gut. Ich leiste einen feierlichen Schwur, dass ich mich einmal im Monat unter der Dusche abtasten werde.«

»Cordy!«, sagte Rose.

»Den leist' ich bis auf den letzten Punkt«, fuhr Cordy fort. Bean prustete ihr Lachen quer über den Tisch. »Seid ihr jetzt alle zufrieden? Können wir über etwas weniger Peinliches reden?«

»Das ist nicht komisch«, sagte Rose, doch alle anderen schienen besänftigt. Sie seufzte in ihre Suppe. War sie etwa die Einzige, die erkannte, wie ernst die Sache war und dass wir unsere Mutter verlieren könnten und eines Tages auch einander?

Tatsächlich war sie nicht die Einzige. In dieser Nacht lag Bean unter ihrer Bettdecke, und während ein Streifen Mondlicht auf ihre Füße fiel, hob sie den Arm über den Kopf und betastete behutsam die Haut. Für alle Fälle.

Cordy, deren Brüste aus ganz anderen Gründen empfindlich waren und die angefangen hatte, herumzuwandern und sie zu stützen, um die Spannung in der Haut zu mildern, drückte flüchtig daran herum und fiel in tiefen Schlaf.

Rose machte kein Auge zu.

»Ich gehe joggen«, sagte Bean zu uns. »Will jemand mitkommen?« Sie hatte seit Jahren nicht mehr gejoggt, doch ohne die täglichen Besuche im Sportstudio lechzte ihr Körper allmählich nach Bewegung. Vielleicht lag es auch daran, dass sie im Haus mit uns zusammengesperrt war. Wie auch immer, nach ihrem kurzen Winterschlaf war sie dankbar, sich wieder wie die alte Bean zu fühlen. Als wir verneinten, Rose mit einem knappen Kopfschütteln, Cordy mit entsetztem Schaudern, verschwand sie durch die hintere Gartenpforte, lief die Pfade entlang, die sich hin und her und einander kreuzend durch den Wald schlängelten, bis sie schließlich an der Stadtgrenze hinter der Kirche wieder herauskam.

»Bianca«, rief jemand hinter ihr, sie schnappte nach Luft und stolperte leicht über eine Wurzel. Sie war im Geiste Zahlen durchgegangen, hatte zum klackenden Geräusch ihrer Füße auf dem Boden Berechnungen angestellt, um herauszufinden, wie sie bei der Sorte Jobs, die sie in Barnwell wahrscheinlich finden würde, all ihre Schulden loswerden sollte, und als sie ihren Namen hörte, war sie geradezu lächerlich sicher, irgendein Gläubiger sei ihr auf den Fersen. Sie sammelte sich, drehte sich um und erkannte Father Aidan.

Er kniete neben der hinteren Pforte des Pfarrhauses – ein Wort, das nach einem idyllisch zerbröselnden, strohgedeckten Feldsteinhäuschen klang, während es sich in Wirklichkeit um ein ganz gewöhnliches Schindelhaus handelte, dessen einziges besonderes Merkmal seine Nähe zur Kirche war (die ebenso wenig aus zerbröselnden Feldsteinen bestand, wie es sich gehört hätte, sondern aus ganz und gar nicht zerbröselnden Backsteinen). Father Cooke hatte die Kletterpflanzen – Geißblatt, Brombeeren, Clematis – stets ermuntert, überall entlangzuranken, bis sie gewaltig wuchsen und den hölzernen Zaun so sehr überwucherten, dass er in dem dichten Grün nur noch als eine Reihe weißer Häkchen erkennbar war. Die Sonne schien auf Aidans Haar und ließ es rot und golden aufleuchten.

»Hallo, Bianca!«, rief er noch einmal und winkte mit einer Hand, während er mit der anderen seine Augen gegen die Sonne abschirmte.

Langsam, misstrauisch wie eine Katze, näherte sie sich, zog ihren Pferdeschwanz fest und wischte sich den Schweiß aus dem Gesicht. Bean begegnet einem Mann nicht gerne unvorbereitet, sei er nun Pastor oder nicht.

»Wie geht es Ihnen?«, fragte er, als sie an den Zaun trat. Er stemmte die Hände auf die Oberschenkel und drückte sich vorsichtig hoch, mit dem gebremsten Schwung, den Rose gut kannte – jener Vorsicht angesichts eines neu aufgekommenen Knirschens in den Gelenken.

»Gut, gut. Ich jogge gerade.« Vielen Dank auch, Fräulein Offensichtlich.

Er zog die Handschuhe aus und fuhr sich mit den Händen durchs Haar. An den Schläfen bildete sein Haaransatz Geheimratsecken. Bean hatte sich aus Prinzip immer von Männern ferngehalten, denen die Haare ausgingen, doch jetzt ertappte sie sich dabei, wie sie ihn bewundernd betrachtete. Vielleicht war sie ja in der Bibliothek allzu voreilig gewesen. Er sah ganz und gar nicht übel aus. Sie räusperte sich und zupfte wieder an ihrem Pferdeschwanz. »Was macht der Garten?«

»So langsam wünsche ich mir tatsächlich, auf dem theologischen Seminar hätten sie Gartenbau unterrichtet. Ich bin dafür eigentlich nicht ausgebildet. Aber es ist gar nicht so übel, ein Landei zu sein.«

Sie stützte die Hände auf den Zaun und beugte sich kokett vor. Alte Gewohnheiten sind zäh. »Es überrascht mich ein bisschen, dass Sie das Angebot, nach Barnwell zu kommen, überhaupt angenommen haben. Das ist nicht gerade die angesagteste Stelle.«

Aidan zuckte die Schultern, schlug sich mit den Handschuhen leicht auf den Oberschenkel und lehnte sich ebenfalls gegen den Zaun. »Der Mensch denkt und Gott lenkt«, sagte er. »Ich gehe, wohin man mich schickt.«

»Das klingt schrecklich Zen-mäßig.«

»Und Sie? Vermissen Sie schon die große Stadt?«

Bean unterdrückte eine Grimasse. »Eigentlich nicht. Es war höchste Zeit, für eine Weile von dort zu verschwinden.«

»Dann bleiben Sie also erst einmal hier? Schön. Mir gefällt es hier, aber in St. Markus könnten wir durchaus ein wenig frisches Blut gebrauchen. Sie denken doch daran, dass Sie versprochen haben, zum Gottesdienst zu kommen?«

Bean errötete. »Nein. Es war nur ... na ja ...«

»Ich verspreche Ihnen, es ist nicht ganz so schlimm, wie Sie vermuten«, sagte er lächelnd. Mann, er war wirklich süß. Beans Gedanken gingen auf Wanderschaft. Sie könnte doch Mrs. Moore werden, oder? Sittsame Gattin eines sittsamen Pastors? Im Pfarrhaus wohnen? Und Plätzchen backen, oder was immer eine Pastorengattin so tat?

»Diesen Sonntag komme ich«, sagte sie. »Mit großem Glockengeläut.«

»Wir haben unsere eigenen Glocken«, sagte er. »Aber es wäre tatsächlich schön, wenn Sie kämen.«

Er schien noch etwas sagen zu wollen, als vor dem Haus lautes Keifen hörbar wurde.

»Father!«, rief eine scharfe Frauenstimme. »Father Aidan!«

»Die Pflicht ruft«, sagte Aidan, schien sich über die Unterbrechung aber nicht zu ärgern, was wiederum Bean ein wenig ärgerte.

»Dr. Crandall«, sagte Bean. »Diese Stimme würde ich überall erkennen. Früher hat sie uns immer angeschrien, wenn wir beim Versteckspielen durch ihren Garten trampelten.«

»Sie sollten wirklich nicht durch anderer Leute Gärten trampeln«, sagte Aidan mit gespielter Strenge. Seine Augenbrauen waren hell und über seinen durchdringenden Augen zusammengewachsen. »Das macht zehn ›Ave Maria‹.«

Bean verdrehte die Augen. »Ich bin nicht katholisch«, sagte sie. »Und nur für den Fall, dass es Ihrer Aufmerksamkeit entgangen sein sollte, Sie sind es ebenso wenig.«

»Glänzendes Argument«, sagte er. »Ich werde in meinem katholisch-episkopalischen Bußumwandler nachschlagen müssen.«

»Father Aidan!«, brüllte Dr. Crandall erneut.

»Ich bin hier hinten«, rief Aidan und wandte sich wieder an Bean. »Wir sehen uns dann später«, sagte er. »Entschuldigen Sie mich.«

»Sie brauchen sich nicht zu entschuldigen. Sie werden doch wohl Ihre Arbeit tun dürfen. Hier gibt es etliche Damen mittleren Alters, die etwas geistlicher Fürsorge bedürfen.«

»Wir alle bedürfen etwas geistlicher Fürsorge«, sagte Aidan. »Es war schön, mit ihnen zu plaudern, Bianca.«

»Gleichfalls, Aidan«, sagte sie, und sein Name lag warm wie Schokolade auf ihrer Zunge. Sie wandte sich um und begann gemächlich wieder denselben Pfad zurückzujoggen, den sie gekommen war, und hoffte, dass die Zeit ohne Sportstudio ihr nicht eine Schlaffheit beschert hatte, die alles andere als feminin war. Sie erlaubte sich noch einen kurzen Blick über die Schulter, bevor der Pfad im Wald verschwand, doch er war nicht mehr zu sehen. Sie drehte sich um, und ihr Pferdeschwanz peitschte ihr kurz und kräftig gegen die Wange.

Da es jetzt keine Rolle mehr spielte, wer sie sah, lief sie ein wenig schneller. In einer Bar rückten ihr die Männer stets auf die Pelle, wenn sie sich angezogen fühlten, und berührten sie so oft wie möglich. Aber was sollte man von einem Gespräch halten, das an einem sonnigen Werktagmorgen mit einem Pfarrer über dessen Gartenzaun hinweg geführt wurde? Ganz andere Liga.

Und überhaupt. Wieso musste sie jetzt diese Unterhaltung bewerten, als handelte es sich um eine Schießübung? Er hatte doch nicht mit ihr geflirtet, oder? Aber warum hätte er sich sonst die Zeit genommen, mit ihr zu plaudern?

Vielleicht wusste er ja Bescheid. Vielleicht hatten Pfarrer so etwas wie ein Sündenradar, das piepste und ihnen verriet, dass jemand sich schlecht benommen hatte und Prügel verdiente. Metaphorisch gesprochen natürlich.

Hieß das, er hatte sie durchschaut? Sie biss die Zähne zusammen und rannte schneller, als könnte der Staub, der unter ihren Absätzen aufwirbelte, alles verbergen, was sie verbergen wollte.

Als Bean schweißüberströmt und erschöpft zurückkam, saßen wir im Wohnzimmer und lasen. Cordy lag auf der Couch, stützte ihre mittlerweile etwas saubereren Füße auf die Knie unseres Vaters und verschlang einen postmodernen Wälzer, den sie neben dem Kühlschrank gefunden hatte. Rose saß entspannt in der Fensternische, die Beine unter den Körper gezogen, hielt ungeschickt einen Roman gegen die Fensterscheibe gedrückt und blätterte mit der einen Hand um, während die andere immer wieder eine lose Haarsträhne aufzwirbelte.

»Sei leise«, sagte Rose und blickte auf, obwohl Bean kaum ein Geräusch gemacht hatte. »Mom ruht sich aus.«

Bean ging sofort übertrieben auf Zehenspitzen und legte den Finger auf den Mund. Cordy kicherte. Rose schnaufte und wandte sich wieder ihrem Buch zu.

»Hallo, Bianca«, sagte unser Vater salbungsvoll wie ein Prediger von der Kanzel, was öfter vorkommt. »Hattest du einen angenehmen Lauf?«

Bean zuckte die Schultern, setzte sich in den uralten Ohrensessel und streckte ihre kurzbehosten, kräftig-muskulösen Beine aus. »Es war in Ordnung. Ich bin nicht mehr in Form. Kein Sportstudio.«

»Wer hastig läuft, der fällt«, verkündete unser Vater und spähte über seine Bifokalbrille. Mit der einen Hand hielt er sein Buch, die andere ruhte auf seinem Bauch, auf dem sich rührend die Hemdknöpfe ein wenig spannten. Cordy ließ ihr Buch sinken, legte es sich aufs Gesicht und ergriff das Wort.

»Wie steht es mit dem Studio von Barney, Dad?« Unter dem Buch klangen ihre Worte dumpf. »Könnte Bean nicht dort hingehen?«

»Seid sehr willkommen in der freien Luft«, erwiderte er etwas kryptisch und konzentrierte sich wieder auf sein Buch.

Cordy gab ihm einen Stups mit dem Fuß. »Dad-*dy*«, quengelte sie.

»In Ordnung, Cordelia, ich werde sehen, was ich tun kann. Einverstanden?« Er rückte ihren Fuß auf seinem Knie zurecht, wandte sich seinem Buch zu und war sofort wieder völlig versunken. So war er von jeher, eben noch hier, und schon wieder im Land von Druck und Text, und wehe dem, der versuchte, ihn da herauszuholen. Man konnte eine halbe Stunde lang rufen, ohne dass er etwas hörte.

»Du verteilst das Gras über den ganzen Fußboden«, sagte Rose. Sie klemmte den Daumen zwischen die Seiten, damit das Buch nicht zuklappte.

Bean hob erst den einen Fuß, dann den anderen und bewunderte die abgeschnittenen Grashalme, die ihre Schuhsohlen wie grünes Lametta zierten. Dann blickte sie betont auf den Fußboden, der, wenn auch nicht schmutzig, so doch auch nicht ganz sauber war. »Ich sehe nicht, dass das etwas ändert«, sagte sie und hob eine perfekt gezupfte Augenbraue.

Cordy beobachtete uns, ihr Blick sprang hin und her, als verfolgte sie ein Pingpongmatch. »Warum ziehst du nicht die Schuhe aus und machst sie glücklich?«, fragte sie schließlich, immer die Friedensstifterin. »Wo ist das Problem?«

Bean überlegte kurz, schlüpfte dann aus ihren Laufschuhen und spreizte die weißbesockten Zehen. Sie ließ sich auf die Knie nieder und machte eine übertriebene Verbeugung. *»Bereitwillig gehorche ich Eurem Befehl«,* sagte sie.

»Danke«, erwiderte Rose knapp. Sie wandte sich wieder ihrem Buch zu, doch wir konnten sehen, dass sie nicht mit dem Herzen dabei war. Manchmal wusste Rose nicht, woher das kam – sie hatte gar nicht vorgehabt, barsch zu sein, wollte uns einfach nur zusammenhalten. Jetzt wollte sie sich für ihre Schärfe entschuldigen, doch irgendetwas wallte in ihr auf und schnitt ihr das Wort ab.

»Was ist los, Rosie-Posie?«, erkundigte sich Cordy, richtete sich auf dem Sofa auf und übernahm Roses Sitzhaltung: angezogene Knie, Füße unter dem Körper. Es war so typisch, dass Cordy unsere ältere Schwester bei einem Namen nannte, den Rose von keinem anderen hingenommen hätte. Cordy, das Nesthäkchen, der Liebling.

»Nichts«, seufzte Rose und starrte weiter in ihr Buch.

»*Die Dame, wie mich dünkt, gelobt zu viel*«, murmelte unser Vater und blätterte eine Seite um. Rose sah ihn an, überrascht, dass er überhaupt zuhörte.

»Also gut. Ja, etwas ist nicht in Ordnung, aber ich möchte nicht darüber reden«, schnauzte Rose ein wenig brüsk und las weiter.

»Wo hast du eigentlich gejoggt?«, fragte Cordy, geschickt das Thema wechselnd.

»Ach, die übliche Strecke. Am Bach entlang und zurück durch die Stadt.«

»An St. Markus vorbei?«, wollte Cordy wissen. Eine rhetorische Frage, sie wusste genau, wo der Weg entlangführte. Als wir noch jünger waren, war das am Sonntagmorgen immer unser Fluchtweg. Wir zogen dann hastig Strumpfhosen und Schuhe aus, hängten sie unserer Mutter wie baumelnde Kraken über den Arm und stürmten los – ein hübscher Kontrast von adretten Kleinmädchenkleidern und nackten, schmutzigen Füßen. Wenn wir zu Hause ankamen, waren unsere Kleider häufig mit Brombeer- oder Grasflecken übersät, aber zerrissen waren sie nie, sie ließen sich immer gut reinigen. Da passten wir auf, so dumm waren wir nicht. Wir lernten schon in jungen Jahren, geschickt mit Fleckenentfernern zu hantieren, denn unsere Mutter zeigte keinerlei Neigung, sich um die Reinigung zu kümmern.

»Genau.« Bean zuckte die Schultern.

»Es gibt dort einen neuen Pfarrer«, sagte unser Vater und warf Bean über die Brille hinweg einen Blick zu. »Ein junger Mann. Sieht gut aus. Eher Benedick als Claudio, also in Ordnung.«

»Solange er nicht eher Don John als Benedick ist«, meinte Cordy und krümmte ihre schmutzigen Zehen.

»Er ist nett. Ich bin ihm neulich in der Bibliothek über den Weg gelaufen, und heute war er im Garten«, sagte Bean.

»Oho«, sagte Cordy und lehnte das Buch gegen ihre Brust, um sich ganz der Unterhaltung zu widmen. »Du freundest dich mit den Einheimischen an. Ist er süß?«

»Traust du etwa meinem Urteil nicht?«, fragte unser Vater und blätterte eine weitere Seite um.

»Doch, natürlich«, flötete Cordy. »Aber ich möchte wissen, ob *Bean* ihn süß findet. Das ist etwas ganz anderes.«

»Doch, ja«, sagte Bean. »Ich glaube schon. Aber er ist der Pfarrer.«

»Ich bitte dich. Er ist doch nicht *tot*«, erwiderte Cordy, und flatterhaft wie ein Schmetterling stieß sie unseren Vater mit der Ferse an und wechselte das Thema. »Was ist eigentlich aus Father Cooke geworden?«

»Er ist im Ruhestand«, sagte unser Vater. »*Und matt von Kriegswerken zog er sich zurück* nach Arizona.«

»Wie traurig«, meinte Cordy wehmütig.

»Daran ist nichts Trauriges«, warf Rose ein. »Der Mann ist im Ruhestand und spielt Golf in Arizona. Was ist daran traurig?«

»Nichts vermutlich. Aber irgendwie ist es doch traurig, dass er keine Gemeinde mehr hat, und überhaupt. Das muss hart für ihn sein.«

»Ich stelle es mir als Erleichterung vor. Wenn man sich jahrelang, tagaus, tagein, die Probleme anderer Leute angehört hat. Jedes Wochenende hat arbeiten müssen.« Rose lächelte über ihr Sakrileg.

»Und wenn man nie eingeladen wurde, außer die Leute brauchten einen Pfarrer. Überall schöne Frauen und kein Tropfen zu trinken«, fügte Bean hinzu. Wir alle mochten gar nicht daran denken, dass der alte Father Cooke womöglich in irgendwelche romantische Heldentaten hätte verwickelt sein können. »Oder auch nicht«, sagte sie.

»Father Aidan schreibt ausgezeichnete Predigten«, sagte Rose

und steuerte das Gespräch wieder in weniger heikle Gewässer.
»Ich finde es nicht ganz angemessen, sich darüber zu unterhalten, ob er süß ist oder nicht.«

»Rose, entspann dich. Wir besorgen ihm ja keine Nutten«, sagte Bean. »Wir unterhalten uns nur.«

»Außerdem ist der Gottesdienst viel unterhaltsamer, wenn der Pfarrer süß ist«, sagte Cordy.

»Woher willst du das wissen? Wir hatten immer nur Father Cooke«, sagte Bean.

»Ich verfüge schließlich über Phantasie«, sagte Cordy empört. »Außerdem ist St. Markus nicht die einzige Kirche, in der ich schon war.«

»Und? Bei dieser großen Kirchenerfahrung, gab es da viele scharfe Pfarrer?«

»Genügend«, sagte Cordy geheimnisvoll und widmete sich wieder ihrer Lektüre.

Bean hob ihre Schuhe auf und ging nach oben, um zu duschen, unterwegs hinterließ sie eine Grasspur auf dem Teppich. Rose sah ihr nachdenklich hinterher. Sie hatte noch nie genau sagen können, wie viel von Beans Jungs-Versessenheit echt und wie viel dabei Spiel war, so wie ihr Make-up und ihre perfekt aufeinander abgestimmte Kleidung. Sie würde sich doch wohl nicht Father Aidan angeln wollen, oder?

Bean? Die mit unserem Pfarrer ausging? Das war das Lächerlichste, was Rose jemals gehört hatte.

Sieben

Das Beste an ihrer Beziehung, fand Rose, war, dass sowohl ihr erster Blick beim Aufwachen als auch ihr letzter Blick vor dem Einschlafen auf Jonathan fiel. Diese Liebe besaß eine schöne Symmetrie, die wie eine Isolierschicht wirkte; mit ihm schlossen sich der ruhige Rhythmus der morgendlichen Handgriffe und die abendliche Entspannung zu einem angenehmen Kreis und schützten sie vor der Welt.

Doch seine Abreise hatte diese Sicherheit zerstört. Dazu sollten Sie wissen, dass unsere Eltern uns als aufrechte Feministinnen erzogen haben und wir uns der Gleichung Frau/Mann/Fisch/Fahrrad sehr wohl bewusst sind. Aber Rose war anders. Rose brauchte Sicherheit, Verlässlichkeit, und sie hatte sich sehr schnell daran gewöhnt, dass Jonathan Teil dessen war. An manchen Tagen fühlte sie sich innerlich zerrissen, weil er nicht da war, ganz so, als schmerzte sie die Tatsache seiner Abwesenheit mehr als seine Abwesenheit als solche. Wir fanden es merkwürdig, dass Rose plötzlich auch einen Fels in der Brandung brauchte – wir, die wir so lange von Roses Stärke profitiert und uns in sämtlichen Belangen auf sie gestützt hatten: Sie sorgte stets dafür, dass unsere Socken zusammenpassten, sie verriet nie, wie lange genau wir uns spät noch aus dem Haus schlichen, sie war die Schulter, an der wir uns ausweinten, wenn wieder einmal etwas furchtbar schiefgegangen war. Aber das war auch der Grund dafür, dass Jonathans Liebe besser war als unsere – wir waren so sehr auf Roses Stärke angewiesen, dass sie nie schwach sein durfte, und Jonathan liebte ihre beiden Seiten gleichermaßen.

An manchen Abenden ignorierte Rose den Anruf, den sie vereinbart hatten, stellte ihren Wecker auf ganz früh morgens und schob ihn unter das Kopfkissen, damit niemand sonst geweckt wurde. Wenn das Piepsen sie aus dem leichten Schlaf riss, zu dem sie ihren Körper überredet hatte, stand sie auf und tappte ins Erdgeschoss, der Geist von Hamlets Vater in dunkelster Nacht, um Jonathan anzurufen; sie wählte die langen Zahlenreihen und lauschte auf den seltsamen doppelten Summton der transatlantischen Telefonverbindung.

Gewöhnlich ging er nicht vor neun ins Labor, und wenn sie den richtigen Zeitpunkt erwischte, erreichte sie ihn noch beim Kaffeetrinken; dass er, angesichts der ewigen Teetrinkerei, diese Tradition hochhielt, schätzte Rose sehr an ihm. Die Zeitverschiebung fand sie äußerst lästig – wenn er sie anrief, bevor er ins Bett ging oder wenn er nach Hause kam, war es für sie mitten am Tag, und sie war mit ihren Gedanken bei den tausend Dingen, mit denen sie sich zu schaffen machte, um den langen, sich träge dahinziehenden Sommer durchzustehen. Die Dunkelheit der frühen Morgenstunden legte einen Zauber über die Gespräche, die sie leise und gedämpft miteinander führten – beide noch schlaftrunken, beide noch geborgen in ihrem schützenden Zuhause, ehe die Zumutungen der Welt ihren inneren Seelenfrieden stören würden.

»'Allo«, sagte er mit seinem lächerlich falschen Cockney-Akzent, den er am Telefon nur dann benutzte (so hoffte sie), wenn er wusste, dass sie in der Leitung war.

»Guten Morgen«, flüsterte sie und lächelte angesichts der Wärme, die sich unwillkürlich in ihr ausbreitete, sobald sie seine Stimme hörte.

»Wie geht es meiner liebsten Mitternachtsanruferin?«, erkundigte sich Jonathan. Er hatte Fotos seiner winzigen Studentenunterkunft geschickt: die Küche mit dem komischen Zwergkühlschrank, den Esszimmertisch an der Wohnzimmerwand, das Schlafzimmer, das nur eine Nische war, ein Anhängsel zwischen dem Bad und der Rückwand des durchgesessenen Sofas. Sie stellte ihn sich gerne dort vor, während die trübe englische Sonne sich träge über den Teppich ergoss und seine Wimpern golden aufleuchten ließ. »Konntest du nicht schlafen?«

»Kann ich nie«, sagte Rose. »Wie ist das Wetter?«

 »Grau mit einem Hauch von Kohlschwarz«, sagte er. »Und wie ist es bei euch? Furchtbar schwül?«

»Wie immer.«

»Hast du überhaupt schon mal daran gedacht, herzukommen?«

»Zu Besuch?«

Er zögerte. »Sicher. Für den Anfang.«

»Jonathan, ich kann nicht nach England ziehen.«

In der Leitung herrschte Stille. Sie stellte sich vor, wie er sich an die Nase fasste, eine Geste der Enttäuschung, die ihr immer seltsam vertraut vorgekommen war, bis ihr schließlich aufging, dass unser Vater die gleiche Gewohnheit hatte. Hallo, Freud. »Also gut. Schön. Dann also nicht für die Dauer, sondern nur zu Besuch. Wann kannst du kommen?«

»Oh, ich weiß nicht. Moms Operation steht bevor.«

»Das ist eine großartige Neuigkeit.«

Rose runzelte die Stirn. »Ich verstehe nicht, wieso.«

»Es ist großartig, dass der Tumor weit genug geschrumpft ist, um operabel zu sein. Es ist nicht großartig, dass das überhaupt sein muss. Nach der Operation könntest du vielleicht für eine Weile herkommen. Für ein paar Wochen?«

»Wochen?«, kreischte Rose. Auf der Stelle sah sie im Geiste alle möglichen Katastrophen vor sich, die wir produzieren würden, wenn sie nicht da wäre, um uns an die Kandare zu nehmen. »Wochen? Ich weiß nicht ...«

»Warum nicht? Wenn Cordy und Bean noch eine Weile bleiben und du erst Ende August wieder zurück sein musst ...«

»Ich überlege es mir«, sagte Rose zweifelnd. Wenn alles gut ging, könnte unsere Mutter in drei Wochen wieder auf den Beinen sein. Doch wenn es nicht gut ging? Und selbst wenn, wer würde einkaufen gehen, die Rechnungen bezahlen, für unsere Mutter die Arzttermine vereinbaren und sich um die zig anderen Dinge kümmern, die während ihrer Genesung beachtet werden mussten?

Das könnten wir übernehmen, flüsterten wir ihr zu. Und es würde uns nichts ausmachen.

»Einverstanden«, sagte Jonathan resigniert.

»Ich vermisse dich«, flüsterte sie, plötzlich ganz leidenschaftlich.

Er lachte, leise und warm, von ihrem untypischen Freimut überrascht. »Ich vermisse dich auch. Es ist wunderbar von dir, dass du mich hier arbeiten lässt.«

Rose zuckte die Schultern, stieß dabei gegen den Hörer. »Was hätte ich denn tun sollen? Sagen, du darfst nicht gehen? Du musst mit mir und meinen verrückten Schwestern hierbleiben?«

»Sind sie schon für verrückt erklärt worden? Ich hätte gedacht, die Freude über euer Wiedersehen würde noch ein paar Tage anhalten.«

Worauf sie sich unerwartet schuldig fühlte. »Es ist nur ... sie sind noch genau wie immer. Ich glaube, Bean versucht, sich an Father Aidan ranzumachen.«

Dieses Mal klang Jonathans Lachen laut und fröhlich. »Das ist ja zum Schießen. Na, dann haben die Klatschtanten in der Gemeinde wenigstens was zum Diskutieren, außer wer den Plan für die Kollekte macht.«

»Findest du es nicht ... unpassend?«

»Father Aidan kann auf sich selbst aufpassen. Und Bean tut es nur, um Aufmerksamkeit zu erregen, das weißt du doch.«

»Natürlich weiß ich das. Aber das macht mich ja auch so verrückt. Und Cordy? Meine Eltern werden sie bis in alle Ewigkeit unterstützen, während sie herausfindet, was sie eigentlich will. Ich verstehe nicht, wieso sie nicht endlich zur Ruhe kommen kann.«

»Sie ist das Nesthäkchen«, sagte Jonathan, als erklärte das alles.

Rose dachte an Lear, der Cordelia als sein Eigentum betrachtet hatte und über die klägliche Nähe zu ihrer Jugend die Schrecken seines Alters hatte mildern wollen. »Du hast solches Glück, dass du dich mit deinen Geschwistern so gut verstehst«, seufzte sie. Wenn Jonathan und sie an Nachwuchs denken sollten, dann würde sie nur ein Kind haben wollen, das wusste sie jetzt schon. Nicht wieder diese Lockvogeltaktik, mit der ihre Eltern sie erst zu der Einen und Einzigen erklärt hatten, um dann noch zwei weitere in die Welt zu setzen.

»Tja, aber ich konnte nie jemanden herumkommandieren«, neckte er sie. »Was wärst du ohne all die Jahre, in denen du die Generalin spielen konntest?«

»Wahrscheinlich müsste ich weniger Tabletten gegen Magensäure schlucken.«

»Lass einfach los«, sagte Jonathan. »Du bist nicht mehr verantwortlich, du musst dich nicht mehr um sie kümmern. Sie müssen sich selbst um sich kümmern. Menschen können sich ändern.«

Nachdem sie aufgelegt hatte, hockte sie sich auf den Küchenfußboden, fühlte dort, wo ihr Nachthemd hochgerutscht war, das kühle Linoleum an ihren Waden und horchte auf das leise Summen des schlafenden Hauses – das gelegentliche Schnurren des Kühlschranks, die Klimaanlage, die sich periodisch an- und abschaltete und so die Temperatur konstant hielt, das gelegentliche Knarzen des arbeitenden alten Holzes. Stimmte es? Konnten Menschen sich tatsächlich ändern? Oder würden wir für immer und ewig die bleiben, die wir waren: Bean für immer auf der Jagd nach dem einen oder anderen Mann, Cordy ewig auf der Jagd nach einer Person, die sie nie sein würde, und Rose selber auf der Jagd nach einem Leben, in dem die Dinge waren, wie sie sein sollten? Doch ja, es gab Tage, an denen Rose das Gefühl hatte, sie sei schon seit Ewigkeiten auf der Welt, mindestens seit den Dinosauriern, dabei wusste sie, dass sie jung war. Es schien noch viel zu früh dafür, sein Leben schon in alle Zukunft festzulegen, aber es schien auch so schrecklich mühsam, etwas zu ändern.

Das ist das Gute, wenn man die Älteste ist: die Kontrolle.

Das ist das Schlechte, wenn man die Älteste ist: die Kontrolle.

Als Bean zur Welt kam, machte es Klick im Kopf der dreijährigen Rose, und sie begriff, dass, auch wenn ihr die begehrte Rolle als einziger Star der Andreas-Familie entrissen worden war, ihr immer noch der Ruhm blieb, die Regisseurin zu spielen. Die Späne würden nicht fallen, wo sie wollten, sondern dort, wo sie beschloss, dass sie fallen sollten. Es war immer noch Roses Welt, Bean lebte lediglich darin.

Als Cordy sechs war, hielt Rose sie schließlich für alt genug, um in den zahlreichen Theaterstücken, die wir vor unseren Eltern aufführten, eine Sprechrolle zu übernehmen. Cordy hatte in all unseren Keller-Produktionen mit Bettlakenvorhang die Rollen des treuen (und stummen) Dienstmädchens, des Speerträgers und des Ein-Satz-Komparsen gespielt, bis Rose entschied, sie sei reif genug, die Rolle zu spielen, die uns komplett machte, nämlich eine der drei Hexen in dem schottischen Stück.

Obwohl wir uns technisch gesehen nicht in einem Theater befanden und es deshalb auch kein Unglück brachte, den Titel auszusprechen – *Macbeth, Macbeth, Macbeth*, so, jetzt haben wir ihn gesagt –, bestand Rose darauf, dass wir es das »schottische Stück« nannten. Wir warfen uns in ausrangierte Kleider aus der Klamottenkiste, meist solche unserer Großmütter. Wir schickten Bean auf Mission in die Nachbarhäuser, wo sie Hexenhüte ausgemusterter Halloweenkostüme auftreiben sollte, was ihr auch in bewundernswerter Weise gelang, und verdonnerten Mustardseed, unseren schwer geprüften Kater alias Globe-Theater-Mime, zum Mitmachen (Bean bestand darauf; sie fand, das Fehlen einer Katze im Originalstück sei Shakespeares Problem, nicht ihres).

Die musikalische Begleitung lieferte freundlicherweise der Kunststoffplattenspieler, der uns einmal gemeinsam gehört hatte und deshalb, wie letztlich alle Dinge es zu tun pflegten, in Cordys Besitz übergegangen war. Wir besaßen eine zerkratzte LP mit Halloween-Soundeffekten, die hinter unserem Text herholperte und -krächzte, gewöhnliche Bettlaken hingen als Vorhang vor der Bühne, und Rose hatte sich von unserer Mutter einen Hummertopf gesichert, der groß genug war, um Cordy darin zu kochen (glauben Sie ja nicht, wir hätten nicht mehr als einmal daran gedacht).

 Und dann kam die Premiere. Unsere Eltern saßen auf dem schmuddeligen Zweiersofa, in dem sich ein außergewöhnlich quietschendes Ausziehbett verbarg, und hielten die beiden einzigen Originalprogramme in der Hand (von Rose in perfekter Kalligraphie ausgeführt, *bien sûr*), worauf in Roses Schrift »Die Zauberschwestern« – die Hexen in *Macbeth* – stand und darunter ein kleiner gemalter Kessel (kaum mehr als eine schwarze Blase am unteren Rand) von Cordy prangte, die ein Riesentheater veranstaltet hatte, bis wir ihr erlaubten, mitzuhelfen. Und während Rose Cordy bei ihrem sorgfältigen Gekritzel zusah, hatte sie sich auf die Lippe gebissen, überzeugt, dass das Programmheft damit ruiniert war, doch sie hatte gelernt, dass man dem Talent seinen Lauf lassen muss, wenn die Show tatsächlich stattfinden soll.

»Seid so gut und haltet die Rede, leicht von der Zunge weg!«, rief unser Vater, ehe wir etwas sagen konnten, und er und unsere Mutter applaudierten heftig. Rose fiel vor Enttäuschung aus ihrer Rolle und brachte ihn zum Schweigen, bevor sie sich wieder dem langen Holzlöffel zuwandte, den wir aus dem Krug über dem Herd stibitzt hatten.

Rose hatte alle unwesentlichen Rollen sauber herausgeschnitten, was eine äußerst verkürzte Aufführung zur Folge hatte. Anfangs hatten wir Cordy zu unserer Mutter geschickt, um sie um einen Bruder zu bitten, der außerordentlich hilfreich gewesen wäre, aber unsere Mutter meinte, das sei wenig wahrscheinlich und würde, falls es doch passieren sollte, im Übrigen schrecklich lange dauern, weshalb wir uns dann für die gekürzte Fassung entschieden.

Rose beanspruchte die Rolle der ersten Hexe für sich, weil es die mit den Monologen war und außerdem die, die das Stück eröffnete, Bean spielte ihren Part unter häufigem Mähneschütteln, das sie sich in einer Fernsehshow abgeguckt hatte, als sie bei einer Freundin übernachtete, und Cordy wusste so oft nicht weiter, dass Rose sie schließlich frustriert anzischte, sie solle mit dem Finger in ihrer Zeile bleiben. Cordy fand das überhaupt nicht hilfreich, und das Ergebnis war, dass sie die Verse laut hinausschrie, die sie tatsächlich konnte, was sich dann in etwa so anhörte: »*Unheilsschwestern, HAND IN HAND / Ziehn wir über Meer und LAND. / Rundum dreht euch, so rundum: / Dreimal dein UND DREIMAL MEIN, / Und dreimal noch, so macht es NEUN – / Halt! – Der Zauber ist gezogen.*« Cordy liebte Reime.

Am Ende brach Rose vor Enttäuschung darüber, wie wenig ihre großartige dramatische Vision mit der Wirklichkeit übereinstimmte, beinahe in Tränen aus. »Das war überhaupt nicht richtig!«, rief sie und wollte uns schon Vorwürfe machen, hätten unsere Eltern sich nicht eingemischt und sie getröstet. Bean und Cordy war das völlig egal. Bean vollführte immer noch ihren Bühnenknicks, und Cordy jagte Mustardseed und versuchte, sein Kostüm mit ihrem Hexenhut zu vervollständigen, wovon er (wenig überraschend) nichts wissen wollte.

»Euer Stück bedarf keiner Entschuldigung«, sagte unser Vater. »Mir hat es sehr gut gefallen. Auch ohne die Hauptfiguren behandelt es alles Wesentliche. Eine hervorragende Bearbeitung.« Er küsste Rose flüchtig aufs Haar, auf dem sich noch die Form des Huts abzeichnete.

»Da kann ich nur zustimmen«, sagte unsere Mutter. »Ich fand schon immer, dass die drei Hexen das Beste an dem Stück sind.«

»Natürlich«, sagte unser Vater. »Und da war es doch praktisch von uns, euch drei zu bekommen, so können wir unsere ganz persönlichen Zauberschwestern haben.« Er zwinkerte unserer Mutter über Roses Kopf hinweg zu.

»Aber Cordy hat es nicht richtig gemacht!«, wandte Rose erneut ein.

»Nein, sie hat es einfach anders gemacht«, sagte unsere Mutter tröstend. »Und sind die besten Stücke nicht die, die anders sind?«

Also nein. Nicht immer. Wir haben einmal eine Bearbeitung von *Viel Lärm um nichts* gesehen, die in einer Hilfsorganisation während des Ersten Weltkriegs spielte und ziemlich gut war. Aber dann gab es auch mal einen schändlich nackten *Mittsommer-*

 nachtstraum und einen *Othello* mit umgekehrten Hautfarben, und beide waren miserabel.

Rose lernte allerdings eine wichtige Lektion: Menschen tun nicht immer, was man ihnen sagt. Der Gerechtigkeit halber müssen wir jedoch auch auf Folgendes hinweisen: Rose ist die Einzige, die es schafft, uns rechtzeitig aus dem Haus zu scheuchen, wenn wir Theaterkarten haben oder versuchen, pünktlich im Gottesdienst zu sein. Rose war es, die uns Brote mit Erdnussbutter und Marmelade schmierte und sie für Cordy hübsch in Schiffchen schnitt, wenn unsere Mutter die Karotten auf dem Herd zu verkohlten Resten verkochen ließ. Als Rose ihren Führerschein hatte, fuhr sie Bean fast jedes Wochenende abends ins nächste Einkaufszentrum (das eigentlich überhaupt nicht nah ist) und verpetzte sie nicht einmal, als sie sich mit diesen Jungs mit dem Sportwagen traf und beim Nachhausekommen nach Wodka stank und Erbrochenes auf der Bluse hatte. Sie war es, die Cordy half, ihr Kleid für die Abschlussfeier zu nähen, obwohl sie fand, dass es schrecklich aussah, und sie war die Lehrkraft im Fachbereich Mathematik, deren Unterrichtsbewertungen durch die Studenten stets so begannen: »Ich dachte immer, Mathe sei langweilig, bis ich Dr. Andreas kennenlernte …«, und so sehr sie uns dafür hasst, dass wir ihr ihren Thron genommen haben, sie hat uns nie davon heruntergestoßen.

Und sie wäre all das nicht, wenn sie nicht die Erstgeborene wäre.

Wir hatten Bean in den Laden geschickt, denn Cordy war für solche Aufträge zu unzuverlässig – und Rose half gerade unserem Vater, die Möbel im Schlafzimmer umzustellen für die Zeit, in der unserer Mutter bettlägerig sein würde. Selbst mit einer Liste wäre sie ziellos durch die Gänge geirrt und mit einem rätselhaften Sortiment von Produkten zurückgekommen: einer Packung Gummidrops mit Zuckerkruste, einem handtellergroßen Apfelentkerner und einer zerdrückten Schachtel geschmackloser Cracker, die keiner mochte und die unbeachtet in der Speisekammer schmoren würden, bis sie zu Bröseln zerfielen. All das, wofür wir sie ursprünglich losgeschickt hatten, würde seltsamerweise fehlen.

Die Liste fest in der Hand – die Tinte war schon vom Schweiß zerlaufen, das Papier schlaff von der Hitze –, schlenderte Bean durch den Lebensmittelladen von Barnwell. Wir hassten die gelegentlich notwendigen Besuche in dem Supermarkt draußen vor der Stadt: die schmerzhaft hell erleuchteten, breiten Gänge, den kalten, mit Industrieware gefliesten Fußboden, das unablässige Tschirpen der Scanner an den Kassen, das sich mit der Musik zu einem unerträglichen Hintergrundgeräusch verband. Wir zogen den kleinen Laden unweit der Beanery entschieden vor. In seinen Regalen gab es hausgemachte Marmeladen von den Höfen entlang der Route 31, einheimische Produkte, die vor dem Laden zu prekären Pyramiden aufgeschichtet waren, und hinter dem Ladentisch warteten Mr. oder Mrs. Williston geduldig, bis sie unsere Käufe in die Ladenkasse eintippen konnten, die bei jedem Tastendruck angenehm vibrierte.

Bean füllte unseren alten Weidenkorb mit dem vom vielen Gebrauch ausgebeulten Boden mit den Posten auf ihrer Liste und blieb auf dem Weg zur Kasse wie angewurzelt stehen, als sie ihren Namen hörte.

»Bianca Andreas«, sagte eine männliche Stimme, und sie drehte sich überrascht um. Sie musste Dr. Manning, der jetzt in einem langärmligen weißen T-Shirt und blauen Laufshorts hinter ihr stand, fast gestreift haben. Er kam ihr älter vor, als sie ihn in Erinnerung hatte, dabei war es keine zehn Jahre her; sein blondes Haar wirkte in der matten Beleuchtung silbern, die winzigen Fältchen in seinen Augenwinkeln hatten sich vertieft, seine nackten Beine waren unanständig muskulös.

»Herr Doktor!«, sagte sie, die alte Bezeichnung kam ihr ganz selbstverständlich über die Lippen.

Er lachte ein tiefes, warmes Lachen, das Beans Rückgrat entlangschnurrte. »Ach, komm schon. Nenn mich Edward. Du hast das Herr-Doktor-Stadium doch in dem Moment hinter dir gelassen, als du in vollem akademischem Ornat durch den Innenhof marschiert bist. Was machst du hier wieder zwischen den Maisäckern? Ich dachte, du hättest uns alle verlassen wegen deines Traums vom wunderbaren New York?«

»Wir sind vom Stoff / Aus dem die Träume sind«, seufzte Bean mit einem koketten kleinen Schulterzucken, wodurch ihr leichtes Baumwollhemd zu einem tiefen V verrutschte. Sie wurde belohnt: Seine Augen wanderten an ihrem Ausschnitt entlang, ehe sie wieder zu ihrem Gesicht hochhuschten. Vielleicht besaß sie ja doch noch das gewisse Etwas. Da seht ihr mal, ihr Jungs von der Bar!

»Und dieses kleine Leben / Umfaßt ein Schlaf«, ergänzte er. »Immer noch die Königin der Shakespeare-Replik, stelle ich fest.«

»Das steckt in den Genen, leider. Wie geht es dir? Frau Doktor weilt im sonnigen Kalifornien, wie ich höre.«

»Mit dem Nachwuchs. Ich bin wieder ein einsamer Junggeselle«, sagte er, und wir könnten schwören, dass er dabei zwinkerte.

Vielleicht ... wenn Bean ein stärkerer Mensch gewesen wäre ... wenn sie nachts nicht so allein und frierend mit ihrer Schuld im Bett gelegen hätte ... wenn einer der wenigen annehmbaren Junggesellen in der Stadt nicht ausgerechnet Pfarrer gewesen wäre, obwohl keiner von der zölibatären Sorte ... wenn all dies so gewesen wäre, dann hätte sie vielleicht nicht getan, was sie jetzt als Nächstes tut.

Aber sie tat es.

Bean trat einen kleinen Schritt vor, drehte, bereit für den roten Teppich, den Fuß nach außen, und legte den Kopf schief, so dass ihr das Haar gerade richtig ins Gesicht fiel. »Wie traurig«, sagte sie. »Und überhaupt nichts, um dir den Sommer zu verkürzen?«

»Oh, ich unterrichte Sommer-Workshops, aber das kann man nicht vergleichen. Eine Handvoll Studenten, eine Handvoll Stunden, und dann das prickelnde Gefühl eines Sommerabends in einem leeren Haus in Barnwell.«

»Es ist jedenfalls nicht aufregender geworden, seit ich weggegangen bin«, sagte Bean, und sie warf ihm einen raschen Blick zu, nahm Maß, spielte mit der Möglichkeit. Er hatte immer gut ausgesehen, mehr Filmstar, als es einem Professor zustand, doch sie hatte eigentlich nie den Mann in ihm gesehen, lediglich den Ehemann von Dr. Manning, den Vater der Kinder, die in der sinkenden Abendsonne spielten, wenn sie dort zu Besuch war. Und diese Kinder waren inzwischen beinahe erwachsen, nicht wahr? Und sie war so abwesend, im Geiste ebenso wie in Wirklichkeit. Und er war so präsent, ein wenig weich um die Mitte inzwischen, aber immer noch breitschultrig und stark und mit einem Zahnpastalächeln, und dabei so sehr auf Bean konzentriert, dass ihr fast die Luft wegblieb.

»Ich fürchte, Barnwell schneidet im Vergleich zu New York besonders schlecht ab. Du musst mal zum Abendessen kommen und mir erzählen. Na ja, halt zu so einem Abendessen«, sagte er und schwenkte die Dosensuppe in seiner Hand.

»Mach dich nicht lächerlich. Du warst immer ein unglaublich guter Koch. Mir zuliebe kannst du es sicher besser«, sagte Bean.

»Oh, soweit ich weiß, bist du eine ausgesprochen wählerische Esserin«, sagte er. Das stimmt – sein kulinarischer Erfindungsreichtum hatte sie selten begeistert, und statt an seine offerierten Variationen – kalte Kürbissuppe, Büffelmedaillons in Weinreduktion – hatte sie sich häufig an viel Wein und Salat gehalten. »Aber dir zuliebe würde ich mich gern der Herausforderung stellen.«

»Dann komme ich vorbei. Vielleicht übermorgen?«

»Um sieben«, sagte er, und keiner von beiden bemerkte oder achtete zumindest darauf, dass ihre Körper sich beinahe berührten, ihre Brust an seinem Arm, ihre Hüfte an seiner, eine sehr anstößige Pose, in diesem Laden selten zu sehen.

»Soll ich den Wein mitbringen?«

»Bitte nicht. Was Wein angeht, hattest du immer einen entsetzlichen Geschmack.«

»Ich war neunzehn«, schoss Bean zurück und musste wieder

 an den Abend denken, als sie bei den Mannings mit einer Flasche Wein aufgekreuzt war, die sie vom Bücherregal einer Mitbewohnerin stibitzt hatte, einer sauren, wässrigen Angelegenheit, die sie nach einem einzigen Schluck im Garten ausgeschüttet hatten. Bean schob den Gedanken an seine Frau Lila schnell beiseite, die sie zu all diesen Abendessen eingeladen, ihr Aufmerksamkeit, Wissen und Wärme geschenkt hatte, ohne im Gegenzug etwas dafür zu verlangen, außer selbstredend, dass sie nicht versuchte, ihren Mann zu verführen.

»Weder Alter noch Schönheit können einen schlechten Wein entschuldigen. Bring einfach dich selbst mit«, sagte er. »Mehr brauchen wir nicht.« Bean ging mit bezaubernd wiegenden Hüften davon, und die Spannung zwischen ihnen war wie ein vibrierender Draht.

Möcht ihn doch / Der Himmel schützen vor dem Element, / Denn ich verlor ihn auf der schlimmsten See!

Ach, die arme Bean.

Acht

Unsere Familie hat ihre tiefsten Gefühle immer mit den Worten eines Mannes ausgedrückt, der seit beinahe vierhundert Jahren tot ist. Doch zum Thema Krebs schweigt er wie ein Grab (Cordys Worte). Das Wort »Krebs« erscheint bei Shakespeare nur ein einziges Mal, in *Troilus und Cressida,* und bezieht sich da nicht auf die Krankheit, sondern taucht in derselben Versrede auf wie die klassischen Namen Ajax, Achilles und Jupiter. Und so fehlten uns die Worte für das, was unserer Mutter widerfuhr.

Wir wissen nicht, wie sie auf den Knoten aufmerksam wurde, weshalb Bean meint, das sei ein sicheres Zeichen dafür, dass unser Vater ihn beim Sex entdeckt hat, aber eigentlich spielt es keine Rolle. Da war dieser Knoten, und sie waren zum Arzt gegangen, zunächst in Barnwell und dann in Columbus, und es gab eine Biopsie. Und das Wort »bösartig« fand Eingang in den Wortschatz unserer Familie.

Am Morgen der Operation unserer Mutter standen wir alle auf, ohne dass Rose uns wecken musste. Wie lange mochte es her sein, dass wir uns alle gemeinsam so ins Auto gezwängt hatten? Lange genug jedenfalls, um uns daran zu erinnern, dass wir den Rücksitz schon als Kinder unbequem gefunden hatten; aber das war gar nichts im Vergleich dazu, wie furchtbar unbequem er heute für drei Erwachsene war. Barnwell war so überschaubar, dass wir normalerweise zu Fuß gingen, selbst im Winter und ganz unabhängig vom Wetter, überdies waren wir es nicht gewohnt, einander so auf die Pelle zu rücken.

Rose und Cordy blieben einen Augenblick vor der Autotür stehen und sahen einander erwartungsvoll an, bis Cordy die Augen verdrehte und sich in die Mitte setzte. »Der Buckel« hatten wir diesen Platz als Kinder genannt, denn wer auch immer dort saß, musste sich mit dem Buckel begnügen, wo eigentlich die Füße hätten Platz finden sollen.

»Ich war schon lange nicht mehr die Kleinste«, beschwerte sich Cordy, als wir uns rechts und links neben sie quetschten.

»Du bist immer noch die Jüngste«, sagte Bean und stippte Cordy mit der Fingerspitze ans nackte Bein. Rose fiel auf, dass Bean ihre Nägel inzwischen gesäubert, geschnitten und muschelrosa lackiert hatte. Der Effekt war einerseits traurig, andererseits war Rose auch ein wenig erleichtert und empfand den ungewohnten Drang, Bean zu umarmen, um sie wissen zu lassen, dass sie sich nicht mehr so anzustrengen brauche.

»Wurde das nicht spätestens dann unwichtig, als wir endlich Alkohol kaufen durften?«, meinte Cordy.

»Verlassen wir die Stadt: Tollköpfe sind's«, sagte unser Vater, setzte sich auf den Fahrersitz und fixierte Cordy im Rückspiegel.

»O-KAY«, sagte Cordy laut und drückte die Knie nach außen, so dass Rose und Bean beide gegendrücken mussten, um ihren Platz zu verteidigen.

»Lass das«, schimpften beide. Cordy lächelte engelsgleich. Sie sah wieder besser aus. Ihre Haut hatte die gelbliche Blässe verloren, die sie während ihrer Periode als unzufriedene Amerikanerin durch die Iss-was-du-kriegen-kannst-Ernährung angenommen hatte; ihre Haare glänzten wieder und fielen ihr als dicker Zopf über den Rücken. Sie hatte sogar ein wenig zugenommen, stellte Rose fest, obwohl sie immer noch einen spitzen Ellbogen spürte, der sich ihr in die Rippen bohrte. Das war jedoch eher Bosheit als Mangelernährung.

»Ist es nicht schön, unsere Mädchen zu Hause zu haben?«, fragte unsere Mutter unseren Vater und klimperte in falscher Bewunderung mit den Wimpern.

»Wie es schärfer nage / Als Schlangenzahn, ein undankbares Kind / zu haben«, erwiderte unser Vater und fuhr aus der Einfahrt. Bis jetzt hatte noch niemand erwähnt, wohin wir fuhren.

In unserer Jugend sind wir jeden Sommer irgendwohin verreist, und zwar in unserem alten, geräumigen Kombi mit den scheußlich klebrigen Kunststoffsitzen, die auf unseren nackten Schenkeln unter den Shorts knallrote Tätowierungen hinterließen. Unsere Eltern wechselten sich beim Fahren ab, führten uns über Landstraßen, die Viehweiden zweiteilten, durch Tunnels, hinter denen sich Gebirgspanoramen entfalteten, und über Küstenstraßen, wo nichts als ein schütteres, niedriges Geländer zwischen uns und unserem Schöpfer stand. Auf dem Rücksitz stritten, lasen und malten wir abwechselnd oder veranstalteten eins der berüchtigten Sonett-Turniere unseres Vaters, bei denen reihum jede von uns eine Sonettzeile dichten musste, bis wir ein vollständiges Gedicht zusammenhatten, das am Ende mit dem vorgegebenen Thema meist nicht mehr das Geringste zu tun hatte.

Dank dieses Spiels wurden wir immerhin einsame Klasse im Improvisieren jambischer Pentameter, was allerdings nicht heißt, dass dieses Talent einem außerhalb der Welt unseres Vaters besonders viel helfen würde.

Auf diese Art sahen wir ein Feuerwerk zum 4. Juli in Maine, wurden im Yosemite-Park von Bären terrorisiert (Beans Fehler – sie hatte die Marshmallows nicht in die bärensichere Lebensmitteldose gepackt), ließen uns vor dem Mount Rushmore fotografieren, vergingen in Florida in einem ungewöhnlich frühen Hurrikan fast vor Hitze und verbrannten uns in Austin die Zunge an Tamales.

Wenn wir darauf zurückblicken, erscheint es uns seltsam, dass wir nie etwas unternahmen, das besser zu den speziellen Interessen unserer Familie gepasst hätte. Diese Reisen, von denen viele sich mit Aufklebern typischer Touristenattraktionen wie Yellowstone Park etc. versehen ließen, wirkten, verzeihen Sie das Offensichtliche, so *amerikanisch*. Wenn wir in einem Motel mit Pool abstiegen und uns mit anderen Kindern anfreundeten, die kreischend auf der Betoneinfassung des Beckens herumtobten, hätten sie meistens genauso gut eine andere Sprache sprechen können. Wir kannten weder ihre Fernsehsendungen noch die Songs, die sie aus dem Radio nachsangen. Wir kannten weder Junkfood noch Fastfood, und das einzige Spiel, das wir im Auto dabeihatten und das man in der Hand halten konnte, war eine Zaubertafel. Wir taten natürlich so, als wüssten wir trotzdem Bescheid, was allerdings ohnehin keine Rolle spielte, da wir diese Kinder, die in für uns so ferne Gegenden wie Kalifornien, Arkansas oder Virginia zurückkehrten, nie wiedersahen. Aber wir würden lügen, wenn wir nicht zugäben, dass wir uns auch ein bisschen komisch vorkamen.

Und so wäre es doch eigentlich zu erwarten gewesen, dass wir unsere Sommer regelmäßig in Stratford, London oder Padua oder an sonst irgendeinem Ort in Europa mit einer vagen Verbindung zu Shakespeare verbracht hätten. Aber wir glauben, dass unser Vater diese Ausflüge ins uramerikanische Dasein außerordentlich genoss. Bei all seiner abgehobenen Ahnungslosigkeit fand er das Leben all derer, denen er außerhalb unserer kleinen akademischen Barnwell-Blase begegnete, faszinierend. Er vermerkte diese Reisen auf einer gedanklichen Checkliste, machte sich – und uns – in gewisser Weise mit dem Mainstream vertraut, und sei es auch nur für ein paar Wochen.

Auf dieser Fahrt zur Verabredung unserer Mutter mit der Brustheit (© Cordy) hatten wir alle natürlich Bücher dabei, denn kein Familienmitglied käme je auf die Idee, sich nicht mit Lesestoff auszustatten; aber Rose und unsere Mutter waren dann die Einzigen, die tatsächlich lasen. Unser Vater fuhr, lenkte locker mit der rechten Hand, während er sich mit der linken unablässig über den Bart strich. Er tat das so oft, dass wir uns manchmal fragten, ob nicht irgendwann Spuren seiner Finger darin zu sehen sein würden. Bean starrte aus dem Fenster und legte Edward und ihr Gewissen auf eine geheimnisvolle innere Waagschale, und Cordy unterhielt sich mit unserem Vater über eine Avantgarde-Produktion des *Kaufmann von Venedig*, die sie irgendwo bei einem Fringe Festival gesehen hatte.

»Und dann diese Geschichte mit den Kästchen, die Portias Verehrer zu öffnen versuchen, irgendwie sollten die symbolisch für ihre *Jungfräulichkeit* sein, weshalb Portia sich ständig zwischen den Beinen begrabschte, während sie redete.«

»Diese Theorie ist nicht ganz neu«, warf unser Vater ein. »Da muss die Fantasie keine besonders großen Sprünge machen. Bei Shakespeare heißt das Wort ›casket‹, also Kasten oder Kiste, und stellt so eine Verbindung zum Tod von Portias Vater her, eigentlich handelt es sich jedoch um ganz gewöhnliche Schachteln.«

»Aber musste sie sich deswegen auf der Bühne *streicheln*?«, fragte Cordy.

»Nein, das finde ich auch etwas übertrieben.«

»Oh, aber das Schlimmste kommt ja noch«, sagte Cordy. Sie hatte die Hände im Schoß gefaltet und saß leicht nach vorne gebeugt, das Kinn auf die Rückenlehne vom Sitz unserer Mutter gestützt, ganz der ernsthafte Familienhund. Bean strich wie ein Metronom mit dem Finger am Fenster entlang, immer hin und her, und ließ in Gedanken die Meilen verrinnen.

»Erzähl«, sagte unser Vater. Solche Geschichten gefallen ihm immer ganz besonders. So grandios wie der Mount Rushmore in seiner Abgedroschenheit, so scheußlich-schön sind für ihn diverse Shakespeare-Interpretationen. Was zur Folge hatte, dass die meisten Theateraufführungen, die wir im Laufe unserer Kindheit sahen, genau das waren: scheußliche Shakespeare-Interpretationen. Und zwar einschließlich der denkwürdigen kompletten Nackt-Inszenierung vom *Sommernachtstraum*, die uns (als Bottom – mit totalem Volltrottelgehabe – eine Erektion produzierte, nachdem Titania ihn gestreichelt hatte) eine Woche lang Albträume bescherte. Das hatte den Vorteil, dass wir mit der Zeit nicht nur ausführlich aus beinahe jedem Stück zitieren konnten, sondern auch alle ziemlich gut darin waren, Theaterstücke zu beurteilen. Und darin, im Stehen zu schlafen.

»Na ja«, setzte Cordy an, dehnte dabei die Worte und kostete die Pause aus. »Der Prinz von Marokko, du weißt doch?« Unser Vater nickte. »Der Typ, der ihn spielte, war so etwas wie ein Rastafari. Mit künstlichen *Dreadlocks*. Und mit *Akzent*.«

Sie ließ sich auf den Sitz zurückfallen, nachdem sie die Bombe gezündet hatte.

Unser Vater kicherte. »*Verschmähet mich ob meiner Farbe nicht*, ei, Alter«, sagte er in einem missglückten Versuch.

»Da-ad«, stöhnte Bean, verdrehte die Augen und hielt endlich ihren Finger still.

»Nein, es war ganz genau so!«, sagte Cordy zu Bean gewandt und richtete sich dann wieder an unseren Vater. »Dad, du hättest dabei sein sollen. Ich dachte, ich mache mir gleich in die Hose, so musste ich lachen.«

»Was wollten die wohl damit sagen, was meinst du, Cordelia?«, überlegte unser Vater. Das war natürlich der springende Punkt. Selbst schlechte Aufführungen hatten ihr Gutes, man konnte etwas daraus lernen, und sei es auch nur die Warnung, sich vor solchen Inszenierungen zu hüten. »Hatte das irgendetwas mit Zeitgeist zu tun? Hast du ihre Absicht verstanden?«

Cordy langweilte sich mittlerweile und zuckte die Schultern. »Ich glaube, da gab es keine. Da war einfach nur ein Haufen arbeitsloser Schauspieler, die sich für tiefsinnig hielten oder was auch immer. Deprimierend.« Sie faltete wieder die Hände im Schoß, als wollte sie beten.

Unsere Mutter blickte von ihrem Buch auf. »Die nächste Ausfahrt ist es«, sagte sie, und im Wagen wurde es merkwürdig still. Cordy schlug ihr Buch auf und fing an zu lesen.

Eine andere Familie hätte vielleicht Vorbereitungen getroffen. Eine andere Mutter hätte vielleicht in gläsernen Auflaufformen Eintöpfe zubereitet, sie eingefroren und mit Gebrauchsanleitungen versehen. Ein anderes Töchter-Trio hätte vielleicht fürs Krankenhaus ein Nachthemd bestickt, ihr zu Ehren einen Song geschrieben, Massageöle und Aromakerzen mitgebracht, um ihr den Übergang zu erleichtern. Trotz Roses ganzem Gerede hatten wir nur uns selbst mitgebracht. Und wir? Wir waren unsicher, wonach wir fragen sollten, verwirrt über die Krankheit einer Frau, die uns durch all die unseren hindurchgetragen hatte, nur mit den Büchern bewaffnet, die wir gerade lasen, und außerdem selbst nicht ganz unbeschädigt und unversehrt. Unsere Mutter saß Zentimeter von uns entfernt, aber wir wussten kaum, was in ihr vorging – hatte sie Angst? War sie traurig? Resigniert?

Im Krankenhaus ließen sie uns nicht weiter als bis vor die Eingangshalle, und so küssten wir unsere Mutter dort zum Abschied. Rose umarmte sie verlegen und klopfte ihr auf den Rücken, als wäre sie eine flüchtige Bekannte. Bean küsste sie auf die Wange und drückte ihre Oberarme. »Ich liebe dich, Mom«, sagte sie. Cordy war die Einzige von uns, die sich ganz und gar ihren Gefühlen überließ, sich unserer Mutter in die Arme warf und sie fest an sich drückte. Als sie sich schließlich wieder von ihr löste, weinte unsere Mutter, wenn auch nur ein paar Tränen, und Cordy hatte nasse Augen und sah ein bisschen benommen aus. »Ich liebe dich«, riefen wir alle, als sie mit unserem Vater davonging. Er trug wie immer ein kurzärmeliges Hemd und eine zu kurze braune Hose, unter der der Rand seiner schwarzen Nylonsocken hervorschaute, als er mit unserer Mutter den antiseptischen Flur entlangging.

»Tragisch«, sagte Bean und schüttelte den Kopf, als sie um die Ecke verschwanden. Unsere Mutter hielt ihre Handtasche umklammert wie ein Kind, und die Hand unseres Vaters lag auf ihrem Rücken.

»Es ist schrecklich«, sagte Cordy und schniefte immer noch. Rose nahm ein Papiertaschentuch aus ihrer schweren Ledertasche und reichte es unserer Schwester.

»Ich meine seinen Kleidergeschmack«, sagte Bean.

»Mein Gott, Bean. Sei doch ein wenig mitfühlend. Sie wird operiert!«, sagte Rose schockiert. Cordy fing wieder an zu weinen.

»Es ist ja nicht so, dass es nicht tragisch wäre, was er anhat«, sagte Bean, allerdings nicht besonders kampfeslustig.

»Entschuldigen Sie«, meldete sich eine Stimme hinter uns, und als wir uns umdrehten, stand dort ein Angestellter mit einem großen, mit Bettwäsche und allerlei sonstigen Utensilien beladenen Rollwagen.

»Pardon«, sagten wir und gingen ihm hastig aus dem Weg. Rose führte uns in die Eingangshalle, wo die ersten Sonnenstrahlen gerade den Lichthof erreicht hatten, dessen Fenster mit schwerem Holz eingefasst waren. Cordy betastete eine der Pflanzen, ohne sagen zu können, ob sie künstlich oder echt war. An verschiedenen Stellen standen eng zusammengedrängt unbequeme Sessel in diversen Blautönen. Bean und Cordy fläzten sich einander gegenüber und streckten die Beine aus, Rose setzte sich steif auf einen einzelnen Platz. Wir stellten uns vor, wie unsere Eltern oben, wo unsere Mutter für die Operation vorbereitet wurde, miteinander beteten, flüsternd und die Köpfe zueinandergeneigt – ein intimer Ausdruck ihrer Liebe und ihres Glaubens. Wir vermochten beides nicht aufzubringen.

Cordy und Bean zogen ihre Bücher aus der Tasche, schlugen sie auf und zogen sich in die Seiten zurück. Rose saß lange Zeit da und starrte ins Leere, dann klappte auch sie ihr Buch auf. So sah es wohl offensichtlich aus. Wir würden nicht darüber reden, wir würden unsere Gefühle nicht miteinander teilen, keinerlei Vereinbarungen treffen, uns nicht wie im Film miteinander verbünden, während im Hintergrund gefühlige Musik aufwallt, uns umarmen und das beweinen, was unsere Mutter verlieren würde, und auch unsere eigene Angst. Stattdessen hüllten wir uns in Selbstmitleid und Aufopferung und weigerten uns zuzugeben, dass wir einander vielleicht helfen könnten, wenn wir nur bereit dazu wären. Stattdessen taten wir, was wir immer taten, das Einzige, worin wir seit jeher zuverlässige Meister waren: Wir lasen.

Als unser Vater kurz vor fünf kam, um uns abzuholen, war die Luft in der Halle verbraucht und schwül von der grellen Nachmittagssonne. Bean und Rose schliefen in unbequemen Haltungen, Cordy lag verkehrt herum, ihr Kopf hing über der Sesselkante, die Füße waren gegen eine der Wände gestemmt, die den großen Raum in kleinere, würfelartige unterteilten. Sie hielt sich ihr Buch so ungeschickt vors Gesicht, dass sie beide Hände zum Umblättern brauchte.

»*Die Harpye schreit: – 's ist Zeit*«, verkündete unser Vater laut.

Cordy, deren Gesicht vor Anspannung rot angelaufen war, hob ihr Buch, während Rose mit einem tiefen Seufzer aus dem Schlaf hochfuhr. Bean schnarchte zufrieden weiter, bis Cordy sich aufrichtete und Bean dabei einen Tritt versetzte. Bean erschrak und blinzelte verschlafen.

Schweigend begaben wir uns nach oben, von Macbeth's Birnam Wood nach Dunsinane, und die Schuhe unseres Vaters quietschten aufdringlich auf den mit Reifenspuren übersäten Gängen. Cordy strich mit dem Finger über die breiten blauen Streifen, die sich an den Wänden entlangzogen. Als wir vor dem Zimmer unserer Mutter ankamen, blieb unser Vater stehen, drehte sich um und sah uns an. »Ich möchte euch warnen. Sie sieht nicht gut aus.«

Wir nickten verständnisvoll, folgten ihm im Gänsemarsch ins Zimmer und reihten uns an der Wand auf, als stellten wir uns für ein Gruppenfahndungsfoto auf. Alles war weiß. Die Wände, die Laken, der Vorhang, der das Bett unserer Mutter von dem leeren zweiten Bett und dem dahinterliegenden Fenster trennte, ihre Haut, sogar ihre Lippen. Ohne Farbe, aschfahl, fertig. Das Neonlicht zischte wie die wütende Biene aus dem Spiel über ihrem Kopf. Bean kaute an ihren Nägeln. Rose weinte. Unsere Mutter wirkte so winzig, so erschöpft, ihr kahler Kopf lag so knochig und nackt auf dem Kissen, ihre sonst so rosigen Wangen waren von papierener Blässe.

Unser Vater setzte sich auf die andere Seite des Betts, wodurch sich die Decken an seinem Körper hochschoben. Er nahm die Hand unserer Mutter und streichelte sie sanft. Bean vermied es, unserer Mutter ins Gesicht zu sehen, und stellte erneut fest, wie sehr die Hände unserer Mutter gealtert waren, die Knöchel breit und knochig, die Haut auf dem Handrücken voller Altersflecken und losem Fleisch. Ihre Lider öffneten sich flatternd, und sie sah unseren Vater an, ihre Augen waren schlammig-feucht, die Pupillen geweitet. An der Wand stand ein Tisch, darauf ein Behälter mit Eis, das erschöpft zu einer Wasserlache zerschmolz, ein Trinkhalm, ein Krug, ein kleiner, geriffelter Becher mit Apfelsaft, dessen Foliendeckel aufgerissen war. Rose fing an, diese Gegenstände hin und her zu schieben wie beim Hütchenspiel.

Cordy setzte sich auf die andere Bettkante, und durch den doppelten Druck rutschten die kräftigen Beine unserer Mutter wie erleichtert unter dem straffgezogenen Laken hervor. Nach kurzem Zögern nahm sie die andere Hand unserer Mutter und imitierte die Bewegungen unseres Vaters, streichelte die knochigen Finger, die Bean eben noch betrachtet hatte. »Hallo, Mommy«, sagte sie, und langsam wandte unsere Mutter ihr den Kopf zu.

»Hallo, Liebes«, sagte sie mit einer Stimme wie trockenes Laubgeraschel. Erneut drehte sie den Kopf, mit der steifen Bewegung einer Puppe, und lächelte Bean und Rose zu. »Hallo. Wie geht es euch?«

Bean grinste. »Uns geht's prima. Aber wir liegen ja auch nicht im Krankenhaus. Wie geht es dir?« Sie zupfte an ihrer kurzen Jacke aus rotem Leinen über dem langen Jeansrock. Auf Bean war Verlass – auch in Krisen stets perfekt gekleidet.

Cordy streichelte immer noch die Hand unserer Mutter, als wollte sie ihr etwas entlocken.

Unsere Mutter lächelte. »Müde«, sagte sie und sah wieder zu Cordy.

»Ich weiß, Mommy«, sagte Cordy. »Wie wär's, wenn du ein bisschen schlafen würdest. Wir sind ganz in der Nähe.«

Unsere Mutter wandte sich an unseren Vater wie ein Kind, das um Erlaubnis bittet. Er nickte, nahm ihre Hand und küsste sie, und sein Bart strich über ihre Haut. Rose beobachtete sie. Ihr schien, sie hätte ihn noch nie so zärtlich blicken sehen, und plötzlich tat ihr das Herz weh, aus Sehnsucht nach Jonathan. Unserer Mutter fielen die Augen zu, und wir sahen zu, wie sie atmete.

Als die Besuchszeit endete, ließen wir unseren Vater glücklich schnarchend in dem leeren Bett im Zimmer unserer Mutter zurück und fuhren nach Hause, Bean am Steuer, Rose, die sich bei jedem Spurwechsel entsetzt am Armaturenbrett festklammerte, auf dem Beifahrersitz, und Cordy hinten, den Kopf zwischen den beiden Vordersitzen, immer noch der Familienhund. Es war ein merkwürdiges Gefühl, nur wir drei, und wir verbrachten den Großteil der Fahrt damit, uns darüber zu streiten, was es zum Abendessen geben sollte. Cordy gab vor, Vegetarierin zu sein (hauptsächlich, um die Dinge zu komplizieren, vermuteten wir), Bean regte sich über das eingebildete halbe Pfund auf, dass sie zugenommen hatte, seit sie sich nicht mehr ausschließlich von Tapas und Martinis ernährte, und Rose träumte schon den ganzen Tag von Kartoffelpüree mit Butter, was zwar Cordys Bedürfnissen entsprach, nicht aber Beans. Schließlich endete es damit, dass wir alle gemeinsam in der Küche herumhantierten und uns gegenseitig anrempelten, während jede ihre eigenen kulinarischen Abenteuer kreierte, die wir, bis auf kurze unerfreuliche Dispute über unsere Mutter und darüber, wie wir das Haus für ihre Rückkehr vorbereiten sollten, schweigend verzehrten.

Nach dem Abendessen kletterte Bean durch ihr Fenster aufs Dach, rauchte und starrte zu den Sternen hinauf. In New York war ihr nie aufgefallen, dass sie fehlten, hier nun konnte sie sie klar und deutlich erkennen, Sternbilder und die Punkte dazwischen, den verwischten Wirbel der Milchstraße, der die dichte sommerliche Dunkelheit durchdrang wie die Lichter des Abschlussballs vor so langer Zeit. Auch die Geräusche waren seltsam, kein Hupen, keine Sirenen, kein Gekreisch, kein elektrisches Summen, nur das drängende Zirpen der Grillen und ein paar frühe Eulen.

»Kann ich zu dir hochkommen?«, fragte Cordy, steckte den Kopf aus dem Fenster und blickte in dieser unbequemen Haltung zu Bean hinauf.

»Natürlich«, sagte Bean und rückte zur Seite. Cordy schwang zuerst die Beine aus dem Fenster und kletterte dann neben der Gaube das sanft ansteigende Dach hinauf. An der Stelle, wo wir stumm nebeneinanderlagen, war der Schiefer zu einer glatten Fläche verwittert.

»Sie sah furchtbar aus«, sagte Cordy schließlich. Von einem der Bäume am Ende des Gartens verkündete eine Eule ihre traurige

 Zustimmung. »Ich hätte nicht gedacht, dass sie so schlimm aussehen würde.«

Bean zuckte die Schultern und stieß eine Rauchwolke aus, die einen Augenblick schwer in der Luft hing und sich dann verzog. »Sie wird wohl noch eine ganze Weile ziemlich beschissen aussehen, wenn sie die Chemo weitermachen muss.«

»Ja«, sagte Cordy. »Ich weiß. Es war nur so gruselig, sie in diesem Zustand zu sehen. Verstehst du? So schwach.« Bean verstand. Wir alle verstanden. Unsere robuste bäuerliche Herkunft, die wir alle so übelnahmen, hatte unsere Mutter so unverwüstlich erscheinen lassen. Was sie natürlich nicht war, auch sie überließ sich gern Träumen und Fantasien wie wir alle, vielleicht sogar noch mehr, und wir alle hatten sie schon weinen sehen. Sie war keine von diesen eisernen Frauen, die während der großen irischen Hungersnot ein Dutzend Kinder großgezogen und es trotzdem noch jeden Sonntag in den Gottesdienst geschafft hatten. Aber sie hatte immer wie eine dieser Frauen *ausgesehen*. »Meinst du, wir bekommen es auch?«

»Ga-ran-tiert«, sagte Bean langsam. »Es bringt auch gar nichts, das Rauchen aufzugeben. Meine Titten sind zuerst dran.«

»Du kannst rationalisieren, so viel du willst«, sagte Rose, steckte den Kopf aus dem Fenster und kam unbeholfen zu uns gekrochen. »Es ist trotzdem eine schlechte Angewohnheit.«

»Das Leben ist eine schlechte Angewohnheit«, erwiderte Bean nonchalant. Cordy stupste sie mit dem Ellbogen, Bean rutschte zur Seite, und Rose zwängte sich auf die andere Seite. Ordentlich aufgereiht lagen wir da und starrten vereint in den Himmel.

Vor langer Zeit waren unsere Eltern einmal zu einem Fakultätsessen eingeladen und hatten uns drei allein gelassen. Rose war sechzehn, Bean dreizehn und Cordy noch zehn. Es war eine kühle Nacht, es muss Spätherbst gewesen sein, und Bean hatte sich gerade die Single eines Popsongs gekauft, den sie absolut toll fand, eine dieser musikalischen Eintagsfliegen mit Synthesizer-Background und ansteckendem Refrain.

Wir spülten zusammen das Geschirr ab, dann legte Bean die Platte auf, riss die Haustür sperrangelweit auf und tanzte im gelben Licht der Veranda, in das hartnäckig die Motten flogen. Endlich zerrte sie Rose aus der Verandaschaukel, und sie tanzten zusammen weiter, atemlos, wild und völlig verschwitzt in der kühlen Luft. »Noch einmal!«, rief Bean, und Cordy rannte barfuß in ihrer schlotternden Cordhose ins Haus, um die Nadel wieder auf Anfang zu setzen. Wir spielten die Platte immer noch einmal, Cordy stand unter der Tür und schaute zu, wie wir zusammen tanzten, und rannte jedes Mal los, wenn der Song zu Ende ging, schließlich zogen wir sie mit und wirbelten und drehten uns alle drei, bis wir den ganzen Text kannten und vom Mitsingen genauso außer Atem waren wie vom Tanzen. *»Sie tanzen, ha! wahnsinn'ge Weiber sind's«*, rief Bean, packte Rose an den Händen und wirbelte sie herum, bis ihr schwindelig wurde. Und dann kletterten wir alle drei auf dieses Dach und hielten nach Sternschnuppen Ausschau, bis Cordy einschlief und beinahe hinuntergerutscht wäre.

Wie wir da auf dem Dach saßen, mussten wir wieder an jenen Abend denken, doch inzwischen waren wir älter, wenn auch nicht klüger. »Ich werde mir einen Job suchen«, verkündete Cordy.

»Dann bleibst du also«, sagte Rose.

»Ja. Ist das ein Problem?« Cordy drehte sich um, wobei ihr Zopf an einem losen Ziegel hängenblieb, sie richtete sich auf, um ihn zu befreien, ließ sich wieder zurücksinken und betrachtete Roses Profil.

»Natürlich nicht. Es ist nur irgendwie seltsam, euch beide wieder hier zu haben.«

»Nicht so seltsam wie wieder hier zu sein«, warf Bean ein. »Ich dachte, ich hätte diese Stadt für immer hinter mit gelassen. Ich hasse sie.«

»Komisch«, sagte Cordy nachdenklich. »Man hat hier immer so nett über dich gesprochen.«

»Es kommt mir so unnormal vor. Als hätte ich mich richtig daran gewöhnt, das Einzelkind zu sein, und jetzt bin ich es gar nicht«, fuhr Rose fort, als hätten wir gar nichts gesagt.

»Du bist seit dem Tag, an dem ich geboren wurde, kein Einzelkind mehr«, sagte Bean scharf. »Dass wir nicht hier sind, heißt noch lange nicht, dass es uns nicht gibt.«

»Ich weiß. Es fühlt sich nur irgendwie so an. Weil ich Mom und Dad ständig sehe … Ach, egal. Ihr würdet es doch nicht verstehen.«

»Stimmt, weil es Unsinn ist«, sagte Bean. Sie richtete sich auf, balancierte ihre Zigarette auf dem Daumen und schnippte sie mit dem Zeigefinger fort. Das winzige Projektil flog in einem Funken sprühenden, leuchtenden Bogen davon und landete schließlich im Garten. Wir saßen wieder schweigend da; in der stillen Luft summte und wuselte es vor sommerlichem Leben. Unsinn, genau, und doch wussten wir alle, was sie meinte. Wir alle waren schon mit unseren Eltern allein zu Hause gewesen, es war etwas Besonderes, irgendwie anders. Weder Bean noch Cordy wären jemals so unsensibel, sich als Einzelkind zu bezeichnen, aber wir wussten, was Rose meinte. Wir konkurrierten nur ganz gelegentlich um Aufmerksamkeit; z. B. wenn Cordy mal wieder anrief und um eine dringende Finanzspritze über Western Union bat oder wenn Bean auf dem Weg zu einer Party vom Taxi aus anrief oder wenn Rose, die für ihre Doktorarbeit frei hatte, auf elegantem Papier in ihrer akribischen Handschrift sorgfältig komponierte Briefe verfasste. Solche Vorkommnisse waren aber eher die Ausnahmen von der Regel und bald wieder vergessen, so dass die jeweils zu Hause Weilende ihre Position als Favoritin wieder einnehmen konnte.

Bean lehnte sich zurück, die Hände hinter dem Kopf verschränkt. »Was für einen Job, Cordy?«

»In der Beanery. Dan Miller sagt, er würde mich einstellen, falls ich Arbeit brauche.«

»Wenn du dein Examen nachholen würdest, könntest du etwas viel Besseres als Kellnerin kriegen. Apropos, du solltest dich am College bewerben«, schlug Rose vor.

»Bin ich wegen Daddy nicht sogar von den Studiengebühren befreit?« Als Jüngste benutzte Cordy als Einzige die Diminutivform für unsere Eltern. In ihrem Alter war das ein bisschen nervig, aber wir nahmen es hin.

»Du bist siebenundzwanzig. Das kommt, glaube ich, für dich seit ein paar Jahren nicht mehr in Frage«, sagte Bean nicht unfreundlich.

»Nun, wie auch immer. Mir ist das Examen egal. Ich möchte nur glücklich sein.«

»Wird die Arbeit in einem Café dich glücklich machen?«

»Es ist ein absolut ehrenhafter Beruf.«

»Ich habe gar nicht gesagt, es sei nicht ehrenhaft. Rose ist diejenige, die es für unter deiner Würde hält. Ich meine nur, falls dein Lebensziel hauptsächlich darin besteht, glücklich zu sein, dann solltest du dafür sorgen, dass das, was du tust, dich auch wirklich glücklich macht.«

»Ich habe nicht gesagt, es ist unter ihrer Würde. Ich habe nur gesagt, sie kann mehr.«

»Das läuft aufs selbe hinaus«, sagte Bean schulterzuckend. Rose stieß einen langen Seufzer aus, der andeuten sollte, dass sie anderer Meinung war, sich aber deswegen nicht streiten wollte. Wir alle besaßen das Talent, mit Seufzsignalen die tiefsten Gefühle zu übermitteln.

»Ich wünschte, wir hätten ein bisschen Pot«, sagte Cordy traurig.

»Frag deinen neuen Boss«, sagte Bean. »Im College hatte er immer den besten.«

»Ich glaube, er ist respektabel geworden«, sagte Rose.

»O Tag des Jammers! – Wehe!«, deklamierte Cordy mit tiefer Stimme, und wir mussten alle kichern. »Und was ist mit dir, Bean?«, fragte sie, drehte den Kopf zur anderen Seite und stellte fest, wie sehr Bean im Profil unserer Rose ähnelte. Und sie selbst vermutlich auch. Niemand würde *nicht* erkennen, dass wir Schwestern sind.

»Was mit mir ist? Ich habe ebenfalls kein Pot.«

»Nein, ich meine, suchst du dir auch einen Job? Bleibst eine Weile?«

Bean hob die Hände und rieb sich die Augen auf eine Weise, bei der man Sternchen und Dunkelheit sieht, wenn man sie wieder aufmacht. »Ich denke schon. Wenigstens für eine Weile. Ich möchte hier sein, um Mom zu helfen.«

»Dann gehst du also nicht nach New York zurück?«, fragte Rose.

Stille umfing uns. Wieder rief die Eule, dieses Mal von einem anderen Baum. Oder es war eine andere, ähnlich melancholische Eule. Als Bean schließlich den Mund öffnete, konnten wir hören, wie trocken ihre Lippen waren. »Nicht sofort. Nein. Vielleicht eine ganze Weile nicht.«

»Was ist passiert, Bean?«, fragte Cordy, und ihre Stimme war so sanft wie ihre Finger, als sie die Hand unserer Mutter streichelte. Sie sah, wie eine einzelne Träne Beans mondbleiche Wange hinunterrollte, doch als Bean dann antwortete, klang ihre Stimme fest.

»Ich möchte nicht darüber sprechen«, sagte sie. Wir sahen, dass ihr Gesicht sich vor lauter zurückgehaltenen Gefühlen verkrampfte. Sie sieht alt aus, dachte Cordy, aber das hätte sie niemals laut gesagt. »Und ja. Ich werde eine Weile bleiben. Ich suche mir ebenfalls einen Job.« Bean richtete sich auf, um sich noch eine Zigarette anzuzünden, und Rose beschwerte sich nicht einmal, als sie den Rauch von ihrem Gesicht wegwedeln musste. Etwas in Beans Stimme klang schwach und fremd und leicht beunruhigend für uns, die wir an die stachelige Seite ihres Charakters gewöhnt waren.

»Du könntest eine Stelle am College finden«, schlug Cordy vor. »Du bist ein Alumnus. Alumnae?«

»Alumna«, sagte Rose.

»Verdammt, es ist schon schlimm genug, dass ich wieder hier wohne«, sagte Bean, und ihre Schärfe war wieder da, schneidender als eine Messerklinge. »Ich bin nicht zurückgekommen, um dann auch noch am College zu arbeiten. Dann würde ich mich wie ein Versager fühlen.«

Einen Augenblick saßen wir nur stumm da, und niemand wies darauf hin, dass wir alle Versager waren, ob wir uns das nun eingestanden oder nicht. Rose, die sich bei dem Gedanken am wenigsten wohl fühlte, klopfte sich schließlich mit den Händen auf die Beine, um unsichtbaren Staub loszuwerden. »Ich gehe ins Bett. Will eine von euch morgen geweckt werden?«

»Ich«, sagten Cordy und Bean gleichzeitig.

Als Rose wieder nach drinnen geklettert war, rauchte Bean ihre Zigarette zu Ende und starrte in die stille Nacht hinaus. Die dichtbelaubten Bäume verstellten den Blick auf die Stadt, doch sie wusste, irgendwo dort in der schlafenden Dunkelheit lägen Sünde und Erlösung, beide gleichermaßen verlockend. Aber der Weg der Sünde war so behaglich, so ausgetreten, es war so einfach, sich auf ihm in stille Gefühllosigkeit fallen zu lassen.

»Bist du schon unserem Herrn Pfarrer begegnet?«, wollte Cordy wissen, als könnte sie Beans Gedanken lesen.

Bean stieß Rauch aus und schüttelte den Kopf.

»Schade. Er ist richtig süß.«

Zögernd hielt Bean die Worte einen Moment lang auf der Zunge, ehe sie herausplatzten. »Morgen Abend gehe ich zu Dr. Manning essen.«

»Ach, wirklich? Cool. Du hast sie doch schon eine Ewigkeit nicht mehr gesehen.«

»Nicht zu ihr. Zu ihm. Sie ist, scheint's, in Kalifornien.«

»Oh«, sagte Cordy. Wusste sie, was Bean meinte? Wusste sie, wie sehr ihn Beans schön geschwungene Lippen, ihre Brüste angezogen hatten und auch die leise Trauer, die sich vielleicht zwischen raschelnden Laken verflüchtigen könnte?

Doch auch wenn sie es wusste, würde Cordy nichts Kritisches äußern. Wie käme sie dazu, unsere Bean und alles, was sie in sich verbarg, zu verurteilen, während sie ihre eigenen schmerzlich warmen, süßen Geheimnisse mit sich herumschleppte?

Bean rieb sich die Stirn und schnippte ihre Zigarette in derselben Flugbahn über das Dach wie die erste. Ihr Mund war ausgetrocknet und schmeckte bitter nach Rauch. »Könntest du immer hier leben, Cordy?«

Unsere Schwester dachte eine Weile nach und spielte mit einem Zopfende, strich mit den Fingern über die kaputten, gespaltenen Haarspitzen. »Hier ist es nicht anders als überall sonst auch«, sagte sie schließlich. »Nur kleiner.«

»Sehr viel kleiner«, sagte Bean. Sie zog die Knie an die Brust und legte ihre Wange auf die Knie. »Manchmal habe ich das Gefühl, ich bekomme hier keine Luft.«

Cordy zögerte kurz, dann strich sie mit ihrem Handrücken sachte über Beans nackten Arm.

»Das liegt nicht an Barnwell«, sagte sie. »Das liegt an dir.«

Neun

Es mag gefühllos wirken, dass wir am nächsten Tag in Columbus nicht ins Krankenhaus, sondern einkaufen gingen. Natürlich ließen wir unsere Eltern nicht völlig im Stich, sondern tauchten, wenn auch nicht ohne Umwege, gegen elf im Krankenhaus auf, um mit dem Haareraufen und Zähneklappern zu beginnen.

Erst einmal gab es also eine Kleiderprobe in einem Brautkleider-Discount, wo die Verkäuferinnen derart um uns herumscharwenzelten, dass Rose in dem steifen Satin irgendwann unbehaglich zu schwitzen anfing und Bean kurz davor war, loszuschnauzen. Cordy saß derweil in ihren ausgestellten Jeans, die am Saum stark ausfransten, zusammengekauert in einem Sessel und schüttelte bei jeder neuen Sahnetorten-Tüllkreation traurig den Kopf.

»Ich sehe einfach lächerlich aus«, sagte Rose seufzend bei ihrem x-ten Versuch mit einem steifen weißen Kleid. In dem Geschäft war es zum Glück ruhig, denn wenn Rose mit dem Gezwitscher und Getuschel zahlloser glücklicher Mütter und junger Bräute um die zwanzig hätte zurechtkommen müssen, wäre sie womöglich zur Mörderin geworden. Das Kleid war relativ schlicht und hübsch mit seinem enganliegenden Empire-Oberteil, das mit einer niedlichen Schleife abschloss und in einen bauschigen Chiffonrock überging, doch Rose sah darin einfach nur müde und kläglich aus. Sie streckte sich vor dem Spiegel die Zunge raus. »Lächerlich«, wiederholte Rose. »Eine Alte, die auf jung macht.«

»Ich bitte dich«, stöhnte Bean und zupfte energisch an dem langen Rock, damit er korrekt fiel. »Dreiunddreißig ist wohl kaum alt. Ich schwöre dir, kein Mensch, der auf sich hält, heiratet heutzutage noch, bevor er nicht mindestens dreißig ist.«

Rose zog vor dem Spiegel eine Schnute und strich ihr Haar zurück. Cordy zupfte an ihren Nägeln. »Gut. Ich bin also nicht alt. Aber ich sehe immer noch dämlich aus.«

 »Weil du auf dieser dummen Tradition bestehst«, sagte Bean. Eine der Verkäuferinnen, die sie zuvor verscheucht hatten, flatterte herbei, fest entschlossen, einen Verkauf abzuschließen, aber Bean fletschte die Zähne, und die Frau huschte so rasch davon, wie sie gekommen war. »Wirklich, Rose, ich schwöre dir, es würde viel besser klappen, wenn du die Auswahl mir überlassen würdest. Und zwar in einem Laden, der nicht wie eine Zuckerbäckerfabrik aussieht.«

Rose hob die vielen übereinandergeschichteten Röcke und ließ sie an ihren Schenkeln wieder hinabsinken, als wäre sie Daisy, die erste Liebe des großen Gatsby. »Ich will aber nicht irgendwie schräg aussehen«, stöhnte sie. »Ich will aussehen wie eine Braut.«

Nachdem Cordy ihre Fingernägel erfolgreich in schrundige Fetzen gerissen hatte, stand sie schließlich von ihrem Sessel auf. »Niemand wird dich auf deiner Hochzeit für etwas anderes halten. Aber so ein pompöses weißes Kleid passt einfach nicht zu dir, Rosie. Warum lässt du Bean nicht etwas für dich aussuchen? Sie zieht sich viel besser an als du oder ich.«

Rose sah Cordy an, die ein schäbiges ärmelloses schwarzes Oberteil trug und dazu tief auf den Hüften sitzende Jeans, die einen Streifen Bauch frei ließen. Im Umkleideraum hingen Roses eigene Sachen, ein Paar olivgrüne Wandershorts, in denen ihre Beine wie bleiche, wurstförmige Stampfer aussahen, und ein weites weißes Hemd, in dem sie dick und schlampig wirkte. Sie hatte sich dafür entschieden, weil beides leicht an- und auszuziehen war, aber jetzt bedauerte sie ihre Wahl. Bean hätte sich aufgetakelt und dafür gesorgt, dass sie während der ganzen Prozedur makellos perfekt blieb. *Der Schlepp von ihrem schlechtsten Rocke sei / Mehr wert als meines Vaters Land.*

In der Mitte des Ankleideraums, vor den vielen Spiegeln, die Rose das verzerrte Bild einer plumpen, hölzernen, unscheinbaren Person zurückwarfen, stand eine Holzkiste, auf die die Bräute sich stellen konnten, um den Fall einer Schleppe, das Detail eines Saums zu bewundern. Rose sackte niedergeschlagen auf die Kiste und vergrub ihr Gesicht in den Händen. Einen Moment lang herrschte Schweigen, bis wir begriffen, dass sie weinte.

»Ach, Rosie«, sagte Cordy und kniete sich vor unsere Schwester. Sie legte ihre Hände auf Roses Knie und schüttelte sie sanft. »Was ist los?«

Rose weinte.

Bean stand daneben und wickelte sich einen Schleier um die Hand, dessen Tüll an ihren Fingern kratzte.

»Rosie-Posie«, sagte Cordy noch einmal und blickte unsere Schwester liebevoll an. Als Rose die Hände vom Gesicht nahm, waren ihre Augen gerötet, und auf ihren Wangen zeichneten sich Tränenspuren ab.

»Ich muss doch schön sein«, sagte sie schniefend. »Wenigstens für einen Tag muss ich schön sein.«

»Aber das bist du doch«, sagte Cordy. »Du wirst die schönste Braut sein, die wir je gesehen haben.« Und Cordy, Gott segne sie, meinte, was sie sagte.

Rose drehte sich um sich selbst, um sich in den zahlreichen Spiegeln zu betrachten – ihre bloßen Arme, die aus zu engen Ärmeln quollen, ihr Gesicht, das vor Kummer und Anspannung ganz rot war. Sie war, wir geben es zu, und selbst Cordy würde es wohl zugeben, nicht gerade in allerbester Verfassung.

»Nein, ich bin ungestalt wie wilde Bären, / Daß Tiere sich voll Schrecken von mir kehren«, sagte Rose, und schon flossen die Tränen wieder. Cordy wollte Roses Gesicht berühren, aber Rose schlug ihre Hand weg. »Lass mich mit deinem Hippie-Scheiß in Ruhe«, sagte sie scharf, und Cordy fuhr gekränkt zurück.

Bean schleuderte den Schleier von ihrem Arm und baute sich, die Hände auf die Hüften gestemmt, vor Rose auf. Da ihre Absätze in dem weichen Teppich versanken, schwankte sie leicht. »Rosa-lind«, sagte sie und dehnte den vollen Namen unserer Schwester, so dass es wie eine Warnung klang. »Sei doch nicht blöd!«

»Bean«, mahnte Cordy sanft, doch Bean schnitt ihr mit messerscharfer Stimme das Wort ab.

»Du siehst scheiße aus, weil diese Kleider scheiße sind«, sagte Bean.

Rose ließ den Kopf hängen wie eine welke Blume, und eine dicke Träne tropfte auf den Satin. Bean streckte die Hand aus und zog Rose von der Kiste hoch.

»Jetzt mal ernsthaft«, sagte Bean. »Willst du wirklich so aussehen?« Sie schnippte wütend mit dem Finger gegen eine kindische Schleife auf Roses Ärmel. »Das ist Kindergartenkram.«

»Ich will wie eine Braut aussehen«, sagte Rose. »Man erwartet von mir, dass ich wie eine Braut aussehe.«

»Geht es im Ernst um das Kleid?«, fragte Bean. »Das ist doch ein bisschen viel Drama für ein überteuertes Stück billigen Stoff.« Sie zog das Preisschild unter Roses Arm hervor und schüttelte den Kopf.

»Es ist nicht das Kleid«, sagte Rose und sank zurück auf die Kiste. »Es ist alles. Das Ganze« – sie wedelte mit den Armen – »ist einfach aus dem Ruder gelaufen.«

»Du musst ja nicht heiraten«, sagte Cordy. Der Anblick von Rose in diesem weißen Kleid hatte sie traurig gemacht, ihr war unbehaglich zumute. Aber sie wusste nicht, ob es an der Idee der Hochzeit, an der Ehe oder an dem Kleid als solchem lag. Und sie verspürte nicht das geringste Bedürfnis, sich jemals selbst auf dieser Kiste zu sehen. Niemals.

Rose und Bean bedachten sie mit einem Blick, als wäre Cordy irgendetwas Ekliges, in das sie gerade hineingetreten waren. Solch ein Blick war am wirkungsvollsten im Duett, und Cordy zuckte zusammen, genau wie schon unzählige Male zuvor, wenn wir diese Schau abgezogen hatten. Wie war es, nach all diesen Jahren und all den Erfahrungen, möglich, dass wir uns noch immer am besten gegenseitig verletzen konnten?

»Also, das musst du wirklich nicht«, sagte Cordy beleidigt und verkroch sich in ihren Panzer aus ausgefransten Säumen und zottigem Haar.

»Mensch, Cordy«, sagte Bean. »Das ist keine Hilfe.« Dann packte sie Rose an beiden Händen und zog sie hoch. »Zieh diese verdammte Zuckertorte aus, dann fahren wir zu Mom. Wir gehen irgendwo anders ein Kleid aussuchen, in das nicht ganz Manhattan reinpassen muss.«

»Ich schwöre dir, wenn du was aussuchst, worin ich bescheuert aussehe, dann will ich nie mehr etwas mit dir zu tun haben«, sagte Rose. Ihre Hände fühlten sich warm und glitschig an zwischen Beans kühlen Fingern.

Bean verdrehte die Augen. »Das wäre ja eine Katastrophe!« Ungeduldig schälte sie Rose mit geschickten Fingern aus dem Kleid und scheuchte sie durch den Vorhang zurück in die Umkleidekabine.

Als Rose die zweite Klasse unserer staatlichen Schule besuchte, kam einer der Professoren von Barney auf eine Idee. Wieso schickten sie eigentlich, in Anbetracht der geballten Konzentration pädagogischen Talents und intellektueller Kreativität am College, ihre Kinder alle in derart traditionelle Schulen?

Ein Professorenkonsortium erstand in Campusnähe eines der alten Herrenhäuser mit ausgedehnten Rasenflächen, einer breiten, umlaufenden Veranda, drei Stockwerken und einem Keller, in dem es nach Erde und zerbrochenen Marmeladengläsern roch. Sie stellten ein paar Möbel in einige Zimmer, andere ließen sie unmöbliert, so dass die Schritte dort von den leeren Wänden widerhallten. In der Küche wurde ein Labor eingerichtet, die Schlafzimmer wurden mit ächzenden Bücherregalen bestückt, Wohnzimmer und Salon hatten als winzige Aula zu dienen. Mit dieser vollkommen planlosen Vorbereitung war die Kooperative Schule von Barnwell geboren.

Für Rose, die jede Minute in der, wie sie es nannte, *echten* Schule geliebt hatte, war die Coop, wie sie bald hieß, ein regelrechter Kulturschock. Sie hatte all das geliebt, worüber die Professoren so die Nase rümpften – die einheitlichen Tische, den ordentlichen, altmodischen Garderobenraum, den vorhersehbar unabänderlichen Stundenplan, die dichte, geordnete Schlange vor der Cafeteria.

In der Coop gab es all das nicht. Wir hatten Unterricht, gewiss, doch der hing häufig von der Laune des jeweiligen Lehrers ab; mal konnte ein Montag mit Biologie beginnen und dann direkt mit Theater und Bildhauerei weitergehen, in der Woche darauf fand aber am Montag womöglich überhaupt kein Unterricht statt. Die Idee dahinter war, dass die Schüler ihr Bildungsschicksal in die eigene Hand nehmen und sich die verschiedenen Fächer je nach eigenem Interesse selbst aneignen sollten; dabei würden sie von den großen akademischen Köpfen der Fakultät von Barnwell nur angeleitet und mit Informationen versorgt. Vollkommen neu war dieses Bildungssystem nicht, doch es sollten noch Jahrzehnte vergehen, bis die Philosophie der Coop einen Namen bekam: freies informelles Lernen.

Rose gibt diesem sehr zufälligen Erziehungssystem zudem die Schuld an unserer Zerstreutheit, aber trotzdem hätten wir es gar nicht anders haben wollen. Während die anderen Studenten am College sich über Zahlenkombinationen für ihr Schließfach, Besuche im Büro des Rektors und maschinenlesbare Formulare unterhielten, wanderte Cordy in Gedanken zurück in die Coop, dachte an den großen braunen Lehnsessel im oberen Gästezimmer, den sie zu ihrem erklärt hatte, und wie sie darin stundenlang Shakespeare, Austen oder Marx gelesen und Arbeiten über Derrida, Pascal und Curie geschrieben oder einfach nur an die Decke gestarrt und über dieses und jenes nachgesonnen hatte.

In dem Jahr, das sich im Nachhinein als Cordys Abschlussjahr herausstellen sollte – auch wenn sich niemand mit derlei Formalitäten aufhielt, wir erklärten lediglich, wir hätten die Coop besucht, das genügte –, beschloss sie, wir müssten einen Schulball veranstalten. Sie trug diese Idee der sogenannten Kommission vor, die, was sie immer tat, Cordy dazu ermutigte, allerdings im traditionellen Geist der Coop. Was natürlich hieß, dass der Schulball jeden einschloss, vom winzigen Säugling bis zum pubertierenden Jugendlichen.

Unter Beans Führung arbeiteten wir monatelang an der Verwirklichung des Plans. (Na ja, Rose war mittlerweile am College und versuchte mit allen Mitteln so zu tun, als würde sie uns nicht kennen, da Bean allmählich auf gewissen Campus-Bierfeten für Aufsehen sorgte und Cordy sich öfter in seltsamster Aufmachung, wie rosafarbenen Beinwärmern und Kampfstiefeln, in der Nähe des zum College gehörenden Black-Box-Theaters herumdrückte, weshalb Rose keinen besonderen Wert darauf legte, uns zu unterstützen, aber wir anderen machten alle mit.) Und während die Jugendlichen einer Highschool ein paar Ortschaften weiter in einer Turnhalle tanzten, wo die hohen Absätze über das Baseballfeld klapperten, die leergefegten Tische an der Strafraumlinie aufgebaut waren und eine müde Coverband aus Columbus »Stairway to Heaven« spielte, veranstalteten wir unser eigenes Fest.

Das dann eher einer kostengünstigen Familienhochzeit glich. Wir veranstalteten es im Garten der Coop, schufen einen Sternenhimmel aus der kreuz und quer zwischen den Pappeln und roten Ahornbäumen aufgespannten Weihnachtsbeleuchtung und eine Tanzfläche aus Parkettimitat, die die vereinzelten Grasbüschel plattdrückte. Die Christlichen Brüder fungierten als DJs und bewiesen überraschende Meisterschaft im exakten Abspielen von Bändern und Platten und versetzten einander gutmütige Boxhiebe, wenn Langeweile drohte.

Auf der breiten Veranda rannten die Grundschulkinder, die angeblich für die Erfrischungen zuständig waren, hin und her (öfter gegeneinander als zu den Gästen, öfter Chaos stiftend als hilfreich). Nur einige von ihnen – Carrie Obertz, in einem zitronengelben Chiffongebilde, das sie als Blumenmädchen bei einer Hochzeit getragen hatte und das das allgemeine Hochzeitsambiente der Veranstaltung verstärkte; Michael Taylor, der seine Patentkrawatte abnahm, über den Rand des Punschkrugs hängte und Professor Shapiros Kristallgefäß damit einen apart-eleganten Touch verpasste; sowie Hannah und Henry Holtz, die heute in Barnwell das beste, wenn auch leider einzige Schokoladengeschäft betreiben –, nur diese vier waren von praktischem Nutzen, bis sie gegen neun Uhr kollabierten und auf den Stühlen im Hof wie verwelkte Blümchen zu kleinen, flaumigen Häufchen zusammensackten.

Da die Coop war, wie sie war, und Barnwell war, wie es war, und die Schülerschaft sich aus den Kindern unzufriedener, freakiger Ex-Hippies zusammensetzte, erschienen die meisten der Zwölf- bis Achtzehnjährigen nicht in traditioneller Ballkleidung. Cordy kam im Brautkleid unserer Mutter (einem Minikleid mit Empiretaille im Ach-so-sechziger-Jahre-Stil aus verstörend steppdeckenartigem Stoff) und tanzte mit jedem verfügbaren Mann, einschließlich Dr. Ambrose, dem Matheprofessor, einem Relikt aus der Kreidezeit, und Henry Holtz, dessen Kopf Cordy fast bis zur Hüfte reichte, der ihr jedoch eine hübsche Hortensienblüte schenkte, die sie in ihren BH-Träger steckte und von der den ganzen Abend lang unglaublich blaue Blütenblätter herabrieselten. Beans beste Freundin Lyssie kam zusammen mit Benjamin Marcus, sie im Heidi-Dirndl und er in viel zu weiten Lederhosen, doch sie machten ihre, sagen wir, unorthodoxe Aufmachung wieder wett, indem sie sich den ganzen Abend in einer Ecke der Tanzfläche in süßer, langsamer Umarmung drehten, egal was die Christlichen Brüder gerade auflegten.

Bean war tatsächlich die Einzige, die auch auf einem richtigen Ball nicht fehl am Platz gewesen wäre. Ihr Kleid, das an jeder anderen lächerlich gewirkt hätte, war aus Silberlamé, mit herzförmigem Ausschnitt und weitem, fließendem Rock direkt aus *Vom Winde verweht*, falls Scarlett O'Hara je eine Vorliebe für Silberlamé hatte. Ihr Partner, ein gewisser Nick Marchese, trug einen steifen Miet-Smoking mit Laméfliege und Kummerbund. Sie wären der Stolz der TV-Serie *Miss Seventeen* gewesen.

Selbst Rose schaute vorbei und stand irgendwo zwischen den tanzenden Kindern und den überflüssigen Anstandsdamen, die wie fette Hennen am Rand der Veranda thronten. Und auch wenn unsere Rose so etwas eigentlich nicht sagt, wird sie Ihnen doch versichern, dass dieser Nacht ein Zauber innewohnte – während unsere selbstgebastelten Papierlaternen mit den aufgemalten chinesischen Buchstaben, die jemand gerade lernte, leise in der Brise schwankten und die falschen Sterne der Lichterketten unter dem echten Sternenhimmel blinkten und einem das Gefühl gaben, man müsste nur den Arm ausstrecken, um Licht von vor tausend Jahren in den Händen zu halten. Rose stand eine Weile da und beobachtete Cordy bei ihrem ernsten, beflissenen Walzer mit Dr. Ambrose und Bean und Nick bei ihrem steifarmigen Rock 'n' Roll, und am sehnsüchtigsten Lyssie und Daniel bei ihren endlosen, innig-keuschen Drehungen. Als Bean und Nick wieder die Seiten wechselten, fing Bean Roses Blick auf, und beide hielten kurz inne. Dann lächelte Rose Bean zu und zeigte mit dieser schlichten Geste, wie stolz sie darauf war, dass wir den verwahrlosten Garten in etwas so Schönes verwandelt hatten, und Bean erwiderte das Lächeln; dann verschwand Rose in der Dunkelheit und tauschte den Festzauber gegen ihr grässliches Studentenwohnheim aus Hohlblocksteinen ein.

Als wir ins Krankenhaus kamen, saß unser Vater in einem Sessel und las in einem dickleibigen Wälzer, während unsere Mutter misstrauisch auf ihrem Essenstablett herumstocherte. Sie sah fahl und müde aus, der rosige Hauch auf ihren Wangen, den wir so lieben, fehlte noch.

»Ah, es sind meine *hünd'schen Töchter*«, sagte unser Vater, ohne richtig von seinem Buch aufzusehen. Seine Kleidung war zerknautscht, und ein paar Barthaare hatten sich auf seine Wangen verirrt.

»*Wie ein verlebter Vater freudevoll / Sich labt an seines Kindes Jugendklarheit*«, parierte Cordy.

»Das ist aber ein Sonett«, erwiderte unser Vater.

»Niemand hat je behauptet, Sonette zählten nicht«, sagte Cordy.

»Beachtet ihn einfach nicht«, sagte unsere Mutter, und ihre Stimme klang hoch und dünn. »Kommt und gebt mir einen Kuss.«

 »Komm denn, Liebchen, küß mich herzig!«, trällerte Cordy. »Ist das besser, Daddy?«

Unser Vater knurrte irgendetwas und wandte sich wieder seinem Buch zu. Wir traten ans Bett unserer Mutter und küssten sie. Rose umarmte sie fest, und unsere Mutter schrie kurz auf wegen des Drucks. Bean streifte ihre Wange mit einem flüchtigen Kuss, wie ein Besen, der etwas wegkehrt, und Cordy kletterte auf der guten Seite unserer Mutter zu ihr ins Bett und rollte sich in ihrer Armbeuge zusammen wie eine Katze.

»Wie war der Verkehr? Ihr seid spät dran«, sagte unsere Mutter, machte eine vorsichtige Bewegung und lehnte sich in die Kissen, die weiß waren wie ihre Haut.

»Bean ist gefahren«, sagte Cordy. »Wir waren im Handumdrehen hier.«

»Wir waren mit Rose auf Kleidersuche«, sagte Bean, die wie ein Model mit gekreuzten Beinen an der Wand lehnte.

»Was gefunden?« Unsere Mutter hob die Hand und kratzte sich die Kopfhaut, die juckte, seit ihr Haar nachwuchs, und zuckte zusammen, als die Haut in ihrer Achsel spannte.

»Komm, ich mache das für dich«, sagte Cordy, richtete sich im Bett auf und wühlte in ihrem dicken Wollbeutel, den sie über der Schulter trug. Sie förderte eine räudig aussehende Haarbürste mit weichen Borsten zutage und strich damit über die vereinzelten Haarbüschel, die allmählich wieder auf ihrem erschreckend kahlen Kopf sichtbar wurden. Wir sahen eine Weile schweigend zu, staunten über den Kontrast zwischen dem dichten Haar, das wir in Erinnerung hatten – dunkles Holz, das ihr über die Schultern fiel, wenn sie es löste, und dem momentan so spärlichen Flaum. Als Kinder sahen wir unserer Mutter gerne dabei zu, wie sie ihr Haar bürstete, mit langen, verschwenderischen Strichen, die es zum Glänzen brachten, und wie sie es danach mit raschen, sicheren Griffen zu einem Knoten schlang. Im Vergleich dazu wirkten Cordys Hände schwerfällig und ungeschickt, besonders weil der Kopf unserer Mutter so fragil wirkte wie eine ungeöffnete Blütenknospe.

»Nein«, sagte Rose. Die Tatsache, dass andere Mütter vielleicht mehr Interesse gezeigt, in Brautmagazinen geblättert und gefragt hätten, ob sie mitkommen dürften, oder die ganze Angelegenheit sogar selbst in die Hand genommen hätten, wurde durchaus registriert. Doch unsere Mutter war anders. Sie gehörte nicht zu den Frauen, die ihre Töchter dazu erziehen, Brautmagazine zu lesen, und las deshalb natürlich auch selbst keine. »Alles sah an mir nur grässlich aus.«

»Aus dem einfachen Grund, weil alles grässlich war«, sagte Bean.

»Es ist ein grässlicher Brauch«, sagte unsere Mutter, und Cordy hörte auf, ihren spärlichen Flaum zu bürsten. Sie hatte unsere Mutter ungeschickt aufgerichtet, ihr das Kissen in den Rücken gestopft, und als sich das Nachthemd dabei am Schlüsselbein öffnete, konnten wir den Mullverband und den durchsichtigen Schlauch der Wunddrainage sehen. »Warum bestehst du überhaupt darauf, Rose?«

Vor Ärger und Scham wurde Rose glühend rot, sie suchte nach den richtigen Worten, die Lippen zu wortlosem Protest geschürzt.

»Es ist ihre Hochzeit, Mom«, sprang Bean ihr bei. »Außerdem kann sie dein Hochzeitskleid ja nicht tragen. Das hat Cordy ruiniert.«

»Habe ich nicht«, widersprach Cordy. Sie ließ die Bürste wieder in den unergründlichen Tiefen ihres Beutels verschwinden, und unsere Mutter lehnte sich entspannt zurück, während Cordy sich neben ihr zu einem Fragezeichen zusammenrollte.

»Du hast es doch beim Schulball total mit Punsch bekleckert.«

»Aber ich habe es reinigen lassen, blöde Ziege«, sagte Cordy. »Man sieht überhaupt nichts mehr. Wenn sie wollte, könnte sie es tragen.«

Darauf erwiderte Rose nichts, aber wir alle wussten, dass das Minikleid unserer Mutter aus den Swinging Sixties ihr genauso gut stehen würde wie eines dieser durchgeknallten Tüllmonster, die sie am Morgen anprobiert hatte. Wie auch immer, jedenfalls war das Thema gewechselt, Cordy beschuldigt und alles so, wie es sein sollte, zumindest nominell war der Frieden wiederhergestellt.

»Raus, raus, raus!«, scheuchte uns eine Krankenschwester auf, die mit hartnäckig quietschenden Kreppsohlen das Zimmer betrat. Wir machten, dass wir hinauskamen, umkurvten dabei die tragbare Toilette, die die Krankenschwester mit hereingerollt hatte. Auf dem Flur begann Cordy wieder an ihren Nagelhäuten zu zupfen, bis Bean ihr einen Klaps auf die Hand gab. Cordy streckte unserer Schwester die Zunge heraus, und Rose bedachte beide mit einem tadelnden Blick.

»Wann kommt sie nach Hause?«, fragte Rose unseren Vater, um von unserer bockigen Schwester abzulenken.

Unser Vater räusperte sich, strich sich mit der freien Hand – mit der anderen hielt er die Seite in seinem Buch aufgeschlagen – über den Bart. »Morgen. *Ich weiß nicht, ob es Gott so haben will*«, sagte er, als unterrichte er einen besonders gebildeten Anfängerkurs, was wir in gewisser Weise wohl auch sind. »Das Krankenhaus schickt uns eine Krankenschwester, die uns sagt, was wir tun müssen.« Das schien ihn etwas zu verwirren, fast als begreife er nicht ganz, wie man auf so eine Idee kommen konnte. Bean dagegen wirkte erleichtert. Sie trug Absätze hoch wie Eisenbahnnägel und elegante, weit geschnittene Hosen, die geschickt die Andreas-Oberschenkel verbargen. Das war wahrhaftig nicht die Frau, die wir (am allerwenigsten Bean selbst) uns als Hauspflegerin vorstellen konnten.

»Du solltest heute Abend mit nach Hause kommen, Daddy«, sagte Bean. »Du siehst schlimm aus.«

Unser Vater zuckte die Schultern. »Eure Mutter und ich waren seit unserer Heirat keine einzige Nacht getrennt, und ich werde jetzt nicht damit anfangen. Ich werde mich im Badezimmer etwas frisch machen.«

Das stimmte. Unsere Eltern hatten unmöglich jung geheiratet, unser Vater blutjunger Kandidat für den Masterstudiengang, unsere Mutter frisch examiniert und womöglich schwanger (skandalös!). Auf unserem Lieblingsfoto schreiten die beiden zwischen herausgeputzten Gästen – einer Woge wippender Hüte und Ellbogenflicken – durchs Kirchenschiff. Unser Vater geht etwas vor unserer Mutter, deren Schleier in einem unsichtbaren Luftzug hinter ihr her weht. Er lächelt, als hätte er gerade den Jackpot gewonnen. Sie lächelt, als hätte sie gerade ein Geheimnis entdeckt.

Jedenfalls war unser Vater selbst in der Nacht, als Rose geboren wurde, bei unserer Mutter. Und das war eine Zeit, in der es noch nicht üblich war, dass Männer mit im Kreißsaal waren, schon gar nicht, dass sie als Pfleger die Nabelschnur durchschnitten; eine Zeit, in der Babys noch pflichtschuldigst mit einem herzhaften Klaps auf das Hinterteil willkommen geheißen wurden, was (wenig überraschenden) Protest hervorzurufen hatte. Damals schlief unser Vater in einem Sessel, der durchaus jenem ähnlich sah, in dem wir ihn heute antrafen, nachdem er zuvor noch darauf bestanden hatte, dass Roses Korbwiege zu ihnen ins Zimmer gestellt wurde. Eine Hand fest auf den Rand der Wiege gelegt, schlief er zufrieden die ganze Nacht durch, selbst während der beiden nächtlichen Fütterungen.

In der psychologischen Literatur ist viel die Rede von den Folgen einer Scheidung für die Kinder, insbesondere in Bezug auf deren eigene Ehen so viele Jahre später. Wir haben uns immer gefragt, warum nicht mehr über die Kinder aus glücklichen Ehen geforscht wird. Die Liebe unserer Eltern ist nicht die große Leidenschaft, es gibt kein Versinken in Lust, keine Ballkleider und Smokings, doch die Wahrheit ist: Sie haben seit dem Tag ihrer Hochzeit nicht eine Nacht getrennt verbracht.

Wie sollen wir da auf eine Liebe hoffen, die es mit ihrer aufnehmen könnte?

Zehn

»Cordy, komm endlich!«, brüllte Bean vom Fuß der Treppe.

»Ich komme schon!«, rief Cordy zurück. Wir wollten in die Stadt und im Sanitätsfachgeschäft ein paar Sachen abholen, die die Krankenschwester bestellt, deren Lieferung ins tiefste, dunkelste Barnwell das Geschäft aber verweigert hatte – einen Duschhocker für unsere Mutter, ein spezielles Bettjäckchen, das keinen Druck auf den Drain ausübt, ein Kissen, auf dem sie möglichst bewegungslos schlafen würde, und eine Art Handtrainer, um die volle Beweglichkeit ihres Arms wiederherzustellen.

Cordy suchte in ihrem Zimmer hektisch nach einem passenden Hemd. Ihre Brüste waren schon seit geraumer Zeit empfindlich, aber seit letzter Woche waren sie gewaltig angeschwollen, und es herrschte sommerlichster Juni, und da zeigte man schließlich viel Dekolleté. Ihre Hippie-Röcke erfüllten ihren Zweck für die untere Hälfte, doch die knappen T-Shirts und ärmellosen Hemdchen, die sie gewöhnlich trug, ließen sie wie eine Stripperin aussehen. Sie hatte einen von Beans Sport-BHs aus dem Wäschekorb gefischt, der gut zusammenquetschte und die Veränderung wenigstens einigermaßen kaschierte.

»Cordeeeeeeeeeeeeeeeeeeeeeeeeeelia!«, rief Bean wieder.

»Komme!«, brüllte Cordy und stieß sich den Zeh an der Bettkante, als sie über einen Berg aus Schuhen hechtete, den sie mitten im Zimmer aufgetürmt hatte. »Verdammt!« Schließlich fand sie, ebenfalls in der Wäschekammer, eines von Roses weiten Oberteilen und zerrte es sich über den Kopf. Sie fuhr mit den Füßen in zwei Sandalen aus dem großen Haufen, einigermaßen sicher, dass sie zusammengehörten, und polterte die Treppe hinunter.

»Sehr schick«, sagte Bean. »Gut, dass du dir so viel Zeit genommen hast.«

Cordy schaute an sich hinunter. Das Oberteil war gebatikt, der

Rock Patchwork. Sie sah aus, als wäre sie einer Stoffrestetonne entstiegen. »W. A. I.«, sagte sie.

»Wai?«

»Was. Auch. Immer. Gehen wir.« Sie sprang die letzten zwei Stufen hinunter und griff nach ihrer Tasche. Wie lange noch würde sie mit lockerem Gummizug in der Taille und aus der Wäsche stibitzten Klamotten durchkommen? Gut, dass sie den Indie-Rock-Look aufgegeben hatte – die Miniröcke und Kinder-T-Shirts hätten sie schon jetzt verraten. Sie würde sich demnächst neu einkleiden müssen. Mit Schwangerschaftskleidung.

Und sie würde es uns sagen müssen.

Sie saß auf dem Beifahrersitz und kaute an ihren ausgefransten Nagelhäuten, während Bean fuhr und ziemlich falsch mit dem Radio mitsang. Es ging alles zu schnell. Sie hatte bereits zugenommen, seit sie wieder zu Hause wohnte, wo es reichlich zu essen gab und tatsächlich auch schmeckte; die Übelkeitsanfälle ließen langsam nach. Die Uhr tickte. Und Schwangerschaftskleidung wäre erst der Anfang – dazu kämen Arzttermine und Babykleidung, und all diese Dinge kosteten Geld.

Sie würde Dan wohl beim Wort nehmen und um einen Job bitten müssen. Aber wie viel würde das bringen? Und was, wenn unsere Eltern sie hinauswürfen, wenn sie es ihnen erzählte?

Sie könnte es zuerst Rose sagen. Rose würde sich irgendetwas einfallen lassen. Allerdings war Rose im Augenblick noch empfindlicher als sonst. Cordy zupfte an einem Nagelhautfetzchen, und es fing an zu bluten.

Vielleicht war es ja noch nicht zu spät für eine Abtreibung. Der Nebel in ihrem Kopf lichtete sich für einen Moment. Dem Vater – falls man ihn so nennen konnte – würde es nichts ausmachen. Er wusste nicht einmal davon. Und solange unsere Familie nichts davon wusste, würde es ihr ebenfalls nichts ausmachen.

Doch ihr machte es etwas aus. Das wollte sie eigentlich nicht, aber so war es.

Sie legte eine Hand auf ihren Bauch und drückte auf die kleine

Schwellung. Wir wussten, was die Kirche zu einer Abtreibung zu sagen hatte – wir wussten bei vielem, was die Kirche dazu zu sagen hatte, auch wenn uns das nie von irgendetwas abgehalten hatte. Nach dem Grund für ihr Zögern gefragt, hätte Cordy eher abgestritten, dass es auch nur irgendetwas mit unserem Glauben zu tun hatte.

Sie sah Bean an, deren Augen hinter einer Designerbrille verborgen waren und die immer noch mit dem Radio mitsang und den Ton manchmal traf und manchmal nicht, gerade so, als würde sie die Noten umgarnen. Bean würde abtreiben lassen, keine Frage. Hatte es wahrscheinlich schon einmal getan. Rose würde das Kind austragen.

Doch was würde sie tun?

Cordy versuchte, sich mit einem Baby, einem kleinen Kind, einem größeren, einem Teenager vorzustellen. Unmöglich. War sie nicht selbst eben noch ein Teenager gewesen? War sie es nicht noch immer? Sie stellte die Klimaanlage so ein, dass ihr die kalte Luft direkt ins Gesicht blies und sie die Augen zusammenkneifen musste.

Derart wichtige Entscheidungen konnte sie einfach nicht fällen. Das hatte sie noch nie tun müssen – immer hatten andere für sie entschieden, oder der Wind hatte sie einfach irgendwohin getragen, und sie hatte das Beste daraus gemacht. Sie würde einen Termin beim Arzt vereinbaren und dann darüber nachdenken. Nicht jetzt.

Nach ihrem Besuch im Sanitätshaus, wo Cordy sich in einen Rollstuhl mit rosa Fahrradwimpeln an den Griffen hatte fallen lassen und unserer Bean beim Abhaken der Liste so gut wie keine Hilfe gewesen war, kehrten sie in ein stilles Haus zurück.

»Halloooo?«, rief Cordy und ließ Taschen und Duschhocker fallen, die sie auf Beans Geheiß vom Auto ins Haus getragen hatte. »Wo seid ihr alle?«

»Oben«, rief Rose. »Kommt bitte hoch.«

Bean und Cordy gingen nach oben ins Schlafzimmer unserer

Eltern. Unsere Mutter lag mit geschlossenen Augen im Bett. Unser Vater saß daneben und hielt ihre Hand. Rose lehnte mit geschlossenen Augen am Kamin.

»Was ist passiert?«, fragte Bean. Beide Schwestern setzten sich auf die Aussteuertruhe, in der wir zusätzliche Decken aufbewahrten.

»Das Ergebnis der Lymphknotenbiopsie ist gekommen«, sagte Rose. »Es ist positiv.«

»Was bedeutet das?«, fragte Cordy.

»Nichts Gutes«, sagte Bean. Sie hatte in der Bibliothek ein Buch über Brustkrebs ausfindig gemacht und gelesen, doch die medizinischen Begriffe purzelten in ihrem Kopf durcheinander, und sie hatte der Darlegung komplizierter Verlaufsdiagramme und Behandlungsmöglichkeiten nicht folgen können.

»Es bedeutet, dass der Krebs auch die Lymphknoten in ihren Achseln befallen hat. Sie bekommt Bestrahlungen und möglicherweise noch eine weitere Chemotherapie.«

»Scheiße«, sagte Bean.

»Zweifellos«, stimmte Cordy ihr zu.

Niemand schien diesen beiden prägnanten Kommentaren noch etwas hinzufügen zu wollen. Wir hatten fest daran geglaubt, dass mit der Operation alles in Ordnung sein würde: Problem gelöst, unser Leben könnte weitergehen.

»Es könnte schlimmer sein«, sagte unser Vater. »Sie hat Stadium IIIC. Das ist behandelbar, wenn alles gut geht. *Und was noch bleibt, kann kaum den Riß verstopfen / Des jetz'gen Drangs: Termin folgt auf Termin: / Was nun vertritt die Zwischenzeit?*«

»Daddy«, stöhnte Cordy. »Sprich normal.«

»Wir werden damit fertig werden müssen«, sagte unsere Mutter leise und öffnete die Augen, die in ihrem bleichen Gesicht noch glänzender wirkten. »Wir wussten, dass es auch schlimmer hätte kommen können. Und euer Vater hat recht – es ist behandelbar. Der Arzt meint, wenn der Tumor so gut auf die Chemotherapie reagiert hat, wird er wahrscheinlich auch gut auf die Bestrahlung und eventuell auf eine neue Runde Chemotherapie reagieren.«

 Eine neue Runde. Als würde sie eine Runde Getränke ausgeben. Bean stellte sich unsere Mutter hinter einem Tresen vor, wie sie Chemo-Cocktails anbot, die aufs Haus gingen.

»Also, wir haben alles mitgebracht, was die Krankenschwester aufgeschrieben hat«, sagte Bean, um das Bild aus dem Kopf zu verscheuchen.

»Bringt die Sachen hoch«, ordnete Rose an. »Wir richten hier alles für sie ein.« Die Krankenschwester hatte vorgeschlagen, wir sollten unsere Mutter für die Dauer ihrer Rekonvaleszenz im Erdgeschoss unterbringen, doch die Vorstellung, das Esszimmer für so lange Zeit zu ihrem Schlafzimmer zu machen, hatte unsere Mutter derart entsetzt, dass sie sich, trotz der vollkommen logischen Argumente der Krankenschwester, schlichtweg geweigert hatte. Und so gewöhnten wir uns an den Gedanken, uns selbst, die Utensilien für unsere Mutter und, falls nötig, auch unsere Mutter in den nächsten Monaten treppauf und treppab zu schleppen.

Bean und Cordy trotteten nach unten und trugen alles hinauf, und dann richteten wir uns in einem Rhythmus aus Arbeiten und Kümmern ein, kamen einander dabei aber so oft in die Quere, dass unsere Mutter sich schließlich über den Lärm beschwerte und wir verschreckt auseinanderstoben und uns mit all den Themen in unseren Zimmern verkrochen, über die wir partout nicht reden wollten.

Beans Hände waren kalt, als sie mit klappernden Absätzen auf die Haustür der Mannings zuging. Der Abend war warm und schwül, und ihr Seidenhemd klebte an der erhitzten Haut, doch ihre Finger waren kalt und zittrig.

»Bianca«, sagte Dr. Manning, als er auf ihr Klopfen hin öffnete. Er trug ein elegantes Hemd mit ordentlich aufgerollten Ärmeln, dessen tiefes Blau die Farbe seiner Augen wiederholte. »Du siehst wie immer wunderbar aus.«

»Edward«, sagte sie und hielt ihm die Wange zum Kuss hin. Seine Lippen waren trocken und warm und beinahe vertraut, und er verweilte ein wenig länger auf ihrer Wange, als technisch angemessen gewesen wäre, und atmete tief ihren Duft ein.

»Komm mit in die Küche«, sagte er. »Das Abendessen ist gleich fertig.«

Bean schlüpfte an der Haustür aus ihren Schuhen – er war nur ein paar Zentimeter größer als sie – und folgte ihm. Die Küche war seit ihrem letzten Besuch renoviert und mit teuren Geräten ausgestattet worden, die in dem schwachen Licht selbstzufrieden blinkten. Bean hätte eine Bemerkung dazu machen können, doch das hätte den Wachtraum in gefährliche Nähe zur Wirklichkeit gerückt und die Erwähnung Lilas und der Kinder bedeutet, und Bean war klug genug, diesen Moment nicht zu zerstören. Sie lehnte sich an die Marmorplatte der Kochinsel und sah zu, wie Edward mit geschickten Händen eine Weinflasche öffnete und ihr ein Glas einschenkte, der Kelch füllte sich mit fröhlichem Glucksen.

»Lass uns anstoßen«, sagte Edward, füllte sich selbst ein Glas und hob es. »Auf die Erneuerung einer Freundschaft.«

»Auf die Zukunft«, sagte Bean.

Als wär's die Vergangenheit.

Auf Beans überlanger Liste hatte es nur einmal einen verheirateten Mann gegeben, einen Anwalt der Kanzlei, in der sie arbeitete. Müde und frustriert, zu alt, um nicht längst Partner der Kanzlei zu sein, hatte er das Wunder von Jugend und Schönheit, das Glanz und Drama in sein steriles Leben brachte, hingerissen entgegengenommen. Sie liebten sich auf seinem Schreibtisch, Bean nackt auf den aufgeschlagenen Akten, einen kalten Briefbeschwerer am Arm. Sie buchten für wenige Stunden obszön teure Hotelzimmer. Er kaufte ihr Schmuck, verwöhnte sie mit exquisiten Abendessen und flüsterte ihr die Texte alter Rockballaden ins Ohr. In seinen Heldenfantasien war er mächtig und dominant, und Bean ließ ihn in dem Glauben, ließ zu, dass er sich auf ihre Kosten großartig fühlte. Doch nicht das machte ihr zu schaffen. Es waren die Familienfotos hinter ihr, wenn sie auf seinem Schreibtisch lag, die selbstgebastelte Karte, die sie in seiner Tasche entdeckte, während er, in Wolken aus Dampf und Blütenseife, im Plaza Hotel unter der Dusche stand. Es waren die Bilder, die ihr durch den Kopf gingen, wenn er sich auf ihr bewegte: Wie er morgens zum Abschied seine Frau küsste, seine Kinder auf der Schaukel anstieß, das Leben lebte, aus dem sie ihn gerade herausriss.

Wie es schien, verfügte Bean trotz allem über gewisse moralische Grundsätze.

Und doch stand sie jetzt hier und sah einem sehr verheirateten Mann – noch dazu mit einer Frau verheiratet, die nur gut zu ihr gewesen war – dabei zu, wie er ein aufwendiges Mahl für sie zubereitete. Stimmt, die Auswahl war ziemlich mager. Aber, ach, es war herrlich, so offensichtlich begehrt zu werden. Herrlich, sich über Haare und Make-up Gedanken zu machen statt über Geld und miese Aussichten. Und es war herrlich, dass er sich nicht für eine Jüngere, Hübschere entschieden hatte.

Am Kühlschrank hing ein Bild von Lila und ihrem jüngsten Kind, das noch ein Baby gewesen war, als Bean Examen machte, beide aneinandergekuschelt im Schnee. Lila mit rosigen Wangen von der Kälte und ersten Fältchen um die strahlenden, blauen Augen. Bean schloss für einen Moment die Augen und bat sie stumm um Verzeihung. Mögen wir uns, mit Gottes Hilfe, für diese Gaben, die wir empfangen werden, von Herzen schämen.

»Was verschafft uns die Ehre deiner erneuten Anwesenheit?«, fragte Edward gerade. Er hielt in der einen Hand sein Weinglas, mit der anderen rührte er geschickt mit einem Holzlöffel in dem Topf auf dem Herd.

Bean schlenderte um die Kochinsel herum, um ihm näher zu sein und das Foto hinter sich zu bringen. Ihr Herz schlug schneller, der Stiel des Weinglases rutschte ihr fast aus der Hand, als sie es absetzte. »In der Stadt ist es so laut«, sagte sie. »Ich fand, es sei an der Zeit, ein wenig zur Ruhe zu kommen.«

Edward nickte. »Dann bist du hier richtig. Ich wüsste nicht, wann ich mich zuletzt über Lärm in Barney beschwert hätte.«

»Dann verbringst du offenbar nicht allzu viel Zeit auf den Bierfesten«, sagte Bean. Sie legte die Hand auf die Arbeitsplatte, drehte sich und schob ihm ihre Hüfte entgegen, gezielt Verfügbarkeit signalisierend.

»Mein Interesse an Collegepartys mit jungen Leuten schwand, kurz nachdem es mit den ausgestellten Hosen vorbei war. Ich denke, bei der Begeisterung für warmes Bier gibt es eine evolutionäre Grenze.«

Bean rückte noch näher. »Aber all diese sexy Studentinnen? Findest du die etwa überhaupt nicht verführerisch?« Oh, es fiel ihr so leicht, jeder Zug auf maximale Wirkung angelegt, jeder Satz auf erhöhte Temperatur kalkuliert. Sie wurde immer noch vom Jagdfieber gepackt; und auch wenn sie den unvermeidlichen Ausgang kannte und jeden einzelnen Zug vorhersagen konnte, genoss sie diese ihre Macht, alles bis auf die zwei Menschen in diesem Raum auszublenden. Wenn diese albernen Typen aus der Bar nur wüssten, was sie verpassten.

»Kinder«, sagte Edward abschätzig.

»Ich war auch mal eins dieser Kinder«, schmollte Bean.

»Aber jetzt nicht mehr«, sagte er. »Du bist eine Frau.« Mit der Hand, die immer noch das Glas hielt, strich er ihr sacht über das Schlüsselbein und sah ihr tief in die Augen.

Und Bean, sollte sie je an Widerstand gedacht haben, kapitulierte.

Cordys erste Schicht in der Beanery verlief ruhig, schließlich war Sommer. Falls Sie noch nie im Sommer in einer Collegestadt waren, ist es schwer zu beschreiben. Es handelt sich dann um eine Kleinstadt mit einer Menge großer, leerer Gebäude, zwischen denen Menschen wie verirrte Billardkugeln herumgeistern. Während des ganzen übrigen Jahres explodiert sie vor Leben, doch im Sommer gibt es nichts als träge dahinkriechende Zeit.

Und so war Cordy, bis auf einen Juniorstudenten von Barnwell, der sie einwies, allein; und der blieb nur deshalb den Sommer über, weil seine Freundin ein Arbeitsstipendium auf dem Campus hatte. Um ehrlich zu sein, hätte er die Arbeit in der Beanery sehr gut alleine schaffen können. Aber er führte sie geduldig herum, zeigte ihr die Speisekarte, ließ sie das kräftige Aroma des Kaffees einatmen, den er zubereitete, und verbannte sie dann an die Sandwichtheke. Nicht dass es sich wie eine Verbannung anfühlte, dachte Cordy, als sie mit ihren frisch gewaschenen Händen die glatte Kruste berührte, Brotscheiben mit Eiersalat belud und ein wenig gehackten Dill darüber streute, um den Eigengeschmack der Eier und des kräftigen Brots ein bisschen aufzupeppen. Sie packte die Sandwichhälften in eine Schale aus Kunststoffschaum, klappte sie mit einem befriedigenden Quietschen zu und reichte sie dem Kunden, der mit der Hüfte die Tür aufdrückte und wieder verschwand. Als sie fertig war, fegte sie die übrig gebliebenen Krümel in eine Vertiefung am Rand der Theke.

»Es ist gut, dass du jetzt anfängst«, sagte Ian zu ihr. »Denn während des Semesters geht es hier hoch her, Mann.«

Cordy nickte. Das lag auf der Hand. Würde sie dann wohl noch hier sein? Sie wischte sich die Hände an der Schürze ab, die von dem Zitronenkuchen, den sie gerade aufgeschnitten hatte, hübsch mit Puderzuckerresten verziert war, und versuchte sich vorzustellen, wie sie mit geschwollenem Bauch vor einer Schlange drängelnder, von der Winterkälte rotwangiger Collegestudenten stand, während der Geruch ihrer ausgedrückten Zigaretten in der Luft hing und überall Bücher laut auf Tische und Theken geknallt wurden.

Die Glocke am Eingang bimmelte. »Pass auf«, sagte Ian und wies mit seinem Stachelkopf in Richtung Tür. »Die Damen kommen zum Mittagessen.« Zusammen mit einem Schwall feuchter Luft und einigem mütterlichen Gegluckse schob sich eine Schar Collegeangestellter in den Raum, vor allem Sekretärinnen sämtlicher Fakultäten, die die sommerliche Ruhe genossen, und trat unter angeregtem Geplauder an die Theke.

»Cordelia? Bist du das?« Cordy drehte sich um und rückte

verlegen die Essstäbchen zurecht, die ihr Haar in einem stacheligen Knoten zusammenhielten. Die Anführerin des Rudels, wie sich herausstellte, Georgia O'Connell, lächelte ihr erwartungsvoll zu. Seit Cordy denken konnte, arbeitete Mrs. O'Connell als Sekretärin in der Englischfakultät. Als wir klein waren, spazierte unsere Mutter öfter mit uns in die Mensa, wo wir unseren Vater zum Mittagessen trafen, und damals hatte Mrs. O'Connell uns aus der allzeit bereiten Dose auf ihrem Schreibtisch jeder ein Bonbon zugesteckt – Karamell oder gelegentlich einen Drops mit Malzgeschmack, aus dem beim Draufbeißen ungesunder Sirup quoll.

»Mrs. O!«, sagte Cordy und beugte sich über die Theke, um sie zu umarmen, was auf der sauberen rosa Bluse der Frau einen Puderzuckerfleck hinterließ und an glasierte Himbeeren denken ließ. »Was machen Sie denn hier?«

»Ich arbeite, sieht man das nicht?« Ihr Gesicht verzog sich zu unzähligen Fältchen, die sich beim Lächeln zusammenschoben. »Entscheidender ist doch, was du hier machst.«

Tja, die Tausenddollarfrage. Cordy zuckte die Schultern und schenkte Mrs. O ein gewinnendes Lächeln. »Sie wissen doch, meine Mom und so.«

»Ja, natürlich.« Mrs. Os Lächeln verschwand, und sie nickte ernst. »Wie geht es ihr?«

»Ganz gut, würde ich sagen. Sie bekommt noch Schmerzmittel, weshalb sie wohl nichts merkt. Wir überlegen schon, ob wir nicht später welche davon verkaufen könnten, um uns ein paar Dollar dazuzuverdienen.«

Mrs. O fand das gar nicht komisch. »Können wir etwas für euch tun?«

»Wir kommen zurecht. Rose wohnt ja schon eine Weile zu Hause, und Bean ist ebenfalls wieder da. Es gibt also viele Hände.«

»Alle wieder zusammen! Eure Eltern müssen begeistert sein. Euer Vater vermisst dich und Bianca sehr. Redet immerzu davon, was ihr wohl gerade macht. Ist gar nicht zu bremsen.«

»Huch. Wie peinlich. Ich entschuldige mich, auch im Namen meiner Schwestern.«

»So ist das, wenn man Kinder hat. Warte nur, bis eine von euch erst Kinder hat. Dann wird er noch aufgeregter mit den Flügeln schlagen.«

»Sagen Sie das nicht.« Cordy errötete.

»Er hat erzählt, dass du viel gereist bist. Wie schön, wenn man die Welt kennenlernen kann.«

Die Welt? Sie hatte wohl kaum die Welt kennengelernt. »Ja.«

»Ich muss zugeben, ich bin überrascht, dass du wieder da bist. Ich dachte immer, du würdest beim Theater landen. Du warst immer ganz wunderbar auf der Bühne.«

»Ich?« Cordy lachte. »Nein. Ich glaube nicht, dass ich dazu geboren bin.«

»Nun, mich hast du jedenfalls getäuscht. Ich dachte eigentlich, ich würde jetzt aus New York dauernd signierte Programmhefte bekommen. Erinnerst du dich noch an Kalah Justin? Sie war doch ungefähr dein Jahrgang, oder?«

»Klar.«

»In New York wurden ein paar Stücke von ihr aufgeführt. Vielleicht solltest du sie mal anrufen.«

Kalah Justin, die französische Zigaretten rauchte und in jeder Schulstunde, die sie beide gemeinsam gehabt hatten, eine Sonnenbrille trug. Ein Anruf bei Kalah war ungefähr das Letzte, was Cordy sich vorstellen konnte. Sie beschloss, das Thema zu wechseln. »Was kann ich für Sie tun?«

Mrs. O wirkte ein wenig überrascht über Cordys unvermittelte Geschäftsmäßigkeit. »Oh, ja. Gut. Es ist schön, dass du hier arbeitest. Da werde ich jetzt ständig kommen und dich sehen. Ich hätte gern ein Sandwich mit Hühnersalat und eine Tasse Suppe.« Cordy tippte die Mittagessen sämtlicher Damen in die Kasse und machte sich dann an die Arbeit, sie richtete die Bestellungen auf Tabletts an, und Ian stellte die Getränke dazu und trug die Tabletts zu den Tischen. Cordy hörte das Geschnatter der Frauen, das ihre Mahlzeit begleitete, und wischte derweil den Bereich unter den Kaffeemaschinen sauber. In ihren Pausen zog sie sich in den Raum zurück, der von der ehemaligen Küche übrig geblieben war und aus einer Zeit stammte, als das Café noch ein Restaurant gewesen war, woran selbst wir uns nicht mehr erinnern konnten. Heute war er ein Labyrinth voller Kartons mit Tassen, Servietten, Strohhalmen und den ewig quietschenden Kunststoffschalen, mit denen sie sich den ganzen Morgen herumgeschlagen hatte. Gedankenverloren wanderte sie zwischen den Reihen entlang und fuhr mit dem Finger über die verstaubten Flächen.

So weit war es also mit ihr gekommen. Zurück in der tiefen Stille Barnwells. Ein ununterdrückbarer Juckreiz meldete sich in ihrem Inneren, fühlte sich an wie ein Phantomglied. Wann würde sie hier wieder wegkommen? Wohin würde sie als Nächstes gehen? Und plötzlich ein sanftes Zupfen an ihrem imaginären Luftballon. Sie konnte nirgendwo hingehen, jetzt nicht mehr. Es hatte ein Vorher gegeben, und nun würde es ein Nachher geben.

Beinahe zwei Stunden später hatte Cordy das Gefühl, jede erdenkliche Fläche gewischt zu haben, und da erschien Dan. Die beiden Männer nickten einander mit einer dieser lässigen Gesten zu, die nur Männer eines gewissen Alters hinzukriegen scheinen, und Ian band seine Schürze ab und verschwand nach hinten.

»Cordeeeeelia«, begrüßte er sie. »Wie geht's?«

»Ich bin kurz davor, mir vor Langeweile die Zehen abzubeißen, aber davon abgesehen, geht's mir gut.«

Dan stieß ein kurzes, herzhaftes Lachen aus. »Genieß es, Baby. So ruhig ist es während des Semesters nie. Falls du es vergessen hast. Ist immer was los.«

»Geht hoch her, Mann«, meinte Cordy mit unbewegter Miene.

Dan lachte, Cordy hatte den Ton wie immer perfekt getroffen. »Spotte nur, aber Ian macht einen hervorragenden Kaffee. Ich werde ganz schön blöd dastehen, wenn er Examen macht. Womit hat er dich denn beschäftigt?«

»Bestellungen aufnehmen. Sandwiches zubereiten. Und ich glaube, ich habe alles ungefähr sieben Mal geputzt.«

»Du kannst dir ein Buch mitbringen, wenn du willst. Du liest doch noch, oder nicht?«

»Bist du je meinem Vater begegnet?«

»Gelegentlich. Aber ich kenne Bean. Ich glaube nicht, dass sie in dem ganzen Jahr, als wir auf einem Stockwerk wohnten, auch nur ein einziges Buch aufgeschlagen hat.«

»Ach, das war eins von Beans cleveren Täuschungsmanövern. Wusstest du, dass sie mit magna cum laude abgeschlossen hat? Aber sie hat sich nie beim Lernen ertappen lassen. Das hätte das Partygirl-Image ruiniert.«

»Ich hab's ihr abgenommen.«

Dan hatte die Registrierkasse geöffnet und war dabei, die Stapel mit Scheinen alle gleich auszurichten.

»Das ist das Symptom einer ernsthaften Psychose«, sagte Cordy.

Dan lachte wieder, und Cordy lächelte. »Du bist angeheuert. Ich bin so froh, dass ich jetzt jemanden habe, der einfach nur Sandwiches machen möchte und nicht vorhat, die Leute zu vergiften. Du hast doch niemanden vergiftet, oder?«

»Bisher nicht. Aber es ist ja noch früh.« Cordy klimperte verführerisch mit den Wimpern.

»Dann schicke ich dich jetzt besser nach Hause. Komm morgen ungefähr um diese Zeit wieder, dann zeige ich dir noch ein paar Sachen.«

»Du willst, dass ich jetzt gehe? Bist du dann nicht allein?«

»O ja, und die Hektik wird mich umbringen«, sagte Dan und ließ seinen Blick durch die Beanery schweifen. An einem kleinen Tisch am Fenster steckte ein Paar die Köpfe zusammen, und am Schachtisch lümmelte ein Student verschlafen und mit schwerem Kopf über einem Rilke-Band, dessen Seiten er so gut wie nie umblätterte. War wahrscheinlich ohnehin nur Angabe. »Komm schon. Du musst dich doch zu Tode langweilen.«

Sie faltete das feuchte Geschirrtuch zusammen und ließ es auf den Rand des Spülbeckens fallen, das blitzte und blinkte – kein Wunder, sie war ihm mit Backpulver und Zitronensaft zu Leibe gerückt. »Gewöhnlich arbeite ich um diese Jahreszeit als Kellnerin auf einer Ferienranch. Dort geht es drunter und drüber, weshalb das hier jetzt ein bisschen komisch ist.«

»Vermisst du es?«

Cordy band ihre Schürze ab und ließ die Gedanken wandern. Sie dachte an die heißen Tage und den weiten Horizont und an die kalten, sternklaren Nächte. Sie dachte an ihre Freiheit, als sie tun und lassen konnte, was sie wollte, ohne irgendwem etwas schuldig zu sein. Sie dachte an die Drogen und ans schwindlig machende Jungsein und an den ewigen Hunger, dachte an die Menschen, die sie geküsst und verlassen, an die Versprechen, die sie gegeben und gebrochen hatte.

»Nein«, sagte sie, und wir hätten unmöglich sagen können, ob sie log oder nicht.

Cordy goss sich ein Glas Limonade ein und warf sich im Gehen die Schürze über die Schulter. Aus der nachmittäglichen Hitze wurde allmählich ein brennender Abend, der sich klamm anfühlte auf ihren kühlen Armen. Die Feuchtigkeit glättete ihre Haut, während sie langsam nach Hause trottete. Ein paar Autos fuhren langsam an ihr vorbei. Maura, die Besitzerin der Buchhandlung auf der anderen Straßenseite, steckte den Kopf aus der Tür und winkte, Cordy winkte halbherzig zurück, ohne zu ihr hinüberzugehen. Maura verschwand wieder hinter ihrem Räumungsverkauf-Schild, das Cordy allmählich suspekt vorkam, denn kein Räumungsverkauf dauert ewig. Die Postbotin hupte, als sie von der Hauptstraße abbog und in der Gasse hinter der Beanery verschwand, und Cordy winkte erneut.

War es das nun? War dies ihr Nachher? Kalah Justin war in New York und auf dem Weg zum Star, und Cordy war in Barnwell und auf dem Weg zur Barfrau. Wenn sie doch nur das College abgeschlossen hätte. Wenn sie doch nur schon nach Hause gekommen wäre, als vor Jahren der Lack abzublättern begann, anstatt eisern durchzuhalten und darauf zu hoffen, es würde sich alles zum Besseren wenden. Wenn sie doch nur …

»Zu spät«, sagte Cordy zu niemand Bestimmtem.

Elf

»Hast du schon mal über das Wort ›nein‹ nachgedacht?«, fragte Bean. Sie ließ ihre Tasche auf den Tisch neben der Tür fallen und schleuderte die Schuhe von den Füßen. Am anderen Ende des Zimmers hockte Cordy im Schneidersitz in einem Lehnsessel, ein Buch auf dem Schoß.

»Eigentlich nicht, ich tue es aber gern, wenn es dir Freude macht«, sagte Cordy.

»Dieses Wort habe ich heute fünfzigtausend Mal gehört. Ich bin in der ganzen Stadt rumgelaufen und habe mich nach einem Job umgesehen. Niemand stellt ein.«

»Kein Wunder, leider. Es ist die völlig falsche Jahreszeit.«

»Und auch die völlig falsche Stadt.« Bean ließ sich aufs Sofa fallen und streckte die Beine von sich. »Egal, jedenfalls hast du jetzt einen Job.«

»Ich glaube, das war reines Mitleid.«

Bean schnaubte. »Ich nähme inzwischen auch einen Mitleidsjob.«

»Bianca, könntest du bitte von der Couch aufstehen?« Rose kam eben um die Ecke und stützte unsere Mutter auf ihrer gesunden Seite am Arm. Bean sprang auf.

»Wow. Wie sie leibt und lebt!«, sagte Cordy.

»Danke, Liebes«, sagte unsere Mutter. »Dein Umgang mit Kranken ist absolut fantastisch. Ich finde, du solltest in die Pflege gehen.«

»Kein Problem«, sagte Cordy und vertiefte sich wieder in ihr Buch. Bean half Rose, unsere Mutter zum Sofa zu bringen, und baute ihr ein Nest aus Kissen. Sie sah besser aus; ihre Haut hatte wieder einen rosigen Schimmer, das Weiße in ihren Augen war weniger farblos. Seit der Operation hatte sie noch nicht duschen können, aber vor der Entlassung war sie mit einem Schwamm gewaschen worden und duftete angenehm nach sonnengetrockneter Wäsche und Lotion. Wenn wir nicht auf ihren Oberkörper sahen, konnten wir so tun, als wäre das Ganze überhaupt nicht passiert und sie litte lediglich an einer dieser vertrackten Sommererkältungen.

Rose nahm eine Flickendecke von der Sofalehne und legte sie unserer Mutter über die Beine, wodurch auch der gespenstische rosa Nagellack verschwand, den Cordy wenig fachmännisch aufgetragen hatte, als sie sich bei einem ihrer Krankenbesuche hatte nützlich machen wollen.

Bean trat einen Schritt zurück, um das Werk unserer Schwestern zu bewundern. *»Die Bark', in der sie saß, ein Feuerthron, / Brannt' auf dem Strom: getriebnes Gold der Spiegel …«*, hob sie an.

»Thron, Thrönchen«, sagte Cordy. »Ha, ha, ha.«

»Sehr witzig«, sagte Bean.

»Vielen Dank für die Kleopatra-Anspielung, Bianca. Ich bin entschlossen, sie als Kompliment zu nehmen«, erklärte unsere Mutter. Rose beugte sich zu ihr, nahm den kleinen Ballon, der neben dem Bein unserer Mutter lag, und legte ihn ihr auf den Schoß.

»Du darfst dich nicht draufsetzen, Mom. Dann trocknet es nicht richtig.« Sie beäugte das Ganze kritisch und verschwand in die Küche.

»Ist das die Wunddrainage?«, fragte Bean. »Die hätte ich mir aber größer vorgestellt. Wie eine Wärmflasche.«

Cordy legte ihr Buch beiseite, kniff die Augen zusammen und sah zu den beiden hinüber. »Iih, ist das eklig.«

»Noch mal, Liebes, vielen Dank«, sagte unsere Mutter. »Ich hoffe, wir können dir deine Liebenswürdigkeit vergelten, wenn du einmal krank wirst, und dir ebenfalls das Gefühl vermitteln, besonders attraktiv zu sein.«

»O Mommy«, sagte Cordy, kletterte von ihrem Sessel herunter und kroch auf allen Vieren über den Fußboden zum Sofa, wo sie, wie eine Katze, den Kopf in die Hand unserer Mutter schmiegte. »Ich mache doch nur Witze.«

»Ich weiß, mein Herz«, sagte unsere Mutter und strich Cordy übers Haar. »Und was ist nun mit einem Job, Bianca?«

»Nichts. Kein Job. Niemand will die gute alte Bean einstellen.« Bean setzte sich in den Sessel, den Cordy gerade geräumt hatte, und rieb sich die Füße.

»Hast du es am College versucht?«, wollte unsere Mutter wissen.

»Klar. Kein Glück, außer ich möchte in der Hauselektrik arbeiten, was ich auch unbedingt tun würde, nur glaube ich kaum, dass irgendwem damit geholfen wäre, von Strom verstehe ich nämlich nicht das Geringste.«

»Eine gute Entscheidung«, sagte Cordy und tippte sich mit dem Zeigefinger an die Nase.

»Bist du tatsächlich überall gewesen?«, fragte Rose. Sie kam gerade aus der Küche mit einem Glas Wasser, das sie ordentlich neben unserer Mutter auf einen Untersetzer stellte.

Bean funkelte Rose an. »Ja, Rose, ich bin tatsächlich überall gewesen. In den letzten zwei Tagen habe ich mich in den Bereichen Schönheitspflege, Düngemittel, Buchhaltung, Essensbringdienste und allem, was dazwischen liegt, umgetan.«

»Düngemittel«, sagte Cordy gedankenverloren. »Klingt spannend.«

»Mach dir keine Hoffnungen, sie stellen nicht ein«, sagte Bean, und Cordy zuckte die Schultern.

»Wenn es dir wirklich ernst ist, wenn du wirklich rausgehst und Klinken putzt, dann bin ich sicher, dass du auch etwas findest«, sagte Rose.

Bean blieb der Mund offenstehen. »Machst du Witze? Du hast doch keine Ahnung, was ich hinter mir habe.«

»Mädchen, Mädchen«, sagte unsere Mutter ohne Erfolg. Bean war so wütend, dass sie aussah wie eine Comicfigur, der Rauch aus den Ohren kam. »Bianca, irgendetwas wird sich ergeben.«

»Und immerhin hast du momentan keine Ausgaben«, lenkte Rose ein.

»Genau«, sagte Bean und starrte auf den Fußboden.

Rose runzelte die Stirn. Sie hatte nur helfen wollen, aber Bean sah immer noch genauso wütend aus. Sie versuchte es noch einmal. »Wenn du Hilfe brauchst, zum Beispiel beim Aufstellen eines Haushaltsplans oder so …« Sie verstummte.

»Das ist nett, Rosie«, sprang Cordy ihr rasch bei, bevor Bean anfing, um sich zu schlagen. »Das ist wirklich nett.«

Bean schnaubte. Rose konnte nichts dafür. Sie wusste ja nicht Bescheid. Sie wusste nicht, dass ihr die Schulden zentnerschwer auf den Schultern lasteten, dass Daisy inzwischen zwei Briefe geschickt hatte, der zweite sogar noch dringlicher als der erste, worin sie Bean aufforderte, ihre Schulden zu bezahlen, und sie wissen ließ, dass es da draußen eine ganze Menge Anwälte gebe, die sie ins Gefängnis bringen könnten, ehe sie auch nur einmal tief Luft geholt hätte …

Nein, das wusste Rose nicht. Und Bean konnte es ihr nicht sagen, obwohl sie es gerne getan hätte. Wenn sie morgens aufwachte, dachte sie als Allererstes an Geld. Wenn sie sich anzog, rechnete sie nach, wie viel jedes einzelne Kleidungsstück gekostet hatte. Wenn sie an Geschäften vorbeikam, vergrub sie die Hände in den Taschen, denn schon bei dem Gedanken, Geld auszugeben, wurde ihr inzwischen übel. Die wütenden, schreienden Gesichter ihrer Gläubiger erschienen ihr in ihren Träumen, und sie erwachte mit getrockneten Tränen im Gesicht und einem Gefühl der Hilflosigkeit, das auf ihr lag wie ein Leichentuch. Ihr Nacken fühlte sich heiß an, und sie fragte sich, was wohl passieren würde, wenn sie ihr Geheimnis verriet, wenn sie den Mund aufmachte und ihrem Schmerz freien Lauf ließ. Der Gedanke an die damit verbundene Erleichterung war so verlockend, so nah.

Doch der Gedanke an die Schande war schlimmer. Und die Vorstellung, was Rose von ihr denken würde, wenn sie es ihr erzählte … das würde sie nicht durchstehen.

Unsere Mutter hatte recht. Irgendetwas würde sich ergeben. Irgendetwas musste sich ergeben. Bald. Die Alternative war nicht auszudenken.

 Rose ging zu Fuß in die Stadt, um in der Apotheke die Medikamente für unsere Mutter abzuholen. Am Tag zuvor hatten wir Cordy gebeten, sie auf dem Heimweg von der Arbeit mitzubringen, aber zu unserem Entsetzen hatte sie es vergessen. Nachdem Rose bezahlt hatte, schlenderte sie noch durch die Gänge, da sie nicht wieder in die Hitze hinaus mochte, und ließ sich von der kalten Luft der Klimaanlage die verschwitzte Haut kühlen, während ihr Blick über die Regale schweifte.

»Dr. Andreas?«

Rose blickte vom Sortiment der ausgestellten Batterien auf. Sie erschrak immer noch ein wenig, wenn jemand sie mit dem Namen unseres Vaters ansprach, obwohl sie selbst eine Doktorarbeit geschrieben und sich den Titel damit verdient hatte.

»Oh, Dr. Kelly!«, sagte Rose und trat auf die Frau zu, die an der Tür stand. Dr. Kelly war am College ihre Lieblings-Matheprofessorin gewesen und inzwischen Leiterin der mathematischen Fakultät geworden. »Wie schön, Sie zu sehen. Wie ist es Ihnen inzwischen ergangen?«

»Ausgezeichnet. Wir sind gerade aus Griechenland zurück, von einer sehr schönen Kreuzfahrt mit der Familie.«

»Griechenland. Toll. Mit Enkelkindern und dem ganzen Drum und Dran?«

»Mit Enkelkindern und dem ganzen Drum und Dran. Carl und ich haben unseren vierzigsten Hochzeitstag gefeiert, und wir fanden, es wäre nett, wenn alle mitkämen.«

»Das klingt großartig. Griechenland soll umwerfend sein.«

»Das ist es auch. Irgendwann müssen Sie mit Jonathan mal hinfahren. Vielleicht auf Ihrer Hochzeitsreise?«

»Vielleicht.«

»Wie geht es Ihrer Mutter?«

»Gemischt. Sie erholt sich ganz gut von der Operation, aber in den Lymphknoten, die sie entfernt haben, wurden Metastasen gefunden, und deshalb muss sie demnächst wieder zur Bestrahlung und vielleicht auch noch einmal zur Chemotherapie.«

»Das tut mir leid«, sagte Dr. Kelly. »Können wir irgendwie helfen?«

»Ich bin sicher, sie würde sich über Gesellschaft freuen. Andere als unsere, meine ich.«

»Dann komme ich mal vorbei und schaue, wie es ihr geht. Es ist allerdings so, Rose, dass ich Sie ohnehin schon anrufen wollte.«

»Aha?«, sagte Rose. Sie verlagerte ihr Gewicht und verschränkte die Arme. Die Tüte mit den Medikamenten klemmte zerknittert unter ihrer Achsel.

»Ich gehe Ende dieses Jahres in den Ruhestand. Carl ist, wie Sie wissen, schon eine ganze Weile pensioniert, und nun würde er gerne umziehen, um näher bei der Familie zu sein.«

Ein kleiner Hoffnungsfunke blitzte auf und ließ Roses Herz höher schlagen. Das könnte die Antwort auf ihre Gebete sein. Sie hatte sich immer eine Anstellung in Barney gewünscht, und da ihre jetzige Universität ihren Vertrag nicht verlängern würde, wäre der Zeitpunkt perfekt.

»Es wird also eine feste Professorenstelle frei. Und eines unserer Fakultätsmitglieder wird demnächst zum Leiter aufsteigen. Sind Sie noch interessiert?«

»Machen Sie Witze? Natürlich bin ich interessiert.«

»Ich dachte nur, da Jonathan im Ausland ist, würden Sie ihm vielleicht folgen wollen.«

»Nach England?« Rose lachte. »Nein, Sie kennen mich doch. Ich bin hier fest verwurzelt. Ich fände es absolut wunderbar, wenn ich dem Lehrkörper von Barnwell angehören könnte.«

Dr. Kelly neigte ein wenig den Kopf und sah Rose an, die mit ihrem strahlenden Gesicht das ganze Geschäft hätte beleuchten können. »Dann sollten Sie schleunigst Ihre Bewerbungsunterlagen zusammenstellen. Im Herbst schreiben wir die Stelle aus. Und, Rose, behalten Sie das lieber für sich, aber Ihr Name wurde als Erster genannt, als wir über mögliche Kandidaten diskutierten. Ich bin mir ziemlich sicher, Sie würden die Stelle bekommen, wenn Sie sie haben wollten.«

»Oh, danke, Dr. Kelly!«, sagte Rose. Zu ihrer eigenen Überraschung umarmte sie sie fest und lief dann rasch zur Tür hinaus. »Kommen Sie gern jederzeit vorbei«, rief sie noch über die Schulter zurück.

Sie rannte beinahe den ganzen Weg nach Hause. Als wir klein waren, führte Bean gerne Modeschauen auf, Cordy gab gern Teegesellschaften, und Rose spielte am liebsten Schule – und war dann natürlich immer die Lehrerin. Und wenn Bean und Cordy überhaupt einmal Lust hatten, etwas länger mitzuspielen, war es nie das Klassenzimmer einer Grundschule, das Rose sich vorstellte, sondern immer ein Seminarraum in Barnwell. Wenn unser Vater uns gelegentlich mit ins College nahm, verschwand Rose in einen der gerade leerstehenden Räume, malte etwas an die Tafel und hielt imaginären Studenten eine Vorlesung, bis ein realer Student auftauchte und ihren Seifenblasentraum zerplatzen ließ.

Und jetzt geschah es wirklich. Sie rannte ins Haus, ließ in der Küche die Tüte mit den Medikamenten fallen und stürmte die Treppe hinauf in ihr Zimmer. Sie rief Jonathan an, doch niemand nahm ab, und er hatte keinen Anrufbeantworter. Wo steckte er nur? Sie konnte es kaum abwarten, ihm davon zu erzählen – es war die Antwort auf all ihre Probleme. Er könnte sein Jahr in England abschließen, dann zurückkommen und in Barney oder an einer der Universitäten in der Stadt eine Stelle annehmen. Sie würde nicht fortgehen müssen. Nichts würde sich ändern müssen.

Vor lauter Ungeduld wählte sie nach nicht einmal fünf Minuten erneut, und immer noch nahm niemand ab.

Eher verärgert als entmutigt sah Rose nach unserer Mutter, die schlief, und unserem Vater, der in seinem Studierzimmer arbeitete und nicht einmal mitbekam, als sie ihn grüßte. Cordy war auf der Arbeit, und Bean war wieder auf Jobsuche. Was nützten tolle Neuigkeiten, wenn niemand da war, dem man sie erzählen konnte?

Sie wollte nach dem Telefonhörer greifen, um es noch einmal bei Jonathan zu versuchen, ließ die Hand dann aber wieder sinken. Und fragte sich plötzlich, was wäre, wenn er sich nicht mit ihr freute?

Das war gar nicht so abwegig. Bei ihrer ersten Begegnung hatte er gesagt, er sei ein Wanderer, und das hatte er auch bewiesen, indem er bei der ersten sich bietenden Gelegenheit abgewandert war. Aber Rose war ganz und gar keine Wandernde. Wahrscheinlich wäre ihm besser gedient mit jemandem wie Cordy, die es offenbar sofort in den Füßen juckte, sobald sie sich länger als eine Woche an einem Ort aufhielt.

Bei diesem Gedanken packte sie ganz unvernünftig die Eifersucht, und sie hätte beinahe über sich selbst gelacht.

Sie würde ihm einfach klarmachen müssen, wie perfekt diese Möglichkeit war. Sie ihm sorgfältig erklären und ihm beweisen, wie sinnvoll es war, sich hier niederzulassen, sobald seine Zeit in Oxford um war. Wie wichtig es war, nahe bei unseren Eltern zu leben und nur einen kurzen Flug von seinen Eltern entfernt. Es war doch so vernünftig, und Jonathan war so logisch. Er würde die Sache mit ihren Augen sehen. Natürlich würde er das. Das musste er.

Zwölf

Sonntagmorgen, am Himmel hingen bedrohlich prall gefüllte Gewitterwolken. Cordy war vor uns aufgestanden und bereitete Pfannkuchenteig mit vom Nachbarn geklauten Heidelbeeren, die unter dem hölzernen Rührlöffel zerplatzten und den Teig dunkelviolett färbten. Neuerdings servierte sie als kulinarische Ein-Frau-Band Symphonien leichter, köstlicher Mahlzeiten. Selbst Bean konnte nicht widerstehen, gestattete sich aber nicht mehr als zwei Pfannkuchen und auch nur den leichten Anflug eines spöttischen Grinsens, während Cordy, die Arme immer noch streichholzdünn, die Haut aber schon wieder rosig, sich mit sirupverklebtem Kinn einen gewaltigen Stapel einverleibte.

Unsere Mutter aß mit uns, auch wenn sie kaum eine Portion schaffte, hauptsächlich Wasser trank und über Sodbrennen klagte. Nach dem Frühstück zogen wir uns um und machten uns ohne Diskussion gemeinsam auf den Weg zur Kirche, so wie wir es in unserer Kindheit an jedem Sonntagmorgen getan hatten. Und wenn wir sie in späteren Jahren besuchten, gingen unsere Eltern einfach davon aus, dass wir sie zur Kirche begleiteten, wahrscheinlich dachten sie, das täten wir sowieso regelmäßig, auch wenn wir nicht zu Hause waren. Und weil es ihnen wichtig war, sperrten wir uns nicht dagegen, denn obwohl sie ihren Glauben nicht mit Feuer und Schwert verteidigten, war er doch ebenso ein Teil von ihnen wie die Bücher, die sie lasen.

Unsere Eltern fuhren mit dem Auto – unsere Mutter war sogar noch zu schwach, um den kurzen Weg nach St. Markus zu Fuß zurückzulegen –, doch wir drei nahmen den Weg, den wir schon millionenfach gegangen waren, einen Weg, der sich hinter der Kirche durch den stillen Wald schlängelte und zwischen den Häusern unserer Straße endete. Als der Weg schmaler wurde, gingen wir hintereinander, Rose in ihren bequemen Sandalen vorneweg, die bei jedem Schritt kleine Staubwölkchen aufwirbelten. Bean folgte ihr und ließ die Strickjacke von den Fingerspitzen baumeln, die zur züchtigen Verhüllung ihres schulterfreien Designerkleids mit dem die Knie umspielenden Rock gedacht war. Cordy bildete natürlich das Schlusslicht, summte vor sich hin und strich mit einem Stock über die Büsche am Wegrand.

»Wem gehört eigentlich dieser Weg?«, fragte Cordy plötzlich mitten in die Stille hinein.

»Der Stadt«, rief Rose über die Schulter zurück. Eine kleine Locke hatte sich aus ihrem straffen Knoten gelöst und wippte bei jedem Schritt fröhlich auf und ab. Bean beobachtete den schwerfälligen Gang unserer älteren Schwester, ihre breiten, massigen Hüften, die sie nach unten zogen, und spannte ihre Wadenmuskeln an.

Tiefer im Wald wurde das Summen der Insekten leiser, vom wächsernen Grün der Blätter gedämpft. Bean blieb stehen, um der Symphonie über ihren Köpfen zu lauschen. Ganz auf die Spitze ihres Stocks konzentriert, der über die Büsche hüpfte, hätte Cordy sie beinahe über den Haufen gerannt. »Was ist los?«

»Die Vögel. Solche Vögel höre ich in New York nie.« Und merkwürdig, sie hatte sich daran gewöhnt. Als Kind hatte sie nach dem Aufwachen im Bett gelegen und den Unterhaltungen der Zaunkönige und dem aufgebrachten Geflatter der Eichelhäher gelauscht, die einander frech ihre Reviere streitig machten. Im Garten hatten wir für die Rotkehlchen ein Vogelhäuschen gebaut, und Bean fiel wieder ein, wie sie einmal aus dem harten, dichten Gras hochgehoben worden war, das Dach des Vogelhäuschens angehoben und in dem Nest zwei winzige Eier in kräftigem mexikanischen Türkis gesehen hatte. In dem dunklen Häuschen hatten sie unwirklich geleuchtet, und Bean hätte sie schrecklich gern angefasst, doch als sie die Hand ausstreckte, hatte unsere Mutter sie weggezogen. Erst als die Vögel geboren waren und sich in ihrem feuchten Gefieder Tag für Tag mit hungrigem, zornigem Kreischen bemerkbar machten, holte unsere Mutter die Eierschalen aus dem Nest und präsentierte sie uns auf ihrer Handfläche wie ein kostbares Geschenk. Bean hatte sie auf ihre Kommode gelegt, jeden Abend zärtlich gestreichelt und sich ihre filigrane Marmorierung so genau eingeprägt, dass sie die Schalenreste irgendwann besser kannte als ihr eigenes Gesicht.

»*Wann Vögel singen, tirelirelireli*«, trällerte Cordy ziemlich unmusikalisch, etwas, das kaum zu ändern war, denn von ihrem fehlenden musikalischen Talent einmal abgesehen, waren die Melodien zu Shakespeares Liedern schon vor langer Zeit verloren gegangen; immerhin interessierte unser Vater sich seit jeher für zeitgenössische Rekonstruktionsversuche.

Ein Stück weiter vorn war Rose stehen geblieben und wartete, eine Hand streng auf die Hüfte gestemmt. »Wir kommen zu spät«, erklärte sie.

Bean blickte immer noch blind himmelwärts, genau wie die Rotkehlchenbabys in ihrem Nest. Die Sonnenstrahlen, die durch die Baumkronen fielen, zeichneten Spinnweben auf ihr Gesicht. Sie drehte sich zu Rose um, schien sie aber gar nicht wahrzunehmen, ihr Blick war leer.

»Ich bin gefeuert worden«, verkündete sie.

Niemand sagte etwas, doch Cordy hörte auf, mit ihrem Stock in der Erde herumzustochern, und Rose ließ die Hand von der Hüfte sinken.

»Sie haben mich gefeuert.«

»Was hast du denn getan?«, fragte Rose und wünschte sofort, sie könnte die Frage wieder zurücknehmen. Sie klang so brutal. *Vergiftet mehr, als alles Nilgewürm.* Doch Bean schien gar nicht zuzuhören.

Es für sich zu behalten war leichter gewesen. In ihrem Magen hatte sich zwar ein bleierner Schmerz festgesetzt – gewissermaßen das Gewicht ihres Geheimnisses –, doch den hatte sie mit simplen Ablenkungsmanövern wie ihrer Tagträumerei und der Jobsuche problemlos zu einem dumpfen, kaum mehr wahrnehmbaren Dröhnen herabdämpfen können. Nun, da sie es ausgesprochen hatte, konnte sie ihn nicht mehr ignorieren. Die Flucht aus New York hatte ihr Distanz verschafft, die Person dort schien jemand anders zu sein, die Katastrophe jemandem anders widerfahren zu sein, aber sie hier laut zu benennen, in diesem Wald?

»*Wird töricht wohl ein Dieb sich selbst verklagen?*«, fragte Bean. Wir standen einfach da und warteten. Schließlich blickte sie wieder Rose an, und diesmal waren ihre Augen klar und glänzten feucht. »Ich habe es vermasselt«, sagte sie. »Ich habe gestohlen. Bei der Arbeit. Ich habe Geld gestohlen. Ich habe so verdammt viel Geld gestohlen.«

Ihre Schultern bebten, als sie in Tränen ausbrach, schmerzvolle, klagende Laute ausstieß, vor Trauer und Scham laut heulte. Die Wimperntusche lief ihr in breiten Bahnen über die Wangen, wischte den gesunden rosigen Schimmer weg, den das Make-up dort hingezaubert hatte, und ließ die dunklen Schatten unter ihren Augen und die bleichen Falten um die herabgezogenen Mundwinkel sichtbar werden – ein einziges Bild der Verzweiflung.

Cordy rührte sich als Erste, ließ ihren Stock fallen, nahm Bean in die Arme und strich unserer Schwester mit ihren Fingern, die immer noch voller Heidelbeerflecken waren, stumm über den Rücken und folgte dabei dem Muster des Stoffs. Rose kam zögernd näher, lauter Fragen auf der Zunge, aber Cordy schüttelte den Kopf, und als Bean die Stirn auf Cordys Schulter sinken ließ, streckte Rose so behutsam die Hand aus, als wollte sie eine Wildkatze berühren, und streichelte Bean sanft übers Haar.

Dann erzählte sie uns die ganze Geschichte. Ja, sie war naiv gewesen und hatte nicht begriffen, wie teuer ein Leben in New York sein würde. Doch das war nicht der Grund, weshalb sie es getan hatte. Der Grund war all das, was Bean brauchte, um in ihrer Rolle erfolgreich zu sein: die Schuhe, die Kleider, das Make-up, die Getränke in den Bars und Clubs, wo schon eine Flasche Wasser fast zehn Dollar kostete. Eine ihrer Mitbewohnerinnen, eine bittere junge Frau namens Stella, arbeitete in einem Verlag, der eine Reihe von Frauenzeitschriften publizierte, und durchforstete die dortigen Kosmetikschränke nach dem umfangreichen Sortiment von Schönheitsprodukten, die aus Bean Bianca machten. Bean lernte, sich Einladungen zu Musterverkäufen zu verschaffen, freundete sich mit Leuten aus der PR-Branche an, die immer das Beste vom Besten besaßen, und ging mit ihnen ins Bett (ihr *pièce de résistance*, eine fantastische Kroko-Handtasche, an die monatelang nicht einmal A-Promis herankamen, hatte sie auf dem Heimweg von einer nicht erwähnenswerten Buchvorstellung einem besonders abenteuerlichen Gerangel in einer Limousine zu verdanken). Aber billig war ihr Leben trotzdem nicht gewesen.

Das, was Bean getan hatte, wäre vielleicht verzeihlich gewesen, wenn irgendeine verzweifelte Not – Miete, Essen, Schutzzahlungen an die Mafia – der Grund für ihre erste Veruntreuung gewesen wäre. Doch das war nicht der Fall. Seien wir ehrlich. Es waren die zu vielen Abende, an denen sie zu viele Nachtclubs besuchte, und die zu vielen harten Getränke, die sie an langweiligen Abenden, wenn kein Mann ihre Rechnung übernahm, bestellte, es waren die zu vielen Paar Schuhe (eigentlich war schon eins zu viel), die teurer waren als die Lehrbücher für ein Semester in Barney. Aber sie saß ja an ihrem Schreibtisch und erledigte die Lohnbuchhaltung. Die Kanzlei war so klein, dass sie die Schecks handschriftlich ausstellte und einem der Anwälte zur Unterschrift vorlegte, und irgendwann stellte sie fest, dass es ganz einfach wäre, ein kleines bisschen für sich selbst abzuzweigen; bis dahin war ihr die Möglichkeit noch nie in den Sinn gekommen. Der Anwalt würdigte sie nie eines Blickes, er unterzeichnete sie einfach, und Bean würde es auch nur ein einziges Mal tun. Nur um die exorbitanten Überziehungszinsen, die sich angehäuft hatten, ein wenig zu mindern. Und sie würde es natürlich zurückzahlen.

Und da der Fehlbetrag beim ersten Mal nicht auffiel und in einem Lager ein Handtaschenverkauf stattfand, wo sie ein paar Leute kannte und eingelassen wurde und zu den Ersten gehörte, die die neuen Modelle der Saison erwerben konnten, tat sie es wieder. Und dann übernahm ein toller Hollywoodstar am Broadway die Hauptrolle in irgendeiner Wiederaufnahme, und Stella war so scharf auf das Stück, dass Bean ihr die Karte zum Geburtstag schenkte. Dann gab es im Ausverkauf einen todschicken Wintermantel und ihren alten konnte sie wirklich nicht mehr anziehen, nicht in dieser Stadt. Und so weiter. Und so weiter.

Das soll nicht heißen, dass Bean sich nicht schuldig fühlte. Das tat sie durchaus. Jedes Mal, wenn sie bei der Bank einen Scheck einreichte und dem Himmel dankte, dass die Firma noch nicht zu Direktüberweisungen übergegangen war, wartete sie darauf, dass der Bankangestellte sie ansah, ihre brennenden Wangen und die Lüge in ihren Augen bemerkte und ihr ins Gesicht sagte, was sie war. Eine Diebin. Doch die simple Lust am Geldausgeben, das Vergnügen, abends ihre Freundinnen einzuladen, ließ sie ihre Angst sofort wieder vergessen. Bis der nächste Zahltag kam und ihr Bankkonto leer war und sie es wieder tun musste.

Es geschah auch nicht aus reiner Selbstsucht; sie beschenkte andere ebenso großzügig wie sich selbst. Das Einzige, was sie nie tat, war verreisen. Und das ist der hässliche wahre Grund, warum Bean so selten nach Hause kam: Sie wusste, an dem Tag, an dem sie fehlte, würde man es herausfinden, und so erschien sie Tag für Tag im Büro und fühlte sich ein wenig mies, wenn die Mitarbeiter der Kanzlei sie zu ihrer ausgezeichneten Arbeitsmoral beglückwünschten oder dazu, dass sie sogar mit fiebrig glühenden Wangen ins Büro kam, die sie allerdings mit großzügig aufgetragenem Make-up zu kaschieren suchte. Allmählich hasste sie sich dafür, konnte aber nicht mehr aufhören.

Falls Sie zufällig Psychologe sind, werden Sie vielleicht die Vermutung äußern, dass Bean ihre Arbeit hasste, vielleicht sogar New York hasste, und dass sie auf diese Weise wenigstens so viel wie möglich aus der Situation herauszuholen versuchte, ohne sich selbst dafür anstrengen zu müssen.

Und Sie mögen recht haben.

Sie hatte uns natürlich nicht alles erzählt, bei weitem nicht. Sie hatte uns nicht erzählt, dass sie ihr elendig schlechtes Gewissen tief in sich vergraben und mit gefährlichen Fantasien überdeckt hatte. Sie hatte uns nichts von Edward erzählt oder davon, wie sie Lila verraten hatte. Das hatte sie mit keinem Wort erwähnt.

Schwestern wahren Geheimnisse.

Denn die Geheimnisse von Schwestern sind Schwerter.

Doch in diesem Moment beschäftigte uns nicht, was Bean angestellt hatte, sondern wie sie es wieder ins Lot bringen konnte. »Alles wird gut, Bean«, sagte Rose leise, und ihre Worte waren so sanft wie ihre Finger auf dem Kopf unserer Schwester. »Wir sorgen dafür, dass alles gut wird.«

Rose wartete schon mit einem Handtuch, als unsere Mutter aus der Dusche trat. Zartfühlend wandte sie den Blick ab, doch die feuerrote, mit schwarzem Faden schraffierte Schnittwunde grub sich in ihr Gedächtnis ein. Sie fand, die Stelle, wo die Brust gewesen war, sah seltsamer aus als ein fehlendes Glied. Eher wie ein leeres Gesicht, mit der nicht vorhandenen Brustwarze als fehlendem Mund. Unsere Mutter zuckte zusammen, als sie den Arm nach dem Handtuch ausstreckte, Rose wartete, bis unsere Mutter sich abgetrocknet hatte, und schlang ihr das Handtuch dann sorgfältig um die Brust, ohne auf die Pfütze zu achten, die sich auf dem Fußboden sammelte. Sie konnte ihren Arm noch immer nicht weit genug heben, um sich selbst in ein Handtuch zu wickeln oder die Schals zu binden, die sie um den Kopf trug. Der Stoff verrutschte leicht, und irgendwann störte das eine von uns so sehr, dass sie ihn wieder für sie zurechtrückte. Rose trat hinter unsere Mutter und drehte den Wasserhahn der Badewanne, aus dem es immer noch tropfte, fest zu. Unsere Mutter wischte mit ihrem guten Arm das Kondenswasser vom Spiegel.

»Brauchst du Hilfe?«, fragte Rose.

»Nein danke, Liebes«, sagte unsere Mutter und starrte auf ihr Spiegelbild.

»Ich bin im Schlafzimmer. Ich helfe dir mit deinen Übungen, und dann legen wir einen neuen Verband an.«

»Prima.«

Rose schlüpfte zur Tür hinaus, zog sie hinter sich zu und sah gerade noch, wie unsere Mutter das Handtuch fallen ließ, ihren befremdlich aussehenden Oberkörper entblößte und eine Hand auf die leere Stelle legte.

Es muss sich sehr komisch anfühlen, dachte Rose. Klein wie unsere Brüste waren, hatten wir alle drei nie besonders viel Aufhebens um sie gemacht, doch eine zu verlieren? Oder gar beide? Und dann noch die Brüste unserer Mutter, die uns genährt hatten, an denen wir als Kinder geweint hatten. Oh, es war selbstsüchtig, überhaupt so etwas zu denken, aber wir vermissten sie auch.

Rose saß auf dem Bett unserer Eltern, das so hoch war, dass ein altmodischer Schemel am Fußende als Einstiegshilfe diente, und spürte, wie das Federbett unter ihr nachgab, als sie Lotion und Mull aus dem Nachttisch nahm. Als Teenager war sie einmal in die Küche gekommen, als unsere Mutter, die Hände im schaumigen Spülwasser, am Ausguss stand und hinter ihr unser Vater, der mit beiden Händen besitzergreifend ihre Brüste umfasste. Er küsste sie auf den Nacken und flüsterte ihr etwas ins Ohr, und beide lachten. Rose hatte eilig den Rückzug angetreten, nicht so sehr wegen der Szene verlegen, sondern weil ihr unpassendes Erscheinen die Privatsphäre unserer Eltern verletzte. Jetzt fragte sie sich, ob ihr Vater, wenn sie sich liebten, wohl ihre Narbe küsste. Oder die leere Stelle streichelte?

Und falls ihr das widerfuhr – und es schien mehr als nur möglich zu sein –, würde Jonathan das tun?

»Ich fühle mich sehr viel besser«, verkündete unsere Mutter, als sie ins Schlafzimmer trat. Sie hielt sich wieder das Handtuch vor, legte sich, leicht auf Rose gestützt, aufs Bett und verzog kurz das Gesicht, als sie in die Mitte rutschte. »Aber diese blöden Schals gehen mir auf die Nerven. Ich wünschte, mein Haar würde schneller wachsen.«

»Wir könnten dir Mützen besorgen. Oder du trägst einfach überhaupt keine Kopfbedeckung mehr. Bald wird dein Haar wieder so lang sein, dass es aussieht, als hättest du es so schneiden lassen«, sagte Rose. Sie schob sachte das Handtuch zurück, so dass nur die Wunde entblößt wurde, um den Rest an Schamgefühl zu wahren, der uns noch geblieben war – schließlich handelte es sich immer noch um eine Wunde, nicht wahr? Noch nicht um eine Narbe.

»Es wird vermutlich noch eine ganze Weile dauern, bis es so aussieht, als sei es so gedacht.«

»Fehlen dir deine Haare?« Rose dehnte vorsichtig den Arm unserer Mutter und bewegte ihn so geduldig hin und her, wie die Physiotherapeutin es uns gezeigt hatte.

»Doch, ja. Ich habe mich noch immer nicht daran gewöhnt – jedes Mal, wenn ich in den Spiegel gucke, glaube ich, ich sehe ein Skelett und nicht mich.« Unsere Mutter holte tief und schaudernd Atem, und Rose bemerkte Tränen in ihren Augenwinkeln. »Vielleicht ist es ja besser so«, sagte sie schließlich. »Für eine Frau meines Alters ist es doch unpraktisch, so viele Haare zu haben. Genau wie das Rätsel der Sphinx, oder? Wir fangen mit kurzem Haar an, lassen es lang wachsen und schneiden es schließlich wieder ab. Ist dir das noch nicht aufgefallen?«

»Was ist ihr aufgefallen?«, wollte Cordy wissen, die in diesem Moment ins Zimmer kam und sich schwungvoll aufs Bett plumpsen ließ, was ihr von Rose einen strafenden Blick eintrug. Cordy ignorierte ihn, rollte sich auf die Seite und stützte den Kopf auf die Hand.

Unsere Mutter drehte sich zu ihr und lächelte, während Rose weiter ihren Arm bewegte. »Dass ältere Frauen nie langes Haar haben.«

»Ich finde, du bist noch zu jung für eine Frisur, mit der du jede Woche zum Friseur gehen musst«, sagte Cordy.

»Du verteilst Mehl im Bett«, sagte Rose. »Backst du schon wieder?«

Cordy sah prüfend den Bettüberwurf an. »Der ist doch weiß, man sieht es gar nicht. Und ja – ich mache Challah.«

»Es duftet schon«, sagte unsere Mutter.

Rose drückte sich ein wenig Lotion in die Handfläche, verrieb sie und strich dann mit den Händen am Arm unserer Mutter auf und ab. Unter der vom Alter erschlafften Haut konnte sie die Muskeln spüren. Cordy richtete sich auf und streckte die Hand aus, Rose gab Lotion darauf, und nun konnten wir beide Arme gleichzeitig massieren.

»Das nenne ich das wahre Leben!«, seufzte unsere Mutter. »Wenn ich gewusst hätte, dass ich so gut behandelt werde, wäre ich schon vor Jahren krank geworden.«

»Galgenhumor«, sagte Rose.

»Nein, wenn es sich um das wahre Leben handelte, wären wir hübsche Gigolos, und du lägst irgendwo am Strand«, sagte Cordy.

»Ich wäre so einem Gigolo wohl kaum noch gewachsen«, sagte unsere Mutter. »Ich habe das Gefühl, als hätte ich seit einem halben Jahr nichts anderes getan, als herumzuliegen. Wenn endlich alles vorbei ist, werde ich Muskelschwund haben.«

»Wir besorgen dir ein paar Bedienstete, und die tragen dich dann in einer Sänfte herum«, sagte Cordy. Das Telefon klingelte, sie ließ sich in einer unmöglichen Haltung nach hinten fallen, so dass ihre Hose hinunterrutschte und ihren Bauch freigab, als sie über ihrem Kopf nach dem Hörer griff. Unsere Mutter hielt vorsichtig ihren Arm hoch, während Rose einen neuen Verband anlegte.

»Hal-LOO«, sagte Cordy. »Hallo, Jonathan. Wie geht's meinem Lieblingsbruder?« Rose sah rasch auf die Uhr. Nach Mitternacht dort drüben. Ungewöhnlich. Panik durchzuckte sie.

Cordy sagte eine Weile nichts und machte Rose mit den Augenbrauen ein Zeichen. »Uns geht's gut. Wir machen Mom gerade bettfertig.« Sie klemmte den Hörer zwischen Kopf und Schulter, half Rose, unsere Mutter in eine sitzende Position zu bringen, langte nach dem weißen Nachthemd und warf es Rose zu, die es ihr über den Kopf zog. »Ah ja. Ihr geht es besser. Und was macht England? Wann hast du zuletzt guten Tee getrunken?« Wieder eine Pause, und sie kicherte. »Absolut. Übrigens, ist es bei euch da drüben nicht mordsmäßig spät?«

Unsere Mutter rang nach Luft, als Rose ihren Arm ein wenig zu grob in den Ärmel des Nachthemds schob. »Entschuldige.«

»Warte, ich gebe dir Rose, ehe sie Mom noch den Arm bricht. Bis bald!« Cordy reichte Rose den Hörer und ließ das Nachthemd über das Handtuch gleiten, ehe sie es wegzog wie ein Magier, der ein Tuch aus dem Tisch zaubert.

Rose überließ es Cordy, die endlosen Kissen aufzuschütteln, ohne die unsere Mutter nicht sein konnte, und trat hinaus auf den Flur.

»Ist alles in Ordnung?«

Jonathan lachte. »Typisch Rose. Immer gleich die Katastrophe im Visier.«

»Hör auf. Du weißt, dass du normalerweise um diese Zeit schon im Bett liegst.«

»Du rufst mich doch immer mitten in der Nacht an. Mal andersrum ist also nur fair.«

»Und ich bin auch froh, dass du anrufst. Gestern Abend habe ich versucht, dich zu erreichen, aber du warst nicht zu Hause. Kannst du dir nicht einen Anrufbeantworter zulegen?«

»Doch, schon. Aber dann wäre der ganze Spaß weg. Ich war in London auf einer Konferenz, erinnerst du dich? Habe meinen Vortrag gehalten.«

»Oh, natürlich«, sagte Rose schuldbewusst. In ihrer Aufregung hatte sie diesen Vortrag vollständig vergessen. »Wie lief es denn?«

»Es war großartig. Ich war furchtbar nervös, aber als ich dann dran war, fiel mir das Reden gar nicht mehr schwer. Und danach kamen ein paar wunderbare Fragen. Außerdem habe ich auch ein paar tolle Vorträge gehört. Aber warum wolltest du mich überhaupt anrufen?«

Jetzt wurde Rose ganz aufgeregt und vergaß völlig, was sie sich so sorgfältig zurechtgelegt hatte. »Ich habe sensationelle Neuigkeiten.«

»Ach was. Ich auch. Wer zuerst?«

»Ich«, sagte Rose. »Ich hüpfe seitdem schon die ganze Zeit hier auf und ab.«

»Was für eine hübsche Vorstellung.«

»Metaphorisch gesprochen natürlich.«

»Schade. Worum geht's denn, Liebling? Ich höre dich förmlich strahlen, und das freut mich.«

Rose ging in ihr Zimmer, schloss die Tür und legte sich auf das perfekt gemachte Bett. »Gestern habe ich in der Apotheke Dr. Kelly getroffen. Erinnerst du dich, dass ich dir von ihr erzählt habe?«

»Natürlich. Sie war doch deine Lieblingsprofessorin am College. Hat deine Abschlussarbeit betreut. Wie geht es ihr?«

»Ja, genau die. Ihr geht's gut. Sie wird demnächst pensioniert, genau gesagt, Ende nächsten Jahres.«

»Oh.« Am anderen Ende hörte Rose ihn langsam und tief Luft holen, und wäre sie in der Verfassung gewesen, genau hinzuhören, hätte sie begriffen, dass ihr Plan nicht aufgehen würde.

»Jonathan, sie möchte, dass ich mich bewerbe. Sie sagt, ein interner Kandidat wird zum Fakultätsleiter ernannt, und dann wird eine feste Professorenstelle frei. Und sie meinte, die könnte ich haben, wenn ich wollte. Stell dir vor, das hat sie tatsächlich gesagt. Schon nächstes Jahr könnte ich in Barney unterrichten.«

»Ich dachte, wir hätten uns darauf geeinigt, es nach dem nächsten Jahr irgendwo anders zu versuchen«, sagte Jonathan. Seine Stimme klang vorsichtig, tastend.

»Stimmt. Aber es geht um Barnwell, Jonathan. Ich wollte schon immer hier unterrichten. Schon als kleines Mädchen. Ist das nicht aufregend? Ich weiß, dass es albern klingt, aber es ist, als ginge ein Traum in Erfüllung.«

»Ja, wahrscheinlich.«

»Du klingst nicht gerade glücklich.«

»Ich bin nicht *un*glücklich. Es ist nur … du hast mich gerade ein bisschen überrumpelt. Ich dachte eigentlich nicht, dass so unsere Zukunftspläne aussähen.«

»Nein, gesprochen haben wir nicht darüber. Aber es ist einfach ideal. Ich hätte meine Eltern in der Nähe, und auch du wärst nicht weit weg von deinen Leuten, und ich weiß, dass sie dich in Columbus jederzeit wieder nähmen – der Rektor hat es ja angedeutet, obwohl du deinen Vertrag nicht eingehalten hast. Und hier ist das Leben so viel erschwinglicher als in der Stadt. Du könntest pendeln, das Ganze wäre einfach ideal!« Jonathan schwieg, und Rose preschte weiter, zwang sich, fröhlich zu klingen, als könnte sie ihn über die riesige Entfernung hinweg mit ihrer Begeisterung anstecken. Sie biss sich auf die Lippe und wartete auf seine Antwort.

»Komisch, dass du mir das ausgerechnet jetzt erzählst, weil …« Er hielt inne, räusperte sich und lachte verlegen. »In der Sache liegt tatsächlich eine gewisse Ironie. Man hat mir nämlich eine Gastprofessur angeboten.«

»Wo?«, fragte Rose, aber ihr Magen zog sich schon zusammen. Er würde sie verlassen. Er würde sie allein zurücklassen.

»Hier! Ist das nicht wundervoll? Für zwei Jahre. Ich könnte mein Forschungsprojekt zu Ende führen. Hier habe ich ganz hervorragende Doktoranden, mit denen ich zusammenarbeiten kann; ich bin sicher, wir würden die Arbeit innerhalb dieser zwei Jahre beenden und veröffentlichen können. Es ist wirklich unglaublich, Rosie. Du machst dir ja keinen Begriff von der Konkurrenz in diesem Fach.«

»Ich wusste nicht einmal, dass du dich beworben hast«, sagte Rose und merkte selbst, wie schwach das klang, und hasste sich dafür. Sie richtete sich auf und beugte sich so tief über die Bettkante, dass ihr Bauch gegen die Oberschenkel drückte.

Jonathans Stimme wurde weicher. »Ich wollte dich nicht ärgern. Du bist verärgert, nicht?«

Rose schluckte. »Nein, ich freue mich. Ich freue mich für dich.« Es war eine Lüge, und er wusste es.

»Aber ich habe dir ja noch gar nicht alles erzählt, Rosie. Sie besorgen mir eine Wohnung, also ist auch genügend Platz für dich da. Du kannst herkommen, und wir werden zwei ganze Jahre Engländer sein.«

»In England.«

»Genau, unser Wohnsitz wird dann hier sein«, sagte Jonathan. In seiner Stimme schwang die Anspannung mit. »Denk darüber nach, Rose. Es ist wie ein Zeichen.«

»Aber wir wollen doch heiraten«, sagte Rose. Es klang eher wie ein Schrei, und bei der letzten Silbe versagte ihre Stimme.

»Das tun wir auch«, sagte Jonathan. »Aber das bedeutet, dass du herkommen und ein Sabbatjahr nehmen könntest.«

»Das geht nicht. Wenn wir zurückkommen, wird es keine freie Stelle mehr geben. Weißt du, wie lange ich gewartet habe, dass sich hier etwas für mich ergibt?«

»Muss es denn unbedingt Barnwell sein?«

»Muss es unbedingt England sein?«, fragte sie zurück. Sie hörte sich lächerlich an, weinerlich, kindisch, doch sie konnte nicht anders.

»Rosie«, sagte er, und er klang ernst. »So eine Chance bekommt man nur einmal im Leben.«

Das stimmte. Für ihn.

»Für uns beide«, sagte er. Wie gut er sie kannte.

»Du willst, dass ich nach England komme«, sagte sie.

»Nein, nach England kommst du doch sowieso. Ich möchte, dass wir in England leben. Wenigstens für eine Weile. Rose, du weißt, was das für meine Karriere bedeutet. Und du weißt auch, wie wenig Stellen mitten im akademischen Jahr frei werden. Es ist einfach ideal für mich, und es ist ideal für dich. Du kannst schreiben und ein paar Artikel veröffentlichen, und danach suchen wir uns irgendwo anders etwas. Irgendwo, wo sie genau wissen, was für eine großartige Wissenschaftlerin und Lehrerin du bist.«

Rose sagte nichts.

»Rose, ich brauche dich an meiner Seite. Du fehlst mir so sehr.

 Jeden Tag gucke ich auf diese blöden verträumten Türme und wünsche mir, du wärst hier und könntest sie ebenfalls sehen.«

»Ach, Jonathan, ich weiß nicht«, sagte sie. »Da ist doch meine Mutter, und da ist die Hochzeit, und wir wollten ein Haus kaufen, und ich …« Sie verstummte. Es war so ungerecht. Er wusste genau, wie sehr sie sich immer eine Stelle in Barnwell gewünscht hatte. Und am liebsten eine feste Stelle. Sicherheit. Nicht mehr alle zwei, drei Jahre seine Wurzeln ausreißen und irgendwo anders einpflanzen müssen, nur um dort dann wieder dasselbe zu tun. Nicht mehr die Sorge, wo man wohl in ein paar Jahren leben würde oder was werden wird, wenn man an einem Ort keine Stellen für alle beide findet.

»Du kannst doch nicht dein ganzes Leben in Barnwell verbringen, Rose. Da draußen gibt es so viel, was dir entgeht. Und du entgehst der Welt da draußen.«

»Ich weiß nicht, wovon du redest«, sagte sie mit tonloser Stimme. Kalt.

»Du bist doch viel mehr als diese Stadt. Du bist brillant, und du bist eine vorzügliche Lehrerin. Das weißt du auch. Und du würdest noch dazulernen, wenn du nur die Flügel ausbreiten und andere Orte ausprobieren wolltest.«

»Und meine Mutter?«

»Die kommt zurecht. Und du hast ja gesagt, dass es so aussieht, als würde Bean noch dableiben wollen. Lass sie doch für eine Weile Heim und Herd hüten. Du musst dich endlich einmal um dich selbst kümmern, Rose.«

»Ach, ich weiß nicht.«

Einen Moment lang herrschte Schweigen in der Leitung, dann seufzte Jonathan laut. »Hör zu. Wir müssen das nicht jetzt sofort entscheiden. Ich weiß, was man mir gesagt hat, aber wir wissen gar nicht, ob du die Stelle in Barney tatsächlich bekommen würdest, stimmt doch, oder?«

»Das stimmt«, sagte Rose vorsichtig und fragte sich, ob sie gerade wichtiges Terrain aufgab, indem sie ihm zustimmte.

»Wir denken darüber nach. Und du kommst demnächst zu Besuch, ja? Dann kannst du sehen, was du davon hältst. Hast du dir schon ein Ticket gekauft?«

»Noch nicht. Hier war ziemlich viel los, Jonathan.« Das war nicht ganz falsch. Doch sie hatte das Plänemachen für ihre Reise ziemlich vor sich her geschoben, fast wie Bean, die sich geweigert hatte, ihre Rechnungen zu öffnen. Wir sind einander ähnlicher, als wir jemals zugeben würden.

»Ah ja. Und wie wäre es, wenn du dir ein paar Tage frei nimmst und einen Flug besorgst, und dann reden wir weiter, wenn du hier bist? Was sagst du dazu?«

»Einverstanden«, sagte sie. Plötzlich war sie den Tränen nahe und sehr, sehr müde. Die ganze Begeisterung nach ihrem gestrigen Treffen mit Dr. Kelly war verpufft. Bei dem Gedanken, sein Jobangebot abzulehnen und für immer und ewig mit ihr nach Barnwell zu ziehen, brach Jonathan offensichtlich nicht in Freudengeheul aus. Und sie konnte sich ihrerseits nicht vorstellen, ihr ganzes Leben auf eine feste Stelle in Barnwell gehofft und darauf hingearbeitet zu haben, nur um sie jetzt abzulehnen.

Einer von ihnen würde nachgeben müssen, oder die ganze Sache hätte sich erledigt.

Bean hatte einen grauenhaften Kater, was schon peinlich genug war in ihrem Alter – sollte man derlei, ebenso wie den Konsum größerer Mengen Alkohol, nicht längst hinter sich gelassen haben? –, aber besonders peinlich an einem ganz gewöhnlichen Donnerstagmorgen. Die Sonne drang als fröhlicher Störenfried durch ihre Designersonnenbrille, und ihr Magen schlug bei jedem Schritt Purzelbäume.

Als sie am Morgen die Einfahrt hinaufkam, hätte Rose, die gerade die Verandastufen hinunterpolterte, sie beinahe über den Haufen gerannt. »Du kommst jetzt erst nach Hause? Ich wusste gar nicht, dass du die ganze Nacht fortbleiben wolltest.«

Um die Wahrheit zu sagen, hatte Bean es auch nicht gewusst.

 Sie war losgezogen mit dem festen Vorsatz, ein wenig von dem Kleinstadtmief abzuschütteln und ihre Sorgen in Alkohol zu ertränken. Sie war gar nicht sehr weit gekommen, nur bis zu Edwards Haustür, wo er sie mit einem Glas in der Hand begrüßte, und sie hatte diese Freundlichkeit erwidert, indem sie aus ihrem Kleid schlüpfte und das Glas leerte, während er sich von ihrem Hals langsam nach unten küsste.

»Das war keine Absicht«, erklärte Bean ihrer Schwester und zwängte sich an Rose vorbei in die Küche. Ihr war völlig bewusst, dass sie aus allen Poren nach Alkohol und Zigaretten stank, noch unterlegt mit dem abgestandenen, essigsauren Aroma von Schweiß und verzweifeltem Sex.

Rose folgte ihr ins Haus. »Du riechst wie eine ganze Brauerei.«

»Dabei war ich in gar keiner. Komisch, nicht?« Bean füllte ein Glas mit Eiswürfeln und ließ dann Wasser aus dem Hahn ins Glas laufen, wobei das Eis wegen des Temperaturunterschieds knackend zersprang.

»Und wenn nun etwas passiert wäre?«

»Dann hätte ganz bestimmt einer der drei gesunden Erwachsenen in diesem Haus, wenn nicht sogar ihr allesamt, die Sache höchst bereitwillig in die Hand genommen.« Sie nahm einen großen Schluck von dem Eiswasser und zwang ihren heftig protestierenden Magen, ihn bei sich zu behalten.

Rose hatte plötzlich ein Gefühl brennender Ungerechtigkeit. Es war nicht richtig, dass Bean einfach so herumstreunen konnte, während sie sich um alles kümmerte. Es war nicht fair.

Sie öffnete den Mund, um etwas zu sagen, ihre Schwester zusammenzustauchen, doch im selben Moment stellte Bean ihr leeres Glas ab, und ihre Blicke begegneten sich. Beans Haar war ungewohnt zerzaust, ihre Augen waren blutunterlaufen und müde. Sie hatte ihre Bluse falsch geknöpft, und ihre Hände zitterten leicht, als sie die Arme über der Brust kreuzte. Wann hatte Bean zuletzt so erschöpft, so schwach ausgesehen?

Kurz vor Cordys Geburt – Rose war sechs und Bean drei – spielten wir einmal miteinander in der Küche, während unsere Mutter einen Kuchen buk. Wir hatten unseren Baukasten mit Holzklötzen mitgebracht und waren dabei, ein Schloss mit dicken Türmen und Zugbrücken zu bauen, die wir mit unseren ungeschickten Händen bewegten. Nachdem unsere Mutter den Kuchen in den Backofen geschoben hatte, ging sie hinaus in den Garten, und vielleicht vergaß sie uns, versunken wie wir waren in unseren Architekturfantasien. Irgendwann wurde der Duft nach Schokolade, die in der Ofenhitze schmolz, für Beans leeren Magen zu viel; sie ließ Rose allein die Wände eines leeren Burggrabens um unser Bauwerk ziehen und tapste zum Herd. Mit ihren niedlichen runden Babyärmchen packte sie eines der Geschirrtücher, die über der Backofentür hingen, und zog damit die Tür auf. Sie kniff die Augen zusammen, als ihr ein Schwall feuchter Hitze entgegenschlug, der Duft sich in ihrem Haar und dem Kleiderstoff festsetzte. Ehe Rose sie daran hindern konnte, steckte Bean ihre beiden Hände in den Backofen und legte sie auf die schwere Glasform. Sie musste sich wohl gedacht haben, sie könnte den verlockenden Duft zu sich heranziehen.

Beans Schrei wird sie nie vergessen, sagt Rose. Wir erinnern uns allerdings vor allem an die Entschiedenheit, mit der Rose handelte – sie riss Bean vom Backofen weg, ließ die Klappe mit einem lauten, metallischen Scheppern zuknallen, hob ihre kleine Schwester auf einen Hocker, drehte den Wasserhahn auf und hielt ihre Hände und Arme, wo sich von der enormen Hitze schon rote und weiße Blasen gebildet hatten, unter das fließende kalte Wasser. Wir wissen nicht, woher Rose wusste, was zu tun war, wieso sie ein Handtuch nahm, es mit Eiswürfeln aus der Plastikschale im Tiefkühlfach füllte und Beans Arm darauf bettete. Und Bean beobachtete alles; die Augen weit aufgerissen, die Tränen durch Roses Geschick schon versiegt, sah sie immer noch heftig schluchzend zu, wie unsere Schwester sie vor sich selbst rettete. Und dann rannte Rose hinaus zu unserer Mutter, deren Reaktionsfähigkeit wegen der Last ihres Bauchs und der Tatsache, dass ihr Geist so oft in fernen Regionen schwebte, verlangsamt war.

Als Rose jetzt Beans Gesicht betrachtete, erkannte sie ihre Verletzungen genauso leicht wie damals vor all den Jahren, als sie ihre Verbrennungen versorgt hatte. Sie befahl sich zu schweigen, ging zu dem Schrank neben der Spüle und suchte zügig zwischen den halbvollen Medizinfläschchen, bis sie das Aspirin fand, schüttete sich zwei in die Hand, füllte das Glas wieder auf und hielt Bean Glas und Tabletten hin.

»Nimm die. Und trink Wasser. Wenn du ein bisschen geschlafen hast, fühlst du dich gleich besser.«

Jetzt, mehrere Stunden traumloser Ruhe und eine vorsichtig verspeiste Toastscheibe später, saß Bean auf einem der hoffnungslos altmodischen Sessel in der Bibliothek. Der vergilbte orangefarbene Wollbezug kratzte an ihren Oberschenkeln, sobald sie sich bewegte. Bean hatte ein Bein untergeschlagen, ein einbeiniger Storch. Über den unpraktisch breiten Tisch verstreut lag eine Handvoll nicht zu Ende gelesener Bücher: ein paar zum Thema Lebenslauf, eins über die Farbe ihres Fallschirms und ein repräsentativer Bildband über eine Reise in die wuchernden, verwahrlosten Regionen der Dritten Welt. Sie hatte sie allesamt beiseitegelegt und einen Fantasy-Roman vorgezogen. Nicht gerade die übliche Kost, doch garantiert nichts, was die Furien ihrer momentan so beschissenen Lage geweckt hätte, was einer dieser modischen Geschichten über Schuhe und Verflossene oder selbst einem irischen Kleinstadtdrama womöglich gelungen wäre. Irgendjemand wurde in diesen Büchern immer verraten, und da sie zur Zeit selbst eine Verräterin war, konnte sie es nicht ertragen, darüber nachzudenken.

»Es wird langsam Zeit, Bianca«, rief Mrs. Landrige, die mit ordentlich gefalteten Händen an ihrem Schreibtisch saß. Die Bibliothek war leer. »Möchtest du etwas ausleihen?«

Bean blickte auf, blinzelte, schob ihre Sonnenbrille in die Stirn, kniff gegen die Helligkeit im Raum die Augen zusammen und sah in die wachsende Dämmerung hinaus. Wieder ein Tag im Paradies verstrichen.

»Mmhm«, sagte sie und beugte sich über den Tisch, um die herumliegenden Bücher einzusammeln.

»Ja«, korrigierte Mrs. Landrige, und Bean wiederholte es brav, ohne nachzudenken. Das war das Problem mit dem Nachhausekommen. Im Handumdrehen verwandelte man sich wieder in einen Teenager.

Ihr Magen hatte sich beruhigt und knurrte jetzt entschieden, als sie die Bücher ins Regal zurückstellte und zur Ausleihe ging. »Ich bin froh, dass du hereingeschaut hast, Bianca«, sagte Mrs. Landrige, drückte routiniert einen Stempel in das Buch und legte die Karteikarte in die Ablage, um sie später einzusortieren. »Ich habe gehört, du suchst einen Job.«

»Ach, wirklich?«, fragte Bean. »Von wem denn?«

»Von Rose. Sie war vorgestern hier und erwähnte, dass es nicht ganz leicht für dich ist, etwas zu finden. Eigentlich kaum überraschend. Falsche Jahreszeit, selbst wenn Barnwell florieren würde.«

»Rose hat Ihnen erzählt, dass ich einen Job suche?«, fragte Bean, immer noch verblüfft. »Meine Schwester Rose?«

»Was ist daran so erstaunlich? Sie ist deine Schwester. Sie macht sich Sorgen um dich.«

»Tja, Sorgen um mich«, sagte Bean. »Natürlich.«

»Wie auch immer, es ist ja nicht gerade ein Geheimnis. Maura von der Buchhandlung hat erzählt, dass du bei ihr warst, und heute hast du die ganze Zeit bei den 650ern herumgestöbert.« Sie nickte in Richtung der Bücher, die Bean soeben zurückgestellt hatte. Mrs. Landrige kannte die Bibliothek von Barnwell wie ihre Westentasche. Man konnte ihr eine beliebige Frage stellen, und sie würde die exakte Dewey-Registrierungsnummer ausspucken und mit sicherer Hand auf das richtige Regal deuten. Pubertätsriten? 390, neben den Lesenischen. *Wilbur und Charlotte?* Jugendliteratur, am Fenster. Fußball? 796, links vom Trinkwasserspender. Als wir klein waren, versuchten wir sie manchmal auszutricksen und dachten uns die abseitigsten Themen aus, doch wir gewannen nie. Mrs. Landrige war Meisterin des Dewey-Registrierungssystems.

»Stimmt wahrscheinlich«, sagte Bean. »Wie es aussieht, werde ich wohl eine Weile bleiben.«

»Ich nehme demnächst Urlaub wegen einer Hüftoperation.« Sie sah Bean an. Der Ausschnitt ihres Kleides – es war stets ein Kleid, sie gehörte dieser Generation an – umrahmte ihren Hals, der ungemein zart wirkte in seinem Gegensatz aus straff gespannten Sehnen und schlaffer Haut. Bean strich sich unbewusst über den eigenen Hals, fest davon überzeugt, dass sie schon das Erschlaffen ihrer Kinnpartie und ein vorspringendes Schlüsselbein fühlen konnte.

»Das tut mir leid. Geht es Ihnen nicht gut?«

Mrs. Landrige lächelte. »Das ist das Problem, wenn man so lange lebt, Bianca. Überall Verschleißerscheinungen. Manchmal frage ich mich, ob dieser ganze medizinische Fortschritt sich eigentlich lohnt. Aber offenbar wird diese Operation relativ häufig gemacht, sie werden es bestimmt gut hinbekommen, auch wenn ich für eine Weile ausfalle. Deshalb habe ich mir gedacht, ob du nicht Interesse hättest, mich währenddessen zu vertreten.«

»Als Bibliothekarin?«

»Natürlich.«

»Aber ich habe doch keine Ahnung. Das heißt, ich bin nicht dafür ausgebildet.«

Wäre Mrs. Landrige Brillenträgerin, hätte sie Bean über den Brillenrand hinweg einen strengen Blick zugeworfen. »Mach dich nicht lächerlich. Wir sind hier die öffentliche Bücherei von Barnwell, nicht die Kongressbibliothek. Du bist schon zu uns gekommen, als du noch nicht einmal laufen konntest, ich vertraue dir bedingungslos.«

Beinahe hätte Bean laut aufgelacht. Die Menschen, die ihr zuletzt vertraut hatten, hätten sie durchaus verhaften lassen können. »Ich weiß nicht, Mrs. Landrige. Ich weiß nicht, ob ich dazu taugen würde.«

»Das ist doch keine Geheimwissenschaft, meine Liebe. Sei vernünftig. Du brauchst einen Job, und ich brauche hier jemanden. Du kannst bleiben, bis wir beide wieder auf den Beinen sind.« Sie lächelte über ihren kleinen Witz.

»Also gut.«

»Dann komm doch morgen in aller Frühe, und wir beginnen mit einem kleinen Training.« Sie drückte Bean das Buch in die Hand, und Bean blickte dümmlich auf den Einband. Sie konnte sich beim besten Willen nicht erklären, wieso sie ein Buch über eine halbnackte Kriegerin mit den Schenkeln eines Tour-de-France-Siegers ausgesucht hatte. Und sie begriff ebenso wenig, wie sie so plötzlich zur Nachfolgerin in einer Barnwell'schen Institution ernannt worden war.

»Und ich bekomme Geld dafür?«, fragte sie.

»Natürlich. Darüber reden wir morgen.« Mrs. Landrige sah Bean einen Augenblick an, als wollte sie etwas sagen, schloss dann den Mund aber wieder. Bean wandte sich zum Gehen. »Bianca?«

»Jaaa.« Bean drehte sich um. Sie kannte diesen strengen, mahnenden Ton. Genauso hatte Rose an diesem Morgen mit ihr gesprochen. »Schlaf dich aus.«

Bean ließ ihre Sonnenbrille wieder auf die Nase gleiten und ging Richtung Tür. Draußen lief sie rasch die Treppe hinunter, spürte dabei einen stechenden Schmerz an der Innenseite ihrer Oberschenkel und versuchte, die Erinnerung an die vergangene Nacht abzuschütteln. Wie war sie bloß wieder in jenem Haus gelandet? Sollte sie nicht eigentlich ganz neu anfangen? Uns alles beichten, um sich von der Last zu befreien?

Aber noch hatte sie ja keineswegs alles gebeichtet, nicht wahr? Sie stand nicht besser da als bei ihrer Ankunft. *Schelme, Diebe und Verräter durch die Übermacht der Sphären.* Als sie an jenem Morgen, in eine Decke gewickelt, aufgewacht war, hatte alles, was ihr in der Dunkelheit so berauschend richtig erschienen war, im Tageslicht nur noch brachial und traurig ausgesehen. Eine Weinflasche leer neben seinen zerknitterten, achtlos hingeworfenen Kleidern. Die Wimperntusche eine dunkle Kruste unter ihren Augen. Das Gefühl in ihrem Mund sauer und trocken. Sein schlafendes Gesicht verlebt und leer ohne sein Verlangen nach ihr.

Bean sah sich um und schüttelte den Kopf. Sie kam an einer Familie vorbei, die auf dem Heimweg war. Mutter und Vater hielten ein kleines Mädchen zwischen sich an der Hand, hoben es hoch und schwenkten es für ein paar Schritte durch die Luft, ehe sie es wieder absetzten.

Bei dem Versuch, sich zu entschuldigen und Reue zu zeigen, hatte sie eine andere Person verraten, die ihr etwas bedeutete, die immer nur gut zu ihr gewesen war, die Bean ihr Herz und die Tür zu ihrem Haus und ihrer Familie geöffnet hatte. Und Bean? Sie hatte es prompt in etwas Hässliches verkehrt. Schon wieder. Sie hatte sich nicht verändert. Sie hatte sich überhaupt nicht verändert. Plötzlich packte sie ein derart heftiger Selbsthass, dass sie die Fingernägel in ihre Handflächen bohren musste, damit der körperliche Schmerz ihre Gefühle ausblendete, doch es war zu spät. Sie weinte bereits.

Bean hatte verschiedene Identitäten für sich ausprobiert, wie sie heute neue Kleider ausprobiert. Sie zog die Entomologie in Betracht (Rose war besser in den Naturwissenschaften), das Theater (Cordy war eine bessere Schauspielerin), den Tanz (von dem Problem mit unseren Oberschenkeln war bereits die Rede), die Dichtkunst (all unsere Werke wurden an einem Maßstab gemessen, den Sie sich wahrscheinlich denken können, und natürlich für mangelhaft befunden), eine Karriere als erster weiblicher Präsident (Cordy konnte bessere Reden halten), als Model (wiederum die Oberschenkel), als Modeschöpferin (der ganzen Familie mangelt es entschieden an künstlerischem Talent, aus diesem Grund kam auch Malerei nicht in Frage), und in der Wirtschaft (Rose musste immer Beans Geld an sich nehmen, wenn wir in der Stadt einkaufen gingen, weil Bean es sonst entweder für Unsinn ausgab oder verlor, noch ehe wir in die Main Street eingebogen waren).

Am meisten schmerzte es Bean, wenn wir sie bei etwas ausstachen, das sie für sich entdeckt hatte – wenn sie also etwas ausprobierte und feststellen musste, dass Rose das Gleiche schon früher (kein Problem) und besser (Problem) getan hatte, oder wenn Cordy dazwischenfunkte und es als Zweite (kein Problem) und besser machte (Problem). In mancher Hinsicht glauben wir, dass Bean jetzt aus diesem Grund ein Leben führt, das so gar nicht den Wertmaßstäben der Andreas-Familie entspricht: Es war schlicht nichts mehr übrig für sie.

Was macht man, wenn man ständig verliert? Man nimmt all seinen Verstand zusammen und geht nach Hause. Und in Beans Fall nimmt man all seinen Verstand zusammen, geht nach New York und beschließt, ab jetzt Dinge wie Klamotten und angesagte Martinis für wichtig zu halten und dazu die Frage, wie man am besten einen Investmentbanker angelt und ins Bett kriegt und es trotzdem noch nach Hause schafft, ehe das großstädtische Nachtleben so richtig Fahrt aufnimmt. Das macht dich zwar anders als die anderen, aber nicht zu etwas Besonderem.

So zwischen allen Stühlen sitzend, hatte Bean manchmal das Gefühl, als würde sie auf und ab hüpfen, mit den Armen wedeln und »Beachtet mich! Beachtet mich!« rufen. Doch die Aufmerksamkeit, die sie sich wünschte, bekam sie nur, wenn sie sehr, sehr böse war. Und so lernte sie während der Highschoolzeit, sich abends lange herumzutreiben und in einer schweren, süßlichen Dope-Wolke nach Hause zu kommen; sie zog mit Jungs los, und sie bauten sich Tipis in Bäumen, bis sie erwischt und Bean von der Polizei, der das sichtlich peinlich war, nach Hause gebracht wurde; später am College schwänzte sie den Unterricht, bis ihre Professoren unseren Vater beiseitenahmen, wenn sie ihn über den Campus spazieren sahen, und sie ging ins Sportstudio, bis sie bleistiftdünn war; und trotzdem hätte sie noch weitere tausend Jahre auf der Stelle hüpfen und mit den Armen wedeln können, ohne von unseren Eltern genügend Aufmerksamkeit zu bekommen.

Wir hätten Bean verraten können, dass auch wir schrien und winkten und dass keine von uns je bekam, was sie sich wünschte, jedenfalls nicht, wenn es um Aufmerksamkeit ging. Niemandem gelingt das.

Dreizehn

Im Sommer, selbst im August, dem längsten Sonntag für Erzieher, schließen die Geschäfte in Barnwell früh. Ohne das unaufhörliche Gesumm der Studenten, das die Läden bis zu einer anständigen (oder unanständigen) Stunde erfüllt, schließen die Besitzer noch vor dem Abendessen und gehen nach Hause. Wenn man im Sommer nach sechs durch die Stadt spaziert, ist man halb darauf gefasst, wie in einem Western lauter Büschel Steppenläufer-Unkraut zu sehen oder eine Saloontür quietschen zu hören, wenn es so etwas in einer Kleinstadt in Ohio denn gäbe. Wie die Dinge liegen, gibt es nur blinde, dunkle Schaufenster sowie menschenleere Straßen und Gehwege.

Cordy und Dan schlossen die Beanery erst um fünf, obwohl seit drei keine Gäste mehr gekommen waren und sie längst alles saubergemacht und wieder aufgefüllt hatten. In ihrer verzweifelten Suche nach einer sinnvollen Beschäftigung hatte Cordy sich sogar darangemacht, die Kaugummis abzukratzen, die unter den Tischen klebten. Schließlich brach das Unwetter los, das sich schon seit Tagen zusammenbraute, und schickte wasserfallartigen Regen, der in Strömen durch die Straßen rauschte und Laub und vereinzelten Müll in die Rinnsteine schwemmte.

»Möchtest du mitfahren?«, fragte Dan, als er aus dem Büro kam. Cordy hatte alle Tresen gewischt und saß, die Beine über die Lehne gelegt, in einem der alten braunen Sessel und starrte an die Decke. Sie war sich sicher, dass die Decke aus gestanztem Blech bestand, doch nach jahrelangem nachlässigem Überstreichen war sie jetzt uneben und unscheinbar weiß. In der Hand hielt Cordy ein gelbes Äffchenspiel, das sie in regelmäßigen Abständen schüttelte wie eine billige Rumbarassel.

Cordy blickte aus dem Fenster auf die Sündflut (haben wir Sie nicht vor Wortverdrehungen gewarnt?) und nickte. »Das wäre nett, wenn es kein Umweg für dich ist.«

»Nichts in Barnwell ist ein Umweg«, sagte Dan. Was schlicht und einfach nicht stimmte. Er lebte auf der Ostseite der Stadt, in einem Apartmentblock hinter den Wohnheimen, der für Collegestudenten nur ein klein bisschen zu teuer war. Seine Nachforschungen beim Barnwell'schen Geschichtsverein hatten ergeben, dass das Gebäude einmal den großartigen Namen ›The Theodore‹ getragen hatte, inzwischen wurde es jedoch meist ›das Alte Gelbe‹ genannt, denn ein wohlmeinender Eigentümer hatte irgendwann beschlossen, die gesamte Fassade in einem fetten Dottergelb streichen zu lassen, das in der Sonne beinahe radioaktiv strahlte. Dan brauchte dann doch immerhin fünf Minuten, um Cordy nach Hause zu fahren, und anschließend noch einmal zehn wieder zurück. Eine Ewigkeit für Barnwell-Zeit.

»Danke«, sagte Cordy und deutete dann an die Decke. »Hast du schon mal daran gedacht, den ganzen Mist abzukratzen? Ich wette, darunter ist die Decke richtig schön.«

»In all meiner so genannten Freizeit? Stimmt, könnte ich machen.«

»Wieso wohnst du eigentlich nicht hier oben?« Über der Beanery gab es eine große, geräumige Wohnung mit abgenutzten Holzfußböden. Cordy konnte sich dunkel an eine bierselige Party erinnern, zu der ihre Zimmergenossin sie im ersten Studienjahr mitgeschleppt hatte. Es war laut und stickig gewesen – Markenzeichen aller Collegepartys –, doch hauptsächlich erinnerte sie sich an den Duft aus der Beanery, der sogar den Bierdunst überlagerte; den ganzen Abend lang fühlte sie sich wie in Kaffeesatz gehüllt. Doch es hatte ihr nichts ausgemacht. Und danach kochte Cordy sich, wann immer ihre Mitbewohnerin nicht da war, gern eine Kanne Kaffee, nur damit der Duft das Zimmer erfüllte, so wie andere Studentinnen auf ihrem Stockwerk es mit Weihrauch machten.

»Könnte ich schon. Ich würde immerhin die Fahrzeit sparen. Aber dann wäre ich dauernd da und käme gar nicht mehr weg von der Arbeit.«

Cordy zuckte die Achseln und nahm die Beine gemächlich von der Sessellehne, während Dan hinter dem Tresen die Maschinen ausschaltete. »Wie viel Zeit hast du denn überhaupt noch für dich?«

»Ein Punkt für dich«, sagte er. Er zog den klappbaren Tresen hoch und kam nach vorn in den Gastraum. »Mensch, das sieht ja toll aus«, sagte er. Cordy hatte Puzzles, Spiele und Zeitschriften, die auf den Tischen herumlagen, ordentlich weggeräumt und den Staub aus den Ecken des ausgetretenen Fußbodens gefegt.

»War ein ruhiger Tag«, sagte sie.

»Wenn die Studenten wieder da sind, wirst du dich danach zurücksehnen«, sagte Dan. Er schob ein paar Stühle an die Tische, sperrte die Eingangstür ab und zog die schweren grünen Jalousien herunter. Dann drehte er sich zu Cordy um. »Du bleibst, oder?«

»Eine Weile bestimmt«, sagte sie.

»Schön. Ich habe mich nämlich daran gewöhnt, dich um mich zu haben«, sagte er. »Du bist viel interessanter als die üblichen Hilfskräfte.«

»Das liegt nur daran, dass ich entschieden *älter* bin als die üblichen Hilfskräfte.«

»Das auch«, sagte er. »Und du siehst besser aus.« Er zwinkerte ihr zu, und in dem abnehmenden Licht warfen seine dichten dunklen Wimpern Schatten auf seine Wangen.

Cordy sah ihn scharf an. Flirtete er etwa mit ihr?

Und was wichtiger war, hatte sie etwas dagegen?

Sie verließen die dunkle Beanery durch die Hintertür und rannten über den Parkplatz zu Dans Wagen, einer silberfarbenen Limousine, die verdächtig neu aussah und unbenutzt roch. »Hübsches Auto«, sagte Cordy. Sie hatte sich ihre Tasche über den Kopf gehalten, doch die hatte gegen den Regen wenig bis nichts ausgerichtet, und jetzt ließ sie sie fallen. »Riecht neu.«

»Ist es auch. Sich zu verkaufen lohnt sich.«

»Auf jeden Fall mehr als das Friedenscorps. Vertickst du immer noch Dope?«

Dan wollte gerade den Schlüssel im Zündschloss drehen, hielt inne, drehte sich zu ihr um und sah sie an. »Willst du welches?«

»Nein. Reine Neugier.«

»Zu deiner Frage: Nein. Nicht mehr. Wenn etwas deprimierender ist als ein überalterter Typ, der immer noch dicht beim Campus wohnt, dann der überalterte Typ, der immer noch dicht beim Campus wohnt und Dope an Studenten verkauft.«

»Könnte schlimmer sein. Du könntest der überalterte Typ sein, der dicht beim Campus wohnt, Dope verkauft und sämtliche Studentinnen anbaggert.«

Dan lenkte den Wagen vom Parkplatz und hielt an, um nach vorbeifahrenden Autos zu schauen. Es gab keine. Cordy konnte hören, wie die Wasserfontänen unter den Reifen hoch aufspritzten, als sie in die Main Street einbogen und Richtung Westen fuhren. Das Wasser strömte nur so über die Frontscheibe, ohne die Scheibenwischer zu beachten, die vergeblich gegen die Flut ankämpften. »An denen habe ich nun definitiv kein Interesse. Heutzutage schaue ich sie mir an und sehe nur Kinder. Was ich sagen will, der Unterschied zwischen Erstsemestern und Examenssemestern ist schon groß, aber zwischen denen und einer Dreißigjährigen liegt ein Abgrund. Ein riesiger.«

»Ich weiß nicht. Ich warte immerzu darauf, dass ich mich alt fühle, erwachsen, aber noch ist es nicht so weit. Ob das vielleicht das große Geheimnis ist, das die Erwachsenen einem nicht verraten? Dass man sich nie richtig erwachsen fühlt?«

»Ich fühle mich durchaus erwachsen. Ich glaube, das kam durch den Kauf der Beanery. Vielleicht bin ich deshalb auch davor zurückgeschreckt, ein Haus zu kaufen. Das wäre dann die endgültige Kapitulation gewesen.«

Das Spritzwasser auf der Windschutzscheibe warf unruhige Schatten auf sein Gesicht. Er musste sich dringend rasieren, stellte Cordy fest, bei seinem dunklen Haar fiel das besonders auf. Unter der vollen Unterlippe ließ er sich ein kleines Ziegenbärtchen wachsen – eine Affektiertheit, die bei den meisten Männern einfach, nun ja, eben affektiert wirkt, bei ihm aber gleichzeitig nett und gefährlich aussah.

»Wahrscheinlich hast du recht«, sagte Cordy und dachte an all die jungen Typen um die zwanzig, die ihren Weg gekreuzt hatten und durch ihre Tage gedriftet waren. Hatte sie diese Lebensweise nicht schließlich deshalb aufgegeben, weil sie sich dafür zu alt fühlte? »Ich will damit sagen, dass ich finde, ich bin immer noch ich. Ich wache morgens nicht auf und denke, ich bin eine verantwortungsvolle Erwachsene. Ich schaue in den Spiegel und sehe nur mich. Dieselbe dämliche Person, die ich schon seit Jahren anschaue.«

Ohne den Blick von der Straße zu wenden, streckte Dan die Hand aus und strich ihr mit dem Handrücken über die Wange. Sie konnte die winzigen Härchen und seine vom Geschirrspülen raue Haut spüren. »An dir ist nichts dämlich, Cordy.« Er legte die Hand wieder aufs Lenkrad und bog in unsere Straße ein, fuhr bis zu unserem Haus und hielt am Randstein.

Sie drehten ihre Köpfe zueinander, und Cordy wusste, gleich würde er sie küssen. Seine Augen waren dunkel und tief, sie sah das Verlangen in ihnen und noch etwas, das sie nicht recht deuten konnte. »Ich bin froh, dass du wieder da bist«, sagte er. Seine Hand lag auf ihrem Knie, und die Wärme drang durch den Stoff ihrer abgewetzten Jeans. »Es ist schön, jemanden zum Reden zu haben.«

Cordy sah einen Augenblick auf seine breite Hand, die Art und Weise, wie sie ihr Knie umschloss und die Finger leicht auf ihrem Oberschenkel lagen, dann wandte sie den Blick ab und sah ihm in die Augen. Draußen prasselte der Regen herab, und die Lampen an den Einfahrten durchdrangen kaum die wolkensatte Düsternis.

Als sie sich zueinanderneigten – es war gegenseitig, lassen Sie sich von Cordy nicht etwas anderes erzählen –, merkte sie, wie ihr die Luft wegblieb, und dann atmete sie aus, als ihre Lippen sich trafen. Sein Mund lag breit und kräftig und weich auf ihrem, und dieser Kuss fühlte sich tiefer und schöner an als jeder andere in all den Jahren.

Dann machte sie sich los.

»Ich bin schwanger«, erklärte sie ihm.

»Das ging aber schnell«, sagte er.

»Dan. Wirklich. Ich bin schwanger«, sagte sie, und ihre Finger huschten zu ihrem Mund, und sie riss an ihren Nägeln. Sie drehte sich weg und starrte in die Dunkelheit.

»Dann ... gibt es einen anderen?«, fragte er.

»Nein«, sagte sie. »Da ist niemand.« Sie drehte sich wieder zu ihm um und schenkte ihm ein knappes, freudloses Lächeln.

»Scheiße«, sagte Dan und atmete gepresst. Er legte die Hände unten aufs Lenkrad, und dort, wo seine Hand gewesen war, fühlte sich ihr Bein nackt und kalt an. »Weiß deine Familie Bescheid?«

»Nein«, sagte sie, »noch nicht.«

»Was wirst du jetzt machen?«

»Keine Ahnung.« Sie drehte sich zum Fenster, das sich allmählich beschlug, und malte mit dem Zeigefinger ein paar unzusammenhängende Linien darauf. »Deshalb bin ich nämlich auch nicht erwachsen. Erwachsene machen nicht solche Fehler.«

»Erwachsene machen dauernd Fehler – wobei ich nicht sage, dass dies ein Fehler ist. Du bist zu streng mit dir.«

»Zu streng mit mir? Ich bin verdammt noch mal *schwanger*, Dan! Ich kriege ein *Kind*! Ich, Cordelia Beatrice Andreas, werde für das Leben eines anderen Menschen verantwortlich sein. Dabei wird mir von allen, die ich kenne, mehr als deutlich zu verstehen gegeben, dass ich nicht einmal mit meinem eigenen Leben klarkomme. Ist das nicht der größte Witz, den du jemals gehört hast?« Sie merkte, dass ihr die Tränen kamen, und versuchte, sie mit Zorn zu bekämpfen.

Dan seufzte, beugte sich ein wenig vor, rutschte auf seinem Sitz hin und her und lehnte sich wieder zurück. Der Motor lief, es goss in Strömen, und der Regen trommelte aufmerksamkeitsheischend aufs Dach. »Egal was ich jetzt sage, du reißt mir bestimmt den Kopf dafür ab, deshalb halte ich wohl besser den Mund.«

Mit einer Handbewegung wischte Cordy die Striche weg, die sie auf die beschlagene Scheibe gemalt hatte. »Es tut mir leid«, sagte sie, ohne ihn anzusehen. »Es ist nicht deine Schuld. Ich bin einfach … Ich weiß nicht, was ich machen soll.«

»Du musst es ihnen sagen, Cordy. Du musst es deiner Familie sagen.«

»Ich weiß nicht. Rose wäre natürlich begeistert, ein weiteres Beispiel dafür, dass ich die Idiotin bin, auf die sie mit dem Finger zeigen kann. Und Bean sitzt selber in der Scheiße und hat genug damit zu tun.«

»Das heißt, du willst es ihnen einfach verschweigen? Früher oder später kriegen sie es sowieso raus.«

»Ich weiß. Wahrscheinlich habe ich einfach gehofft, ich könnte so lange warten, bis …« Sie führte den Satz nicht zu Ende. Sie wusste nicht, was sie für den richtigen Zeitpunkt gehalten hatte, an dem sie es uns sagen würde.

»Bis wann?«

»Ich weiß es nicht«, sagte Cordy. Doch sie wusste es. Bis es an der Zeit war, aufzubrechen. Bis es an der Zeit war, den Staub von den Füßen zu schütteln und zu verschwinden. Denn genau so macht Cordy es. Cordy verabschiedet sich leichter als irgendjemand sonst, den wir kennen. Keine gebrochenen Herzen, keine Schuldzuweisungen, lediglich eine geisterhafte Spur in der Nacht, und weg ist sie.

Sie warf ihren Zopf über die Schulter und sah Dan an. Tränen liefen ihr über die Wangen, und sie schniefte kräftig und wischte sich mit dem Handrücken über die Nase. »Im Augenblick passiert gerade so viel. Ich finde es nicht in Ordnung, ihnen auch das noch aufzuhalsen. Da ist das mit meiner Mom, und mein Dad scheint nicht von dieser Welt zu sein. Ich sollte mich vor dir nicht so gehenlassen. Aber ich habe einfach das Gefühl, da ist niemand, mit dem ich reden kann.«

»Ich bin da«, sagte Dan und sah in diesem Moment sehr lieb und edelmütig aus. Cordy lächelte unter Tränen. Er nahm ihre

Hand, und so saßen sie da, während die Lüftung ihnen kalten Wind ins Gesicht blies und Cordys Tränen trocknete und der Regen draußen in Nebel überging.

Am nächsten Tag hatte sich das Unwetter verzogen, die Sonne brannte vom Himmel, und dichter Dunst stieg von der nassen Erde auf. Bean und unsere Mutter lagen auf Liegestühlen im Hof, der an den Garten grenzte. Bean trug einen Bikini, der ihre muskulösen Schenkel zeigte, hatte das Haar aus dem Gesicht gekämmt und rauchte, die Sonnenbrille wie runde Fliegenaugen auf der Nase, eine Zigarette. Sie wirkte bereit für die Riviera. Unsere Mutter hatte ihren Liegestuhl aus der Sonne geschoben, bleich und blau geädert sahen ihre Beine unter den Shorts hervor. Der Schal um ihren Kopf war anders gebunden als sonst, die losen Enden fielen ihr über die Schulter wie ein Echo ihrer verlorenen Locken. Sie las in einer Zeitschrift unbekannter Herkunft. Wir interessierten uns nicht besonders für Zeitschriften, doch ein oder zwei Exemplare lagen immer irgendwo herum, meist hatten wir sie diskret bei unserem Zahnarzt mitgehen lassen.

»Bean! Was machst du da?«, fragte Rose, ließ die Fliegengittertür hinter sich zuknallen und trat auf den mit Ziegeln gepflasterten Hof hinaus.

Gemächlich, als hätte sie keine Ahnung, worauf Rose anspielte, führte Bean ihre Zigarette an die Lippen, zog einmal tief, blies den Rauch aus und sog ihn durch die Nase wieder ein. Rauchwolken stiegen auf, blau und gekräuselt, hingen in der reglosen Luft. »Ich nehme ein Sonnenbad«, sagte sie.

»Du rauchst in Moms Nähe«, zischte Rose. »Möchtest du, dass sie auch noch Lungenkrebs kriegt?« Sie machte eine Bewegung, als wollte sie Bean das corpus delicti aus der Hand nehmen, doch Bean ließ den Arm sinken und die Hand lässig über die Lehne baumeln, die Zigarette immer noch zwischen den Fingern.

»Ich dachte, wir zielten auf Dreifach-Krebs. Haut, Lunge, Brust.«

»Das ist nicht komisch«, sagte Rose, frustriert von Beans offensichtlicher Gefühllosigkeit und der mangelnden Bereitschaft unserer Mutter, selbst Stellung zu beziehen. Mit melodramatischer Geste wedelte sie mit der Hand vor ihrem Gesicht herum, um demonstrativ den Rauch zu vertreiben. Sie trug eine weitere Kombination aus ihrem schier endlosen Vorrat an Tuniken und Hosen mit lockerem Bund. Das Muster ließ sie wie eine wütende Kunstlehrerin aussehen.

»Schon gut, Rose«, sagte unsere Mutter. Sie blätterte in ihrer Zeitschrift. »Ich liege ohnehin auf der windabgewandten Seite.«

»Gar nicht gut«, beharrte Rose. Bean nahm einen letzten, trotzigen Zug aus ihrer Zigarette und drückte sie dann in dem Aschenbecher neben ihren Füßen aus.

»Reg dich nicht auf, Rosie. Ich muss sowieso zur Arbeit.« Bean stand auf, nahm das Marmeladenglas, aus dem sie getrunken hatte, und küsste unsere Mutter auf die Stirn. »Ich wünsche euch einen schönen Tag.« In einer Wolke aus Kokosnuss, Schweiß und beißendem Zigarettenqualm verschwand sie ins Haus. Eigentlich hatte sie sich bei Rose dafür bedanken wollen, dass sie in der Bibliothek ein gutes Wort für sie eingelegt hatte, doch die ständigen Attacken machten es ihr schwer, sich dankbar zu zeigen. Wir alle hofften, dass, was immer Rose gerade zu schaffen machte, sich lösen würde, und zwar bald. Es war, als würden wir mit einer ungewöhnlich herrschsüchtigen Dreizehnjährigen zusammenleben. Aufs Neue.

Mit einem melodramatischen Seufzer ließ Rose sich in Beans leeren Liegestuhl fallen, der noch warm war von ihrem Körper und ein wenig glitschig vom Sonnenöl. »Es ist nicht fair«, sagte sie.

»Was ist nicht fair?«, fragte unsere Mutter. Sie ließ die Zeitschrift auf ihre Brust sinken, wo sie schief liegenblieb. Rose wandte den Blick ab. In gewisser Weise fiel es ihr weniger schwer, unserer Mutter so intim beim Baden zu helfen, als auf die leere Stelle unter ihrer Kleidung zu schauen.

Rose zog einen Schmollmund. »Wieso kriegen die immer alles?

 Ich habe alles richtig gemacht, und sie machen gar nichts, trotzdem geht alles immer gut für sie aus.«

»Wäre es dir lieber, wenn sie für ihre Fehler bestraft würden?«

Rose dachte darüber nach. *Manch einem wird verziehen, manch and'rer wird bestraft.* Sie malte sich aus, wie Bean mit klimperndem Glücksbringerarmband und verrutschten Stilettos auf dem Streckbett lag und die Folterer ihr die Glieder immer weiter auseinanderzogen. Für Cordy vielleicht Wasserfolter, ein langsames, schmerzhaftes Tröpfeln. Keine dieser Vorstellungen verschaffte ihr Vergnügen. Vielmehr verachtete sie sich selbst dafür, dass sie sich überhaupt so etwas vorgestellt hatte.

»Nicht bestraft. Nur ... wieso geht für sie immer alles gut aus und für mich nie?« Rose stand auf und zog ihren Stuhl aus der Sonne.

»Was ist denn für dich nicht gut ausgegangen? Du hast doch einen Beruf, einen reizenden Verlobten. Du bist schön und klug und hast alles erreicht, wofür du gearbeitet hast. Es liegt Segen auf deinem Leben, Rosie.«

Rose murmelte etwas Unfreundliches, und unsere Mutter streckte den Arm aus und berührte sanft Roses Hand.

»Wir waren immer so stolz auf dich. Auf euch alle. Und wenn deine Schwestern es ein wenig schwerer haben, ihren Weg zu finden, dann ist das kein Grund, darüber enttäuscht zu sein. Sie brauchen einfach ein wenig mehr Unterstützung als du. Du warst immer so unabhängig. Selbst als Baby wolltest du so viel früher als Bean und Cordy nicht mehr an der Brust trinken. Du wolltest das Fläschchen, weil du dich dann beim Trinken umsehen konntest.« Sie hielt einen Augenblick inne und lachte. »Ich schwöre dir, du hast aus reinem Trotz zu krabbeln angefangen, weil ich dir nicht schnell genug war.« Zittrige Schatten wanderten über ihr Gesicht, sobald sie den Kopf unter dem breiten Schlapphut bewegte. Sie lächelte, und Rose konnte die Falten um ihre Augen und ihre Lippen sehen.

Rose musste lächeln, auch wenn ihr ein Kloß im Magen lag. Sie hörte zu gern Geschichten von sich als Baby. Ihr wurde dann immer ganz warm ums Herz, und sie fühlte sich besonders, als wäre sie wieder die Eine und Einzige anstatt eine von Dreien.

»Es kommt mir einfach nicht fair vor«, seufzte Rose. Bean besaß die schönen Kleider und auch den Körper dafür, mit Cordy wollten immer alle unbedingt zusammen sein, ihr Lächeln schien ein Licht auf den zu werfen, der ihre Gesellschaft suchte. Und sie selbst? Sie war die langweilige, verlässliche Rose und würde es immer sein. Nicht schön und niemand Besonderes. Hasste sie sich, oder hasste sie uns? Der Unterschied war ihr so eindeutig vorgekommen, als sie sich hingesetzt hatte.

»Was bekümmert dich, Rosie?«, fragte unsere Mutter. Sie strich mit den Fingern behutsam über die Hand unserer Schwester. Die Haut unserer Mutter war immer blütenzart gewesen, ebenso tröstlich wie ihre Worte. Für intellektuelle Anregungen mögen wir uns ja an unseren Vater wenden, doch die Seelentrösterin ist unsere Mutter.

»Es ist wegen Jonathan«, sagte Rose. »Ihm wurde in Oxford eine Gastprofessur angeboten« – oder hatte er sie angenommen? »Für zwei Jahre.«

»Du meinst, zusätzlich zu dem Jahr, das er bereits hat?«, vergewisserte sich unsere Mutter.

Rose antwortete mit einem Nicken. Hinten im Garten konnte sie die Bienen zwischen den Blumen hin und her fliegen sehen. Sie konnte die dunklen Tupfer in den Blüten der Stiefmütterchen sehen, die den Weg säumten. *Da ist Vergißmeinnicht, das ist zum Andenken: ich bitte Euch, liebes Herz, gedenkt meiner! Und da ist Rosmarin, das ist für Treue.* »Er möchte, dass ich zu ihm komme. Und dort mit ihm lebe.«

»Und?«, fragte unsere Mutter.

»Und das bedeutet, dass ich mich nicht auf die Stelle in Barnwell bewerben könnte.«

»Ah ja«, sagte unsere Mutter. Sie legte die Zeitschrift wieder auf ihren Schoß, blätterte eine Seite um. »Aber du weißt nicht, ob du die Stelle in Barnwell auch bekommen würdest, sehe ich das richtig?«

»Nein. Sie müssten sie landesweit ausschreiben. Aber sie würden mich wählen, da bin ich mir sicher. Das hat Dr. Kelly jedenfalls gesagt.«

Unsere Mutter lächelte. »Du hast also das Gefühl, zwischen deiner Karriere und Jonathan wählen zu müssen.«

»Genau dazu zwingt er mich.«

»Ich glaube nicht, dass er dich zu irgendetwas zwingt. Er hat dir doch kein Ultimatum gestellt, oder? Hat er gesagt, er würde gern mit dir darüber sprechen?«

»Irgendwie schon«, gab Rose widerwillig zu. »Er möchte, dass ich ihn besuchen komme. Er sagt, dann würden wir darüber reden.«

Unsere Mutter nickte nachdenklich. »Also ich finde, du solltest den armen Mann auf alle Fälle besuchen. Wahrscheinlich ist er ziemlich einsam.«

»Er klingt nicht so.« Rose war gereizt. Wenn nicht einmal unsere Familie auf ihrer Seite stand, wie gering war dann erst die Chance, dass er es tat?

»Sei nicht eingeschnappt, Liebes. Davon kriegst du Falten.« Rose sah unsere Mutter an, die in ein herzliches, perlendes Lachen ausbrach. »Das war ein Witz. Was könnte schlimmstenfalls passieren, wenn er die Stelle annähme und du hinfahren und mit ihm dort leben würdest?«

»Mir würde die Stelle in Barney entgehen.«

»Es gibt noch andere Institute.«

»In England würde ich nichts finden.«

»Dann müsste Jonathan dich eben für eine Weile unterstützen. Du bist schließlich nicht teuer im Unterhalt, Rose. Du bist nicht Bean.«

Rose schloss die Augen, doch vor dem Schwarz ihrer Lider summten die Bienen immer noch rote Muster. »Aber was würde ich denn da machen? Jonathan würde arbeiten, und ich wäre einfach nur was? Hausfrau?«

Schweigen folgt. Denn natürlich ist unsere Mutter genau das. Schuldbewusst fällt Rose ihr Gespräch mit Bean wieder ein, doch gegen das Gefühl, das Leben unserer Mutter sei weniger als das, was sie sich für sich selbst wünscht, kommt sie nicht an. Was macht unsere Mutter mit ihren Tagen? Sie liest, sie kocht, sie kümmert sich um ihren Garten. Rose kommt dieses Leben so klein vor. Und dann schimpft sie sich dafür, dass sie so denkt, denn was macht ihr eigenes Leben so großartig? Bean und Cordy haben wenigstens Drama in ihrem Leben. Was nicht heißt, dass Rose sich Drama wünschen würde; möglicherweise neidet sie ihnen den glamourös-dramatischen Glanz, doch mit dem, was Dramatik in ihrem eigenen Leben angerichtet hat, ist sie noch nie zurechtgekommen. Und hat sie nicht ein gutes Leben gehabt, unsere Mutter? Hat sie nicht Kinder großgezogen und gute Bücher gelesen und gelacht, ist gereist und seit wie vielen Jahren verheiratet, dreißig? Wenn man sich die Statistik von Barnwell ansieht, dann ist die halbe Stadt arbeitslos, doch das ist nur theoretisch richtig, nicht praktisch. Barnwell steckt voller Menschen wie unsere Mutter. Sie sind mit Partnern verheiratet, die sie irgendwo zwischen den Maisfeldern abgesetzt haben und mit nichts als einem Kuss und der fröhlichen Aufforderung, sie sollte einfach loslegen und in der Mitte von Nirgendwo ein Leben aufbauen, ins akademische Wettrennen gestartet sind.

»Tut mir leid«, sagte Rose. »Ich wollte nicht, dass …«

»Kind, du trägst die Züge deines Vaters«, sagte unsere Mutter überraschenderweise. Bei ihr erwartet man es am wenigsten, dass sie den Unsterblichen zitiert. »Er würde verrückt, wenn er nicht die ganze Zeit beschäftigt wäre.«

»Es geht mir nicht unbedingt nur darum, beschäftigt zu sein. Ich habe einfach gerne ein klares Programm. Ich weiß immer gerne, was als Nächstes geschieht. Und ich möchte nicht faul werden.«

»Ich kenne dich, Rose. Du würdest es dir nie erlauben, so lange stillzusitzen, dass du Moos ansetzt.«

»Du meinst also, ich soll hinfahren?«, fragte Rose und sah unsere Mutter ernst an, als sei sie froh über ihre Aufforderung.

»Ich finde, hier klopft eine Chance an die Tür«, sagte unsere Mutter und tippte, um ihre Behauptung zu unterstreichen, auf die metallene Armlehne ihres Liegestuhls. Was ein hohles, hallendes Geräusch verursachte, das in Roses Ohren herb und unheilvoll klang.

Eines Morgens fuhr Bean ihren Wagen vor der Arbeit in die Werkstatt. Sie hatte ihn vor ihrem Weggang aus New York für 300 Dollar gekauft – schließlich besitzt in der Stadt kein Mensch ein Auto –, und jetzt war er nur noch ein Albatros, eine Erinnerung daran, dass sie in die Flucht geschlagen worden war. Als unser Vater dann eine Bemerkung über diesen ständigen Schandfleck in unserer Einfahrt fallen ließ (*»Welch scheußlich Todesschauspiel vor den Augen!«*), verstand Bean den Wink und rief die Frau des Mechanikers an, die sich freundlicherweise bereit erklärte, ihr den Wagen abzunehmen. Bean wusste, dass die neunstündige Fahrt von New York den Motor das letzte bisschen Leben gekostet hatte und dass die Absicht, ihn ihr abzukaufen, eine Geste des guten Willens war und kein Geschäft. Und jetzt war er also weg, und sie hatte hundert Dollar in ihrer Handtasche, die fünf Mal so viel gekostet hatte, und war auf dem Weg in ihr neues glamouröses Leben als Kleinstadtbibliothekarin. *Es fällt die reifste Frucht zuerst.*

Doch sie musste zugeben, dass allein der Aufenthalt in der Bibliothek sie friedvoll stimmte. Es gab so viel zu lernen und doch wieder nichts, denn sie wusste auswendig, wie das Licht durch jedes einzelne Fenster fiel, kannte jede Falte im Teppich und den speziellen Geruch der Bücher, der am Ende des Tages in ihren Kleidern hing. Sie fühlte sich sicher. Und Mrs. Landrige, eine Person, die gleichermaßen Liebe wie Furcht in ihr weckte, war so hinfällig geworden. Das war Bean erst aufgefallen, seit sie den ganzen Tag mit ihr verbrachte – Mrs. Landrige war kaum von ihrem Stuhl aufgestanden, und wenn, dann mit vor Anstrengung gefurchten Brauen, und sie benutzte einen Stock, mit dessen Hilfe sie sich langsam durch den Raum bewegte.

Da sie zu zweit waren, gab es wenig zu tun, und so schritt Bean eines Tages (unnötigerweise) die Regale ab, rückte ein Buch zurecht oder stellte es um, wenn es sich von seiner Herde entfernt hatte, als sie Aidan hereinkommen sah. Aus den Augenwinkeln war ihr sein Haar aufgefallen, und sie hatte gerade noch Zeit, sich den Staub vom Rock zu klopfen und einen Knopf ihrer Bluse zu öffnen, bevor er sie zu ihrer Überraschung am Ellbogen berührte. Seine Hand fühlte sich warm und verschwitzt an. Er trug einen Stapel leicht zerknitterter Papiere.

»Father Aidan«, sagte sie. Ihre Bibliotheksstimme hatte sich mit ihrer Kneipenstimme zusammengetan und klang leise, ehrfürchtig und ein wenig belegt. »Was machen Sie denn hier?«

»Ich kriege in der Kirche nichts geschafft. Ständig kommt jemand. Dies hier ist mein geheimes Refugium.«

»Nicht mehr besonders geheim, fürchte ich, jetzt, wo Sie es mir verraten haben«, sagte Bean. Sie drehte sich so, dass sie ihm direkt ins Gesicht sah, und war dankbar für die ungewöhnlich intime Nähe, die durch die Örtlichkeit gegeben war. Er sah eher nach Surfer als nach Pfarrer aus mit seiner ins Haar geschobenen Sonnenbrille, dem weiten weißen Hemd über den Cargo-Shorts, den unglaublich kräftigen Waden sowie den Sandalen an den Füßen. Selbst die Härchen an seinen Beinen schimmerten in der Sonne, warfen kupferne Schatten.

»In einer Kleinstadt gibt es wahrscheinlich keine Geheimnisse«, sagte er.

Oh, wenn Sie wüssten!

»Aber ich bin froh, dass ich Sie zufällig treffe. Arbeiten Sie hier?«, fuhr er fort.

»Sozusagen«, sagte Bean. »Was gibt's?« Sie lehnte sich gegen die Regale, kreuzte die Füße und brachte so den Schwung ihrer Hüften unter dem engen Rock zur Geltung. Natürlich hatte Bean ihren Kleiderschrank nach einer Kombination durchwühlt, die zu ihrer Rolle passte, und natürlich war sie fündig geworden. Ihre Bluse war kurzärmlig und gerüscht, der Rock knielang. Einen Augenblick lang hatte sie sogar erwogen, eine Brille zu tragen, sich dann aber dagegen entschieden.

»Ich denke darüber nach, einige jüngere Gemeindemitglieder für freiwillige Dienste zusammenzutrommeln. Junge Menschen um die zwanzig und frisch Verheiratete.«

»Gibt es von denen denn so viele?« Beans Vorstellung von der Kirche, besonders im Sommer, bestand hauptsächlich in einer Menge weißer Häupter. Ihre nächste Frage: Wollen Sie, dass ich mich am *Freiwilligendienst in der Gemeinde* beteilige? schluckte sie herunter.

»Wir sind wahrscheinlich fünfzehn bis zwanzig, das ist mehr als genug. Drüben in Cadbury bauen sie gerade Häuser für das Projekt ›Habitat für Menschlichkeit‹. Ich dachte, wir könnten vielleicht ein Wochenende hinfahren. Und die Idee mitnehmen. Und während der Semesterzeiten können wir uns auf einer Fahrt in der Stadt erkundigen, ob irgendwelche Gemeinden dort etwas mit uns gemeinsam machen wollen.«

»Das klingt gut. Ich finde solche Sachen toll«, erklärte Bean. Das war gelogen. Bean war zwar ein freundlicher Mensch, aber an freiwillige Gemeindearbeit hatte sie noch nie einen Gedanken verschwendet. Obwohl (oder gerade weil) sie so lange in einer Stadt gelebt hatte, in der es um sie herum so viel Elend gab, hatte sie den Gedanken, etwas für ihre Mitmenschen zu tun, bis zu diesem Moment völlig verdrängt.

»Großartig. Kommen Sie einfach vorbei, dann stellen wir eine Liste zusammen und machen ein paar Anrufe?«

»Prima. Übermorgen? Wenn ich hier fertig bin?«

»Das passt gut. Ich muss allerdings um sechs gehen. Ich fahre in die Stadt, ein paar Freunde besuchen.«

»Oh«, sagte Bean. Ehrlich gesagt, hatte sie gehofft, sie würden das Geschäftliche erledigen, dann würde sie ein Glas Wein vorschlagen, und dann würden sie miteinander plaudern …

»Also bis dann«, sagte er und verschwand zwischen den Regalen.

Bean stellte sich wieder aufrecht hin und dehnte die Schulterblätter, wo die Bücher sich ihr ins Fleisch gegraben hatten. Lässig zu wirken war so anstrengend.

Sie machte sich wieder daran, Bücher geradezurücken, ließ den Finger über die verschieden hohen Rücken gleiten. Sie fand es interessant, dass manche Regale sehr viel staubiger waren als andere. Offenbar interessierte sich in Barnwell niemand allzu sehr für Selbsthilfebücher und Kochkistenrezepte.

Aidan war ihr ein Rätsel. Würde es sich um New York handeln, wäre sie ziemlich sicher, dass er ihr nachstellte, so häufig, wie er ihr ständig über den Weg lief, doch hier war die Wahrscheinlichkeit, dass man Menschen öfter begegnete, sehr viel größer. Das Ganze war sicher Zufall. Außer heute, da hatte er eindeutig mit ihr sprechen wollen. War er etwa … an ihr interessiert?

Jemand hatte auf einem Tisch ein paar Bücher liegen lassen, und Bean hob sie im Vorbeigehen auf, sah beiläufig auf die Nummern und suchte dann ihr Zuhause. Mit Aidan anzubändeln lag durchaus im Bereich des Möglichen – er war jung, alleinstehend und sah gut aus, und sie ebenfalls.

Ihr besseres Ich meldete sich zu Wort, sie schüttelte den Kopf und stellte das letzte verirrte Buch zurück an seinen Platz. Ja, Beany, du wärst ihm eine tolle Partnerin. Mit deinen Unterschlagungen, dem Ehebruch und dem Alkohol! So eine Frau wünscht sich jeder Mann – eine leicht alkoholsüchtige, herumschlafende Diebin.

Nein, er war einfach nur nett zu ihr. Und genauso würde sie es auch verstehen. Gut, vielleicht könnte sie ein bisschen weniger trinken. Und darauf achten, dass sie hübsch aussah, wenn sie zum Joggen ging, für alle Fälle. Und Edward … Noch war sie nicht bereit, von dieser speziellen Droge zu lassen. Nein. Es war so schön, für eine Weile alles zu vergessen.

Vierzehn

Die Neonleuchte flackerte, drohte völlig zu erlöschen. Cordy starrte nach oben ins Licht und wartete, ihr brannten die Augen von dem Discokugel-Gestotter. »Jetzt wird es ein bisschen kalt«, sagte die Krankenschwester und hielt eine Tube mit Gel hoch und tröpfelte eine dünne Linie auf Cordys Bauch, als würde sie einen Eisbecher verzieren. Es fühlte sich tatsächlich kühl an, wenn auch weniger unangenehm als das kalte Stethoskop oder, schlimmer noch, ein eiskaltes Spekulum. Cordy drehte den Kopf, um den Monitor im Blick zu haben, während die Krankenschwester den Stab auf ihren Bauch presste.

Vorerst noch nichts, verschwommenes Weiß, der Druck des Plastikdings auf ihrem Bauch, dann drückte die Krankenschwester stärker und bewegte die Hand hin und her. »Ihre Gebärmutter ist nach hinten gekippt«, verkündete sie im Plauderton, und Cordy sagte: »Oh«, als wüsste sie, was das bedeutet.

»Das ist nicht schlimm«, sagte die Krankenschwester und drückte weiter. »Im zweiten Drittel wird sie sich aufgerichtet haben.« Sie fuhr mit dem Stab über Cordys Bauch, hielt dann inne und drückte erneut.

»A-ha!«, sagte sie, als hätte sie gerade eine verlorengegangene Kontaktlinse aufgespürt, und setzte mit ein paar Mausklicks winzige Pluszeichen auf den Bildschirm. Sie drückte wieder, glitt über die glitschige Gelschicht und klickte erneut. »Sieht nach etwa der zehnten Woche aus«, erklärte sie.

Cordy spähte auf den Schirm und versuchte, in dem verschwommenen Kieselgrau etwas auszumachen. Das Bild weitete sich wie der Schein einer Taschenlampe in einem Cartoon, und in der Mitte erkannte sie den nierenförmigen dunklen Fleck ihrer Gebärmutter. Darin ein weißer Kreis wie eine geballte Faust, der rundum mit winzigen Pluszeichen markiert war. Der Körper glich weniger einem Baby als einem winzigen Fremdkörper, einem Gallenstein oder einem Geschwür, und Cordy starrte neugierig darauf und fragte sich, woher dieses Etwas wohl kam.

Jetzt drehte sich das winzige Ding in ihr, und Cordy konnte die deutlich ausgebildeten Wirbel eines Rückgrats und den geschwollenen Kopf eines Aliens erkennen, und auf der Stelle liebte sie es in all seiner ungeformten Hässlichkeit.

»Meins«, flüsterte Cordy kaum hörbar und streckte die Finger nach dem Bildschirm aus. »Meins.«

Bisher hatte ihr noch nie etwas allein gehört. Kleider, Bücher, Spielsachen, Witze, die einmal Rose oder Bean gehört hatten – oder, noch schlimmer, beiden –, landeten später bei Cordy. Der Fluch des Weitervererbten. Neu für mich, nicht neu an sich. Cordy denkt speziell an ein Kleid, das sie unbedingt hatte haben wollen, und daran, wie ungeduldig sie auf den Tag wartete, an dem es ihr gehören würde, während sie zuschauen musste, wie es von Rose zu Bean wanderte. Weicher, braun karierter Stoff mit kleinem, rundem Kragen und Puffärmeln und einem Rock, der wie Glockengeläut um die Knie schwang, wenn man von der Kirche nach Hause rannte.

Sie hatte sich dieses Kleid verzweifelt gewünscht, hatte die Übergabe von Schwester zu Schwester beobachtet und genau registriert, wie oft sie es trugen, und die Tage gezählt, bis es endlich ihr gehören würde. Der Stoff wurde fadenscheinig und verwaschen, die Spitze am Kragen löste sich von der Unterlage, unsere Mutter flickte es. So gut wie neu. Aber nicht neu. Und dann endlich der Tag, an dem Bean herausgewachsen war und es weglegte. Cordy fischte es aus dem Kleiderhaufen in der Waschküche, rannte damit in ihr Zimmer und schlüpfte hinein.

Es war zu klein. Bean war eine Spät-, Cordy eine Frühentwicklerin, beide wuchsen zur selben Zeit in ihren Teenagerkörper hinein, und nun passte es nicht. Die Knopfleiste mit den winzigen Perlmuttknöpfen klaffte über der Brust auseinander, die zierlichen

 Ärmel spannten, wenn sie die Arme vorstreckte, und der feminine Kragen würgte sie. Cordy riss sich das Kleid vom Körper, stopfte es in den Mülleimer und betrauerte es noch Jahre später bitterlich.

Doch dieses Baby würde für alle Zeiten ihr gehören. Das wärmende Gefühl des Staunens hielt an, während sie sich anzog, mit zärtlichem Respekt für ihren geschwollenen Bauch in ihre Kleider schlüpfte und aus der sterilen Praxis über den Parkplatz auf Dans Auto zuschwebte. Er hatte sie fahren wollen, doch sie hatte darauf bestanden, allein zu gehen. Plötzlich überfiel sie eine heftige Übelkeit. Sie versuchte, sich darauf zu konzentrieren. Eine Hand an der Wagentür, schluckte sie den aufquellenden Mageninhalt hinunter, drehte sich dann um und lehnte sich gegen das warme Metall.

Jetzt gab es kein Davonlaufen mehr. Kein Sich-treiben-Lassen im Strom des Lebens, kein Aufgabeln von Typen nach Lust und Laune und kein Flüchten vor unbezahlten Rechnungen, unerwünschten Liebhabern und unbefriedigenden Jobs. Dieses weitergereichte Etwas würde bleiben. Für immer.

Cordys Augen wurden nass, sie wischte sie mit dem Ärmelaufschlag trocken und blinzelte in der Sonne. Der Autoschlüssel drückte im Rücken, ein beruhigender Schmerz.

Aber sie könnte doch weggehen, oder etwa nicht?

Sie könnte sich in dieser Minute davonmachen, in den Tiefen der Landkarte verschwinden, in eine neue Stadt, ein weiteres neues Leben stolpern. Die Verlockungen eines vollen Tanks und einer unbeschriebenen Zukunft taten richtig weh.

Nein. Das konnte sie nicht. Denn selbst in diesem neuen Leben würde sie immer noch das Baby in sich tragen. Sie würde nie wieder verschwinden können.

Durch endlose wogende Getreidefelder, saftig grün in dem regenreichen Sommer, fuhr sie zurück nach Barnwell. Sie ging durch die leere Küche der Beanery nach hinten, ließ den Autoschlüssel auf Dans Schreibtisch fallen, ohne kurz Hallo zu sagen, und lief

zu Fuß nach Hause; ihre Hände ruhten dabei auf ihrem Bauch.
Und obwohl dies weder praktisch noch theoretisch möglich war, hatte sie das Gefühl, als hätte sie den Tag mit leeren Händen begonnen und beendete ihn nun mit etwas, das sie ihr eigen nennen konnte. Als Dan nach der Arbeit vorbeikam, stand sie in der Küche und knetete Teig und schaute durchs Fenster auf die Sprinkleranlage, die im Schein der untergehenden Sonne in hohem Bogen Wasser spuckte.

Dan lehnte mit gekreuzten, hobbitmäßig behaarten Armen am Tresen. Seine Stimme klang leise und tief und erinnerte Cordy an das grollende Geräusch, wenn ein Mann mit ihr redete, während ihr Kopf auf seiner Brust lag. »Was wirst du jetzt tun?«, fragte Dan und beugte sich vor. Seine Augenbrauen wölbten sich in dunklen, breiten Bögen über den Augen.

Der Teig lag warm und elastisch in Cordys Händen, und sie rollte ihn lustvoll zwischen den Fingern, wendete ihn in dem Fett, das weiß die Innenwand der Schüssel bedeckte. Sie schob die Schüssel wieder in die Mitte des Backofens und breitete ein feuchtes Küchentuch darüber. »Ich werde es kriegen«, sagte Cordy. »Ich werde das Baby kriegen.«

Dan nickte, wandte den Blick von Cordy und sah zum Kühlschrank, wo wir jahrelang Kunstwerke und selbstgefertigte Magnete aufgehängt hatten und der jetzt als Ablage diente für abgelaufene Coupons, Merkzettel von Rose, die niemand las, und einen Satz Shakespeare-Magnet-Lyrik, der kürzlich zu einigen Verszeilen zusammengeschoben worden war, darunter »Zunge gallig guten Muts unter Rittern« und »Käthchen entschieden Erröten gelandet Haine holla geküßt.« (Autoren: unser Vater, Erstere, Bean, Letztere. Man hätte es doch anders herum vermutet, nicht wahr?)

»Wann ist es so weit?«, fragte er.

»Weihnachten«, sagte sie. »Um die Zeit herum. Du hältst mich doch nicht für einen schlechten Menschen, oder?« Sie sah ihn mit großen, leuchtenden Augen an.

»Wieso sollte ich?«

»Ich kann mir ein Baby nicht leisten«, sagte sie. »Das sah mein Plan eigentlich nicht vor.«

»Es gibt einen Plan?«, fragte er und tat überrascht. »Niemand sagt mir etwas. Lass mich mal einen Blick auf den Plan werfen.« Er schlug mit der Handfläche auf den Backofen, und die Schüssel zitterte freundlich.

»Sei doch nicht blöd«, sagte Cordy. »Ich gehöre zu den Frauen, über die Dokumentarfilme gedreht werden. Eine Last für den Staat.« Sie betrachtete düster ihre Hände, an denen noch Teig klebte, ging zur Spüle und wusch ihn ab.

»Einverstanden. Und jetzt lass uns mal nicht das Pferd beim Schwanz aufzäumen«, sagte Dan. »In deiner momentanen Situation wäre es nicht gerade die klügste Entscheidung. Aber für dich ist sie richtig. Also triffst du diese Entscheidung und bleibst dabei, oder du verbringst neun Monate damit, dir hin und her zu überlegen, ob du nicht einen Fehler gemacht hast.«

»Genau«, sagte Cordy, und ihre Stimme sank erneut zu einem Flüstern herab. Sie trocknete ihre Hände am Geschirrtuch ab, und schon schlüpften sie zurück auf ihren Bauch. *Meins.* Nichts hatte jemals ihr gehört. Gar nichts.

Es hatte Bean überrascht, wie schwer es war, Gutes zu tun. Aidan war mit ihr ein Dutzend Wohltätigkeitsprojekte durchgegangen, doch jedes einzelne war für die nächsten drei Monate ausreichend mit Freiwilligen versorgt. Wer hätte das gedacht?

Als sie schließlich am Ende der Liste angekommen waren, bei dem Haus-Projekt, das Aidan ursprünglich vorgeschlagen hatte, war sie kurz davor, zu lügen und zu behaupten, auch das sei voll. Draußen arbeiten? Bei dieser Hitze?

Doch sie konnte es sich eigentlich nicht leisten, Gott noch mehr zu ärgern, als sie es tagtäglich ohnehin schon tat, und einen Pfarrer anzulügen und ein Wohltätigkeitsprojekt um seine freiwilligen Helfer zu bringen würde dann doch schon fast ausreichen, dass ein Racheengel sie niederstreckte. Sie hatte also brav angerufen, und natürlich waren sie hocherfreut über das Angebot. Natürlich.

Sie lieh sich bei Cordy ein paar Klamotten aus, die auch nicht schmutziger hätten werden können, wenn sie die körperliche Arbeit sein gelassen und sie direkt im Dreck gewälzt hätte, beschränkte ihr Make-up auf Sonnenschutz, Wimperntusche und Fettstift für die Lippen und machte sich auf den Weg zur Baustelle. Sie hockte auf der Motorhaube, baumelte mit den Beinen und pfiff, als Aidan mit einer Schar Freiwilliger von St. Markus eintraf.

Sie hatten sich auf möglichst wenige Autos verteilt. Das hätte Bean wissen müssen. Gute Menschen machten das so.

Aidan schüttelte den Kopf, als er sie sah. »Bianca«, sagte er, »Sie sehen viel zu fein für die Arbeit aus.« Sie blickte überrascht an sich hinunter, denn vor ihrem Aufbruch hatte ein Blick in den Spiegel sie davon überzeugt, dass man sie frisch von der Straße weg für eine Wiederaufnahme von *Oliver!* als zweite Besetzung einer Waisenrolle engagieren könnte. Er tippte mit den Fingern auf den Bügel ihrer Sonnenbrille. Ihre Hand fuhr schützend hoch und bedeckte das Perlmutt-Logo. Nun, die hätte ja auch aus Chinatown stammen können. Woher wollte er das wissen.

»Ich habe keine Angst, mich schmutzig zu machen«, sagte sie, und die übergroßen Gläser verbargen jedes unsichere Flackern in ihren Augen. Sie machte einen Schmollmund, schüttelte ihr Haar. Hielt ihm ihre unlackierten Hände hin. »Auf geht's.«

Bean kannte keinen der anderen Freiwilligen. Die Leute, die sie noch aus ihrer Schulzeit kannte, waren flügge geworden, genau wie sie selbst, wenn auch wohl ohne eine so spektakuläre Bauchlandung. Ihre Freunde aus den Tagen der lauten, bierseligen Partys, die zähen Mädchen mit dem grausamen Mund und die bedrohlichen Jungen mit den ungeschickten Händen hatten sich in Luft aufgelöst; waren weggezogen, hatten Jobs – echte Jobs, die jede Woche weniger einbrachten, als diese Sonnenbrille gekostet hatte – oder waren schon in einem Alter Eltern und erwachsen geworden, als sie das Wort Erwachsensein noch nicht einmal kannte.

Doch die Leute aus der St. Markus-Gemeinde waren nett, sie waren freundlich und hießen sie willkommen. Einige kannte Bean aus der Bibliothek, eine junge Mutter, die immer ihre Kinder mitbrachte, das Paar, das das Eisenwarengeschäft gekauft und die Ausrüstung für den heutigen Tag zur Verfügung gestellt hatte. Drei junge, frischgebackene Professoren mit fröhlichen Gesichtern. Und alle stellten sich geschickter an als Bean, wie sie selbst merkte. Zu Hause lebten wir ein Leben des Geistes, und das war ja auch gut und schön, doch manchmal geriet Bean ins Grübeln, damals zum Beispiel, als das Damoklesschwert der Bombe über uns hing, hatte sie sich gefragt, was aus uns werden würde, falls das Ende tatsächlich bevorstand? Niemand würde Menschen wie uns brauchen. Poesie, Kunst überhaupt, wäre nutzlos. Man würde Bauern benötigen und Zimmerleute und Wissenschaftler und Führungspersönlichkeiten. Doch keine in Ungnade gefallene Angestellte, die es mit ihrem verheirateten Vorgesetzten getrieben hat, keine Person mit dem überflüssigen Talent, Shakespeare zu zitieren, und dem frisch erworbenen Wissen über das Registrierungssystem für Bibliotheksbücher.

Denn inzwischen konnte sie, wenn auch zugegebenermaßen nicht ganz mit Mrs. Landriges Elan, einen Büchereibesucher blitzschnell zu den gewünschten Regalen führen, gelegentlich sogar zielstrebig das richtige Buch ansteuern, es aus dem Regal ziehen und ihm in die Hand drücken, um den erfreuten Dank dann lässig abzutun. Doch hier, wo sie Lasten holen und schleppen sollte, fühlte sie sich unbeholfen und im Weg, wenn sie mit ungeschickt vorgestreckten Armen Sperrholzplatten trug und zwischen rieselndem Sägemehl und schmerzhaft in den Ohren dröhnendem Hämmern hin und her hastete. Schon nach kurzer Zeit war sie müde und verschwitzt, schlang ihr Haar zu einem Knoten, wischte sich die Wimperntusche ab, die ihr die schweißnassen Wangen hinunterlief, und versuchte zu vergessen, wer sie eigentlich war und was sie eigentlich hier wollte.

Während der Mittagspause saß sie im Schatten neben der jungen Mutter aus der Bibliothek. »Es ist nett, mal jemanden in meinem Alter kennenzulernen«, bemerkte die Frau. Amanda.

Bean erschrak. Sie sah Amanda an, sah den kleinen Fältchenkranz um ihre Augen, wenn sie lächelte, die Furche zwischen Nase und Mund, die schlecht sitzende Frisur, die breiter werdenden Hüften. Waren sie tatsächlich im gleichen Alter? Bean hatte sich so sehr an die Vorstellung gewöhnt, eine junge Frau um die Zwanzig zu sein, eins dieser tollen Glamourgirls mit dem Wahnsinnsleben, über das dann später Schlüsselromane geschrieben werden. Als sie klein war, hatte sie sich einmal ihr Alter zur Jahrtausendwende ausgerechnet, und das klang so uralt, so sehr nach fernster Zukunft, dass sie es unmöglich mit dem Mädchen in Verbindung bringen konnte, das sie zu dem Zeitpunkt war. Und nun? Hier war sie, und sogar schon über jenes unvorstellbare Alter hinaus.

Sie sackte innerlich zusammen und verzehrte schweigend ihr Sandwich, während Amanda neben ihr weiterplauderte, bis es zum Glück wieder Zeit war, Tragesel zu spielen und Lasten zu schultern.

Abends taten Bean alle Knochen weh, sie hatte überall Splitter, ihr Make-up war gänzlich verschwunden, ihre Frisur vollends aufgelöst (aber auf bezaubernde Art, wie sie in den Fenstern des Dachdeckerlasters überprüft hatte).

»Und? Wie fühlst du dich?«, fragte Aidan. Seine Hand lag auf ihrem Rücken, worauf Bean sich automatisch aufrichtete und ihre Schulterblätter zu Flügeln wurden, das geschah jedes Mal, wenn Bean eine vom Alter gebeugte Greisin erblickte.

»Ich bin fix und fertig«, sagte Bean und verzog den Mund zu einem schüchternen Lächeln. »Aber ich fühle mich gut. Wie nach einer richtig guten Stunde Kickboxen, nur besser.«

Aidan lachte. »Vielleicht sollten wir uns überlegen, ob wir es nicht so an die Leute bringen sollten. Gemeindearbeit als Weg zu körperlicher Fitness.«

»Und in den Franchise-Unternehmen der Einkaufszentren hängen Bilder von uns, auf denen wir uns unsere Jeans in Übergrößen vorhalten.«

»Da hätten wir doch immerhin ein lohnenswertes Ziel«, sagte Aidan. Einige der St. Markus-Helferinnen eilten vorbei. Aidan legte ihnen zum Abschied eine Hand auf die Schulter und schüttelte ihnen mit der anderen kräftig die Hand. Er lachte und erklärte Amanda, er sehe sie am Sonntag in der Kirche. Amanda zögerte kurz, wohl eher in der Hoffnung auf ein Gespräch mit Bean als mit Aidan, ging aber schließlich weiter, und sie waren wieder allein. »Ich bin froh, dass du gekommen bist«, sagte Aidan.

»Ich auch«, sagte Bean und meinte es halb. Es war angenehm, einmal nicht bei einer Flasche Wein oder in Edwards Bett Vergessen zu finden.

»Wenn alles so gut läuft wie heute, können wir mit diesen jungen Gemeindemitgliedern wirklich etwas anfangen. Und es war toll, dass du sie alle so kurzfristig zusammengetrommelt hast. Sollen wir es in zwei Wochen noch einmal versuchen?«

»Wie wäre es mit nächstem Monat?«, schlug Bean vor. »Ich denke, die Leute legen Wert auf ihr Wochenende. Ich natürlich nicht, denn ich bin ja jetzt offiziell eine alte Bibliotheksjungfer, die zu Hause sitzen und mit ihrer Katze Tee trinken muss.«

»Wirklich? Das kommt mir furchtbar ungerecht vor.«

Bean zuckte die Achseln. »Das sind die Regeln. So steht's im Handbuch.«

»Nun, ich denke, wir sollten aufbrechen. Ich muss noch meine Predigt für morgen fertig schreiben, und wie es aussieht, sind die anderen ebenfalls abfahrbereit.«

»Sieh da, unser großer Hinausschieber«, sagte Bean und stupste ihn leicht in die Seite, während sie zum Wagen gingen.

»Das stimmt nicht. Ich möchte nur einfach, dass die Predigt … frisch aus dem geistigen Ofen kommt.«

»Ein kochend heißer Sermon.«

»Genau. Und was ist mit dir?«

»Ich fahre nach Hause«, sagte sie, doch das war eine Lüge.

Bean konnte sich selbst nicht erklären, was sie derart unausweichlich zu Edward zog, nur dass es sie innerlich ebenso krank wie glücklich machte.

»Sag nichts«, erklärte Bean, als Edward ihr die Fliegengittertür aufhielt. Er rauchte eine Zigarre, und von dem säuerlichen Geruch wurde ihr ein wenig übel, als sie an ihm vorbeischlüpfte. »Ich habe den ganzen Tag Gutes getan, und ich weiß, ich sehe furchtbar aus.«

»Und jetzt steht dir der Sinn nach ein bisschen Bösem?«, fragte er und wedelte mit der Zigarre vor seinem Mund herum, bevor er einen weiteren Zug nahm.

»Mir steht der Sinn nach einer Dusche«, erwiderte sie.

»Und dann?«, fragte er neckend.

»Folg mir in zehn Minuten nach oben, dann wirst du schon sehen«, sagte sie.

»Du bist wirklich ein verdorbenes Früchtchen«, sagte er, schickte sie mit einer Geste zu der breiten Treppe in den zweiten Stock und versetzte ihr mit seiner freien Hand einen Klaps aufs Hinterteil. Aus der Stereoanlage erklang Blues, und die Zeitung lag im ganzen Wohnzimmer verstreut. Er hatte sich so schnell wieder in einem Junggesellenleben eingerichtet, dass sie problemlos vergessen konnte, wie schnell sie mit ihren Besuchen hier alles wieder verspielte, was sie an magerem kirchlichem Einsatz an einem Tag wie diesem geleistet haben mochte. Seiner Frau, seinen Kindern, allein durch ihre Gegenwart tat sie ihnen Unrecht. All die Predigten, die wir in unserer Jugend gehört hatten, all die bebilderten Bibelgeschichten, die wir gelesen hatten, bis sie auseinanderfielen, waren umsonst gewesen. Bean ging plötzlich auf, dass sie dabei war, die zehn Gebote abzuarbeiten, dass sie hübsch nacheinander jedes einzelne übertrat, bis von ihrer Seele nichts mehr übrig wäre als ein winziger, zerfledderter Fetzen, der durch das leere Dunkel in ihrem Innern taumelte.

Sie ging zur Treppe, drehte sich um und blickte über die Schulter noch einmal zu Edward zurück. Sie fand, dass er mit jedem

 Treffen unattraktiver wurde; seine Zähne waren immer noch weiß, sein Haar hielt immer noch jeder Prüfung stand, aber sein Gesicht war entstellt von Alkohol und Lebensfrust. Doch als er ihr zuzwinkerte und ihr mit dem Glas in der Hand zuprostete, zwinkerte sie zurück. Und als sie unter dem Wasserstrahl stand, sich den Schweiß und den Schmutz des Tages vom Körper wusch und er zu ihr kam, ließ sie sich wider besseres Wissen erneut bezirzen und aus der kalten, unsicheren Welt und ihrem neuen Platz darin entführen. Das war also ihr Leben. Äußerlich in Ordnung, innerlich faulig. Sie war tatsächlich eine verdorbene Frucht. Verfault bis ins Mark.

Unser Vater saß am Tisch und las in seinem *Riverside-Shakespeare*, als Rose in die Küche kam und sich ihm gegenübersetzte. »Daddy«, sagte sie, worauf er, ohne den Blick von seinem Buch zu heben, den Finger hob. Das war sein Signal – einen Augenblick noch, ich lese. Rose verdrehte die Augen. Es war ja nicht so, dass er das Ende nicht gekannt hätte, welches Stück auch immer er gerade lesen mochte.

Als er fertig war, legte er das Buch auf die aufgeschlagenen Seiten. Rose juckte es in den Fingern, das Buch zu nehmen und ein Lesezeichen zwischen die Seiten zu legen. »Ich brauche einen Rat.«

»Kein Borger sei und auch Verleiher nicht; / Sich und den Freund verliert das Darlehn oft, / Und Borgen stumpft der Wirtschaft Spitze ab«, sagte er mit einem selbstzufriedenen kleinen Lächeln. Oje, Daddy, ein *Hamlet*-Witz. Wie originell. Das hättest du wirklich lassen sollen.

Rose zwang sich zu einem Lächeln. »Danke. Aber mir geht es um die Arbeit.«

»Ah. Die Verlockungen einer Festanstellung«, sagte er. »Was meint Jonathan dazu?«

»Er möchte in England bleiben. Es ist lächerlich. Denn in zwei Jahren werden wir uns wieder nach etwas Neuem umsehen müssen.«

»Es gibt auch noch andere Universitäten. Die Leute ziehen ständig von einem College zum nächsten.«

»Du nicht«, sagte Rose vorwurfsvoll.

»Nein«, gab unser Vater zu. »Aber das war eine andere Zeit. Wegen Vietnam gab es eine Akademikerschwemme, und wir hatten ziemliches Glück, dass wir eine Stelle fanden, und dann noch an einem so prestigeträchtigen College wie Barnwell. Aber du hast Möglichkeiten, wie ich sie nie hatte. Und du arbeitest auf einem Gebiet, das längst nicht so überlaufen ist wie meins.«

»Du willst also sagen, ich soll das Angebot nicht annehmen.«

»Was ich will, ist einzig und allein, dich ganz logisch darauf hinzuweisen, meine kleine Mathematikerin, dass nichts dich dazu zwingt, es anzunehmen.«

»Und wenn ich nun hier keine andere Stelle finde?«

»Dann gehst du eben irgendwo anders hin.«

»Ich kann euch doch nicht allein lassen«, sagte Rose.

Unser Vater zog seine buschigen Augenbrauen zusammen. »Und warum nicht?«

Rose zögerte. »Na ja, wegen Mom. Und Bean und Cordy sind auch noch hier.«

»Und für nichts von alledem bist du verantwortlich, Rose. Niemand hat dich je darum gebeten, für uns zu sorgen. Wahrscheinlich hat es mit den nachlassenden Kräften von deiner Mutter und mir zu tun, dass wir es so lange zugelassen haben. Du hast von jeher die Gabe, dich um andere zu kümmern, doch diese Gabe ist für dich auch stets mit gewissen Opfern verbunden, ob du es nun wahrhaben willst oder nicht.«

Zugegeben, Rose hatte nie darüber nachgedacht, ob ihr jemand gestattet hatte, all diese Verantwortung zu übernehmen. Es war etwas, das sie einfach tun musste: Ein Essen in einem fast leeren italienischen Restaurant, Bean und Cordy spielten Verstecken zwischen den Beinen verlassener Tische, ihr Kreischen ließ die Kellner zusammenzucken, die volle Platten zu dem Tisch trugen, an dem unsere Eltern mit ihren Freunden saßen; und es war Rose, die sie Richtung Eingang dirigierte und mit Buntstiften und einem langen Streifen weißem Einwickelpapier beschäftigte. Und als Cordy bei einem Sommerpicknick der Fakultät kurzerhand ihr Kleidchen auszog und unter die Sprinkleranlage rannte, bis ihre Windel patschnass war, war es Rose, die sie, peinlich berührt von Cordys kindlicher Nacktheit, ins Haus führte, abtrocknete, ihr wieder das gelbe Baumwollkleid anzog und ihr im Rücken ordentlich eine Schleife band. Wenn unsere Mutter vergessen hatte, im Lebensmittelgeschäft etwas für unsere Schulmahlzeit einzukaufen, sprang Rose ein, die wusste, wo das Haushaltsgeld aufbewahrt wurde, nämlich in einem Krug neben der Spüle, und wählte umsichtig Weißbrot und Bolognawurst aus, damit unsere Sandwiches genauso aussahen wie die aller anderen Kinder am Tisch (bis wir in die Kooperative kamen natürlich, wo das Kind neben uns eher Humus in seinem Thermosgefäß hatte als Dosensuppe). Im Wohnzimmer war es stets Rose, die sorgfältig die Asche aus der Pfeife unseres Vaters klopfte, wenn er in seinem Sessel friedlich ein Nickerchen machte. Es stimmt, niemand hatte sie je darum gebeten, diese Dinge zu tun, doch wir hatten uns stets darauf verlassen, dass sie sie tat, und zwar so sehr, dass uns nie in den Sinn kam, wie unfair das womöglich war. Vielleicht hatte sie ja irgendwann selbst angefangen zu glauben, dass sie tatsächlich für all diese Dinge zuständig war.

Doch wenn sie diese Dinge nicht erledigte – wenn sie sich nicht mehr um uns kümmerte –, wer wäre sie dann? Wer wäre Bean, wenn sie ihre schöne Maske fallen ließe? Wer wäre Cordy, wenn sie ihr Leben selbst in die Hand nähme? Wer wäre Rose, wenn sie nicht mehr die Verantwortungsbewusste wäre?

»Du besuchst ihn dort drüben, nicht wahr?«

Rose war überrascht, dass unser Vater das überhaupt mitbekommen hatte. Sie hatte ihre Reise angekündigt, sie in den Familienkalender in der Küche eingetragen, aber fest damit gerechnet, dass sie jeden Einzelnen vor ihrer Abreise noch mindestens ein Dutzend Mal würde daran erinnern müssen. Wann hatte unser Vater damit begonnen, derlei Dinge zu registrieren?

»Fahr einfach hin, alles Weitere ergibt sich.«

»Aber was soll ich machen?«, fragte Rose, noch verlorener als zu Beginn ihres Gesprächs.

»Dies über alles: sei dir selber treu, / Und daraus folgt, wie die Nacht dem Tage, / Du kannst nicht falsch sein gegen irgendwen.«

Ende der Unterhaltung.

Danke, Polonius.

Fünfzehn

Am Abend vor der ersten Bestrahlungswoche unserer Mutter ließ Cordy beim Essen ihre Bombe platzen. Sie hatte Brot gebacken, wie sie es in letzter Zeit ständig tat, und es in einen Korb gelegt – gemahlener Weizen auf buttergelb kariertem Tuch, dampfende Scheiben, die tröstlichen Hefeduft verbreiteten. Rose hatte das Dankgebet gesprochen, und wir wollten gerade anfangen zu essen, als sie uns ihre Neuigkeit eröffnete.

»Ich kriege ein Kind«, sagte unsere kleine Schwester.

Unser Vater, der in Missachtung der Anweisung unserer Mutter, jeweils nur den nächsten Bissen zu buttern, gerade eine ganze Brotscheibe bestrich, hielt inne. Seine Hand mit dem butterverschmierten Messer sank auf das Tischtuch. »O Cordelia«, sagte er, und es lagen Welten in diesen Worten.

Bean blickte auf, kaum überrascht. Sie trug immer noch ihre Arbeitskleidung, eine lavendelblaue Jacke über einem weißen T-Shirt, das in Jeans gesteckt war, die, wie sie behauptete, über dreihundert Dollar gekostet hatten. Mrs. Landrige hätte Jeans nicht gebilligt, trotz des Preisschilds. »Wahnsinn«, sagte Bean.

»Du machst Witze.« Das war Rose, mit schmalen Lippen und zusammengezogenen Brauen.

»Was ist?«, fragte unsere Mutter. Sie summte vor sich hin, schnitt eine Tomate in kleine Stücke, wobei ihr Messer über den Teller kratzte.

Da haben Sie es, kurz und bündig: unsere Familie.

»Ich bin schwanger. Ich kriege ein Kind.« Cordy sagte es noch einmal, als hätten wir sie alle nicht gehört. Nun, unsere Mutter hatte sie tatsächlich nicht gehört, aber das war nichts Neues. Sie reagierte immer mit Verzögerung und verbrachte einen Großteil ihrer Zeit damit, die Gesprächsfäden, die sich über den Tisch spannten, aufzunehmen und für sich wieder zusammenzusetzen.

So vieles erklärte sich jetzt, die Gewichtszunahme, Cordys morgendliches Schweigen, die Art und Weise, wie ihr dicker gewordener Bauch ihren elastischen Hosenbund spannte, was Rose aufgefallen war, wie auch ihr verzweifelter Drang, uns alle zu füttern. Und doch gab es noch unendlich viele offene Fragen.

»Wer ist der Vater?«, fragte Rose als Anführerin der Attacke, und Cordy wirkte erschüttert, als wäre sie nicht auf diese Frage vorbereitet, als wäre ihr nie in den Sinn gekommen, dass es auch einen Vater gab, für dessen Verbleib man sich interessieren könnte.

»Ich weiß es nicht«, sagte sie, und unser Vater lief dunkelrot an, so dass die helleren Falten auf seiner Stirn regelrecht leuchteten. »Er spielt keine Rolle.«

»Verdammt noch mal, Cordelia«, sagte unser Vater, und sein Messer knallte auf den Teller, ein scharfes Geräusch, das unsere Mutter zusammenfahren ließ. »Du kannst kein Kind haben.«

»Zu spät«, sagte Bean und lächelte in sich hinein. »Ich glaube, dieser Zug ist abgefahren.«

»Jim«, sagte unsere Mutter sanft, um seinen Zorn zu dämpfen.

»Wie willst du deinen Lebensunterhalt bestreiten? Die Rechnungen bezahlen? Das Kind ernähren? Einen Arzt bezahlen, um Himmels willen?«

»Ich werde es schaffen«, sagte Cordy, und das war nicht nur ein Schwur sich selbst gegenüber, sondern auch ein Versprechen an unseren Vater. »Ich habe meinen Job, und ich nehme noch einen zweiten an, wenn ich muss.«

»Und wer kümmert sich um das Baby, während du den lieben langen Tag arbeitest?«

»Wir«, sagte unsere Mutter, und das klang jetzt nicht mehr sanft, sondern stahlhart. »Wir lassen keine unserer Töchter im Stich, wenn sie unsere Hilfe braucht.«

Es tat weh, das Gesicht unseres Vaters zu beobachten. Hatten wir ihn jemals weinen sehen? Doch ja, bei der Beerdigung seines Vaters. Damals war er in der Kirche weinend zusammengebrochen, als der Pfarrer die Litanei der guten Werke unseres Opas heruntergebetet hatte. Doch heute sah er trauriger aus, tausendmal Verrat schrie sein Gesicht. Er erhob sich, stapfte aus der Küche und ließ – ein plötzlicher Einfall – seine Serviette auf dem Stuhl zurück.

»Hübscher Abgang«, sagte Bean.

»Halt die Klappe, Bean«, sagte Cordy und sah ganz jämmerlich aus. »Als wärst du nicht genauso ein Reinfall wie ich.«

»Mädchen«, sagte unsere Mutter milde. »Überlegt euch, was ihr sagt.«

»Hast du noch nie was von Verhütung gehört?«, fragte Bean. Cordy schloss die Augen, als die Erinnerung kurz aufblitzte. Der Maler, die Wüste, ihre letzte Nacht auf seinem durchgelegenen Futon. Wie lange war das her? Nicht mehr als drei Monate. Es erschien ihr wie eine Ewigkeit.

»Doch, das habe ich«, sagte Cordy.

»Wann ist es so weit?«, fragte unsere Mutter, spießte zierlich ein Stückchen Tomate auf und kaute.

»Im Dezember«, sagte Cordy. »Vielleicht Weihnachten.«

»Das wird auf alle Fälle dein Leben verändern«, stellte unsere Mutter fest.

»Ich weiß«, erwiderte Cordy, und man hätte unmöglich sagen können, wem oder was die Tränen in ihren Augen galten. »Ich weiß.«

Später an diesem Abend saßen wir Schwestern im Wohnzimmer und taten so, als lasen wir. Nach all den Jahren, die wir schon in diesem Haus mit den Holzfußböden lebten, kannte ein jeder den Gang des anderen. Der unserer Mutter war rasch und leicht. Der unseres Vaters schwer und entschieden; Roses war schwer und zögerlich. Beans fest und kräftig, und Cordy schien alle paar Schritte kurz zu laufen. Wir horchten auf die Schritte über unseren Köpfen – unsere Mutter, die durchs Schlafzimmer zu ihrem Frisiertisch ging, sich setzte, um ihre Feuchtigkeitscreme aufzutragen. Wie sie wieder aufstand und zur Badezimmertür ging, wo ihr Nachthemd hing. Unser Vater, der nachdenklich und traurig ins Badezimmer trottete, Wasser laufen ließ, dann zurück zu seiner Kommode tapste, wo er seine Taschen leerte und die Münzen klimpernd in das Schälchen fallen ließ, wo sie liegen blieben, bis eine von uns sie für sich beziehungsweise ein Eis beanspruchte. Und über allem das Geräusch ihrer auf- und abschwellenden Stimmen. Unser Vater, laut und zornig. Unsere Mutter etwas leiser. Wieder unser Vater, wütend. Unsere Mutter, jetzt lauter, um seiner Stimme Paroli zu bieten. Das Quietschen der Badezimmertür.

Bean sah zu Cordy hinüber, die weinte. Silbrige Tränen liefen ihr übers Gesicht, tropften – plopp – von ihrem Kinn und hinterließen kleine Flecken auf dem dünnen Stoff ihres T-Shirts. »He«, sagte sie, stand auf und setzte sich zu unserer Schwester auf die Couch. Obwohl Cordy nicht kleiner war als wir anderen – wir waren alle gleich groß –, wirkte sie unwahrscheinlich winzig, wie sie da auf der Couch saß, die Beine übereinandergeschlagen, ein Buch im Schoß, in trägerlosem Hemd und olivgrüner Hose, beides alt und ausgebeult. Bean setzte sich neben sie und streichelte ihren Arm. Cordy weinte weiter.

»He«, sagte Bean noch einmal. »Es kommt wieder in Ordnung. Du hast ihn einfach völlig aus dem Konzept gebracht.«

»Ich weiß«, schluchzte Cordy, und es war klar, dass sie kein Wort davon glaubte. Sie wischte sich mit dem Handgelenk über die Nase. Rose stand auf, holte eine Packung Papiertaschentücher, reichte sie ihr und setzte sich auf ihre andere Seite. Cordy nahm ein Taschentuch und putzte sich die Nase.

Jetzt saßen wir rechts und links von ihr und trösteten sie mit rhythmischem Streicheln. »Er ist nur überrascht«, sagte Rose leise. »Er ist nicht wirklich wütend.«

»Er wird sich wieder fangen. Er bekommt ein Enkelkind. Das wird ihn umhauen. Und er wird dir helfen, wie immer. Im Augenblick ist er einfach durcheinander«, sagte Bean.

»Ich weiß«, sagte Cordy wieder. Sie nahm noch ein Taschentuch und wischte sich die Augen. Sie blickte uns an, unsere kleine

 Schwester, mit dunklen Ringen unter den Augen und Tränenspuren auf den Wangen, die allmählich trockneten. »Ich wünschte nur, er würde sich ein klein wenig für mich freuen. Nur ein klein wenig. Ich weiß, es ist in vielerlei Hinsicht völlig daneben, aber ich will dieses Kind. Und ich werde ihm eine gute Mutter sein.«

»Natürlich wirst du das«, sagte Rose. »Und wir werden dir helfen.«

»Du wirst eine fantastische Mutter sein«, sagte Bean und streichelte Cordy übers Haar. Das sagten wir natürlich, um sie zu unterstützen, aber wir glauben nicht, dass irgendjemand auf dieser Couch auch tatsächlich davon überzeugt war. *Der Leu macht Pardel zahm … Doch färbt er sie nicht um.* Der Wille allein konnte Rose nicht mutig, Bean nicht aufrichtig, Cordy nicht vernünftig machen. Waren wir nicht der lebende Beweis? Wir, diese traurigen Schwestern, die wir einander ebenso sehr in unseren Fehlschlägen wie in unseren Hoffnungen verbunden waren.

Ein paar Tage nach Cordys Ankündigung saß Rose im Wohnzimmer und las, als sie ihre beiden Schwestern in Beans Zimmer herumrumoren hörte. Eine sanfte Welle der Eifersucht wallte in ihr auf, gegen die sie machtlos war. Hatte sie innerlich solche Fortschritte erzielt, nur um wieder in diesen jahrzehntealten Kleinkrieg zwischen uns dreien zurückzufallen? Entschlossen legte sie ihr Buch beiseite und ging nach oben, blieb allerdings einen Augenblick stehen, aus Angst, nicht willkommen zu sein.

In ihren ersten zwei Wochen am Barnwell College hatte Rose sechs Kilo abgenommen. Nicht mit Absicht, sondern weil sie sich vor dem Betreten des Speisesaals fürchtete. Da sie nicht wusste, wie die Dinge dort abliefen, und keine Freundin hatte, zu der sie sich setzen konnte, hatte sie beschlossen, stattdessen in ihrem Zimmer zu essen. Tag für Tag aß sie morgens Müsli mit Milch aus dem winzigen Kühlschrank, den ihre Zimmergenossin mitgebracht hatte, und achtete darauf, dass das Klappern des Löffels besagte Mitbewohnerin nicht weckte. Mittags hastete sie in die Mensa, wo unser Vater uns tausendmal Hamburger gekauft hatte, und aß allein. Und abends wanderte sie in die Stadt und aß im Schutz des Diners oder der Buchhandlung oder schlich sich unter dem Vorwand nach Hause, sie vermisse die Küche unserer Mutter, selbst wenn diese wieder einmal durch geistige Absenz glänzte und gar nichts gekocht hatte. Erst als ein hübsches, etwas oberflächliches Mädchen mit Hanfkette und ständig weit aufgerissenen Augen, was, wie Rose bald erfuhr, chemische Ursachen hatte, sie aufforderte, mit den anderen Mädchen aus ihrem Stockwerk essen zu gehen, setzte sie einen Fuß in diesen Speisesaal. Und dann folgte sie ihrer Retterin so penibel, dass sie haargenau das Gleiche aß und ihre Füße und ihr Besteck exakt identisch platzierte – man hätte sie für ihren Schatten halten können.

Bevor Rose genug Mut gesammelt hatte, um die Tür zu öffnen, wurde sie von Cordy aufgerissen. *»Wer spricht denn so da drinnen? Heda! Macht auf die Tür!«,* kicherte sie.

»Wir haben uns schon gefragt, wer da auf dem Flur herumschleicht«, sagte Bean und sah nur kurz über die Schulter zu Rose und wandte sich dann wieder dem auf dem Bett liegenden Kleiderstapel zu. Beim Anblick des Zimmers unterdrückte Rose einen Seufzer. Es sah aus, als hätte Bean sämtliche Kartons und Tüten geleert, die sie mitgebracht hatte – und sie hatte eine beeindruckende Anzahl in den winzigen Kleinwagen hineingepackt –, und den Inhalt nun über das ganze Zimmer verteilt. Cordy stakste in zwei Stilettos umher, die nicht zusammenpassten, trug dazu eine Hose, einen Rock, ein langärmliges T-Shirt und einen um den Kopf geschlungenen Kaschmirschal, als würde sie gleich zu einer Cabriofahrt abgeholt. Anno 1952.

»Ich bin wohl kaum geschlichen«, sagte Rose. »Was um Gottes willen macht ihr hier eigentlich?«

Cordy blieb stehen, schwenkte die Hüften und tadelte Rose mit dem Finger. »Nimm nicht grundlos den Namen Gottes in den Mund, Süße«, sagte sie. »Das ist so daneben.« Sie warf sich das Ende des Schals über die Schulter und stöckelte in die andere Richtung.

»Ich räume auf. Und Rita Hayworth hilft mir dabei. Das behauptet sie zumindest«, sagte Bean und wedelte mit den Fingern in Cordys Richtung.

Rose trat ans Bett, lehnte sich mit der Hüfte dagegen und befühlte ein paar Stoffe. »Du hast einen Haufen Kleider«, bemerkte sie.

»Ich weiß.«

Neugierig schob Rose den Ärmel einer pinkfarbenen Jacke aus Schantungseide hoch. »Hier hängt ja noch das Preisschild dran.«

In der Ecke zog Cordy eine hellgrüne Lederhandtasche aus einem Karton, stolzierte damit durchs Zimmer und geriet in den Stöckelschuhen leicht ins Schlingern. Bean hatte von uns dreien schon immer die größten Füße. Cordy blieb auf halbem Wege stehen, hauchte Rose einen Luftkuss zu und setzte ihre Laufstegparade fort.

»Ich weiß«, sagte Bean wieder und klang ganz schüchtern vor Reue. Gott, an wie vielen Sachen hing wohl noch das Preisschild? So vieles davon hatte sie einfach nur haben, nur besitzen wollen. Sie hatte die winzige Besenkammer, die ihr als Kleiderschrank diente, öffnen und ihre Kriegsbeute daraus hervorquellen sehen wollen. Und dann war da natürlich noch die Mode, diese launische Kurtisane, die so schnell ihre Meinung zu ändern schien, wie es brauchte, ein Getränk zu bestellen, und prompt hinkte sie dann mit den Schuhen von gestern Nacht oder mit der Frisur von heute Morgen schon wieder hinterher.

»Brauchst du wirklich all diese Sachen?«, fragte Rose.

Bean fuhr hoch und warf Rose einen misstrauischen Blick zu.

»Nein, das ist keine gemeine Frage. Ich dachte nur, du könntest sie in der Stadt vielleicht in einem Secondhandladen in Kommission geben und verkaufen.«

Bean arbeitete wieselflink, legte zusammen, sortierte, strich die Knitterfalten eines Kostüms glatt. Sie hielt inne, in der Hand einen grauen Bleistiftrock mit passender Jacke. Das Unglückskostüm. Sie hatte es getragen, als sie gefeuert wurde; sie konnte sich noch gut erinnern, wie sie versucht hatte, im Sitzen den Saum auf eine akzeptable Länge zu ziehen. Sie schleuderte das Kostüm beiseite und schüttelte anschließend die Hände aus. Hatten andere Leute auch solch ein Voodoo-Verhältnis zu ihren Kleidern? Klar, es gab Glückssocken und Lieblingsstücke, aber Bean kannte auch das Gegenteil und trug ein Kleidungsstück nie mehr, wenn sie etwas Unangenehmes darin erlebt hatte. Das beruhigte immerhin.

Doch wenn sie diese Sachen verkaufte, könnte sie die damit verbundenen Erinnerungen ein für alle Mal loswerden. Oder zumindest so gut wie.

»Das gäbe einen Haufen Kohle«, erklärte Cordy. Sie hüpfte aufs Bett, wobei Beans Stilettos auf den Boden knallten, und hob gehorsam den Hintern, damit Bean die Kleider darunter hervorziehen konnte. Cordy öffnete die Handtasche, die sie gerade konfisziert hatte, begann darin herumzuwühlen und förderte Papiertaschentücher, eine halb leere Rolle Pfefferminzbonbons und viel zu viele Pennys zutage.

»Ich habe ja auch einen Haufen Schulden, das gleicht sich dann aus«, meinte Bean. Sie legte die Stirn auf eine Art in Falten, wie sie es früher sicher vermieden hätte, als sie sogar bereits eine Schönheitsoperation in Betracht gezogen hatte.

Seit ihrem Zusammenbruch im Wald, als Bean uns ihre Geschichte erzählte, hatten wir einen Heidenrespekt vor der Summe, die sie schuldete, da es uns unmöglich schien, so viel Geld aufzubringen, doch wir hatten nicht an Beans Haute Couture gedacht. Rose, die weder wusste noch sich dafür interessierte, was in Paris gerade Mode war, spähte auf ein Etikett und machte große Augen. Ein Haufen Kohle – so unpräzise diese Mengenangabe auch war, sie bezeichnete genau das, was Bean einstreichen würde.

»Du könntest vielleicht sogar mehr verdienen, als du schuldest, und den Rest behalten«, warf Cordy ein.

Bean und Rose sahen einander an und schüttelten beide den Kopf. »Ich will das Geld nicht«, sagte Bean, und Rose lächelte – überrascht, aber stolz.

»Ich möchte nur meine Schulden zurückzahlen«, sagte Bean. »Das ist eine gute Idee, Rose. Danke.«

Rose errötete geschmeichelt.

»Danke übrigens auch, dass du wegen einer Stelle mit Mrs. Landrige gesprochen hast. Das war wirklich nett. Hättest du nicht machen müssen.«

»Ich wollte dir helfen«, sagte Rose. »Das möchte ich immer noch. Falls du etwas brauchst.«

»Böse, böse Beany«, sagte Cordy und schwenkte den Finger wieder wie ein Metronom. Sie hatte ein silbernes Zigarettenetui aus den Tiefen der Handtasche gekramt und klappte es auf wie ein Medaillon. Als sie die Hand wegnahm, so dass der Inhalt zu sehen war, zwinkerte Rose mit den Augen.

»Du bewahrst dein Marihuana darin auf?«, fragte sie und nickte mit dem Kopf in Richtung Etui, das zwar mit Fingerabdrücken verschmiert, aber eindeutig eine Antiquität und eindeutig kostbar war.

»Irgendwo muss man es ja aufbewahren«, erwiderte Bean.

»Du hast ja so recht«, pflichtete Cordy ihr scheinbar ernsthaft bei, als hätte Bean sie soeben in das Geheimnis vollkommenen Glücks eingeweiht.

»Ich hatte es total vergessen«, sagte Bean und streckte die Hand danach aus. Cordy, die sich den Kaschmirschal vom Kopf gezogen hatte und unter den vielen Stoffschichten wie eine Schildkröte aussah, beschnüffelte einen der Joints, als wäre es eine edle Zigarre.

»Ganz offenbar«, meinte Cordy. »Das Zeug ist völlig vertrocknet.« Sie reichte Bean das Etui.

»In der Not frisst der Teufel Fliegen«, sagte Bean.

Wir können nicht glauben, dass Rose noch nie zuvor high gewesen ist, doch jetzt war sie es mit Sicherheit. Hätte sie schon früher Dope geraucht, dann nur mit uns zusammen, doch als Bean und Cordy den Stoff entdeckten, war Rose bereits im College und wollte absolut nichts mehr mit uns zu tun haben. Die einzige Einschränkung war, dass Cordy sich nicht mit uns diesem Vergnügen hingeben konnte. Wir lagen auf dem Dach und sahen den dahinsegelnden Wolken nach. Rose lag flach auf dem Rücken, und ihre breiten, blassen Füße baumelten über den Rand. Sie fühlte sich schläfrig und allem enthoben und schaffte es nicht mehr, ihre Lider offen zu halten, darum ließ sie sie zufallen, ein dumpfer Aufschlag, der die Welt ausschloss, ihr aber dennoch das Gefühl gab, seltsam offen zu sein.

»Wirst du nach England ziehen?«, fragte Bean Rose.

Roses Kiefer fühlte sich unbeschreiblich schwer an, als bewegte sie ihn durch Sand, und es dauerte lange, bis sie antwortete. »England ist sehr weit weg«, sagte sie, und die Worte hatten etwas Verträumtes, Wolkiges, so wie sie aus ihrem Mund kamen. »Sehr weit weg.«

»Aber du bist die Einzige, die noch nie weit weg war«, stellte Cordy fest. »Du hast noch nicht einmal außerhalb von Ohio gewohnt.«

Das stimmte. Rose hing an Barnwell wie eine Kletterpflanze an ihrem Gerüst, deren Ranken in die Höhe klimmen und dann wieder nach unten wachsen.

»Ich denke, es tut gut, einmal woanders zu leben«, sagte Bean. »Es verändert den Blick. Es hat sogar meine heutige Sicht auf Barney verändert.«

»Mir gefällt meine Sicht auf Barney«, sagte Rose gereizt und schob schmollend die Unterlippe vor, worüber Cordy kichern musste. »Barney ist mein Freund.« Cordy musste noch heftiger kichern.

»Aber Jonathan ist dein Freund, und er wird erst einmal in England bleiben«, stellte Bean fest, als spräche sie zu einem kleinen Kind; und genau so schien auch die Droge auf Rose zu wirken. »Möchtest du nicht mit Jonathan zusammen sein?«

Träge und unter enormer Anstrengung richtete Rose sich auf, die Augen immer noch geschlossen. Sie kreuzte die Beine wie ein

 Yogi und hielt den Rücken steif und gerade. Rose hatte von jeher eine blendende Haltung, wir vergaßen das nur manchmal, weil sie ihren Körper unter zahlreichen Stoffschichten verbarg, was sie weit vor der Zeit wie eine Matrone aussehen ließ. »Doch. Ich möchte bei Jonathan sein. Ich vermisse ihn«, sagte sie, und ihre Stimme klang tieftraurig. »Aber ich möchte nicht nach England ziehen.«

»Als wir in Stratford waren, hat dir England doch gefallen«, meinte Cordy.

»Das waren damals Ferien«, entgegnete Rose. »Jetzt geht es darum, dort zu leben. Nur noch Engländer überall.«

»Mit ihrer komischen Aussprache«, half Bean nach.

»Und ihrem seltsamen Essen«, fügte Cordy hinzu.

»Der gute alte Jago sagte, England sei süß«, meinte Bean und schnippte Asche von ihren Füßen, die Arme fest um die Unterschenkel geschlungen.

»Ich glaube nicht, dass er mit ›süß‹ unser *süß* gemeint hat«, sagte Cordy.

»Jago war sowieso ein Lügner«, sagte Rose.

»Vergiss Jago«, sagte Cordy. »Ich finde, wir sollten abstimmen. Alle, die dafür sind, dass Rose nach England geht, heben die Hand.« Bean und Cordy streckten die Hände in die Höhe. »Wer ist dagegen?« Rose reagierte nicht. »Die Jas haben gewonnen«, sagte Cordy triumphierend.

Einen Augenblick herrschte Schweigen, dann berührte Bean sanft Roses Hand. »Es wäre doch nicht für immer. Vielleicht ist es ja ein Zeichen oder so was.« Rose schnaubte leise, doch Bean fuhr fort: »Dafür, dass du etwas anderes anfangen sollst. Warte ab, bis du ihn besuchst. Dann wirst du sehen, ob es das Richtige ist.«

»Hört auf, mich zu drängen«, sagte Rose und schlug plötzlich die Augen auf. Ihre Pupillen waren hart und dunkel und verdrängten die Iris.

Sie wusste, dass die beiden recht hatten. Sie wusste es, wenn sie morgens aus Träumen erwachte, in denen sie, aus ihrem Klassenzimmer ausgesperrt, gegen die Tür hämmerte und um Einlass bettelte. Sie wusste es, wenn sie in der Fensternische saß, in den Garten hinausstarrte und sich fragte, was wohl jenseits des Pfades lag, dem sie bisher so brav gefolgt war. Rose gehörte nicht zu den Menschen, die an Zeichen und Bedeutungen jenseits des Mess- und Sichtbaren glaubten, doch jetzt hatte sie gegen alle Vernunft das Gefühl, jemand flüstere ihr etwas zu, und sie fragte sich, wie lange sie sich noch weigern könnte, darauf zu hören.

Bean sah unsere Schwester an und seufzte. Cordy neigte den Kopf, schlang die Arme um die Knie, und ihre Schulterblätter spannten sich wie Engelsflügel. *»Denn die Übung kann / Fast das Gepräge der Natur verändern«*, verkündete sie, legte die Wange auf die Knie und sah Rose an.

»Was in meiner Natur müsste sich denn so dringend ändern?«, fragte Rose.

Niemand antwortete ihr.

Cordys Geständnis kam genau zum richtigen Zeitpunkt, denn plötzlich war ihr dicker Bauch nicht länger zu übersehen, ließ sich nach all den Jahren zweifelhafter Nudel- und Bohnensprossen-Diät nicht mehr auf ihre neue gesunde Ernährung zurückführen. Ihre Haare waren inzwischen dicht und stumpf, ihre Nägel kräftig, und beim Abendessen ertappte sie Bean dabei, wie sie neidisch darauf starrte, als sie das Salz weiterreichte. Vor dem Anziehen stellte Cordy sich nackt vor den Spiegel und studierte die neue Venenlandkarte, die sich schattenhaft auf ihren immer üppigeren Brüsten abzeichnete (noch etwas, das Bean neidisch beäugte). Sie schien im Stundentakt Wasser zu trinken, stand an der Küchenspüle und schluckte gierig, in dem verzweifelten Versuch, diesen unbekannten neuen Durst zu stillen, und musste genauso oft auf die Toilette.

Ihr Aufblühen stand in starkem Kontrast zum Verwelken unserer Mutter. Unsere Mutter hatte eine Brust eingebüßt; Cordys Brüste wuchsen. Der Mund unserer Mutter war ausgetrocknet;

 Cordy ertrank fast in Flüssigkeit. Das Haar unserer Mutter war verschwunden, ihr bleicher Schädel unter diversen Schals verborgen, die ihr ein merkwürdig glamouröses Aussehen verliehen; Cordys Haar wurde dichter und dichter. Die Haut unserer Mutter leuchtete auf merkwürdige Weise; Cordys wurde pickelig, und sie stöhnte, wo denn der vielbesungene Teint einer Schwangeren bleibe und wieso sie mit Falten und Pickeln gleichzeitig kämpfen müsse.

Cordys Übelkeit war bald verschwunden, und sie entwickelte Heißhunger und wurde kreativ. Die Übelkeit unserer Mutter wollte nicht vergehen und wurde durch Essensgerüche nur noch verstärkt. Eines Abends beschloss Cordy, das Brot mit Orangensaft statt mit Milch zu backen, und es wurde so hart und krümelig, dass man nur Arme Ritter daraus machen konnte, was sie mit Rose dann morgens in der Küche auch tat.

»Aufhören!«, rief unser Vater und kam die Treppe heruntergepoltert. Rose und Cordy, die nichts Gefährlicheres taten, als Brot in Ei zu tauchen und dabei Nachrichten zu hören, erstarrten.

»Eure Mutter kann den Geruch nicht ertragen«, sagte er. Er war noch im Pyjama, sein Haar vom Schlaf zerzaust, die Brille saß ihm schief auf der Nase, und sein Bauch spannte unter der Pyjamajacke. Unsere Eltern waren stets so formell, was ihre Nachtkleidung anging; sie haben sich nie zu Herrennachthemden oder Trainingshosen bequemt. Unser Vater trug traditionell gestreifte Baumwollschlafanzüge, unsere Mutter Nachthemden, die wir mehr als einmal für allerlei bunt-verrückte Einsätze in unseren Theaterstücken zweckentfremdeten.

»Schon guuut«, sagte Cordy, die gerade eine Brotscheibe in der Hand hielt, von der dickes Eigelb in die Schüssel tropfte. Rose reagierte etwas schneller und schaltete mit einer Hand die Abzugshaube über dem Herd ein, mit der anderen zog sie die Pfanne von der Flamme.

»Mach das Fenster auf«, befahl Rose. Cordy ließ das Brot in die Eimasse fallen und griff nach dem Fenster. »Wasch dir erst die Hände!«

»Herr Gott noch mal!«, sagte Cordy. »Manche Menschen haben wirklich das Kommandieren drauf.« Mit dekorativ flatternden Pyjamahosen trat unser Vater den Rückzug an, und wir beschäftigten uns eine Weile schweigend damit, den unsichtbaren Geruch aus dem Fenster zu wedeln. Rose nahm einen Teller mit bereits fertigen Armen Rittern von der Arbeitsplatte und kippte sie in den Mülleimer. Sie schloss den Deckel, klappte ihn wieder auf, band die Mülltüte zu und trug sie nach draußen. »Dann dürfen wir also nichts mehr essen, das irgendwie riecht?«, fragte Cordy.

»Cordy, die Frau hat Krebs. Und du regst dich auf, weil du nicht Arme Ritter essen kannst?«

»Wer sagt denn, dass ich mich aufrege? Ich möchte nur sicherstellen, dass ich die Regeln verstehe.« Sie ging zum Kühlschrank, kramte eine Weile darin herum und nahm frische Beeren und ein Joghurt heraus.

»Sei nicht so egoistisch«, sagte Rose. Cordy hörte auf, Beeren unter den Joghurt zu rühren, Blau und Rosé in Weiß, und sah unsere Schwester an. Ihr Mund stand offen, klappte dann wieder zu und versiegelte den Gedanken.

»Es tut mir leid«, sagte sie schließlich.

Dan benötigte sein Auto, deshalb fuhr Rose Cordy zu ihrem Arzttermin. »Cordelia Andreas, vier Uhr«, herrschte Rose die Sprechstundenhilfe an. Das Wartezimmer war voller Frauen in den unterschiedlichsten Stadien der Schwangerschaft – von den Langleidenden mit geschwollenen Knöcheln bis zu strahlenden Neulingen, die sich noch die Mühe machten, Make-up aufzulegen. Cordy stand hinter Rose. Ihre Hose war zu lang, der an den Hacken ausgefranste Saum schleifte über den Teppich.

»Führerschein und Versicherungsnummer?«, konterte die Sprechstundenhilfe unbeeindruckt. Wenn man den ganzen Tag von hormongesteuerten Frauen umgeben ist, wirkt, wie wir vermuten, selbst eine Rose kaum bedrohlich. Rose drehte sich zu Cordy um und streckte die Hand aus.

 Rose würde Ihnen jetzt erklären, normale Menschen wüssten, dass diese Dinge von ihnen erwartet werden, dass man seine Papiere eventuell sogar schon in der Hand hält, wenn man hierherkommt. Dagegen wird Cordy Ihnen erklären, nichts an ihr sei normal, ha ha ha, warum also gerade jetzt damit anfangen? Die anderen Frauen in der Praxis hatten vernünftige Handtaschen in vernünftigem Schwarz oder verspieltem Silber. Aus Leder. Cordy hatte ihren Webbeutel wie eine Schärpe über die Schulter geworfen und griff nun hinein, förderte ein Buch, einen Tampon, der bereits bessere Tage gesehen hatte, eine leere Kaugummipackung, einen Plastiklöffel (im Falle einer Löffelknappheit?) sowie den zerknüllten Abschnitt ihres letzten Lohnschecks zutage und schließlich auch ein kleines Etui, das als Brieftasche fungierte.

»Sie ist nicht versichert«, sagte Rose. »Du hast doch Geld dabei, oder?«, fragte sie an Cordy gewandt. Cordy nickte.

»In Ordnung, sie kann bezahlen, wenn wir den nächsten Termin ausmachen«, sagte die Sprechstundenhilfe und nahm im Austausch für einen Stapel Formulare Cordys Führerschein entgegen. Rose segelte zu einem Stuhl in der Ecke, Cordy zockelte hinterher und fühlte sich wie das fünfte Rad am Wagen. Als sie sich setzte, hatte Rose schon höchst beflissen die Mine ihres Kugelschreibers angeknipst und begonnen, in ihrer winzigen, präzisen Handschrift ein Formular auszufüllen.

»Machst du auch das Examen für mich?«, fragte Cordy, eher neugierig als sarkastisch.

So zurechtgewiesen, hielt Rose inne und schob das Klemmbrett und den Stift Cordy hin. »Dann mach es doch selbst. Ich wollte nur helfen.« Sie griff in ihre eigene (erwachsene) Handtasche und nahm ein Buch heraus. Cordy sah sie scharf an, füllte dann das Formular fertig aus und hielt den Stift dabei so fest, dass er sich bis aufs Brett durchdrückte. In Wahrheit machte sie sich ernsthaft Sorgen, ob sie es auch ohne Rose hinkriegen würde. Ob sie überhaupt irgendetwas ohne Rose hinkriegen würde – sowohl die Wehen und das Windelwechseln wie auch das Abschneiden der Krusten von Erdnussbutter-Gelee-Sandwiches. Wieder überfiel sie eine plötzliche Wanderlust, ein unvermittelter, heftiger Drang, die Flucht zu ergreifen und erneut in die Dunkelheit abzutauchen. Rasch schob sie diese verlockende Idee beiseite und konzentrierte sich.

Als die Krankenschwester ihren Namen aufrief, griff Cordy nach Roses Hand. »Komm mit«, sagte sie, und ihre Finger waren ganz feucht in Roses Hand.

Die Behauptung, Rose missbillige Cordys Entscheidung für dieses Kind, wäre eine Untertreibung. Alles an der Vorstellung, dass Cordy ein Kind bekam, beunruhigte sie, angefangen damit, dass eigentlich sie, Rose, die Erste sein müsste, bis dahin, dass sie sich ziemlich sicher war, Cordy werde bei der erstbesten Gelegenheit vor der Verantwortung fliehen. Doch dann schaute sie die ängstliche Cordy an, die vor dem Unbekannten zitterte, und schon war sie wieder unsere kleine Schwester, und alles, was sie brauchte, war jemand, der sich um sie kümmerte. »In Ordnung«, sagte Rose, und beide standen auf und gingen Hand in Hand ins Untersuchungszimmer.

Sechzehn

Als Edward aus der Dusche kam, lag Bean zusammengerollt auf dem Bett und las. Sie hatte es schon lange aufgegeben, beleidigt zu sein, wenn Männer nach dem Sex zwanghaft duschten. Es war eine exzellente Gelegenheit, ein wenig zu lesen, ohne dass jemand sich unbedingt mit ihr unterhalten wollte.

Edward nahm ihr das Buch aus der Hand, seine Finger hinterließen nasse Spuren auf dem Papier, und ein Wassertropfen perlte über den vorderen Umschlag. Nach einem Blick auf die Rückseite warf er ihr einen spöttischen Blick zu und ließ es fallen. »Und, was hast du den ganzen Tag getrieben?«

»Gearbeitet.«

Edward ließ sich auf die Matratze fallen, und das Handtuch löste sich von seiner Taille. Das Laken hatte sich bei ihren Leibesübungen verschoben, und er rutschte ein wenig auf der glatten bloßen Matratze. Bean rettete gerade noch rechtzeitig ihr Buch und strich die Seite glatt, die beim Hinfallen umgeknickt war. »Was hältst du davon, wenn wir beide ein bisschen wegfahren? Für ein langes Wochenende?«

»Ich kann nicht. Ich muss arbeiten.«

Er stützte den Kopf auf die Hände. »Bianca, dieses Unglücksding von Bibliothek wird doch wohl mal zwei Tage ohne dich auskommen.«

Bean versetzte ihm mit ihrem Buch einen ziemlich heftigen Klaps gegen den Kopf, rollte von ihm weg und zog das lose Laken über ihre nackte Haut. »Ich liebe dieses Unglücksding von Bibliothek schon, seit ich überhaupt lesen kann.«

»Schon gut, schon gut«, sagte er und hielt sich die Hände vors Gesicht, um sich gegen weitere Schläge zu schützen. »Es tut mir leid.« (Das stimmte nicht). »Lass mich noch einmal von vorne anfangen. Schönste Bianca, es gelüstet mich nach einer kleinen

Reise aufs Land mit euch für mehrere Tage. Kann euer Wissenstempel euch entbehren?«

»Nein«, sagte Bean und rollte sich auf den Rücken und klappte ihr Buch wieder auf. Edward schlug es ihr aus der Hand, und Bean schnaufte frustriert. »Was willst du?«

»Ich will ein romantisches Wochenende mit einer tollen Frau.«

Beans Augen wurden schmal und gemein. »Romantisch? Was genau bringt dich auf die Idee, ich könnte ein Interesse an Romantik haben?«

»Das hat jede Frau.«

»Sei doch nicht so abgedroschen. An dieser Beziehung ist nichts Romantisches, Edward. Das hier ist eine billige Affäre.«

Er hatte tatsächlich die Chuzpe, verletzt auszusehen, worauf er Bean prompt leidtat. Wenn auch nur kurz.

»So denkst du also über mich?« Seine Haut war immer noch rosig von der Dusche, und er wirkte verquollen und müde.

Bean richtete sich auf und wickelte sich noch fester in das Laken. »Was erwartest du denn, Edward? Das hier ist doch nicht die große Liebe des Jahrhunderts. Du bist, wenn ich dich daran erinnern darf, mit einer ziemlich fantastischen Frau verheiratet, mit der du ein paar ziemlich fantastische Kinder hast. Hier geht es um Sex.«

Sein verletzter Blick blieb. Du lieber Gott!, dachte Bean. Er hielt sich offenbar für einen dramatischen Helden, für den geradezu skandalös talentierten älteren Liebhaber einer jungen (oder fast noch jungen) Naiven, und nun war sie dahergekommen und hatte diesen Traum zerstört – ihn zerstört – mit ihrer Ehrlichkeit. Sie streckte die Hand aus, wollte seinen Arm berühren, doch sein Gesicht hatte schon einen leicht grausamen Zug angenommen.

»Du solltest mir dankbar sein. Du bist auch nicht mehr in der Blüte deiner Jugend, Bianca.« Sie griff sich unbewusst unters Kinn, um nach loser Haut zu fühlen. Er bemerkte die Geste und lächelte. »Es ist schließlich nicht so, als ob du dich vor Angeboten nicht mehr retten könntest, oder?«

Bean musste kurz an jenen Abend in der Bar zurückdenken, an die Gesichter, die sich von ihr abwandten, als plötzlich jüngere und schönere Frauen hereinkamen. Doch davon wusste er nichts. Sie legte trotzig den Kopf schief. »Möchtest du es auf einen Test ankommen lassen? Ich schätze, nur einer von uns würde allein ins Bett gehen.«

Edward verschränkte die Arme hinter den Kopf und lehnte sich zurück. Normalerweise hätte Bean sich an seine Brust geschmiegt, froh über seine Wärme und Festigkeit, so kalt wie ihr im Innern war. Doch sein Gesicht blieb eisern, und sie wurde innerlich ganz starr.

»Vielleicht sollten wir das Ganze beenden«, sagte er, doch sie wusste, er wollte sie nur dazu bewegen, dass sie sich ihm wieder zuwandte, sich entschuldigte. Plötzlich war sie müde, wollte nur noch nach Hause in ihr eigenes Bett und in den Zimmern nebenan das Geräusch unserer Atemzüge hören.

Sie ließ das Buch offen auf ihr Gesicht sinken und atmete billiges Papier. Beim Ausatmen summten die Seiten, wie wenn man auf einem Grashalm bläst. »Du bist so dramatisch.«

Und ein ziemliches Arschloch dazu.

»So wichtig kann das doch gar nicht sein. Wenn es tatsächlich nur um eine billige Affäre, nur um Sex geht und du anscheinend genügend geneigte Liebhaber hast, die vor deiner Tür Schlange stehen, dann wird dir das Ende dieser Geschichte doch nichts ausmachen.«

Bean sah Edward aus zusammengekniffenen Augen an. Er hatte sich das feuchte Haar aus dem Gesicht gestrichen, so dass sie seinen zurückweichenden Haaransatz erkennen konnte. Er saß da mit aufgepumpter Brust, und die Andeutung eines selbstzufriedenen Lächelns umspielte seine Mundwinkel.

Nein, dachte Bean. Seine Wut machte sie nicht traurig. Sie empfand vielmehr Mitleid mit ihm. So wollte sie nicht sein. Sie wollte nicht, verbittert übers Älterwerden, an einem Film festhalten, der nur im eigenen Kopf spielte, wollte nicht jeden, der es wagte, sie zu lieben, nur deshalb verletzen, weil sie sich selbst nicht leiden mochte. Das konnte sie besser.

Sie lenkte ihn ab, so wie es stets am besten gelang – ließ ein nacktes Bein auf den weißen Laken aufblitzen und ihr Haar über die nackte Schulter fallen. Aber ein klein wenig hasste sie sich doch, als sein Mund über ihre Haut strich und sie in eine weitere lieb- und seelenlose Nacht abdriftete.

»Ich war übrigens keine Jungfrau mehr, als ich euren Vater geheiratet habe.«

»Mom!«, sagte Rose und ließ überrascht das Buch in den Schoß fallen. Unsere Mutter hatte uns gebeten, ihr vorzulesen, das Licht schmerzte sie zu sehr in den Augen. Alle hatten behauptet, Bestrahlungen seien leichter zu ertragen als Chemo, doch bisher schien das nicht der Fall zu sein. Die Haut auf der Brust unserer Mutter war brennend rot, und von den Medikamenten war ihr ständig übel. Sie war permanent erschöpft, einfach müde bis in die Knochen, was sie kaum zu erklären vermochte, aber wir merkten es an den langsamen Bewegungen ihrer Arme, ihrer verzögerten Reaktion, wenn die Sonne in ihr Zimmer schien und sie – wie gelähmt vom Kampf in ihrem Körper – dem Licht auszuweichen versuchte.

Unsere Mutter redete weiter, entweder bemerkte sie Roses Verlegenheit angesichts dieser sehr speziellen Eröffnung nicht, oder sie ignorierte sie. »Ich weiß nicht, ob euer Vater es wusste. Wir haben nie darüber gesprochen.« Sie spreizte die Finger auf der Decke, als brauche ihre schmerzende Haut etwas Weiches zum Fühlen.

»Möchtest du, dass ich aufhöre?«, fragte Rose, im Versuch, dem Gesprächsthema zu entgehen. Unsere Mutter drehte langsam den Kopf zu Rose, in ihren Augen standen Tränen des Schmerzes und der Erschöpfung, die das Blau noch wässriger und blasser machten.

»Ja«, sagte sie. Rose griff nach dem Lesezeichen und legte das

 Buch Kante auf Kante auf den Nachttisch unseres Vaters. Sie saßen ein Weilchen schweigend da, Rose die Hände im Schoß ordentlich gefaltet. In so vieler Hinsicht sahen wir unserem Vater ähnlich, doch Rose und unsere Mutter nebeneinander wirkten wie zwei spiegelbildliche sepiafarbene Fotografien. Die müden Linien in den Augenwinkeln, die sanft abfallenden Schultern, die Art und Weise, wie sie den Mund im Zorn zusammenpressten.

»Bevor ich euren Vater kennenlernte, hatte ich einen Freund, Jack Weston. Ich habe ihn geliebt – nicht wie ich euren Vater liebe, aber ich habe ihn geliebt.« Wir haben Bilder von diesem Jungen gesehen, diesem Mann, der unser Vater hätte werden können. Ein Campingurlaub in Pennsylvania, grüne Berge im Hintergrund, er mit nackter, braungebrannter Brust, einen Arm lässig um die Schultern unserer Mutter gelegt. Sie schaut nicht in die Kamera, lacht, vielleicht ein Witz, außerhalb des Bilds erzählt, er aber starrt grünäugig und direkt in die Linse, schiefe, weiße Zähne im blassen Orangeton früher Farbfotografien.

Rose wartete immer noch, dass der Moment vorüberging, und hoffte, dass die heikle Geschichte nicht noch heikler endete.

Der Atem unserer Mutter klang merkwürdig gepresst und mühsam, sie hielt zwischen den Sätzen inne, bis sie wieder genügend Kraft gesammelt hatte, um fortzufahren. Der Himmel zwischen den Vorhangspalten wurde düster und gelblich, und das Licht sank zum Horizont hinab. »Ich dachte, wir würden heiraten. Er war so leidenschaftlich.« Jetzt erstarrte Rose, doch das war nicht nötig. »Er war ein Träumer. Er glaubte an eine bessere Welt. Deshalb haben wir nicht geheiratet. Nicht, weil ich nicht wollte, was er wollte, sondern weil er es entschiedener wollte. Er meldete sich beim Friedenscorps und verbrachte zwei Jahre in Afrika. Und wollte, dass ich nachkomme.«

Wieder herrschte Stille, bis auf ihren mühsamen, stockenden Atem. Rose wollte schon etwas sagen, hätte unsere Mutter fragen sollen – würde später bereuen, sie nicht gefragt zu haben –, ob alles in Ordnung sei, war aber zu sehr in Anspruch genommen von diesem unvermittelten Bekenntnis. Unter den schrumpeligen Lidern zuckten die Augen unserer Mutter unruhig hin und her.

»Wir müssen nicht reden«, sagte Rose. Sie nahm wieder das Buch zur Hand, fuhr mit dem Daumen über den Buchrücken, spürte die scharfen Knickkanten des Einbands, der die Seiten zusammenhielt. »Du kannst es mir später erzählen.« Oder nie. Nie ist gut.

»Du musst mir zuhören«, sagte unsere Mutter mit unvermittelter Schärfe. Als sie weitersprach, war sie wieder ruhiger, schien verloren im Nebel der Erinnerung oder des Schmerzes. »Ich war zu ängstlich, um ins Ausland zu gehen. Ich konnte mir nicht vorstellen, dort zu leben. Ich hatte Angst, dass ich von dem Wasser krank würde. Oder dass ich nicht stark genug wäre für irgendwelche körperliche Arbeit. Oder dass ich ... Heimweh bekäme. Vor allem Möglichen.«

»Das ist doch normal«, sagte Rose. »Ich hätte auch Angst.«

»Ach, Liebes«, sagte unsere Mutter. Sie fuhr mit der Hand über die Decke, tastete nach Roses Fingern und drückte sie fest. »Ich weiß. Deshalb erzähle ich es dir.« Wieder entstand eine längere Pause, und Rose dachte schon, sie sei vielleicht eingeschlafen. Die meiste Zeit verbrachte sie nämlich in einer Art Halbschlaf, in einem betäubten Dämmerzustand, während das Gift in ihrem Inneren seine Arbeit tat.

»Du musst jetzt gehen«, sagte sie schließlich. Rose sah unsere Mutter an. Ihre Augen waren noch immer geschlossen, die Lippen grau und spröde, trotz der Eiswürfel, die wir ihr Stunde um Stunde brachten. Sie aß kaum noch etwas und trank sogar noch weniger. »Du wirst es ewig bereuen.«

Das war eine unvorhergesehene Entwicklung. Waren wir so egoistisch gewesen, davon auszugehen, das Leben unserer Eltern habe erst mit uns begonnen und komme jedes Mal zu einer Art Stillstand, sobald wir uns außerhalb ihrer Umlaufbahn bewegten? Lebten sie ihr Leben etwa genauso wie wir – in einem wilden Durcheinander aus Erinnerungen, Gefühlen, Wünschen, Hoffnungen und Trauer um Verluste?

In diesem Moment begriff Rose, dass sie unsere Mutter überhaupt nicht kannte.

»Aber ich habe Angst«, sagte sie, und dieses Eingeständnis kostete sie so viel, dass sie regelrecht in sich zusammenfiel, sich so erschöpft fühlte wie unsere Mutter, die an diesem absolut herrlichen Sommerabend im Bett lag und darauf hoffte, wieder zu leben.

»Tu jeden Tag etwas, wovor du Angst hast«, sagte unsere Mutter. »Eleanor Roosevelt.« Sie hielt immer noch Roses Hand.

»Brauchst du mich denn nicht hier?«, fragte Rose in anklagendem Ton.

»O Rosie, natürlich finde ich es schön, wenn du hier bist. Aber für mich ist ganz wichtig, dass du tust, was dich glücklich macht. Und du bist doch nicht glücklich, oder?«

»Im Moment nicht, nein.«

»Dann fahr«, sagte unsere Mutter und streichelte schwach Roses Hand. »Fahr hin und schau, ob es etwas für dich sein könnte. Bevor es zu spät ist.«

Rose spürte Tränen in den Augenwinkeln, während sie zusah, wie unsere Mutter, von diesem Gespräch erschöpft, in Schlaf sank. Doch als Rose aufstand, um das Zimmer zu verlassen, öffnete sie noch einmal die Augen.

»Ich bedauere nicht, dass ich nicht gegangen bin«, sagte sie ruhig. »Aber ich wünschte, ich hätte es getan. Ich hätte ein anderer Mensch werden können.«

Diese Möglichkeit hatte Rose eigentlich noch nie in Erwägung gezogen.

»Ich möchte, dass du weißt, dass ich absolut idiotisch finde, was du vorhast«, sagte Bean zu Cordy, die sie freundlicherweise in die Stadt fuhr. Im Fond des Wagens unserer Eltern stapelten sich die Kartons mit Beans Großstadt-Garderobe, verlesen und gebündelt wie Weizen nach der Ernte und bereit, in dem Secondhandladen, den sie ausfindig gemacht hatte, an den Meistbietenden verkauft zu werden.

»Danke!«, sagte Cordy. »Das habe ich lange nicht mehr gehört. Nett, daran erinnert zu werden, dass ich meinen Titel noch ein weiteres Jahr behalten kann.« Sie setzte den Blinker und wechselte die Spur.

»Ich bin noch nicht fertig. Ich finde es auch mutig. Und es ist ja auch nichts Neues. Du konntest schon immer sehr gut mit Kindern umgehen. Anders als ich.«

»Du kommst doch auch mit Kindern zurecht, Bean. Du mochtest sie nur nie besonders.«

»Aber du. Und wenn du alles Praktische, was damit zusammenhängt, geregelt kriegst, wirst du eine großartige Mutter sein.«

»Danke«, sagte Cordy mit etwas weicherer Stimme. »Ich höre mit Freuden, dass jemand mich unterstützt.«

»Du weißt doch, dass sie dich schließlich unterstützen werden. Und mit ›sie‹ meine ich Dad. Mom sieht es ja schon positiver. Ich glaube, sie ist im Augenblick nur viel zu erschöpft, um an irgendetwas Anteil zu nehmen.«

»Hoffentlich.« Doch Cordys Stimme klang düster, zittrig.

Es war so schwer zu ertragen, wie unser Vater Cordy schnitt, wie er sich sogar noch mehr als sonst in sein Arbeitszimmer flüchtete und nur mit Brummen auf ihre Annäherungsversuche reagierte, wie er sich neben uns durchs Haus bewegte, aber nie mit uns. Aus der Lieblingsperson Cordy war ein überflüssiges Mitglied, aus Cordelia war Ophelia geworden.

»Wirst du ihnen das von dir erzählen?«, fragte Cordy. Ihr Blick blieb auf die Straße gerichtet und war für Bean nicht zu ergründen.

»Nein!«, sagte Bean entsetzt. »Allmächtiger, kannst du dir das etwa vorstellen?«

»Es würde den Druck von mir nehmen. Ich kann es für dich machen«, sagte Cordy, ein müder Witz, bei dem uns ganz übel wurde. Andere Schwestern taten so etwas wahrscheinlich, aber trotz mancher unangenehmer Konflikte zwischen uns – solche Schwestern waren wir nicht!

»Cordy, im Ernst. Du darfst es niemand erzählen. Auf keinen Fall.«

»Aber du kannst doch nicht einfach so tun, als wäre nichts passiert.«

»Als ob ich so tun würde! Du hast ja keine Ahnung. Ich denke die ganze Zeit daran, Cord. Es ist das Erste, woran ich denke, wenn ich morgens aufstehe, und mir wird davon so schlecht, dass ich kotzen könnte.« Mir wird davon so schlecht, dass ich die Nacht im Bett einer anderen Frau verbringe und die Midlifecrisis ihres Mannes ausnutze, um mich und mein Elend zu vergessen.

»Ich kenne das Gefühl«, sagte Cordy und meinte damit nicht nur die morgendliche Übelkeit, aber Bean hörte gar nicht zu.

»Ich hasse mich. Ich hasse mich für das, was aus mir geworden ist, und für das, was ich getan habe. Die Person, die das alles getan hat, kommt mir gar nicht vor wie … sie ist wie jemand, den ich gar nicht kenne. Weil ich nämlich nicht so erzogen wurde. Ich habe auch keine Entschuldigung dafür, keine schlimme Kindheit, kein seelisches Loch, das gestopft werden muss. Ich habe es getan, weil ich dachte, ich brauche das. Ich dachte, es würde mir zustehen. Es ist einfach krank.«

»Du magst ihn, oder?«

»Was?«

»Father Aidan«, sagte Cordy. Ungeachtet der Kartons, die ihr die Sicht versperrten, blickte sie reflexartig über die Schulter zurück und fuhr von der Schnellstraße auf die Ausfahrt in Richtung Stadt. »Du *magst* ihn magst ihn.«

»Was zum Teufel hat das damit zu tun?«

»Alles«, intonierte Cordy.

»Jetzt pass mal auf«, sagte Bean. »Er ist ein heißer Typ. Für einen Pfarrer. Aber glaubst du wirklich, ein Pfarrer würde mich haben wollen?«

»Ich glaube, für Pfarrer gehört es sich nicht, Menschen *haben* zu wollen«, stellte Cordy klar. Sie bremste vor einer roten Ampel. Neben uns hielt ein zerlumpter Mann ein Pappschild in die Höhe.

Cordy lächelte und schüttelte den Kopf, und er klapperte weiter die Ausfahrt ab.

»Ich mag ihn, ja. Als Freund. Ich glaube, er kann mir helfen.«

»Nur zur Information. Rumbumsen ist nicht hilfreich«, sagte Cordy.

»Halt die Klappe«, erwiderte Bean.

»Wenn du ihn willst, musst du die Sache mit Dr. Manning beenden«, sagte Cordy.

Bean erstarrte. Cordy warf ihr einen Seitenblick zu und schüttelte den Kopf. »Bean, du glaubst doch wohl nicht, dass uns das entgangen ist.«

»Ich habe nicht … Es ist nicht …«, stotterte Bean, doch es gab nichts zu sagen. Schon wieder ertappt.

»Ich halte dich nicht für einen schlechten Menschen. Und bestimmt hast du schon Schlimmeres angestellt. Ich habe verdammt schon Schlimmeres angestellt. Aber das ist doch nicht das, was du wirklich willst, oder?«

»Nein«, flüsterte Bean beschämt und mit tränenerstickter Stimme. »Wenn ich mit ihm zusammen bin, bin ich glücklich, aber …« Ihre Stimme verlor sich. Das stimmte natürlich nicht. Vergessen war doch nicht dasselbe wie glücklich sein. Betrunken sein war nicht dasselbe wie vergessen, und sooft sie tatsächlich betrunken war, wenn sie mit ihm zusammen war, so oft war sie einfach betäubt von der Anstrengung, all ihre Probleme zu vergessen.

»Nein, bist du nicht«, sagte Cordy fröhlich. »Dir geht es offensichtlich richtig mies, Bean. Und am miesesten geht es uns, wenn wir selbst dafür verantwortlich sind. Traurig, aber wahr.«

»Als wärst du besonders glücklich«, bemerkte Bean.

»*Sie wollen mich peitschen lassen, wenn ich die Wahrheit sage; du willst mich peitschen lassen, wenn ich lüge, und zuweilen werde ich gepeitscht, weil ich's Maul halte.*«

»Du musst nicht meinetwegen zur Märtyrerin werden«, schnaubte Bean, doch in Cordys Worten steckte der Stachel der Wahrheit.

»Ich habe nie behauptet, glücklich zu sein. Zufällig reden wir hier aber nicht über mich. Wir reden über dich. Und darüber, wie du mit ihm Schluss machen willst. Und ob du Aidan nun willst oder nicht.«

»Ich kann nicht.« Schon wieder machte Bean einen Rückzieher.

»Du musst aber«, sagte Cordy. »Du hast dabei doch gar nicht das Gefühl, das du dir wünschst. Diese Affäre löst gar nichts, sie macht das Leben für niemanden besser. Sie hindert dich nur daran, dich weiterzubewegen.«

»Wohin denn weiterbewegen?« Als gäbe es in Barnwell irgendein lohnenswertes Ziel.

»Hin zu der Person, die du sein wirst«, sagte Cordy, als wäre das die Lösung. »Die neue Bean.« Und dann wiederholte sie »die neue Bean«, und fing an zu kichern.

Lernen Sie die neue Bean kennen; sie ist die alte Bean.

In New York hatte sie mit ihren Zimmergenossinnen eine Einweihungsparty gegeben, bei der Daisys Freund Michael ihnen geholfen hatte. Wie gewöhnlich hatte Bean zu viel getrunken, und als sie sich, ein vorsichtiger Vampir, am nächsten Morgen ganz langsam wieder dem Sonnenlicht aussetzte, hatte sich Daisy in der Küche vor ihr aufgebaut. »Lass Michael in Ruhe«, drohte sie, und ausnahmsweise nahm ihr weicher Südstaatentonfall den Worten nichts von ihrer Schärfe.

»Was?«, fragte Bean. Sie schwankte leicht, ein Seemann frisch an Land, und musste sich an der Kante des Tischchens festhalten, um Daisy in die Augen zu blicken. Deren Gesicht war weiß vor Wut, so dass ihre Sommersprossen wie kleine Sterne wirkten.

»Du hast den ganzen Abend an ihm geklebt. Er ist mein Freund.« Daisys Zeigefinger kam Beans Brust gefährlich nahe. Bean war zu erschöpft und verkatert, um sich zu konzentrieren, und starrte auf das fleischige Glied, registrierte die unmanikürten Nägel und den breiten Handteller, der auf ihrem Debütantinnenfoto fast die Nähte ihrer Handschuhe zum Platzen gebracht hatte.

»Das hatte nichts zu bedeuten«, stotterte Bean und suchte in ihrem Gehirn nach einer Entschuldigung. Verschwommen tauchte ein Bild auf, ihr Arm um Michaels Schulter, ihr Mund an seinem Ohr. Unwillkürlich wanderte ihre Hand zu ihrem Gesicht. Quatsch.

»Genau das ist dein Problem. Du hast nie kapiert, wie du mit einem Mann umgehen sollst, wenn du ihn nicht gebumst hast.« Bean war schockiert von der Vulgarität, auch wenn sie in weich klingenden Silben daherkam. Daisy las in Beans Miene, was sie dachte, und nickte zufrieden, da ihr Ausbruch offenbar ins Schwarze getroffen hatte. »Ich habe es doch selbst gesehen. Wie du in diesen Bars rumhängst und nach Zigaretten und Bier und wer weiß was stinkend nach Hause kommst. Aber ich lasse mir das nicht gefallen. Lass. Uns. In. Ruhe.« Damals hatte Bean sich dermaßen verraten gefühlt, dermaßen selbstgerecht abgefertigt. Doch Daisy hatte sie so gut gekannt, wie sie sich selbst niemals hatte kennen wollen.

Die neue Bean. Am liebsten hätte sie gelacht, doch sie wusste, dann würde sie anfangen zu weinen und nicht mehr aufhören können. Es gab keine neue Bean. Es gab nur dieses verdorbene Früchtchen, das sich hinter Make-up-Schichten, Lügen und Diebstahl verbarg – sich Geld und den Mann einer anderen Frau nahm. Es lief alles aufs Gleiche hinaus. Sie hatte geschworen, sich zu ändern, hatte es aber nicht getan. Bei der Kommunion kniete sie in der Kirche, als wäre sie deren würdig, sie beteiligte sich an Gemeindeprojekten, als würde die Düsternis in ihrem Innern nicht in die Fundamente der Häuser einsickern, die sie bauen half, und unter den Farbschichten Spuren von Verfall hinterlassen. Ihr Magen rebellierte, sie presste die Stirn ans Fenster und ließ sich von der Klimaanlage, die gegen die Scheibe blies, die heiße Haut kühlen.

Wie viel tiefer konnte sie noch sinken? Wie viele Lügen konnte sie noch erzählen?

Wer würde sie retten?

Cordy hatte recht. Sie musste die Sache mit Edward beenden.

 Und Aidan ... Sie sah im Geiste sein Gesicht, dachte daran, wie er im Gespräch ihre Schulter berührte und wie seine kräftigen Schultern sich beim Hausbau dehnten, dachte an seine herzliche Begrüßung, wenn er unsere ganze Familie in der Kirche versammelt sah.

Es wäre gar nicht so übel, Aidan zu lieben, überlegte sie. In seiner Nähe fühlte sie sich wieder rein, konnte hoffen, dass sie eines Tages wieder ganz sein würde, vor dem Abgrund bewahrt, aller Schäden behoben. Dieses Gefühl hätte sie gern für immer gehabt.

Rose hatte sich geirrt, als sie Jonathan erzählte, sie glaube, Bean sei hinter Aidan her. Vielleicht hatte sie es aber einfach nur vorausgeahnt. Denn auch wenn Bean ihn bisher noch nicht ernsthaft als Kandidaten in Betracht gezogen hatte, tat sie es zweifellos jetzt. Und während sie an ihn dachte, in ihren Erinnerungen blätterte, wurde er immer größer, immer attraktiver, immer vollkommener.

Er war der Richtige. Er konnte sie vor sich selbst retten.

Siebzehn

Unsere Mutter erholte sich von den Bestrahlungen der ersten Woche. Sie war nun schon so lange müde, dass wir beinahe vergessen hatten, dass sie auch anders sein konnte. Sie klagte nicht, obwohl sie, wie wir wussten, Schmerzen in der Brust hatte und selbst die kleinste Anstrengung sie zu erschöpfen schien.

Bean war bei der Arbeit, Rose hatte sich in die Stadt aufgemacht und Cordy mit unseren Eltern allein gelassen. Als unser Vater am Vortag mit unserer Mutter aus der Klinik kam, wirkte sie zwar müde, spielte aber mit Rose eine Partie Scrabble, machte einen Spaziergang durch den Garten und setzte sich beim Abendessen zu uns, auch wenn sie kaum etwas aß und ihre Gegenwart hauptsächlich dazu diente, das bedrückende Schweigen zwischen Cordy und unserem Vater zu entlasten.

Am Morgen danach wachte Cordy davon auf, dass unsere Mutter sich übergab. Cordy hatte zwar in letzter Zeit selbst viel damit zu tun, aber dies hier klang schlimmer, klang nach Schmerz und Verzweiflung, anders als bei ihr, so unangenehm Cordy das Erbrechen auch fand. Sie stolperte aus dem Bett, das zerzauste Haar noch zu dem losen Knoten geschlungen, mit dem sie schlief. In ihrem löchrigen T-Shirt und der auf Hüfthöhe locker gebundenen Pyjamahose tastete sie sich schlaftrunken ins Schlafzimmer unserer Eltern.

Wie alt waren Sie, als Ihnen zum ersten Mal klar wurde, dass Ihre Eltern menschliche Wesen sind? Dass sie nicht allmächtig sind, dass das, was sie sagen, nicht unbedingt gilt, dass sie Träume und Gefühle und Narben haben? Oder haben Sie das noch nicht festgestellt? Telefonieren Sie immer noch mit Ihren Eltern und führen einseitige Gespräche von Kind zu Eltern, nicht von einem Erwachsenen zum anderen?

Wir glauben, dass Cordy das in dem Moment begriff, als sie

 unsere Mutter halb aufgerichtet, den Arm unseres Vaters um die Schultern, im Bett liegen sah. Ihr Mund war nass von Speichel, ihre Haut papierweiß in den unerbittlichen Sonnenstrahlen, die durch den Vorhangspalt drangen. Unser Vater setzte die Metallschale ab, die wir allesamt schon bei schlimmen Magenverstimmungen benutzt hatten. Beim hohlen Klirren der Schale gegen den Nachttisch musste Cordy mit leichtem Schauder wieder daran denken. Unser Vater tupfte unserer Mutter mit einem nassen Waschlappen Stirn und Mund ab, und sie lächelte ihn an, und er lächelte zurück, dann schloss sie die Augen.

»Ist alles in Ordnung?«, fragte Cordy, ihre Stimme kaum mehr als ein Flüstern. Unser Vater drehte sich im Bett zu ihr um, und ihr schoss durch den Kopf, dass er immer so überrascht wirkte, wenn er uns sah, so, als kennte er uns nicht schon unser ganzes Leben. *Wer da?*

Er nahm seine Brille ab, putzte sie unnötigerweise mit dem Taschentuch, das er für diesen Zweck immer bei sich trug – ein solcher Herr, unser Vater –, setzte sie wieder auf und sah Cordy an, als könnten saubere Brillengläser das Geheimnis ihrer Anwesenheit entschlüsseln. Dazu sagen wir nur: Viel Glück, Daddy. »Ihr geht's bald wieder besser«, sagte er. »Ich denke, es sind nur die Medikamente.« Er wirkte selbst ein wenig deprimiert darüber, als hätte die chemische Struktur der Tabletten ihn höchstpersönlich tief enttäuscht.

»Kann ich helfen?«, fragte Cordy. Sie trat zaghaft näher, nacktfüßig von den breiten Dielenbrettern auf den abgewetzten Teppich. Finger wie flatternde Vögel.

»Komm her«, sagte unser Vater und klopfte auf den freien Platz neben unserer Mutter. Sie machte die Augen nicht auf, lächelte aber ein wenig, als sie spürte, wie Cordy sich setzte.

»Hallo, Mommy«, sagte Cordy. Unser Vater reichte ihr den Waschlappen, und sie tupfte unserer Mutter behutsam Mund und Kinn ab. Sie hatte immer eine so schöne Haut gehabt, fest und leicht flaumig, wie eine Frucht, mit süßen Sommersprossen auf dem Nasenrücken (die hatte keine von uns geerbt, und wie bitter kam uns das an) und rosig blühenden Wangen. Unser Vater stand auf und ging ins Bad, und Cordy horchte auf das vertraute Klappern der Schale gegen das Waschbecken, als er sie ausspülte. »Brauchst du etwas?«

»Nein danke, Schatz. Ich bin einfach müde.« Ihre Augen waren immer noch geschlossen und zuckten ein wenig unter den blau geäderten, hauchdünnen Lidern. »Kannst du deinem Vater Frühstück machen?« Sie hielt inne und befeuchtete sich die Lippen mit der Zunge. »Und vielleicht kommst du danach wieder hoch und liest mir etwas vor.«

»Na klar«, sagte Cordy. Sie küsste unsere Mutter auf die kalte, feuchte Stirn und stand vorsichtig auf, um das Bett nicht zu erschüttern. Die Luft im Elternschlafzimmer war noch immer kühl, sie zupfte das dicke weiße Federbett zurecht und zog die Vorhänge zu, um die vorwitzigen Sonnenstrahlen auszusperren, die auf der Decke spielten wie Finger auf einer Tastatur. Cordy hatte sich von jeher still und bereitwillig in ihr Schicksal gefügt. Allzu oft hatten wir ihr das Spielzeug aus den pummeligen Fingern gewunden, als sie noch gar nicht in der Lage war, sich körperlich oder mit Worten zur Wehr zu setzen. Würden wir aber behaupten, es wäre nicht der Anblick unserer Mutter im Bett gewesen, der Cordy verstummen ließ, dann wäre das nicht aufrichtig. Savasana. Totenstellung im Yoga.

In der Küche machte sich Cordy unter Geklapper eifrig ans Werk, schlug Eier auf und würfelte Gemüse für ein Omelett, nahm die kleinen Gewürzgläser in Augenschein. In ihrer eigenen Küche ordnete Rose Gläser und Dosen alphabetisch. Hier lagen sie wie betrunkene Matrosen kreuz und quer durcheinander und verstreuten getrocknete Blätter auf dem Schrankboden.

»Sie schläft«, verkündete unser Vater schroff, als er in die Küche kam. Er musste bereits draußen gewesen sein, die Zeitung lag aufgeschlagen auf dem Tisch, daneben stand ein Becher mit kalt gewordenem Kaffee. Er nahm die politischen Seiten hoch, als

 Cordy flink einen Teller hinstellte – ein mit Zwiebeln und Paprika aus dem Garten grün-weiß gesprenkeltes goldenes Omelett. »Danke«, sagte er und sah erst sie und dann den Teller an und schien über das Rätsel nachzugrübeln, das Mädchen und Essen verband.

»Gern geschehen«, sagte Cordy. Sie briet ein zweites Omelett, ließ es auf ihren Teller gleiten und setzte sich zu ihm an den Tisch. Unser Vater verschanzte sich hinter der Zeitung, doch sie hörte das Klappern seines Bestecks und das laute Schlucken, wenn er von seinem bitteren schwarzen Kaffee trank.

Unsere Bean hatte als Kind eine gewaltige Abneigung gegen Kaugeräusche entwickelt. Sie konnte am Frühstückstisch, angesichts des melodischen Zähneknirschens der versammelten, Müsli mampfenden Familie dermaßen wütend werden, dass sie schließlich aufstand und polternd verschwand, um in Frieden irgendwo anders zu essen. Cordy hatte sich nie daran gestört. Sie liebte die symphonische Harmonie miteinander essender Menschen, das leise, genüssliche Seufzen, wenn Geschmack und Geschmacksknospe aufeinandertrafen, das Schlagzeugorchester der Bestecke.

»Ich arbeite echt gerne im Café«, sagte sie mit einem Mal. Unser Vater ließ die Zeitung sinken, runzelte die Stirn und starrte unsere Schwester an. »Ich dachte gerade, dass ich die Geräusche mag. Den Dampferhitzer, die Türglocke, die Gespräche. Ich kann arbeiten und dabei um mich herum all die Geräusche hören, und irgendwie finde ich das tröstlich.«

»Wenn die Musik der Liebe Nahrung ist«, sagte unser Vater und lächelte kurz. Cordy nahm den Brosamen. Er widmete sich wieder seiner Zeitung. In ihren Augen brannten Tränen. So war es noch nie gewesen. Er hatte sich immer ihre Geschichten angehört, sich ihre Träume erzählen lassen und stets am meisten über ihre Witze gelacht. Jetzt schien er kaum ihre Stimme zu ertragen, kaum die Höflichkeit für Smalltalk aufbringen zu können.

Cordy war sich sicher, dass wir uns irrten. Er würde seine Meinung nicht ändern. Vielleicht niemals.

Wieso hatte sie erst begriffen, wie gut sie es hatte, als es damit vorbei war?

Sie aß schweigend ihr Omelett zu Ende, es schmeckte nach Pappe, dann ging sie wieder nach oben, während unser Vater das Geschirr abwusch. Einen Augenblick blieb sie in der Tür stehen und betrachtete unsere daliegende Mutter, horchte auf das sachte Rasseln ihrer Atemzüge beim Ein- und Ausatmen. Würde es von nun an immer so sein? Würde man sich ständig fragen, ob das, was man tat, richtig war, ob es zärtlich, sanft und fürsorglich genug war, ob es reichte, um Schmerzen zu lindern und Hoffnungen zu nähren? Bei dem Gedanken an so viel Verantwortung hämmerte ihr Herz einen kleinen panischen Trommelwirbel. Hier konnten wir immerhin hinter Cordy aufräumen, wenn sie etwas unerledigt ließ. Doch ein Baby würde ihre Sache sein. Ganz allein ihre.

Sie verlagerte ein wenig das Gewicht. Beim Knarren des Fußbodens schlug unsere Mutter die Augen auf. »Hat er etwas gegessen?«, fragte sie. So ist sie, unsere Mutter. Die vier apokalyptischen Reiter könnten uns auf den Fersen sein, und sie würde dafür sorgen wollen, dass unser Vater noch etwas aß. Wahrscheinlich, damit er im nächsten Leben nicht Hunger leiden müsste.

»Ja«, sagte Cordy. *»Der Herzog haben zu Mittag gespeist.«* Sie sah unsere Mutter genauer an. »Geht es dir gut? Du siehst irgendwie« – sie wedelte mit der Hand – »komisch aus.«

Unsere Mutter seufzte. »Mir geht's gut. Ich bin nur müde, wie gewöhnlich. Und hungrig.«

»Möchtest du etwas essen?« Cordy war schon auf dem Sprung in die Küche.

»Nein danke, Liebling. Selbst wenn ich es bei mir behalten könnte, im Moment schmeckt alles nach Metall. Es ist einfach grässlich.«

»Oh.« Cordy machte kehrt und trat ans Bett. »Möchtest du, dass ich dir jetzt vorlese?«

»Das wäre schön«, sagte unsere Mutter.

Cordy nahm das Buch, das auf dem Nachttisch unserer Mutter lag. »Tolstoi?«, fragte sie argwöhnisch.

»Ich dachte mir, ich würde viel Zeit haben«, sagte unsere Mutter mit einem schiefen Lächeln. Wir sind für unseren entschiedenen Willen zur (Nicht-Shakespeare'schen) Klassikerlektüre bekannt, aber ebenso sehr dafür, dass wir es, mit gewissen Ausnahmen, nicht schaffen (oder nicht schaffen wollen), diese Bücher zu Ende zu lesen.

Cordy nickte und hüpfte ziemlich schwungvoll auf der Seite unseres Vaters aufs Bett und entschuldigte sich, als sie sah, wie unsere Mutter das Gesicht verzog. »Du hast noch nicht angefangen?«, fragte sie.

»Nein. Euer Vater war so textpingelig im Krankenhaus, deshalb haben wir uns lieber einen Film angesehen. Irgendwas mit einem Hund.« Cordy wusste genau, was unsere Mutter meinte. Gelegentlich war unser Vater in so einer Stimmung, besonders wenn er etwas Komplexes las; dann räusperte er sich regelmäßig vielsagend und hielt immer wieder unverhofft inne, um Passagen vorzulesen, als wollte er sagen: »Wer glaubt denn so einen Stuss?« Nicht dass er jemals das Wort »Stuss« benutzen würde.

Cordy nickte und schlug das Buch auf. Unsere Mutter drehte den Kopf so, dass ihr Haar sich über dem Kopfkissen ausbreitete, und sah Cordy an. »Mein Baby«, sagte sie mit einem Lächeln, und Cordy fasste sich mit der Hand an den Bauch. »Mein Baby«, sagte unsere Schwester.

Da Sie unsere Familie inzwischen kennen, wird es Sie nicht überraschen, dass unser Vater, als er das Eis brach, dies nicht mündlich tat. Und ebenso wenig wird es Sie überraschen, dass es sich nicht um eine handschriftliche Notiz handelte, sondern um die fotokopierte Seite aus seinem *Riverside*-Shakespeare, die entsprechenden Zeilen sorgfältig mit Leuchtstift markiert. Polonius zu Ophelia. Unser Vater hatte einmal einen Aufsatz geschrieben, in dem er den Rat an Laertes zerpflückte (*Dies über alles: sei dir selber treu* – dieselben Worte hatte er schon Rose gegenüber zitiert) und den Rat an Ophelia (grob gesprochen: schlaf nicht mit Hamlet, du dummes Huhn). Angesichts der Art und Weise, wie die Geschichte für Laertes und Ophelia ausgeht, fanden wir immer, dass Polonius, trotz der in den beiden Dialogen zum Ausdruck kommenden Ungleichheit der Geschlechter, jedes Mal absolut recht hatte und dass Ophelia wirklich auf ihn hätte hören sollen. Schließlich war Hamlet völlig bescheuert, und offensichtlich war das ansteckend.

Doch die Worte waren zärtlicher, als wir zugeben mochten, und als Geschenk unseres Vaters an Cordy klangen sie unschuldig und liebevoll. *»Ihr sprecht wie junges Blut, / In solchen Fährlichkeiten unbewandert ... Nein, betragt euch klüger ... Weiß ich doch, / Wenn das Blut kocht, wie das Gemüt der Zunge / Freigebig Schwüre leiht. Dies Lodern, Tochter, / Mehr leuchtend als erwärmend, und erloschen / Selbst im Versprechen, während es geschieht ...«*

Cordy hockte in der schattigen Gasse hinter der Beanery und hielt die Fotokopie in der Hand. Vor einem halben Jahr wäre dies noch ihre Zigarettenpause gewesen, jetzt lehnte sie sich einfach nur für einen Moment an die harte, körnige Backsteinmauer und atmete den Geruch von faulendem Abfall ein. Ihre Schürze war voller unvollständiger Handabdrücke, als hätte ein mehlbestäubtes, dreifingriges Ungeheuer sie angefallen. Wie oft hatte sie dieses Blatt inzwischen auseinandergefaltet, gelesen und wieder zusammengefaltet? Das Papier wurde schon ganz mürbe, wo sie es mit ihren verschwitzten Händen gefalzt hatte.

Das ist eines der Probleme, wenn man mit den Worten eines Mannes kommuniziert, der sie nicht mehr selbst erläutern kann: Manchmal ist es verdammt schwer zu kapieren, wovon er eigentlich redet. Schon die bloße Tatsache, dass Menschen endlos Bücher, Artikel und dramatische Interpretationen zu diesem Typen verfasst haben, sollte ihnen eigentlich klarmachen, dass er trotz seiner Wortgewalt nicht gerade der verständlichste Sprecher war. Nicht dass eine von uns das jemals unserem Vater sagen würde, aber mit Sicherheit haben wir das gedacht.

Cordy wusste, dass unser Vater der Meinung war, sie mache einen Fehler, da sie unreif und kindisch sei und das Ganze eine vorübergehende Laune. Dass er sie für unreif hielt, hatte sie sich allerdings in erster Linie selbst zuzuschreiben. Ihr Leben lang hatte sie sich im Status der Lieblingstochter gesonnt und es genossen, die vielgeliebte Jüngste zu sein, und das war die Kehrseite der Medaille: Wer würde ihr jetzt glauben, wenn sie erklärte, sie habe beschlossen, erwachsen zu sein?

»Cordy«, rief Dan aus dem Café. Sie berührte ihr Gesicht und spürte das Brennen alter Demütigungen. Wem machte sie etwas vor? Unsere unausgesprochenen Ermahnungen umkreisten sie heiß und drohend, sie konnte nur noch verschwommen sehen. War ihr je irgendetwas gelungen, außer das Sich-treiben-Lassen, was an und für sich noch keine Leistung war? Vor langer Zeit hatte sie geglaubt, es sei mutig, herumzuziehen, in der Reise liege die Kraft. Heute wusste sie, dass, für sie, Fortgehen kein mutiger Akt war; stark war, wer zurückkehrte; stark war, wer blieb.

Sie öffnete die Fliegengittertür zur Küche – einst, vor langer Zeit, war die Beanery ein Restaurant gewesen, und Cordy hatte angefangen, mit Interesse die industriellen Backöfen in Augenschein zu nehmen – und horchte auf das Quietschen und Scheppern hinter ihr. Vor ihr wurde der geflieste Gang enger und hinter der Theke wieder breiter. Wie eine nervöse Braut ging sie darauf zu.

»Na«, sagte Dan und lächelte ihr zu. Cordy entspannte sich wie ein junges Hündchen, das ein Mal zu viel getreten worden ist. »Ich brauche zwei Sandwiches.« Er wies mit dem Kopf auf eine Mutter mit Tochter, die sich an einem Tisch gegenübersaßen. Eine Highschool-Schülerin auf Besichtigungstour, wie es schien. Sie saßen steif da und sahen sich um, die Mutter urteilend, die Tochter testend. Hier könnte ich mich mit einem Jungen treffen. Hier könnte ich nach dem Unterricht mit meinen Freundinnen hingehen. »Einmal Croissant mit Hühnersalat, einmal Focaccia mit Truthahn.« Mit einem Zwinkern drückte er ihr den Bestellzettel in die Hand, und Cordy machte sich an die Arbeit.

Als die Sandwiches fertig waren, schnitt sie sie ordentlich auf einem Teller durch, arrangierte Essiggürkchen, Pommes frites und ein paar Wassermelonenwürfel zu einem essbaren Sträußchen und trug die Teller an den Tisch. »Es ist so klein«, sagte die Mutter und spielte gedankenverloren mit dem Strohhalm. »Ich bin mir nicht sicher, ob du dich daran gewöhnen könntest, so weit weg zu sein von ... allem.«

Cordy spitzte die Ohren. Tausend Gedanken rasten ihr durch den Kopf, doch sie lächelte nur und stellte die Teller ab. Ihre Unterstützung würde ohnehin keine Rolle spielen. Das Mädchen glich Bean, das sah sie, hatte den Kopf voller Träume, Wünsche und Ideen, und überhaupt, wer würde sich nicht in einen Ort wie Barney verlieben? Die anheimelnden, aus großen Quadern gefügten Mauern entlang der Main Street, die alten durchgetretenen Treppen in der Rubin Street, die Dachluken im Studentenwerk, die bei sommerlichen Führungen über den Campus täuschend einladend, im tiefsten Winter aber bedrohlich wirkten, der weite Innenhof, sanft grün im Schatten der Ahornbäume. Der Campus ist einfach toll, und seinen Sirenenklängen waren schon weniger beeindruckende Mädchen als dieses hier erlegen.

»Sie sind von hier, stimmt's?«, fragte die Mutter, und es dauerte einen Moment, bis Cordy begriff, dass die Frau sie meinte.

»Ja. Ich bin hier geboren und aufgewachsen.«

Die Mutter zog die Augenbrauen hoch und nickte ihrer Tochter zu, als wollte sie sagen: »Da siehst du, was mit Leuten aus solchen Orten passiert.«

»Ist es nicht schwierig, in solcher Abgeschiedenheit zu leben?«, fragte die Mutter.

Cordy zögerte. Eigentlich war es ihr komplett egal, ob dieses Mädchen nach Barney kam oder nicht, doch es kam ihr so unfair vor, dem Mädchen nicht wenigstens die Möglichkeit zu geben, den Ort anzuprobieren wie ein Kleid, sich vor den Spiegel zu stellen, sich hin und her zu drehen und eine mögliche Zukunft auszumalen.

 Sie wandte sich an die Tochter, die sich sichtlich unwohl fühlte in ihrer Aufmachung für das Vorstellungsgespräch, einem grünen Kostüm, unter dem ihre Persönlichkeit, sofern sie eine besaß, völlig verschwand. »Stimmt, Barney ist ein wenig abgeschieden. Aber du würdest staunen, wie lebhaft es während des Studienjahrs auf dem Campus zugeht. Da passieren tausend Dinge – im Zulassungsbüro gibt es gewöhnlich einen Veranstaltungskalender, den kannst du dir geben lassen. Dann siehst du, was in so einer Woche los sein kann – du kannst zu allem hingehen, wenn du willst.« Sie stellte fest, dass sie ihren Akzent im Zaum hielt, besonders die verräterischen Vokale des Mittleren Westens. »Ich glaube auch, du wirst feststellen, dass die meisten, die in einer größeren Stadt aufs College gehen, so sehr vom Campusleben in Anspruch genommen sind, dass sie kaum ausgehen. Und als Collegestudent fehlt einem sowieso das Geld dafür.«

Die Tochter schenkte ihr ein dankbares Lächeln. Die Mutter blickte kühl.

»Außerdem ist es von hier nur eine Stunde in die Stadt. Lassen Sie sich Ihr Essen schmecken.« Sie lächelte und ging zurück hinter die Theke. Dan war in seinem Büro und sah seufzend irgendwelche Papiere durch, also machte sie sich an die Arbeit. Als sie beim Putzen mit der Hüfte gegen die Theke stieß, spürte sie das Knistern von Papier und zog erneut den Zettel unseres Vaters aus ihrer Tasche. Sie wusste, er warnte sie nicht vor Sex – dafür war es auch unübersehbar zu spät –, aber wovor sonst?

Mit dem Handtuch zog sie Kreise auf der Theke aus kaltem, weißem, grau geädertem Marmorimitat. Sie sah sich wieder als Kind von vielleicht acht Jahren. Als Bean und Rose sich allmählich wieder von ihr abwandten; als sie kein so drolliges Spielzeug mehr war, weil sie einen eigenen Willen entwickelt hatte. Rose hatte damals mit der Suche nach ihrem Shakespeare-Prinzen begonnen, und Bean fand alles andere interessanter als Cordy, die so wenig zu gebrauchen war, dass sie noch nicht einmal die Geduld aufbrachte, ihre Haare fertig zu kämmen, und mit nur einem

Zopf und auf der anderen Seite einem Wust offener Haare herumrannte, die ihr um den Hals flogen.

Plötzlich so verlassen zu sein war traurig, aber irgendwie auch prima.

Sie stürzte sich auf Bücher und wollte so sein wie jede der Figuren, denen sie darin begegnete. Sie las eine Geschichte über ein Mädchen, das im Schrank las und nebenbei Schokoladenkekse aß, also machte sie es auch. Sie las sich durch Nancy Drew und die Hardy Boys, hielt überall Ausschau nach verdächtigen Hinweisen, schrieb sie in ihr *Harriet the Spy*-Notizheft und empfand die Tatsache, dass sich nie ein plausibler Zusammenhang ergab, als ewige Enttäuschung. Sie versuchte wegzulaufen, genauso wie tausend Kinder in tausend Büchern, doch sie kam mit ihrem Koffer, auf dem das Bild eines altmodischen kleinen Mädchens mit Haube klebte, nie weiter als bis zu den Rhododendronbüschen, dann verließ sie der Mut.

Es gelang ihr nie, in diesen Büchern sich selbst wiederzufinden, so sehr sie auch versuchte, zwischen den Seiten einzelne Eigenschaften aufzutun und sie für eine Stunde, einen Tag, eine Woche zu übernehmen. Wir glauben, in gewisser Weise haben wir das alle unser ganzes Leben lang gemacht – nach dem einen Buch gesucht, das uns den Schlüssel zu uns selbst in die Hand gibt, uns in eine fertig entwickelte Persönlichkeit schlüpfen lässt wie in ein möbliertes Zimmer, das man mieten kann. Als könnten wir hineinspazieren, uns umsehen und zu der grauhaarigen Vermieterin hinter uns sagen: »Wir nehmen es.«

Die Idee des Zauberkastens entstammte einem Roman, der von einem Jungen handelte, dessen Zauberkasten tatsächlich Zauberkraft besaß und ihn in fremden Welten von Abenteuer zu Abenteuer führte, geleitet von seinem winzigen Plastikzauberstab, und ihn aus Gefahr rettete durch einen bunten Schal oder einen gordischen Knoten in einer Schnur.

Unsere Familie hielt nicht viel von gekauften Sachen. Das war Teil der etwas unüberlegten Bemühungen unserer Eltern, aus der

 Konsumgesellschaft auszusteigen, symbolisiert durch ihre fernsehfeindliche Haltung. Wir besaßen nur gebrauchte Spielsachen – Puzzles mit fehlenden Teilen, Bauklötze, die nie richtig zusammenpassten, Puppen ohne Markennamen und mit Kleidern, die unsere Mutter auf der Nähmaschine genäht hatte. Unsere Eltern standen Cordys Bitte um einen Zauberkasten skeptisch gegenüber, in der Gewissheit, dass ihr Wunsch nur zu rasch von der nächsten fixen Idee abgelöst würde.

Nur dass es in diesem Fall nicht so war. Cordy bettelte so lange, bis sie schließlich zum Geburtstag mit einem der rarsten Geschenke in unserer Familie belohnt wurde: etwas in Einschweißfolie.

Die Tricks hatte sie schnell raus; der Kasten war, ebenso wie das Buch, dem diese Faszination entstammte, für ein jüngeres Kind gedacht. Cordy verfolgte uns durchs Haus, klopfte an Roses geschlossene Tür, bat um Einlass, fischte einen Rock aus der Klamottenkiste, den sie als Cape verwendete, und machte eine Vorführung für uns im Keller. Und dann, ein paar Tage später, war der Kasten vergessen. Zu Cordys Verteidigung sei gesagt, dass die Tricks ein wenig dürftig waren; die Perlen rutschten von der Schnur und rollten unter ein Sofa (wo sie, wie wir annehmen, bis zum heutigen Tag liegen), der Zauberstab verlor seine hübsche weiße Spitze. Doch bald schon faszinierte sie etwas Neues: eine Puppe mit nachwachsendem Haar, an der sie lernen konnte, Zöpfe zu flechten.

Abrakadabra.

Das war es dann natürlich. Und wenn sie in all den folgenden Jahren für irgendetwas Interesse zeigte, brachte irgendein Familienmitglied den verfluchten Zauberkasten aufs Tapet und verdrehte dabei die Augen, wie um zu sagen: »Ah ja, es ist wieder so weit.« Weshalb das Baby für uns auch nur ein weiterer Zauberkasten war, ein weiterer Lese-Nachmittag im Schrank, mit Schokokeksen und Taschenlampe.

Doch das war es nicht.

Oder doch?

Ein Studentenpärchen, das den Sommer über auf dem Campus arbeitete, kam in die Beanery und bestellte Eiskaffee an der Theke. Als sie sich einen Platz suchten, wollte Cordy das Geld in die Kasse legen, hielt die Scheine in der Hand und zögerte plötzlich. Sie hatte nie im großen Stil gestohlen so wie Bean, doch wenn ihr Chef besonders mies war, fand sie nichts dabei, ein paar Bestellungen falsch einzugeben und die Differenz in die eigene Tasche zu stecken, besonders, wenn sie so die Stadt mit dem Bus statt per Anhalter verlassen konnte.

Weshalb hatte sie diesen Ort verteidigt? Er war eine Falle. Unser Vater band ihr seidene Schnüre um die Fesseln, band sie an Barnwell mit seinen kryptischen Botschaften. Unsere Mutter packte Cordy an beiden Händen mit ihrer Krankheit. Und wir ließen einander über unsere Vergangenheiten stolpern, machten mit unseren tausend Fehlschlägen Kleinholz aus der Zukunft. Cordy spürte eine würgende Wut, einen Drang, ein Jucken, ein brennendes Bedürfnis, dem zu entkommen, überall zu sein, nur nicht hier.

Oxford im Sommer war anders, als Rose erwartet hatte. Die Stadt der träumenden Türme, in der nach ihrer Vorstellung Studenten in Talaren zu ihren Seminaren eilten, Professoren ernst über die Teleologie von Platons *Politeia* disputierten, Ströme von Ale flossen und Wasserspeier und strenge englische Gärten friedliche College-Campus zierten, war geschäftig und voller Touristen und moderner, als sie gedacht hatte. Durch den Schleier des Jetlags erschien ihr das hektische Hin und Her erschöpfend, überwältigend, und sie begriff zum ersten Mal die Weisheit, die in einer ruhigen Tasse Tee oder einem Vormittagsbier lag.

Bei der Ankunft warf sie sich Jonathan in die Arme. Der Stress des Flugs, die Monate ohne ihn, ihr eigener Herzschlag – bei seinem Anblick klappte sie einfach zusammen. Verwirrt vom Schlafmangel und einer gleißenden Sonne, wo doch Dunkelheit herrschen sollte (und der Regen? Sollte es in England nicht immerzu regnen?), bewegte ihr Körper sich wie automatisch.

Sie nahmen den Zug nach Oxford, und Roses Blick sprang zwischen Jonathan und der vor dem Fenster vorbeihuschenden ländlichen Szenerie hin und her. Zu Hause hatte sie zugesehen, wie die Vororte der Stadt immer weiter wucherten und die Lücke zwischen ihrem kleinen Wohngebiet und den ausgedehnten Feldern von Barney immer schmaler wurde, und ihr Herz machte einen Sprung und sang bei all dem endlosen Grün, den vom Fortschritt verschont gebliebenen Feldsteinhäusern und dem Anblick von etwas so Einfachem wie einer Schafherde.

Wie ist von dir die Trennung mir zum öden Winter worden!, dachte Rose, als sie seinen warmen Körper neben ihrem spürte, seine warme, trockene Hand in ihrer kalten. Sie kamen in seine Wohnung, fielen ins Bett und entdeckten einander neu. Danach lag sie mit dem Kopf auf seiner Brust, die Hand auf seinem schlagenden Herzen, und erlaubte sich, sich klein, weiblich und geborgen zu fühlen. Sie döste, er weckte sie, erinnerte sie sanft daran, dass man den ersten Tag lieber nicht verschlafen sollte, und sie döste wieder ein.

Abends gingen sie peinlich früh essen, Rose war immer noch schwindelig vor Erschöpfung und all dem Neuen. Jonathan führte sie in einen Pub, dessen Deckenbalken so niedrig waren, dass sie sich bücken musste, um von einem Raum in den anderen zu kommen, und die Treppe in den ersten Stock glich eher einem Kriech- als einem Durchgang. »Der älteste Pub Englands«, verkündete Jonathan, vielleicht war es auch der älteste Pub in Oxford. Es war nicht fair, in diesem Augenblick ihr Begriffsvermögen zu testen. Er bestellte an der Bar zwei Bier, und sie stiegen nach oben. Sie setzten sich einander gegenüber an einen schrundigen, abgewetzten, zwischen all den Schrammen dunkelbraunen Tisch und hielten Händchen. Rose hatte nicht vergessen, wie er aussah, doch nun, wo er leibhaftig vor ihr saß, merkte sie, was in der Erinnerung verloren gegangen war: die Intensität, die Tiefe seiner Augen, der genaue Winkel, in dem sein ewiger Haarwirbel in die Luft ragte, das Brennen seiner Haut auf ihrer.

»Ich bin so froh, dass du hier bist«, sagte er. »Du hast keine Ahnung, wie sehr ich dich vermisst habe.«

Ihr Lächeln erwiderte seins, still erröteten ihre Wangen. »Ich habe dich mehr vermisst«, sagte sie. »All das ohne dich durchzustehen war wirklich hart.«

»Wie geht es deiner Mutter?«, fragte er mit gerunzelter Stirn.

»Es ging ihr inzwischen besser, aber die Bestrahlung hat sie so müde gemacht. Sie ist einfach sehr elend.«

Jonathan stieß hörbar die Luft aus. »Das tut mir so leid.«

»Eigentlich würde man doch denken, sie hätten inzwischen etwas Besseres gefunden als Gift.« Sie sah ihn an und lächelte. »Du bist Wissenschaftler. Das musst du entwickeln.«

Er hob die Hände und flocht seine Finger in ihre, so dass Hand an Hand lag. »Du weißt ganz genau, dass das nicht mein Gebiet ist. Aber ich kann dir versichern, sie arbeiten daran.«

»Nicht rechtzeitig für sie«, sagte Rose.

Rechtzeitig für uns?

»Aber wie geht es ihr denn psychisch?«

»Sie ruht sehr viel, und wir lesen ihr vor, und das ist es, was sie am meisten braucht. Wenn Bean und Cordy …« Sie brach ab.

»Bean und Cordy was?«

»Na ja, ich wollte sagen, wenn Bean und Cordy mehr helfen würden, aber das ist ungerecht. Tatsächlich waren sie eine enorme Hilfe, alle beide. Überraschenderweise.«

»Mmm.«

»Ich bin immer noch öfter bei ihr, aber sie arbeiten beide. Deshalb verstehe ich es vermutlich.«

Bei diesem Eingeständnis hatte sie plötzlich ein schlechtes Gewissen, doch sie war so daran gewöhnt, uns zu kritisieren, dass sie es einfach nicht lassen konnte.

»Und wie geht es bei Cordy voran?«

Rose löste ihre Hände aus seinen und trank einen Schluck. In gewisser Hinsicht sprach sie mit Jonathan nicht gerne über uns. Er war so verdammt vernünftig.

Er bemerkte ihr Zögern. »Sei jetzt nicht ungerecht.«

»Körperlich geht es ihr gut. Ich war mit ihr beim Arzt, sie ist gesund, und alles ist, wie es sein sollte. Bis jetzt hat sie es sogar geschafft, ihren Job zu behalten. Aber …« Sie nahm noch einen Schluck. Jonathan legte die Hände um sein Glas, und sie bewunderte die Schönheit seiner Finger, verliebte sich aufs Neue in ihn. »Aber ich mache mir Sorgen um sie. Sie hat beim Arzt so wenige Fragen gestellt, sie weiß nicht, wer der Vater ist, und es scheint ihr auch nichts auszumachen. Die Arbeit im Café ist ja erst mal in Ordnung, aber sie kann davon kein Kind ernähren, und es wäre absolut unfair, unsere Eltern um Unterstützung zu bitten, wo die wirklich genug eigene Probleme haben.«

Jonathan nickte und sagte nichts.

»Sie ist nicht reif für ein Kind«, sagte Rose.

»Sie ist nicht so reif für das Kind, wie du es wärst«, sagte er.

»Autsch.«

»Nein, das meine ich ernst. Eines der Dinge, die ich am meisten an dir liebe, ist deine Fähigkeit, alles Mögliche – das Konkrete und das weniger Konkrete – in eine Art Ordnung zu bringen. Aber das ist die Rose-Methode. Es ist nicht die Cordy-Methode.«

»Ich fürchte nur, die Cordy-Methode wird nicht ausreichen.«

»Cordy hat so lange unter Bedingungen überlebt, die dich längst in die Flucht gejagt hätten. Offenbar hat sie einen Weg gefunden, irgendwie für sich zu sorgen.«

»Aber wir sprechen hier nicht davon, dass sie für sich sorgt. Wir sprechen davon, dass sie für ein Kind sorgen muss. Ich habe Angst um sie. Ich möchte nicht, dass sie es schwer hat.«

»Genau«, sagte er lächelnd. Es machte sie wahnsinnig, wenn er so war – heiter im Angesicht des Sturms. Seine Ruhe machte es ihr unmöglich, auf irgendetwas zu schimpfen. Sie schüttelte den Kopf. »Und was ist mit der schönen Bianca?«

Als Bean uns ihre Sünden gestand, hatte sie uns um Schweigen gebeten, doch Rose hatte es nicht geschafft, es Jonathan zu verschweigen. Er kannte also die ganze schmutzige Geschichte, oder zumindest den Teil, den Bean uns erzählt hatte. »Ihr geht es besser. Sie engagiert sich ziemlich in der Kirche. Arbeitet bei Gemeindeprojekten mit, ist viel mit Father Aidan zusammen. Es hat fast etwas von einer Bekehrung.«

»Im Schützengraben gibt es keine Atheisten«, sagte Jonathan.

Rose dachte darüber nach und blickte sich um. »Ich würde ja gern glauben, dass es nicht mehr ist. Aber Father Aidan sieht sehr gut aus …«

»Bean?« Er griff sich in gespieltem Entsetzen ans Herz. »Die sich einem Mann zuliebe für eine Sache engagiert? Ich bin schockiert, dass du so etwas denkst.«

»Du kannst mir ruhig glauben«, sagte sie. »Obwohl ich das Gefühl habe, dass sie furchtbar enttäuscht sein wird, wenn sie herausfindet, dass er wahrscheinlich ein Apostel von Kein-Sex-außerhalb-der-Ehe ist.«

»Na, das wird ihr guttun«, sagte Jonathan.

»Sie arbeitet auch, um das Geld zurückzuzahlen. Ich weiß nicht – ich dachte, sie würde sich vielleicht nur verstecken, aber sie ist wirklich fest entschlossen, die Sache wieder in Ordnung zu bringen.«

»Vielleicht bereut sie ja tatsächlich«, sagte Jonathan.

»Vielleicht. Ich hoffe es.«

Er legte seine Hand auf ihre und lächelte sie auf eine Weise an, gegen die sie machtlos war. Oh, sie wusste, er war nicht der schönste Mann der Welt, keiner, bei dem die Frauen auf der Straße stehen blieben, um ihm nachzublicken, doch für sie war er der einzige Stern am Himmel. »Siehst du, ich habe dir doch gesagt, Menschen können sich ändern. Es ist nicht so schwer.«

Wäre Rose nicht so damit beschäftigt gewesen, sich über den Tisch zu lehnen, um ihn zu küssen, das Bier auf seinen Lippen zu schmecken und in der Möglichkeit zu schwelgen, dass sie ihn berühren konnte und sich nicht nur selber umarmen musste, wenn seine Stimme über den Ozean hinweg flüsterte, dann hätte sie diese Behauptung vielleicht angezweifelt. Sich zu ändern war das Schwierigste von allem.

Achtzehn

Das Ganze war Beans Idee. Wir waren fünfzehn, zwölf und neun. Selbstverständlich besaß keine von uns einen Führerschein. An klaren Tagen fuhr unser Vater, wenn wir es nicht eilig hatten, hin und wieder auf einer der breiten Landstraßen, die Barney wie ein Kranz aus schwarzen Lakritzstreifen umgaben, an den Rand und ließ Rose ans Steuer. Ringsumher nichts als Weideland und Kühe, die uns tragisch anblickten, wenn wir vorüberrasten. Auch wenn ›rasen‹ vielleicht der falsche Ausdruck ist, denn Rose wollte nie schneller fahren als fünfundzwanzig Meilen pro Stunde. Johlende Jungs in Sportwagen mit Überrollbügeln brausten an uns vorbei, Musik dröhnte aus den Fenstern, und Roses Hände, auf zehn und zwei am Lenkrad, zuckten.

Doch Bean hatte diese Möglichkeit kaum bekommen – vielleicht zwei, drei Mal. Unsere Eltern waren fort, weil unser Vater einen Vortrag auf einer Konferenz hielt, wo seriöse Professoren beflissen jede Perle notierten, die er ihnen hinwarf, um danach in der Hotelbar zu verschwinden und später mit reichlich Wein abgefüllt und entschieden weniger beflissen in ihre Zimmer zu stolpern. Unsere Großeltern passten derweil auf uns auf, aber Nana und Pop-Pop hatten schon lange das Alter erreicht, in dem ihre Bettgehzeit der unseren entsprach, und wegen der Aufregung über die veränderten Umstände waren wir zu überdreht, um zu schlafen.

Rose lag im Bett, in die Welt der *Schatzinsel* versunken, als sie Bean und Cordy im Nachbarzimmer kichern hörte. Die wachsende Freundschaft der beiden ängstigte sie, ihr wurde ganz kalt bei dem Gedanken, allein zurückzubleiben. Sie schlug das Laken zurück, das im Schein der Leselampe weiß und sauber schimmerte, setzte die Zehen auf den Boden und tappte hinüber in Beans Zimmer. Die Tür stand einen Spalt breit offen, Licht fiel auf den Flurfußboden, sie griff nach der Klinke und zögerte kurz, ehe sie sie aufdrückte und hineinschlüpfte und die quietschenden Angeln sie ankündigten.

Bean und Cordy, beide noch mit kindlichen Körpern, zogen gerade Jeans, T-Shirts und Turnschuhe an.

»Komm mit«, sagte Bean zu Rose, denn wenn wir sie zu unserer Verbündeten machten, würde sie uns nicht aufhalten. »Wir gehen in den Deee-Lite.«

»Jetzt?«, fragte Rose. Was für Schandtaten ihrer Schwestern sie sich auch ausgemalt haben mochte, damit hatte sie garantiert nicht gerechnet. »Man braucht eine Stunde zu Fuß.« Das Deee-Lite lag am anderen Ende der Stadt, wo die Häuser in Maisfelder übergingen, die um diese Jahreszeit dunkel und abgeerntet dalagen.

Bean und Cordy sahen einander an und kicherten. Cordy schlüpfte in ihre Schuhe. »Wir nehmen das Auto«, sagte sie, und aus irgendeinem Grund fanden wir das wieder wahnsinnig komisch und mussten so sehr lachen, dass wir schon dachten, Nana und Pop-Pop würden bestimmt aufwachen.

Natürlich versuchte Rose, es uns auszureden, doch irgendetwas lag in dieser Nacht in der Luft, eine Ahnung von Herbst – das Deee-Lite würde nächste Woche für den Winter schließen (ordnungsgemäß, nicht unsere Schuld) –, das Gefühl von Freiheit, da unsere Eltern weit weg waren und unsere Großeltern am Ende des Flurs den Schlaf der Gerechten schliefen. Und wir glauben, es hatte etwas damit zu tun, dass wir drei allein waren, was so selten und schön war, dass wir innerlich summten wie vibrierende Gitarrensaiten.

Als Rose einsah, dass wir auf jeden Fall gehen würden, auch ohne sie, entschloss sie sich mitzukommen. Um aufzupassen, dass uns nichts passierte, behauptete sie.

Wenn wir heute darüber nachdenken, wie dämlich waren wir eigentlich? Wie dumm waren diese drei Mädchen, von denen nur eine über eine nennenswerte Fahrpraxis verfügte, wenn auch nicht bei Nacht, und die alle drei bei weitem zu jung waren, um in die

 Dunkelheit hinauszufahren, wo es Jungs in schnellen Autos gab und Mädchen in kurzen Röcken, die die Hauptstraße auf und ab stolzierten, auf der Suche nach einem kleinen Kitzel gegen die Monotonie des Alltags? Wir haben tausend dämlichere Dinge angestellt seit jener Nacht, aber darüber schütteln wir heute noch den Kopf.

Doch damals war uns das nicht klar. Wir wussten nur, dass wir wild und abenteuerlustig waren und die Nacht uns gehörte und dass wir über Kräfte verfügten, wir, die Zauberschwestern, Hand in Hand.

Rose machte viel Aufhebens darum, dass jede ihre Jacke mitnahm, als handle es sich um einen Talisman, einen Zauber gegen die schiere Idiotie unseres Vorhabens. Sie wusste genau, dass es blöd und verrückt war, es passte auch überhaupt nicht zu ihr, und wahrscheinlich war sie genau aus diesem Grund bereit mitzumachen.

Als wir alle angezogen waren, brachen wir auf, hielten auf den Dielenbrettern den Atem an, weil die bestimmt knarren und uns verraten würden, zogen die schwere Haustür auf und hörten das durchdringende Quietschen der Fliegengittertür, die nach dem Sommer noch nicht wieder ausgehängt worden war. Rose hatte den Schlüssel, denn wir waren übereingekommen, dass sie fahren würde. Sie hatte das Auto noch nie gestartet und ließ den Motor einen Augenblick laut aufheulen, bevor sie den Schlüssel losließ, den Schalter für die Scheinwerfer fand und in die Dunkelheit hinausfuhr.

Bean saß auf dem Beifahrersitz und suchte im Radio nach einem Sender, was in unserer Familie als Todsünde galt, bis sie einen Popsong fand, der ihr gefiel, und wir kurbelten die Fenster hinunter und krochen im Schneckentempo aus der Stadt, ließen uns von der Musik zudröhnen und kamen uns vor wie im Film, mit der Musik als Soundtrack für unsere große Flucht. Die Häuser rechts und links waren dunkel und still, aber als wir an den Studentenheimen vorbeikamen, sahen wir Licht und hörten Mu-

sik, und das gab uns das erregende Gefühl, Teil einer Welt zu sein,
in der etwas los war, in der drei Mädchen sich aus dem Haus schleichen und auf den Weg machen konnten, in der alles in Ordnung war und wir einfach irgendwer sein konnten – vor allem Rose; wir mussten nicht mehr länger wir selbst sein, wir waren aufregend und furchtlos.

Noch heute denken wir jedes Mal, wenn wir diesen Song hören, an jene Nacht und daran, wie glücklich wir waren. Bean sah Rose an, die das Lenkrad umklammerte und vor lauter Konzentration die Stirn krauste, während ihr Gesicht im Licht der Straßenlaternen regelmäßig aufleuchtete – hell, dunkel, hell, dunkel. Im Fond hatte Cordy sich in den Sitz gekuschelt, sang mit dem Radio mit und starrte aus dem Fenster.

Als wir die Stadtgrenze erreichten, steckte Bean plötzlich den Kopf aus dem Fenster, lehnte sich bis über die Schultern in die Nacht hinaus und heulte den Mond an. Jagte Rose damit echt eine Heidenangst ein. Dann kletterte Cordy neben Bean und hielt ihre Hand, und wir brüllten in die Dunkelheit hinaus, bis Roses Geschimpfe hinter uns sich in Gelächter verwandelte und wir schließlich allesamt der Nacht ins Gesicht lachten. Zwischen dem Stadtrand und dem Deee-Lite lag nur eine halbe Meile friedliches Weideland, doch wir hatten das Gefühl, als läge vor uns eine ganze Welt – unsere Zukunft und ein Leben voller Möglichkeiten.

Nach diesem schwindelerregenden Höhenflug folgte die prosaische Ernüchterung, als wir uns plötzlich auf dem Parkplatz des Deee-Lite wiederfanden, wo die Familien längst nach Hause gegangen waren und der Asphalt sich in einen Ort verwandelt hatte, wo Romanzen aufflammten und erloschen, Gerüchte gediehen und Freundschaften zerstört oder zementiert wurden, wo sich also das uramerikanische Leben jenseits von Barney, der Kooperative und unserer fernsehfreien Welt entspann. Und auch wenn wir, jede auf ihre Weise, Teil dieser idealisierten glanzvollen Welt zu sein versuchten – Bean mit ihren Teenager-Zeitschriften, Rose mit ihren Romanzen, Cordy mit ihren seltsamen Träumen –, begriffen wir, dass wir, so wie wir in jener Nacht waren, sehr, sehr viel mehr sein konnten.

Wir glauben, das Eis spielte nur für Cordy eine Rolle. Sie bekam ein Hörnchen mit Streuseln, und Bean aß einen Bananensplit, und Rose nahm natürlich ein Vanilleeis und zahlte für uns alle drei mit ihrem Taschengeld. Sie gab mehr Geld aus als wir anderen, doch sie schien auch immer am meisten zu haben. Die sparsame Rose zählte die Münzen stets so sorgfältig ab, als überließe sie den desinteressierten Verkäufern einen Teil ihrer selbst, aber sie hat uns auch nie etwas ausgeschlagen, worum wir sie gebeten haben.

Mit unserer Erlaubnis durfte Cordy sich ein großes Hörnchen bestellen, etwas, das unsere Eltern immer mit der Begründung verweigerten, sie würde davon Magenschmerzen bekommen (und wir dürfen kurz anmerken, dass sie völlig recht hatten). Doch sie verspeiste trotzdem das ganze verdammte Ding, bis ihr Mund mit Streuseln und angetrocknetem Softeis verschmiert war und ihre klebrigen Hände nach Milch rochen. Rose und Bean unterhielten sich und lachten, während Cordy draußen im Kreis um einen der vielen Plastiktische mit den schiefen Sonnenschirmen herumrannte und ihr mit jeder Sekunde schlechter wurde.

Möglich, dass Vollmond war. Jedenfalls scheint er in unserer Erinnerung ungeheuer hell; die Bilder zeigen sich in scharfem Kontrast, in perfekter Museumsqualität, ausgeleuchtet wie für eine Ausstellung. Und auch das mochte etwas mit unserer Stimmung zu tun haben, mit der Art und Weise, wie selbst unsere blütenreine, adrette Rose mitmachte und lachte, als wir uns aus dem Fenster hängten und beinah unser Leben aufs Spiel setzten, wie sie mit Bean flüsterte und über die Jungs kicherte, die sich mit geschmeidigen Hüften und aufgeworfenen Lippen an uns vorbeischoben. Cordy lag mit dem Kopf über der Kante rücklings auf einem Tisch und sah zu, wie Bean zu einem Abfalleimer schlenderte und dabei ein paar Jungen, die rauchend diese Parade beäugten, gefährlich nahe kam. Rose hielt sich die Hand vor den Mund und kicherte lautlos, als Bean ihre nicht existenten Hüften schwenkte, und, na klar, natürlich verfolgten die Jungs sie mit ihren Blicken, wie sie das noch auf Jahre hinaus tun würden.

Wir waren so glücklich, als wir uns wieder ins Auto setzten, um nach Hause zu fahren. Die Gefahr schien so gut wie vorüber, und das Nachhausefahren war nur noch eine Pflicht, die erledigt werden musste. Vielleicht gab Rose Bean deshalb den Schlüssel. Vielleicht auch, weil wir uns in diesem Augenblick einander so nahe fühlten, satt, schläfrig und mit Eiscreme abgefüllt, und weil unsere kleine Schwester uns mit fliegendem Haar wie ein losgelassener Ariel in der Dunkelheit umkreiste und weil wir so taten, als wären wir jemand ganz anderes. Vielleicht aber auch, weil wir tausende Male dort gewesen waren, tausende Male diese Straße gefahren waren und jeden Zentimeter Zaun und Asphalt und jedes Grasbüschel kannten und Barney uns zu allen Zeiten das Gefühl von Sicherheit und Geborgenheit vermittelt hatte.

Aus welchem Grund auch immer, Rose tat es und lehnte sich auf dem Beifahrersitz zurück und erklärte Bean, was sie tun sollte; sie sah ihr dabei zu, und selbst da fühlten wir uns noch sicher. Cordy lag auf dem Rücksitz, die Hände auf ihrem aufgeblähten Bauch, und stöhnte leise vor sich hin, und Rose stellte das Radio leiser.

Anfangs drückte Bean zu sehr aufs Gaspedal, wir ruckten und schlingerten über den Parkplatz, dann kam sie an der Ausfahrt knirschend zum Halt und schaute nach rechts und links. Mit viel Wind schoss ein Motorradfahrer an uns vorbei auf den Platz, Quietschen von Gummi auf Asphalt, furzendes Aufheulen des Motors, und sie nahm vorsichtig den Fuß von der Bremse und steuerte den Wagen langsam auf die Straße. Rose sog scharf die Luft ein und klammerte sich an ihren Sitz, aber Bean stellte ihren Fuß entschlossen aufs Pedal und gab Gas.

Das Vergnügen am Autofahren verliert sich, je öfter man fährt, doch in jener Nacht war es nichts als kühle, neue Unabhängigkeit, und wir rasten unvernünftig schnell die Straße entlang, weshalb Bean dann auch den Umriss des Rehs kaum wahrnahm, das über einen Weidezaun in unser Scheinwerferlicht sprang.

Rose sah es. Sie schwört, dass sie es sah, eine Sekunde früher als Bean, konnte aber noch nicht einmal schreien, so schnell ging es, dann der dumpfe Knall des Zusammenpralls, das Kreischen der Bremsen, und das Auto schlingerte in irren Schlangenlinien auf den Zaunpfosten zu. Im Fond rutschte Cordy vom Sitz, landete quer auf dem kleinen Bodenbuckel und stieß sich den Kopf am Türgriff. Natürlich weinte sie, aber als Bean und Rose die Türen öffneten und schreiend in die Nacht hinaustraten, rappelte sie sich hoch und kletterte hinter uns ins Freie, und eine einzelne kleine Träne zog ihre Spur über Cordys eiscremeverschmierte Wange. Sie sah bemitleidenswert und verwirrt aus. Uns dämmerte, dass der Ärger, der uns bevorstand, riesig sein würde. Es war das Schlimmste, was wir jemals angestellt hatten. Sogar unsere gutmütigen Eltern, denen es nicht lag, konsequent Hausarreste oder Verbote oder strengere Strafen als eine ernste Gardinenpredigt durchzusetzen, würden etwas unternehmen müssen.

»Ich bin gefahren«, sagte Rose. O Rose – sogar im Angesicht der Katastrophe noch vernünftig, und glauben Sie nur nicht, dass wir sie nicht dafür lieben. Aber Bean hörte sie nicht einmal; sie stand mitten auf der Straße und presste entsetzt die Hände auf den Mund. Das Reh lag unmittelbar neben der fetten, durchgezogenen gelben Mittellinie, als gehorche es dem Schild: Überholverbot. Eine Ricke, noch satt karamellbraun vom Sommer, mit einem weißen Fleck an der Kehle. Jedes Mal, wenn sie den Kopf hob und vergebens versuchte, ihren Körper zu bewegen, blitzte der weiße Fellfleck im Scheinwerferlicht auf wie ein Stern.

Rose versuchte, Cordy den Anblick zu ersparen, doch sie entwand sich Roses zupackendem Griff und trat auf die Straße. Sie streckte die Hand aus nach Bean, die immer noch schweigend dastand, keuchend in ihre Hände atmete und dem Reh bei seinem Todeskampf zusah, sein leises Stöhnen hörte, sein Flehen um Hilfe. Bean schüttelte Cordy ab, drehte sich weg von ihr, ohne aber das Reh aus den Augen zu lassen. Eins seiner Beine war gebrochen, und auf dem Asphalt war Blut.

Wer weiß, wie lange wir auf der Straße standen, unter Schock, unter einem Zuckerschock, bis ein Polizeiwagen auftauchte. Wir kannten den Beamten, Officer Franklin; er frühstückte immer im Diner neben der Buchhandlung, und wenn wir ihm auf der Straße begegneten, zog er uns gern einen Vierteldollar aus dem Ohr und brachte uns zum Lachen. Er war jung, und wir fragten ihn öfter, ob wir seine Mütze aufsetzen dürften, zum Teil, weil es so komisch aussah, wenn uns der breite Schirm in die Stirn rutschte, zum Teil, weil wir die empfindliche rosa Kopfhaut unter seinem Bürstenschnitt sehen wollten.

Das pulsierende Blaulicht des Polizeiwagens verwandelte die stille Straße in eine Kirmes, um uns herum flackerte es blau und rot. Der Polizist sah uns an, sah das Auto an, die leeren Sitze, wo unsere Eltern hätten sein sollen, dann blickte er zu dem Reh, sah den sich rot färbenden weißen Fleck – ob vom Blut oder dem Licht des Polizeiwagens, war nicht zu sagen. Ohne ein Wort ging er mit schweren Schritten zu seinem Auto und kehrte mit einem Gewehr zurück. Das Metall klackte laut beim Laden. Wir sahen ihm zu, alle drei, als er das Gewehr in Anschlag brachte, uns über den Schaft hinweg ansah und mit rauer Stimme sagte: »Jetzt müsst ihr wegschauen, Mädchen.« Und das taten wir.

Er muss ein guter Schütze gewesen sein, denn eben noch war da das Scharren der Hufe auf dem Asphalt, dann ein scharfer Knall, der wieder und wieder durch die Nacht hallte und uns in den Ohren dröhnte, dann nichts mehr. Cordy rannte an den Straßenrand, hielt sich mit beiden Händen an dem scharfen Drahtzaun fest und erbrach das Eis ins Gras.

Wir taten so etwas nie wieder. Nie!

Wir denken häufig an diese Nacht, aber nicht an das schreckliche Ende, sondern wir erinnern uns daran, wie frei und glücklich wir miteinander waren und wie sehr wir das Gefühl hatten, gemeinsam könnten wir alles schaffen, die Welt regieren und auf die Folgen pfeifen. Wir denken wieder an die offenen Fenster, den scharfen Wind auf unserer Haut und daran, wie wir in die Nacht hinausbrüllten und der Song aus dem Radio gegen den Wind und das Reifengeräusch auf dem Asphalt ankämpfte, daran, wie die starke, aufrechte Rose uns vor Unglück bewahrte, und wir erinnern uns an unser Versprechen, niemals mehr ein Lebewesen zu verletzen, und wir fragen uns, wo diese Mädchen geblieben sind, ob sie etwa in jener Nacht zusammen mit dem Reh auf der Straße gestorben sind oder ob sie ohnehin eines Tages verschwunden wären.

Neunzehn

»Ich weiß«, sagte unser Vater und wischte sich Maiskörner aus dem Bart, warf Vögel aus dem Nest, »auf Unehelichkeit liegt heute nicht mehr das Stigma wie in früheren Zeiten. Aber es scheint mir ein kapitaler Fehler zu sein, ein Kind ohne Vater in die Welt zu setzen.«

»Mein Kind hat einen Vater«, sagte Cordy. »Es kommt nicht fertig ausgewachsen aus meinem Kopf.« Sie saßen allein am Tisch, nachdem unsere Mutter vergeblich mit ein wenig Suppe und einer frischen Tomate gekämpft und sich entschuldigt hatte, um sich auszuruhen, und Bean ausgegangen war.

»Was für ein Vater denn? Bis jetzt konntest du ja noch nicht einmal seinen Namen nennen.«

»Ich bin auch ein Bastard; ich liebe die Bastarde; ich bin ein eingefleischter Bastard, ein ausgelernter Bastard, ein Bastard an Geist, Bastard an Herz, in allen Dingen illegitim«, sagte Cordy. Was ganz offenkundig falsch war, doch diese Verszeilen hatten uns immer gefallen.

»Außerdem trägt der Vater Verantwortung«, sagte unser Vater, als hätte sie nichts gesagt. »Du magst das Gefühl haben, dem Kind emotional geben zu können, was es braucht, aber wie steht es mit der finanziellen Seite? Er sollte zumindest dafür geradestehen.«

»Ich möchte sein Geld nicht«, sagte Cordy.

»Etwas zu wollen oder zu brauchen sind zwei Paar Stiefel, Cordelia. *Bin ich ein Narr, ein ganz armsel'ger Knecht.«* Er nahm sein Besteck, legte Messer und Gabel auf seinen Teller, Griffe auf vier Uhr. Cordy, deren Kellnerinneninstinkte erwachten, fragte sich, ob das die Aufforderung zum Abräumen war. Sie blieb, wo sie war.

»Ich bin kein Kind mehr, Daddy«, sagte sie und schaffte es so, ihr Argument mit einem einzigen Satz sowohl zu unterstreichen als auch zu untergraben.

Unser Vater räusperte sich nur. »Weißt du überhaupt, wer der Vater ist?«

Cordy dachte an den Maler. Er hatte kaum mit ihr gesprochen, sie um noch weniger gebeten, und am Ende war sie mit ihm gegangen, und es war eines der wenigen Male, wo sie ihren Körper gegeben und dennoch das Gefühl gehabt hatte, er gehöre weiter ihr. Wieso kam ihr die Vorstellung, seinen Namen zu nennen, wie Verrat vor? »Das spielt keine Rolle«, sagte Cordy.

Unser Vater schlug mit der Hand auf den Tisch. Das Besteck hüpfte und klapperte auf dem Porzellan. »Verdammt noch mal, Cordy, hör auf, dich so verantwortungslos aufzuführen.«

Cordy blickte ihn an, von Spiegel zu Spiegel. *»Was spricht mein Vater nur so rauh!«,* fragte sie. Ach, Miranda, der Ruin unseres Vaters. Bei Shakespeare gibt es lauter Väter, die ihre Töchter nicht ziehen lassen wollen, die sie beschützen, sie jung, jungfräulich, als ihr Eigentum halten wollen. Doch keiner bringt das Herz unseres Vaters so sehr zum Schmelzen wie Prospero und Miranda und die Befreiung aus dem Gefängnis von Eden. Er sah sie erwartungsvoll an, und Cordys Herz machte einen Sprung. Es war das erste Mal, seit sie uns von ihrer Schwangerschaft erzählt hatte, dass sie den Eindruck hatte, er höre tatsächlich, was sie sagte.

»Ich habe tausend Fehler gemacht«, sagte Cordy und starrte auf die Tischplatte. »Ich war ein Kind. Ich habe es dir gestattet – habe dich angefleht, mich zu unterstützen.« Sie hielt inne und sah ihn an, suchte in seinen dunklen Augen nach einem Zeichen, das ihr erlaubte, fortzufahren. Er nickte, und Cordy erwiderte das Nicken und redete weiter.

»Sieben Jahre lang bin ich herumgerannt, habe versucht, etwas Besonderes zu werden, jemand Bedeutendes. Ich habe mich mit Männern eingelassen, nur damit sie mich verletzten, und habe die gemieden, die mir helfen wollten.« Sie ballte beide Hände zu Fäusten, öffnete sie wieder und legte sie flach auf den Tisch. »Aber ich bin nach Hause gekommen, weil ich fertig war. Nicht weil ihr mich gebeten habt. Sondern weil ich es satt hatte, mich immer im Kreis zu drehen. Das Baby ist also keine neue Seite in meinem Leben. Es gehört zu der Seite, die ich bereits umgeschlagen habe.« Sie sah ihn wieder an, ihre Rede war zu Ende. Er saß mit vor der Brust verschränkten Armen da, die Brille war ihm auf die Nase gerutscht, und er fixierte sie über den Brillenrand, als würde er gerade eine Vorlesung halten.

Unser Vater saß lange schweigend da. Im Unterricht tat er das oft, hörte sich stumm die Kommentare der Studenten an, betrachtete sie in Gedanken wie einen Kristall, sah, wie das Licht in verschiedenen Winkeln darauftraf, und antwortete erst dann. Manche Studenten brauchten eine Weile, um sich an diese scheinbar peinlichen Pausen zu gewöhnen, doch mit der Zeit lernten sie sein Verhalten schätzen, verstanden es als Kompliment, dass er ihre Worte so sorgfältig abwog, dieser große Mann, der ihre Ideen mit einem einzigen verbalen Schlag hätte zunichtemachen können. »Mit dem, was du in der Beanery verdienst, kannst du kein Kind großziehen«, sagte er. »Und du bist nicht versichert.«

Cordy nickte. »Ich weiß. Ich kümmere mich gerade darum.«

»Und du wirst hier wohnen?«

»Das muss nicht sein. Über der Beanery gibt es eine Wohnung. Dan vermietet sie gewöhnlich an Studenten, aber er sagt, ich kann sie haben.«

»Deine Mutter möchte, dass du hier wohnst. Ich glaube, sie hätte gerne ein Baby im Haus, aber ich weiß nicht, ob das gut für sie ist. Babys ... man bekommt so wenig Schlaf.«

»Bis dahin hat sie die Behandlung hinter sich«, sagte Cordy. »Und vielleicht geht es ihr dadurch besser. Ich könnte mir denken, dass es für sie etwas ist, worauf sie sich freuen kann. Aber ich habe mich noch nicht entschieden.«

Er stand auf, räumte sein Geschirr ab, spülte es langsam, konzentriert ab und stellte es in die Spülmaschine. Er stützte sich mit den Händen auf die Spüle und sah aus dem Fenster, ein letztes blasses Licht erlaubte es, draußen noch etwas zu sehen, ehe sich das Glas in der Dunkelheit in einen Spiegel verwandelte. »Warum machst du es dir so schwer, Cordelia? Warum könnt ihr Mädchen euch nie für das Einfache entscheiden?«

»Ich weiß es nicht«, sagte Cordelia traurig.

Als Cordy sich dieses Gespräch – diesen Streit eigentlich – nachts noch einmal durch den Kopf gehen ließ, wurden ihre Wangen rot vor Kummer. Wütend rieb sie diese Zeugen ihrer Verlegenheit, und hätte am liebsten die Worte zurückgenommen, die ihr mittlerweile ziemlich kindisch vorkamen. Eine Wohnung über der Beanery. Eine Seite, die sie bereits umgeschlagen hatte.

Wieso besaß er diese Macht, sie so jung, so albern wirken zu lassen? Sie hatte diese Worte, die ihrem Verstand und ihrem Herzen so kraftvoll erschienen waren, heruntergeschnurrt wie Abzählreime. Sie starrte in den Garten hinaus und blies kräftig gegen die Scheibe. Er hatte recht. Sie war unreif. Sie konnte es nicht – konnte sich nicht um ein Kind kümmern, solange sie selbst noch so ein Baby war.

Es verwunderte sie kaum, dass sie plötzlich einen Wagen in der Auffahrt hörte, dann ein leises Klopfen an der Tür, ein gedämpftes Pochen im schlafenden Haus. Sie erhob sich von ihrem Platz in der Fensternische und öffnete die Haustür, und da stand Max, der Freund, der sie bei ihrer Rückkehr nach Hause mitten in der Nacht hier abgesetzt hatte. Das Haar fiel ihm in fettigen Strähnen in die Stirn, und er trug ein löchriges T-Shirt über einem langärmligen Hemd, dazu ein Paar abgewetzte Cargoshorts. Sie hatte den Eindruck, es sei Jahre her, dass sie einander zum letzten Mal gesehen hatten, und bei seinem Anblick fühlte Cordy sich auf unerklärliche Weise erleichtert.

»Cordy«, sagte er, und sein Kopf zuckte leicht. »Ich könnte eine Bleibe gebrauchen.«

Sie stand da im Türrahmen, umfangen von der nächtlichen Hitze, und zögerte. Max brauchte dringend eine Dusche – sie roch die Straße an ihm: ungewaschene Kleidung, Benzin, das beim letzten Tanken auf seine Schuhe gekleckert war, Kaffee- und Zigarettengeruch in seinem Atem. Plötzlich wurde sie mit einer solchen Wucht von Erinnerungen heimgesucht, dass sie die Türklinke fest umklammern musste, um nicht zurückzuweichen. Das war es, wo sie hingehörte. Auf die Straße. Vogelfrei. Wo niemand urteilte, niemand Fragen stellte und niemand je an morgen dachte.

»Ich könnte eine Mitfahrgelegenheit gebrauchen«, erwiderte sie.

Bean war froh, dass sie instinktiv einige gute Kleidungsstücke nicht in den Secondhandladen gegeben hatte, selbst wenn das, wegen der Abzahlung ihrer Schulden, ein paar zusätzliche Vorlesestunden in der Kinderabteilung bedeutete. An diesem Tag hatte sie etwas Wichtiges vor, und sie würde es keinesfalls ohne die Rüstung einer eleganten Erscheinung erledigen.

Sie kleidete sich sorgfältig an, so wie sie es in New York immer und seither kaum noch getan hatte. Sie hatte es vielmehr zugelassen, dass mit jedem Tag eine weitere ihrer künstlichen Lackschichten abblätterte. Sie kämmte ihr Haar, bis es glatt fiel, benutzte jedes Bürstchen in ihrem Schminkkoffer und nickte sich schließlich im Spiegel befriedigt zu.

Es war traurig, wie beflissen Edward im Wohnzimmer aus seinem Sessel aufsprang, als sie an die Haustür klopfte und ihn dabei durch das Vorderfenster beobachtete. Plötzlich empfand sie großmütig Mitleid mit ihm. Wie schrecklich musste es für ihn sein, so lange von Lila und den Kindern getrennt zu sein; wie schwer, die eigene Jugend mitsamt dem guten Aussehen immer mehr ins Reich der Erinnerung entschwinden zu sehen; wie sehr hatte er sich bemüht, weiter den Standards zu genügen, die er sich vor langer Zeit gesetzt hatte – welche Bücher er lesen, welchen Wein er trinken, welche Musik er hören sollte –, wo er all das längst hätte abschütteln können, um endlich der zu sein, der er war.

»Ich hatte gehofft, dass du heute Abend kommst«, sagte er und streckte die Arme nach ihr aus. »Es ist viel zu lange her.« Er wollte sie küssen, doch sie trat einen Schritt zurück, so dass sein Mund nur ihr stark parfümiertes Haar streifte.

»Ich kann nicht bleiben, Edward. Ich bin nur vorbeigekommen, um mich zu entschuldigen.«

»Es gibt nichts zu entschuldigen«, entgegnete er. Wieder wollte er sie küssen, sein Atem roch stark nach Wein, und jetzt ließ sie seine Annäherung zu, erlaubte sich noch einmal, seine Wärme zu spüren, ehe sie wieder einen Schritt zurückwich.

»Was ist los?«, fragte er.

Bean faltete die Hände vor dem Bauch. »Ich kann das nicht mehr, Edward. Wir müssen Schluss machen.«

Er wirkte zunächst überrascht, dann erschrocken. Er griff nach ihrer Hand. »Sei nicht albern. Wir müssen nicht Schluss machen. Natürlich müssen wir ein bisschen vorsichtiger sein …« Sein Lächeln bekam etwas Gerissenes, und das ärgerte sie. Mit einem Mal stieß sie allein der Gedanke, mit ihm zusammen zu sein, regelrecht ab, und bei der Vorstellung, hinter Lilas Rücken mit ihm herumzumachen, ihn mit dem Geschmack nach ihr auf den Lippen nach Hause zu seinen Kindern zu schicken, hätte sie fast geweint.

»Nein, Edward. Es ist vorbei. Wir hätten gar nicht erst damit anfangen dürfen. Mein Gott, wenn ich an Lila denke, wird mir …« Sie musste an das Foto von Lila am Kühlschrank denken, und ihr wurde ganz übel vor Zorn. Sie wandte sich ab, blickte auf die kahle Wand hinter der Tür.

»Ich möchte nicht über Lila reden.«

»Du möchtest nicht über sie reden?« Bean drehte sich wieder zu ihm um und schrie beinahe. Sie hielt inne, sammelte sich. »Wir müssen über sie reden. Du bist mit ihr verheiratet. Und sie liebt dich. Ich weiß nicht, wieso, aber sie tut es. Und du solltest Gott jeden Abend auf Knien danken, dass sie es mit dir aushält, dass es in deinem Leben jemanden gibt, der dich so liebt, dass er verspricht, deine Scheiße zu ertragen, bis dass der Tod euch scheidet. So viel Glück sollten wir alle haben.«

Edward stand mit aufgerissenen Augen da, sprachlos. Bean hatte feuchte Hände und merkte, dass sie keuchte, als wäre sie gerade eine Runde gelaufen.

»Auf Wiedersehen, Edward«, sagte sie, drehte sich auf dem (Designer-)Absatz um und marschierte zur Tür hinaus mit dem Gefühl, vielleicht zum ersten Mal in ihrem Leben etwas absolut richtig gemacht zu haben.

Während Cordy ihre Tasche packte, duschte Max und aß ungefähr den halben Inhalt des Kühlschranks auf, dann fuhren sie los, Cordy hinterm Lenkrad, mit dem Bauch an dessen synthetischem Fellüberzug.

Sie verbrachten die Nacht irgendwo in einem leerstehenden Haus, Cordy auf einer durchgesessenen Couch, deren Rahmen mächtig in ihren Rücken drückte. Als sie in aller Frühe zur Beanery-Zeit erwachte, wanderte sie durch das Haus, das sich in nichts von den hundert anderen unterschied, in denen sie schon geschlafen hatte. Vermutlich war es irgendwann nach dem Tod der Eltern von einem Müßiggänger geerbt und übernommen worden, der nur geringe Neigung zeigte, die altmodische Einrichtung zu erneuern. Doch dann belebte sich das Mobiliar allmählich wieder mit den Körpern irgendwelcher vorbeischauender Freunde, der Kühlschrank füllte sich mit Bier statt mit Lebensmitteln, das Fliegengitter zur Veranda zierten lauter winzige Stummel selbstgedrehter Zigaretten, und das Haus war kein Heim mehr, sondern eine Durchgangsstation, das Dagegen-Ankämpfen lohnte sich nicht mehr. Und auch wenn Cordy für Häuser dieser Art natürlich immer wieder dankbar gewesen war, fühlte sie sich nach einem solchen Besuch auch stets irgendwie trostlos und leer, als ließe sie ein maunzendes Kätzchen im Stich.

Und dann fuhren sie zu einem Festival in einem Park, meilenweit entfernt von allem, was sie kannte. Es war einer dieser zahllosen Versuche, Woodstock wieder aufleben zu lassen, und das mit einer Mannschaft, die viel zu unsicher war, um ein richtiges

 Festival auf die Beine zu stellen. Cordy saß mit Max und einigen seiner Freunde in einem Zelt und versuchte krampfhaft, sich zu erinnern, was genau sie an Barney so hasste, dass es sie hierhergetrieben hatte. Eigentlich sollte sie in diesen Minuten ihre Schicht in der Beanery antreten, und bei dem Gedanken an das Café wurde ihr ganz schlecht vor Sehnsucht: nach dem Kaffeeduft, dem Besteckgeklapper und dem im Laufe des Tages an- und abschwellenden Geräuschpegel – von den verschlafenen Frühaufstehern über die Meuten zur Mittagszeit bis zum Gemurmel der nachmittäglichen Gäste mit Sitzfleisch. Hatte sie sich schließlich doch Hals über Kopf verliebt ... in ein Café?

Cordy seufzte, lehnte sich in der Ecke gegen einen Stapel Rucksäcke, legte die Hand auf ihren Bauch und streichelte ihn langsam. So sehr sie die Beanery auch liebte, sie war nicht mehr ihr Ort. Das hatte sie sich mit ihrer Flucht verscherzt. Sie sah zu Max hinüber, der konzentriert auf ihren Bauch starrte.

»Du bist schwanger«, stellte Max fest.

Er hatte über einen Tag gebraucht, um diesen brillanten Gedanken zu fassen.

»Soll vorkommen«, sagte Cordy.

»Bei mir nicht«, sagte Max vage. Cordy fragte sich, ob er das etwa wörtlich meinte, ob er irgendwie überrascht war, dass er selbst noch nie schwanger war, oder ob er einfach noch nie das Vergnügen gehabt hatte, einer Frau einen dicken Bauch zu machen.

»Du bist also wieder auf dem Kick?«, fragte er. Ein Junge – wirklich noch ein Junge, schlaksig, mit blutunterlaufenen Augen und unregelmäßigem Stoppelwuchs – stolperte ins Zelt, brach weiter hinten auf einem der Schlafsäcke zusammen und schlief auf der Stelle ein, ein Bein zwanglos auf Cordelias Schenkel drapiert wie ein ungehorsamer Schoßhund.

Es war eine Weile her, dass sie diesen Ausdruck gehört hatte. Die Menschen hatten alle möglichen Bezeichnungen für diese Existenzform, bei der man von Stadt zu Stadt trieb wie dieses rollende Steppenkraut, irgendwelchen Bands folgte, Träumen folgte, Liebhabern folgte und den Sternen. Max hatte es immer »auf dem Kick sein« genannt, da er häufig irgendwo rausgekickt wurde, meist wegen so geringfügiger Vergehen wie seiner Weigerung, die Hotelrechnung zu bezahlen.

»Ich weiß es nicht«, sagte Cordy. Plötzlich kam es ihr im Zelt eng und heiß vor, die Sonne, die durch den roten Nylonstoff schien, ließ Adern und Blut in Max' hohlen Wangen gespenstisch leuchten. »Ich muss …« Sie stieß das Bein des Jungen grob von sich, stand auf, öffnete die Zeltklappe und trat hinaus in die frische Luft.

Die Bühne befand sich weit weg hinter einer kleinen Baumgruppe, in der sich Toiletten und Duschen des Lagers verbargen, und die Musik drang nur als dumpfes, verschwommenes Hämmern und Brüllen herüber. Ein paar Leute spielten neben einigen Zelten und Klappstühlen Fußball mit gefüllten Stoffsäckchen. Neben einem zerbeulten Campingbus spülte eine junge Frau Wäsche unter einem Wasserhahn. Die blonden Dreadlocks fielen ihr über den Rücken und sahen in dem diffusen Nachmittagslicht verfilzt und schmutzig aus. Hinter ihr tapste ein Kleinkind auf unsicheren Beinen um einen kaputten Klappstuhl. Cordy ballte die Hände zu Fäusten und öffnete sie wieder.

Die Frau hob den Kopf und sah Cordy an, ihr Gesicht trug die Maske einer zwanzig Jahre älteren Frau. Cordy fuhr sich mit der Hand an die Kehle und streichelte sachte ihre Schlüsselbeine. Sie würde es schaffen. Sie würde ein Kind auch »auf dem Kick« großziehen können, es auf der Straße aufwachsen lassen, zwischen Bands und Lagerfeuern unterm Sternenhimmel in der Wüste. Es würde frei und weltoffen aufwachsen, ein Blatt im Wind.

Und sie selbst würde aussehen wie diese Frau, ungebunden und erschöpft. Das Kind würde niemals die Landkarte einer Schlafzimmerdecke kennenlernen, so wie sie ihre kannte. Vom mageren, unregelmäßigen Essen auf der Straße würde ihre Milch austrocknen. Cordy würde nicht Dans Halt gebende, warme Arme um sich spüren; wir würden unsere Nichte oder unseren Neffen nicht kennenlernen; unser Vater würde seinem Enkelkind keine Sonette vorflüstern; und das Baby würde niemals erfahren, was es hieß, Barnwell so sehr zu hassen, dass es nicht anders konnte, als dorthin zurückzukehren.

Die Band beendete einen Song, und die Menge jubelte. Die Stoffballspieler hörten auf und schlenderten wieder Richtung Bühne, und Cordy schloss sich ihnen an, ließ sich mitziehen. Das Gelände war riesig, ringsum ordentlich von einem Gemeindezaun eingefasst, und innerhalb dieser Grenzen ein Gewimmel von Menschen, so viele Körper in Bewegung. *Beispiele, die zu greifen, mahnen mich.*

Auf diesem Gelände lag ihre Vergangenheit – ein Verschwimmen von Bildern und Tönen, ein Wust von Erfahrungen, alle dazu angetan, die Welt draußenzuhalten, statt sie mit offenen Armen aufzunehmen. Ihr Körper enthielt ihre Zukunft, ihre Familie, alles, was sie zusammenhalten würde. Ihr Bauch krampfte sich zusammen, als sie mit schlechtem Gewissen an uns dachte, die wir uns zu Hause fragten, wo sie steckte, und das Schlimmste vermuteten, nämlich die Wahrheit.

Doch wenn sie jetzt sofort zurückkehrte – falls sie überhaupt jemanden fände, der sie die Nacht hindurch zurückfuhr –, würden wir ihr vielleicht verzeihen. Vielleicht würden wir vergessen. Vielleicht verstehen.

Vielleicht würden wir ihr glauben, dass die Veränderung dieses Mal echt war.

Cordy rannte zurück ins Zelt, um ihre Sachen zu holen.

Sie konnte unmöglich wissen, dass wir im Moment so gut wie überhaupt nicht an sie dachten.

Zwanzig

Als Bean von der Arbeit nach Hause kam, stand unser Vater an der Haustür wie ein Hund, der bettelt, ins Freie gelassen zu werden. Unsere Eltern hatten sich schon vor langer Zeit angewöhnt, vor dem Essen einen Spaziergang zu machen, und dass unsere Mutter sich an diese Tradition hielt, war das Höchste an Verlässlichkeit, wozu sie bereit war. Er kam dann etwa am späten Nachmittag aus dem Büro, und sie kümmerte sich nicht mehr um ihre Essensvorbereitungen (und uns, als wir alt genug dafür waren), sondern brach mit ihm zu einem Spaziergang durch die Stadt auf. Und obwohl unsere Mutter ihn jetzt nicht mehr begleiten konnte, bestand er weiter auf dieser Tradition.

»Eure Mutter ruht sich aus«, sagte er zur Begrüßung und trat durch die Tür in den kühler werdenden Abend hinaus.

Doch als Bean nach oben ging, um sich umzuziehen, hörte sie aus dem Zimmer unserer Eltern ein seltsames Keuchen. Mit klackernden Absätzen rannte sie zum Schlafzimmer und riss die Tür auf. Unsere Mutter ruhte sich ganz eindeutig nicht aus. Sie war eigenartig vornübergebeugt, als sei sie beim Aufstehen unterbrochen worden, ihr Rücken war gekrümmt, ein Bein schwebte ausgestreckt über dem Fußboden. Sie stützte sich auf den angewinkelten Arm, der unter dieser Anstrengung zitterte, blickte Bean mit aufgerissenen Augen an und streckte die andere Hand nach ihr aus.

»Mom!«, rief Bean und eilte zu ihr. »Was zum Teufel ist hier los?« Sie sah sich um, ob sie Blut oder Erbrochenes oder sonst irgendetwas entdeckte, aber da war nur dieses gefährliche Röcheln unserer Mutter, und alles, was sie sah, waren die zuckenden, flatternden Bewegungen ihrer Glieder. Bean drückte unsere Mutter zurück ins Kissen und befreite den unter ihrem Körper feststeckenden Arm. Unsere Mutter schnappte nach Luft und versuchte, sich wieder aufzurichten.

»Mein Gott«, sagte Bean. »Rose!«, brüllte sie. Ihre Stimme hallte durchs leere Haus. Sie wollte schon ein weiteres Mal nach Rose rufen, als ihr aufging, dass es nichts nützen würde. Rose war nicht da. Rose würde sie nicht retten. Dieses Mal nicht.

Sie schnappte sich das Telefon vom Tisch und wählte. Der Atem unserer Mutter hatte sich verlangsamt, kam aber weiterhin rau und pfeifend, ihre Augen waren immer noch weit aufgerissen, und die Schatten darunter wirkten auf der schockierend weißen Haut besonders dunkel.

»Ich brauche einen Krankenwagen!«, rief Bean ins Telefon, als jemand abnahm. Sie rannte zum Fenster und stieß es auf. »Daddy!«, rief sie. Er konnte noch nicht weit gekommen sein. Dann rief sie noch einmal, halb in den Hörer und halb in den Abend hinaus, während ihre Mutter hinter ihr zitterte: »Ich brauche einen Krankenwagen!«

Bean war außer sich vor Wut.

Wie war es möglich, dass Rose ausgerechnet jetzt nicht da war? Hier handelte es sich um einen Notfall, der hundertprozentig wie für Rose geschaffen war. Um eine Situation, in der sie zu absoluter Hochform auflaufen würde. In der sie locker ihr Märtyrerkreuz schultern könnte, um dann davon zu erzählen, wie sie unserer Mutter das Leben gerettet hatte. War das nicht ein riesiges Glück, dass sie gerade zur Stelle gewesen war?

Und wo zum Teufel war Cordy abgeblieben? Seit jener Nacht vor einigen Tagen, als unser Vater zufällig in der Küche einem verdreckten Flüchtling begegnet war, der die Reste eines Hühnchens direkt vom Teller im Kühlschrank vertilgte, hatte niemand sie mehr gesehen. War sie schließlich doch zu dem Entschluss gekommen, dass wir recht hatten, dass es ihr nicht zustand, ein Kind großzuziehen, und war mit demselben Wind wieder davongeflogen, der sie hergeweht hatte?

Bezeichnend für den Grad von Beans Verwirrung war, dass sie nicht einmal wahrnahm, wie gut der Arzt aussah, der im Wartezimmer neben ihr saß. Sie würdigte sein perfekt zerzaustes Haar keines Blickes, machte beim Anblick seiner strahlend weißen Zähne nicht einmal ihren verführerischen Schmollmund und registrierte auch nicht, wie er mit seinen kräftigen Händen den weißen Kittel glattstrich, als er sich setzte.

Vielleicht zeigte das ja auch an, wie sehr sie sich schließlich doch verändert hatte, irgendwie endgültig.

Es hatte ein verstopftes Blutgefäß im Arm unserer Mutter gegeben, vielleicht auch in ihrem Bein, das sich durch die erzwungene Bettruhe, die Chemotherapie und die Bestrahlung verschlimmert hatte. Das Gerinnsel hatte sich gelöst und war in die Lunge gewandert. Die Ärzte hatten unsere Eltern vielleicht darauf hingewiesen, dass so etwas passieren könne, doch da unser Vater mit seinen Gedanken immer nur bei dem Buch war, das er gerade in der Hand hielt, und unsere Mutter mit ihren immer nur … nun ja, woanders war, hatten sie uns nichts davon erzählt. Und auch wenn sie schworen, so ein Geschehen lasse sich unmöglich vorhersehen, hätten wir nicht wenigstens Bescheid wissen müssen?

Aber wahrscheinlich hätten wir es doch sowieso nicht begriffen, oder? So dermaßen von unseren persönlichen Problemen in Beschlag genommen, waren wir für niemanden von Nutzen. Nicht einmal für unsere Mutter.

Und so war das Gerinnsel durch ihre Adern in ihre Lunge gekrochen, weshalb sie dann auch so verzweifelt gekeucht hatte. Sie würde sich erholen, sie würde sich erholen, der gutaussehende Arzt wiederholte es viele Male, und Bean nickte jedes Mal zustimmend, doch sie würden sie eine Weile dabehalten. Und wir könnten nach Hause gehen und morgen zur Besuchszeit wiederkommen.

Doch unser Vater richtete sich natürlich in einem unbequemen Sessel im Zimmer unserer Mutter häuslich ein, und Bean fuhr allein nach Hause.

Dort wartete Cordy.

»Scheiße, Bean, was ist los?«, fragte sie, als Bean ins Haus trat und die Tür hinter sich zuknallte. »Wo steckt ihr alle?«

»Wo zum Teufel hast du gesteckt?«, gab Bean zurück. Sie stakste zum Kühlschrank und riss die Tür auf. Cordy hatte sich auf dem Sofa zusammengerollt, nun tappte sie hinter Bean in die Küche.

Cordy zögerte. »Ich war nur ... aus. Mit ein paar Freunden.«

»Ausgehen dauert ein paar Stunden, Cordy. Nicht Tage. Was hast du gemacht, bist du abgehauen und hast gekniffen?«

Cordy drückte den Rücken durch. »Ich hab nicht ...«, sagte sie, konnte den Satz aber nicht beenden.

»Nun, du hast dir eine beschissene Zeit für dein Verschwinden ausgesucht. Mom ist im Krankenhaus.« Beim Anblick des Kühlschrankinneren flatterte Bean hilflos mit den Händen und klappte die Tür wieder zu.

»Was ist passiert?«, fragte Cordy, und ihre Stimme klang brüchig. Ausgerechnet jetzt hatte sie sich davongemacht. Eine tolle Leistung, wie üblich.

»Sie hat ein Blutgerinnsel in der Lunge. Und wir Spitzenkrankenschwestern haben es geschafft, das komplett zu übersehen, bis sie heute Abend beinahe erstickt wäre. Prima von uns, nicht? Und wie war deine Reise?« Bean nahm einen Krug Eistee vom Fensterbrett und schenkte sich ein Glas ein.

»Kommt sie wieder in Ordnung?«

»Nein, ich habe sie in die Leichenhalle gebracht. Es geht ihr bald wieder gut, du Idiot. Dad bleibt bei ihr, und ich gehe sie morgen besuchen.«

»Ich komme mit«, sagte Cordy.

»Verausgabe dich bloß nicht«, sagte Bean und knallte das Glas so heftig auf den Tisch, dass der Tee gefährlich hoch- und wie eine Flutwelle wieder zurückschwappte.

»Ich bin froh, dass du zu Hause warst.«

»Oh, ich auch. Bin begeistert. Ich Glückliche.« Bean griff nach dem Glas, nahm einen Schluck und drehte sich so schnell wieder zu Cordy um, dass etwas Flüssigkeit auf dem Oberteil ihres Kleides landete und einen dunklen Fleck auf einer leuchtend roten

Mohnblume hinterließ. »Cordy, wo zum Teufel warst du? Du kannst nicht einfach so abhauen und niemandem etwas sagen. Was, wenn ich nicht zu Hause gewesen wäre?«

»Irgendjemand wäre schon da gewesen«, sagte Cordy und zog die Ärmel ihres Sweatshirts über die Hände.

»Wer denn? Dad war spazieren, Rose ist in England! Wir können nicht immer für dich einspringen, Cordy. Da ist niemand, der für den Rest deines Lebens hinter dir aufräumt!«

Cordy, die sich wie eine Schildkröte in ihre Stoffschichten verkroch, schoss scharf zurück. »Ausgerechnet du willst mir Ratschläge erteilen, Bean? Wenn du nicht zu Hause gewesen wärst, wo wärst du dann gewesen? Im Bett mit deinem verheirateten Liebhaber? Soll ich dir eine Medaille an die Brust heften, weil du ihn nicht gerade gevögelt hast, als Mom Hilfe brauchte?«

»Ich habe Schluss gemacht«, verkündete Bean eisig.

»Dann wäre es eben ein anderer gewesen«, sagte Cordy unbewegt, und beide erstarrten einen Moment, Bean, weil es einfach die Wahrheit war, und Cordy, weil sie noch nie zuvor etwas so Gemeines gesagt hatte.

»Von dir brauche ich mir wirklich keine moralischen Vorhaltungen machen zu lassen«, erklärte Bean und stellte ihr Glas in die Spüle. »Ich habe jetzt das unendliche Vergnügen, Rose anzurufen und ihr Bescheid zu sagen. Es sei denn, du möchtest diese ehrenvolle Aufgabe übernehmen.«

Cordy zerrte an den Ärmeln ihres Sweatshirts. »Wenn du es möchtest.«

»Sei doch nicht albern. Du warst ja nicht einmal da«, erwiderte Bean und stürmte davon, um Rose anzurufen.

Als das Telefon mit diesem merkwürdigen Doppelton klingelte, an den Rose sich, wie sie glaubte, nie gewöhnen würde, fuhr sie mit einem erschreckten Laut aus dem Schlaf. Jonathan drehte sich verschlafen um und nahm den Hörer ab. »Hallo?«, meldete er sich, und Rose hörte undeutlich Beans Stimme. »Nein, macht nichts. Ist alles in Ordnung?« Pause. »Sie ist direkt neben mir. Bleib dran.«

»Was ist passiert?« fragte Rose und umklammerte den Hörer.

»Ich freue mich auch, dich zu hören«, sagte Bean trocken. Ihre Stimme klang blechern in Roses Ohr. »Wie ich sehe, hat England deine Manieren kein bisschen verbessert.«

»Halt die Klappe, Bean. Hier ist es fünf Uhr morgens – du würdest nicht anrufen, wenn nicht etwas passiert wäre. Was ist also los? Ist es wegen Mom?« Rose war aufgestanden und fummelte sich bereits in ihre Kleider, die sie, sehr untypisch, überall auf dem Fußboden verstreut hatte. Die Telefonschnur drückte auf Jonathans Nase, er zog daran und zwang Rose zurück aufs Bett.

Bean seufzte laut, als wäre Rose diejenige, die sie aus dem Schlaf gerissen hatte. »Ja, Mom ist im Krankenhaus.«

»Was?«, kreischte Rose. Jonathan lehnte sich herüber und legte seine Hand auf ihren nackten Oberschenkel, die Wärme seiner Hand war ein Schock. »Ich bin gerade mal ein paar Tage weg, und schon liegt sie im Krankenhaus? Was ist passiert?«

Bean klärte sie ruhig und geduldig auf. Rose blieb beinahe die Luft weg, sie biss die Zähne so fest aufeinander, dass es knirschte, und krallte die Finger ins Laken. Warum passierte das, während sie hier in England war? Sie sollte doch diejenige sein, die die Sache im Krisenfall in die Hand nahm. Sie hätte gewusst, was zu tun war, wen man anrufen musste, wie man mit Ärzten sprach. Ausgeschlossen, dass Bean und Cordy das alles auch nur halb so gut schaffen würden wie sie.

»Wie lautet die Nummer des Krankenhauses?«, fragte sie. Sie schnippte mit den Fingern, Jonathan rollte sich weg und mit Stift und Notizblock wieder zurück, und sie notierte die Nummer. »Gut. Ruf mich an, wenn es was Neues gibt.« Sie ging ums Bett herum auf Jonathans Seite, legte den Hörer auf und begann erneut zu wählen, aber Jonathan legte die Hand auf ihren Arm.

»Ihr geht es doch so weit gut, oder?«

»Das behauptet Bean, aber ich möchte es aus dem Mund des Arztes hören. Würdest du mich jetzt wählen lassen?«

»Nein«, sagte Jonathan. Er ließ seine Hand auf ihrer liegen, mit

der anderen nahm er ihr den Hörer ab und legte ihn zurück auf
die Gabel. Er zog Rose an der Hand, bis sie neben ihm auf die Bettkante sank. »Dort drüben ist es jetzt mitten in der Nacht. Lass sie schlafen. Du kannst morgen früh mit dem Arzt sprechen.«

Rose sah ihn an, seine Haare waren vom Schlaf zerzaust, seine Augen müde. »Aber was ist, wenn …«

Jonathan lächelte, nahm ihre beiden Hände, hob sie an seine Lippen und küsste sie eine nach der anderen. »Aus einer Entfernung von dreitausend Meilen kannst du nicht alles kontrollieren, Rose. Sollen sie sich darum kümmern.«

»Ich kann nicht schlafen, ehe ich nicht mit jemandem dort geredet habe.«

»Dann bleiben wir eben gemeinsam wach«, sagte er, zog sie neben sich aufs Bett, nahm sie in die Arme und küsste sie sanft auf die Stirn, während draußen die Dämmerung anbrach und die alte Stadt sich zu rühren begann.

Als Cordy und Bean am Morgen erwachten, kam ihnen das Haus wie eine leere Erbsenhülse vor, in der sie rasselnd herumkullerten und einander, trotz des ungewohnt vielen Platzes, ständig im Weg zu sein schienen.

Bean musste los, um die Bibliothek zu öffnen, so blieb es Cordy überlassen, ins Krankenhaus zu fahren. Sie setzte Bean an der Bibliothek ab und fuhr allein weiter, mit offenen Fenstern und aufgedrehtem Radio, das vergebens gegen den Fahrtwind andröhnte. Die Fahrt mit Max schien eine Ewigkeit her zu sein, und die rollenden Reifen auf dem Asphalt weckten nicht die geringste Wanderlust in ihr.

Sie mögen ja der Meinung sein, dass Rose diejenige von uns ist, die den strengsten moralischen Kompass besitzt, doch wir glauben, dass das in Wirklichkeit Cordy ist. Roses Überzeugungen sind eisern und kalt und ohne Mitgefühl für die Menschheit. Doch Cordy weiß einerseits, was falsch und was richtig ist, sie begreift aber auch, dass Überzeugungen keine starren Ideale sind, dass Menschen um eines Krieges, um der Liebe oder eines Schmerzes willen Kompromisse eingehen und dass sie einfach tun, was sie tun müssen.

»Ich möchte meine Mutter besuchen«, sagte Cordy am Empfang, zeigte ihren Ausweis und unterschrieb mit ihrem Namen.

»Westflügel, dritter Stock«, sagte die Empfangsdame, und Cordy klemmte das Schildchen, das man ihr gab, an ihr Hemd und trat in den Aufzug.

Gerade weil Cordy so skrupulös und voller Mitgefühl war, fühlte sie sich wegen ihrer Flucht so schuldig. O ja, Bean gegenüber hatte sie tapfer die Fassade gewahrt, aber obwohl sie wusste, dass ihr eigenes Verschwinden und der Zusammenbruch unserer Mutter nur durch Zufall zeitlich zusammenfielen, einen furchtbaren, entsetzlichen Zufall, konnte sie ihre Bestürzung einfach nicht abschütteln.

Bei Tageslicht betrachtet, verlor ihre verwegene Flucht alles Romantische, der Glanz blätterte ab, und darunter kam nichts als Verantwortungslosigkeit zum Vorschein. Und eher noch als die Briefe unseres Vaters bestärkte sie diese Erkenntnis in ihrem Entschluss – zu bleiben, Wurzeln zu schlagen, ruhig zu werden. Nicht weil irgendetwas an dem Leben, das sie geführt hatte, falsch gewesen wäre, sondern weil es höchste Zeit war, sich den Gründen zu stellen, warum sie so gelebt hatte.

»Guten Morgen«, sagte sie und hauchte unserer Mutter einen Kuss auf den Haaransatz. »Wie geht es dir?«

»Besser«, sagte sie, auch wenn ihre Stimme immer noch rau klang und ihre Augen müde blickten. »Wo ist Bean?«

»Bei der Arbeit«, sagte Cordy.

»Der Arzt wird gleich kommen. Ich hatte gehofft, sie würde hier sein, um mit ihm zu sprechen, da Rose ja nicht da ist«, sagte unsere Mutter. Sie sah zu unserem Vater hinüber, doch der las und strich sich gedankenverloren über den Bart, zog seine Finger durch die graumelierten Stoppeln.

»Das kann ich übernehmen«, erklärte Cordy. Sie griff in ihre

Tasche und zog nach kurzem Wühlen ein kleines gebundenes Notizbuch und einen Stift heraus. Sie hielt beides hoch und lächelte. »Siehst du? Bereit zum Unterricht.«

Hinter seinem Buch räusperte sich unser Vater.

»Wo warst du, Cordy?«, fragte unsere Mutter und streckte ihr die Hand entgegen. Cordy nahm sie.

»Ich musste mal für eine Weile weg«, sagte sie. »Aber ich bin zurückgekommen. Hier geht es mir besser.«

Es war reinste Folter, darauf zu warten, dass Jonathan endlich zur Arbeit ging. Rose hantierte in seiner winzigen Wohnung herum, rückte dies und das zurecht, nahm ihr Buch zur Hand und legte es wieder zurück, nachdem sie verständnislos auf die Seiten gestarrt hatte. Sie rief bei der Fluggesellschaft an, um herauszufinden, wie sie ihr Ticket ändern könnte, und schreckte leicht zusammen, als die Angestellte ihr den Preis für einen Flug noch am selben Abend nannte.

Sie sah unentwegt auf die Uhr, berechnete den Zeitunterschied und wartete, bis sie endlich anrufen konnte. Und als sie es dann tat, ging unser Vater ans Telefon.

»Rosalind!«, sagte er, und er klang so überrascht, als hätte er ihre Existenz total vergessen. *»Was gibt's in Oxford? währt das Stechen noch / Und das Gepränge?«*

»Hier ist alles in Ordnung, Dad. Bean hat mich angerufen. Wie geht es Mom? Ich habe bei der Fluggesellschaft angerufen und kann heute Abend zurückkommen.«

»Sei nicht albern. Deiner Mutter geht's gut. Wir haben gerade mit dem Arzt gesprochen, morgen kann sie nach Hause. Er hat uns einen Wust von Anweisungen gegeben, aber Cordelia hat alles gut im Griff.«

»Cordy?«, fragte Rose unverhohlen verblüfft.

»Nein, starrt nicht so, ihr Herrn, 's ist wirklich wahr. Bianca arbeitet, aber heute Abend bleibt sie zu Hause, und Cordelia kümmert sich sehr gut um uns. Wie geht es Jonathan?«

»Gut«, sagte Rose. Es war verrückt. Sagte er wirklich, Bean und dann auch noch *Cordy* – ausgerechnet? – hätten den Haushalt perfekt im Griff? »Es ist kein Problem für mich, nach Hause zu kommen, Dad. Ich habe noch nicht einmal richtig ausgepackt.«

»Rosalind, beruhige dich. Uns geht es gut. *Find't seinen Deckel jeder Topf, / Und allen geht's nach ihrem Kopf.* Deine Mutter und ich wissen deine Sorge zu schätzen, aber sie ist außer Gefahr – dafür müssen wir uns bei Bianca bedanken –, und für uns ist es schöner, wenn wir dich bei Jonathan wissen.«

Rose wollte erneut widersprechen, hatte schon den Mund aufgemacht, nickte dann aber nur. »In Ordnung«, sagte sie, und ihre Tatkraft hatte merklich an Schwung verloren. »Gib mir mal Cordy.«

»Hal-*lo*«, sagte Cordy ins Telefon. »Uns geht es gut. Hör auf, dir Sorgen zu machen.«

»Woher weißt du, dass ich mir Sorgen mache?«

»Ich kenne dich nicht erst seit heute«, sagte Cordy. »Ich habe mit dem Arzt gesprochen und alles aufgeschrieben. Du kannst dich gern damit herumquälen, wenn du wieder zu Hause bist.«

»Bist du sicher, dass ihr mich nicht braucht?«, erkundigte sich Rose, und obwohl sie sich bemühte, ihrer Stimme einen entschiedenen und verantwortungsvollen Ton zu geben, klang sie hoch und kläglich. Sie räusperte sich.

»Wir kommen sehr gut zurecht. Ich muss jetzt auflegen – das Telefon ist am Bett befestigt, und die Krankenschwester will gerade ins Zimmer. In Ordnung? Viel Spaß! Schick uns eine Postkarte!« Es folgte allerlei Geklapper und Gemurmel, als Cordy das Telefon wieder aufzulegen versuchte, dann war die Leitung tot.

Am anderen Ende knallte Rose den Hörer auf, ließ jedoch die Hand darauf liegen, als erwarte – hoffe – sie, dass es noch einmal klingelte. Es blieb frustrierend still.

Das war es dann also. Sie war ersetzt worden. Bean und Cordy würden es ab jetzt sein, die alles regelten. Sie dachte daran, wie sie zu Hause immer das Wohnzimmer gefegt und Lesezeichen in die Bücher gelegt hatte, um ihre Rücken zu schonen, wie sie den Lampenschirm abgestaubt und alle zur Tür hinausgeschoben hatte, damit sie rechtzeitig in die Kirche kamen. Offenbar hätten wir es die ganze Zeit auch ohne sie geschafft.

Sie warf ihre Sachen in einen Rucksack und verließ die beengte kleine Wohnung ohne einen Plan. Es war beinahe Mittag, und auf den Straßen wimmelte es von Touristen. Eine Reisegruppe marschierte mit einem Führer an ihr vorbei, der einen zusammengerollten Regenschirm wie eine Laterne in die Luft hielt. Als Schlusslichter der Gruppe schwankten zwei Frauen auf schmalen Stummelabsätzen über das Kopfsteinpflaster und kamen in den ausgetretenen Ritzen zwischen den Pflastersteinen ins Rutschen. Rose sah auf ihre vernünftigen, schweren Wanderschuhe und hastete weiter.

Dann war sie also nutzlos. Wir brauchten sie nur, wenn wir zu faul waren, etwas zu tun, das wir auch absolut selbst hätten erledigen können.

Wenn wir doch nur bei ihr gewesen wären, um mit ihr zu reden, ihr die Ängste zu nehmen, ihr zu sagen, dass wir, nein, nicht all die Jahre ohne sie ausgekommen wären. Das gelinge uns erst jetzt, nachdem wir all das durchgemacht hatten, und auch nur, weil wir ihr dabei zugesehen hatten, wie sie die Dinge regelte. Nur deshalb könnten wir jetzt für sie einspringen, die Zügel übernehmen, unseren Teil leisten. Es sei richtig, was Jonathan gesagt habe – Menschen konnten sich ändern.

Und vielleicht sei die Zeit ja auch reif dafür, dass auch sie sich änderte.

Aber vielleicht würde sie das auch allein herausfinden.

Rose lief durch die Straßen, bog in Seitengassen ab, landete in Wohngebieten, die sich hinter den Colleges verbargen, und stapfte wütend über die Gehwege. Passanten nahm sie nur nebelhaft wahr. Zeitungsstände ignorierte sie, auch wenn die Schlagzeilen auf den Plakattafeln, die mit dickem Filzstift in immer derselben verblüffend adretten Handschrift beschrieben waren, sie förmlich anschrien.

Durch eine winzige Gasse geriet sie auf die High Street, auf der es von Menschen wimmelte. Sie kämpfte sich durch das Gedränge. Die Gehwege waren verstopft mit Menschen verschiedener Nationalitäten, die, da sie auf verschiedenen Straßenseiten fuhren, auch auf verschiedenen Straßenseiten gingen. Mit den Füßen hämmerte Rose ein Stakkato, während sie die Ereignisse im Kopf hin und her wendete. Wenn sie zu Hause gewesen wäre, wenn man Jonathan nicht diese Stelle angeboten hätte, wenn ... wenn ... wenn ...

Vor dem Carfax Tower mit seinen neunundneunzig Stufen bis zur Spitze blieb sie stehen. Vor ihr folgte eine wuselnde Schülergruppe einem sehr klein geratenen Führer des National Trust. Sie bezahlte den Eintritt und trat in die Dunkelheit. Erst später, als sie mit dem Aufstieg begann, spürte sie, wie unruhig ihr Herz flatterte, und begann sofort mit ihren Atemübungen, die auch das Pochen in ihrem Kopf dämpften. Ganz hoch oben traten die Kinder hinaus auf das Dach; trotz des Verkehrs und des vielstimmigen Sprachgewirrs konnte sie hören, wie die Schüler einander etwas zuriefen und sich neckten, während sie sich leicht schwindelig über das Geländer beugten.

Und wenn sie es nun nicht bis nach oben schaffte? Wenn sie ohnmächtig wurde? Sie hatte nicht einmal Jonathans Büronummer dabei, dann würde man ihn erst erreichen können, wenn er wieder zu Hause war ...

In diesem Moment hasste sie sich. Zwei schmuddelige, erschöpfte Rucksacktouristen drückten sich an ihr vorbei. Sie hasste ihren Körper für seine Verletzlichkeit, dafür, dass er ihre Ängste und Befürchtungen mit dem heftigen Stakkato ihres Herzens verriet. Sie hasste sich, weil sie sich nicht größere Mühe gab, nicht gegen unsere Gene ankämpfte und genauso stark und zäh wurde wie Bean. Sie hasste sich dafür, dass sie hier in dieser prachtvollen Stadt war, umschwirrt von der ganzen Welt, und nicht Wellen von Energie ihre Adern durchströmten und dafür sorgten, dass sie fest auf ihren Beinen stand. Sie musste wieder an das Gespräch mit unserer Mutter denken, an die zarte, nachdenkliche Wehmut in ihren Augen, als sie davon sprach, was hätte sein können, wenn sie sich anders entschieden hätte. Rose sah plötzlich tausend solcher Momente in ihrem Leben, tausend Kreuzungen, an denen sie einen anderen Weg hätte einschlagen können, tausend Gelegenheiten, bei denen sie hätte aufs Gas drücken können, statt auf die Bremse zu treten.

Und warum ist das jetzt nicht solch ein Moment, Rose? Warum kann dies nicht dein Moment sein, so wie es Cordys Moment war, als sie den Heimweg einschlug, anstatt sich von zu Hause zu entfernen, und Beans, als sie mit Edward Schluss machte?

Warum kannst du es nicht zulassen?

Und was wäre, wenn es kein Wenn gäbe?

Sie stieg höher im Dunkeln zwischen den kalten, feuchten Steinmauern, die die Sonnenhitze des Tages fernhielten. Ihr Herz pochte, ihre Schritte hallten durch die Leere – erst nachdem die Schüler unter lautem Freudengeheul wieder unten angekommen waren, hatte sie den Mut aufgebracht, die Treppe zu betreten –, und ihre Schenkel zitterten vor Anstrengung. Schließlich mühte sie sich weiter, während sie in einem Rhythmus von immer drei Stufen tief ein- und ausatmete.

Und dann, froh, beschwingt und erschöpft zugleich, trat sie an die frische Luft; die Straßengeräusche drangen nur gedämpft bis hier herauf, der Wind blies stärker, und sie drehte sich um die eigene Achse, die offene Tür im Rücken. Sie stieg über die breiten Stufen bis zur obersten Plattform und blickte auf ihr Reich hinab. Tief unten brummten Autos und Busse über dieselben belebten Straßen, die auch sie gelaufen war, Fußgänger gingen einander ausweichend die Gehwege entlang, Radfahrer sausten vorüber. In der Ferne die Türme der Colleges, die spitzen Dächer mit den Steinschindeln und noch weiter weg die sanft geschwungenen Hügel, so grün wie die Erinnerung. Sie musste schlucken, hielt den Atem an und lachte.

Ach, wären wir doch nur mit ihr dort oben gewesen. Dann hätten wir dieses Lächeln auf ihrem Gesicht sehen und sie dabei beobachten können, wie sie auf das hinausschaute, was sie sich erobert hatte, hätten sehen können, wie reine Freude ihrem Körper mitsamt den verschwitzten Armen Anmut verlieh. Doch wenn wir tatsächlich bei ihr gewesen wären, hätte das den Moment verdorben. Sie wäre nur hinaufgestiegen, weil wir sie dazu überredet hätten. Oder um uns im Auge zu behalten. Vielleicht wäre sie auch zurückgeblieben, während wir losgerannt wären und etwas Dummes angestellt hätten – Rose, unser Lebensanker. Erst in diesem Moment begriffen wir, auf wie vieles Rose für uns verzichtete, und nun lag es an ihr, die Fesseln zu lösen, um frei und losgelöst in den Himmel zu schweben.

Der Nachmittag wölbte sich blau und wolkenlos über der Stadt. Rose stieg leicht verschwitzt vom Turm herunter und eilte in einen Pub, wo sie sich ein Hühnchensandwich mit einem kleinen Glas Cider bestellte und die Passanten beobachtete. Als sie das Glas fast ausgetrunken hatte, betrachtete sie bewundernd seine perfekten Proportionen en miniature. Sie hätte nicht erklären können, weshalb es sie so bezauberte, so faszinierte, und sie hätte mit Sicherheit nicht erklären können, was sie als Nächstes tat. Sie hob das Glas an die Lippen, leerte es bis auf den letzten Tropfen und ließ das winzige Ding in ihre Tasche gleiten. Als sie den Pub verließ, ihren Rucksack wie ein Baby im Arm, um ihre Beute zu beschützen, klopfte ihr Herz wie verrückt. Doch es war nicht der wilde Herzschlag der Angst – es handelte sich vielmehr um ein merkwürdiges Hochgefühl, einen Kitzel wie bei einer Achterbahnfahrt, und sie entfernte sich so eilig, dass das Glas in ihrem Rucksack sachte geschüttelt wurde, und plötzlich musste sie einfach laut auflachen und ihr unerwartetes Glück in die Welt hinausposaunen.

Während sie knirschend einen Kiesweg entlangging, sah sie eine Menschengruppe in dem unwahrscheinlich grünen Gras stehen, die sich sehr langsam bewegte, die Glieder wie durch zähflüssigen Honig zog. Rose erkannte, dass es sich um Tai-Chi handelte, und musste an das sanfte, friedvolle Gefühl denken, das sie bei ihren ersten Yoga-Stunden empfunden hatte. Die Tai-Chi-Lehrerin war ganz in Weiß gekleidet, und ihre weiten Hosenbeine flatterten in der Brise, während sie einen genau bemessenen großen Schritt machte, die Arme in einem zarten Bogen über den Kopf hob und sie einen Moment lang so hielt.

Es war das Schönste, was Rose je gesehen hatte.

Als gehorchte der eigene Körper ihr nicht mehr, zog es sie zu dieser Gruppe hin, und sie stellte sich hinten in die letzte Reihe zu diesen Menschen, ließ ihren Rucksack fallen, streifte die Schuhe ab und folgte mit makelloser Geschmeidigkeit den Bewegungen der anderen. In der Ferne summten Autos und Menschen. Hier gab es nur Wind und Sonne auf ihren bloßen Armen und das ruhige Geräusch ihres eigenen Atems. Alle bewegten sie sich im Gleichklang, die Bewegungen der Schüler waren von denen der Lehrerin kaum zu unterscheiden. Rose spürte, wie sich die Muskeln in ihren Beinen dehnten und ihre Schultern sachte vibrierten, als sie die Arme ausstreckte, und sie blickte in den weiten Himmel hinauf und hatte zum ersten Mal seit langer, langer Zeit wieder das Gefühl, als könnte sie fliegen.

Einundzwanzig

Indem sie den König mit einem Trank ihres verstorbenen Vaters kuriert, beweist Helena in *Ende gut, alles gut*, dass sie sein Talent geerbt hat. Zumindest aber seinen Vorrat an Heilmitteln. War unser Vater darüber bekümmert, dass keine von uns das seine geerbt hat? Dass keine von uns – trotz all der Gutenachtgeschichten mit ihren leicht wiedererkennbaren Handlungen, trotz der echten Stücke, als wir älter wurden, trotz der Amateuraufführungen, der Wallfahrten, der vielen Notizen, der Pflicht zum Auswendiglernen und, ach du lieber Gott, der ewigen Zitiererei – dem Barden so verfallen war wie er?

Tatsächlich sind wir froh darüber, nicht nur, weil es dumm und schmerzhaft gewesen wäre, in seine Fußstapfen zu treten, noch dazu mit demselben Namen, sondern auch, weil wir eine derartige Besessenheit für uns nicht wollen. Und doch haben wir sie geerbt, seine eine, große Obsession, in winzigen Mengen auf uns drei verteilt. Roses Leidenschaft für Ordnung. Beans fürs Wahrgenommenwerden. Cordys für Sinn und Bedeutung. Sind nicht auch wir, auf unsere Weise, ebenso hingebungsvoll auf der Suche wie er? Und sind wir dabei nicht die Dummen, da seine Suche wenigstens einen schmalen Lohn verspricht?

Bean stieg knirschend die gekiesten Stufen zu Mrs. Landriges Haustür hinauf. Nach einem Arbeitstag hing der Modergeruch der Bücher in ihren Kleidern, und ihre Hände waren vom Papier ganz trocken, egal, wie viel Handcreme sie benutzte. Anfangs hatte sie die Stille als klaustrophobisch empfunden. Nach ihrem Umzug war sie in New York von einer ständigen Geräuschkulisse umgeben gewesen. Die Stadt summte selbst bei geschlossenem Fenster. Stimmen, Autos, Sirenen und Unfälle, Martinshörner, Baulärm. Monatelang schlief sie schlecht, bis der Lärm schließlich ein Teil von ihr wurde, bis sie bewusst hinhören musste, um die Kakophonie überhaupt noch wahrzunehmen. Und jetzt, zurück in der Mitte von Nirgendwo, wirkte die Stille außerirdisch.

Das Schweigen um sie herum zwang sie, den Dingen ins Gesicht zu sehen, wieder in der Geschichte zu blättern, die sie für sich entworfen hatte. Für sie hatte sich dadurch nichts geändert, außer dass der Schmerz mit dem Erinnern erträglicher wurde.

»Herein!«, rief Mrs. Landrige auf ihr Klingeln. Bean musste lächeln. Das war die Sicherheit der Kleinstadt; alles stand allen offen, keine Schlösser, keine vergitterten Fenster, keine Alarmanlagen.

Bean trat ein. Wir hatten Mrs. Landrige als Kinder nie zu Hause besucht. So wie Schulkinder es von ihren Lehrern vermuten, hatten wir gedacht, sie würde nach Verlassen der Bibliothek wie durch einen Zauber aus dem Leben verschwinden und hätte, wie ein Bild im Fernsehen, flackernd wieder Gestalt angenommen, wenn wir sie in der Kirche sahen oder neue Bücher in der Bibliothek ausliehen.

Im Innern des Hauses war es warm und dämmrig. Mrs. Landrige saß auf einem zu stark gepolsterten Sofa, das ebenso plump und klobig war wie sie selbst zart und schmal. Die Füße hatte sie auf einen Schemel gesetzt, und neben ihr stand ein Rollator. Vorne an dessen Griffstange hing ein mit Plastikblumen geschmückter Korb, und darin sah Bean eine ordentlich zusammengefaltete Zeitung liegen.

»Bianca«, sagte Mrs. Landrige. »Ich freue mich so, dass du kommen konntest. Du entschuldigst, wenn ich nicht aufstehe.« Sie lächelte ein wenig, und ihre Wangen sahen aus wie runzlige Äpfel.

»Wie geht es Ihnen?«, fragte Bean. Mrs. Landrige trug wie immer ein Kleid, statt einer Strumpfhose aber nur Pantoffeln. Ihre Haare waren ordentlich frisiert, und sie trug Lippenstift, der in die Falten um ihre Lippen auslief.

Die alte Frau wedelte mit der Hand. »Alt«, sagte sie. »Geh in die Küche und hol uns eine Limonade. Kekse gibt es auch. Die hat Dr. Crandall mitgebracht, ich garantiere also nicht dafür, dass sie nicht vergiftet sind, aber wir versuchen es mal.«

 Bean tat, wie geheißen, ging zurück in den Flur und in die Küche. In der Spüle stand kein Geschirr, und auf der Arbeitsplatte waren saubere Gläser und Teller und ein paar Lebensmittel aufgereiht. Über der Tür tickte eine Kuckucksuhr eifrig ihrem großen Moment entgegen. Bean nahm einen Glaskrug aus der Kühlschranktür und goss zwei Gläser ein, zog die Folie von dem Keksteller und trug alles ins Wohnzimmer.

»Danke. Ich sage dir eins, diese neue Hüfte ist für den Arsch«, sagte Mrs. Landrige.

Schockiert von ihrer Ausdrucksweise, lachte Bean überrascht auf. »Oder für die Hüfte«, sagte sie.

»Das auch. Hier, stell alles so hin, dass ich drankomme.« Sie beugte sich vor, zuckte dabei leicht zusammen und nahm sich einen Keks und das Glas, das Bean ihr reichte. »Danke. Einen Untersetzer bitte«, sagte sie, als Bean ihr Glas auf dem Tisch abstellte, und Bean hob es blitzschnell hoch, ehe ein Tropfen auf dem Holz landen konnte. »So«, sagte Mrs. Landrige, als auch Bean Platz genommen hatte, und zwar auf der Kante eines Lehnsessels, der sie zu verschlingen drohte. »Vermutlich fragst du dich, warum ich dich heute hergebeten habe.« Sie sagte dies ohne eine Spur von Ironie, als wäre sie der Präsident, der ein Kabinettsmitglied zum Rapport einbestellt.

»Ja, schon«, sagte Bean. Sie nahm einen Bissen von einem Keks und legte ihn manierlich wieder zurück. Vergiftet war er nicht. Aber leider auch ohne Geschmack.

»Ich werde nicht mehr in die Bibliothek zurückkehren«, sagte Mrs. Landrige. Sie hob abwehrend die Hand, obwohl Bean gar nichts gesagt hatte. »Ich habe entschieden, dass es Zeit für mich ist, in den Ruhestand zu gehen. Ich werde Monate brauchen, um mich von dieser Operation zu erholen, und habe keine Lust, die wenige Zeit, die mir noch bleibt, hinter einem Schreibtisch zu verbringen.«

»Da tut mir leid«, sagte Bean und wusste nicht recht, wie sie reagieren sollte. »Vielleicht freue ich mich ja auch für Sie. Ich bin mir nicht ganz sicher, was richtiger wäre.«

»Wahrscheinlich beides ein wenig. Das ist aber nicht der Grund, weshalb du hier bist. Du bist hier, weil ich möchte, dass du die Stelle übernimmst. Du wirst Barnwells neue feste Bibliothekarin sein.«

Bean verschluckte sich beinahe an ihrer Limonade. Das hier war doch nur ein Notbehelf. Etwas Vorübergehendes. Sie würde nicht, man verzeihe ihr, dass sie das so dachte, Mrs. Landrige werden, deren einzige Liebe nicht ihrem längst verblichenen Ehemann zu gehören schien, sondern diesem alternden kleinen Gebäude mitsamt all den Wundern darin. Schließlich hatte sie vor, nach San Francisco gehen. Oder sonst wohin. Oder etwa nicht? »Das kann ich nicht«, sagte sie.

»Unsinn«, sagte Mrs. Landrige. Sie nippte mit abgespreiztem kleinem Finger an ihrer Limonade und hinterließ eine schwache Lippenstiftspur auf dem Glas. »Du hast dich doch prächtig bewährt, das sagen alle.«

Ah ja, die Spione von Barnwell. Zumindest vor den Einheimischen konnte man ein Geheimnis nie länger bewahren, als die Kassierer im Supermarkt brauchten, um einem die Lebensmittel einzutüten. »Aber ich habe nicht das richtige Examen. Sie werden mich niemals einstellen.«

Mrs. Landrige beugte sich vor und stellte ihr immer noch halb volles Glas ordentlich genau mitten auf den Untersetzer. »Diese Kekse sind schauderhaft«, bemerkte sie gelassen und nahm noch einen Bissen. »Mach dir keine Sorgen wegen der Kulturbehörde. Du wirst natürlich irgendwann deinen Masterabschluss brauchen, aber sie werden den einstellen, den ich will. Und das wirst du sein.«

»Aber ich wollte doch gar nicht bleiben«, sagte Bean matt.

Mrs. Landrige kniff die Augen zusammen und bedachte Bean mit einem langen, scharfen Blick. Bean wurde es ungemütlich, und sie schaute sich nervös um. Auf dem Kaminsims stand das Foto eines Hochzeitspaares, das aus der St. Markus-Kirche trat. Das Bild war alt und verblichen, das Gesicht der Braut inzwischen so weiß wie ihr Kleid. Waren das Mrs. Landrige und der mysteriöse Mr. L.? Sie wäre zu gern aufgestanden, um es sich genauer anzusehen, doch Mrs. Landrige nagelte sie mit ihrem Blick auf der Sesselkante fest, so wie Bean damals den Käfer auf der Pappunterlage, ihr Ausstellungsstück für den jährlich stattfindenden Wissenschaftsjahrmarkt in der Kooperative. »Zurück nach New York?«, erkundigte sich Mrs. Landrige schließlich.

»Vielleicht, vielleicht auch nach Kalifornien – ich hatte jedenfalls nicht den Plan, in Barnwell zu bleiben.«

Eine weitere lange Pause entstand. »Du gehst nicht wieder nach New York«, stellte Mrs. Landrige schließlich fest. »Ursprünglich musstest du vielleicht da hin, aber du kehrst nicht dorthin zurück. Das habe ich in dem Moment erkannt, als du in die Bibliothek kamst. Du warst dort nicht glücklich, und irgendetwas hat dir dort so zugesetzt, dass du nach Hause musstest. Möchtest du zurückkehren und noch mal dasselbe erleben?« Ihre Stimme hatte einen scharfen Unterton, den wir gar nicht an ihr kannten, da wir an die gemessene Bibliotheksstimme unserer Jugend gewöhnt waren. Er fuhr Bean regelrecht unter die Haut.

»Ich war glücklich dort«, sagte Bean und hätte am liebsten geweint. Die Wahrheit starrte ihr kalt und grausam ins Gesicht.

»Wenn du glücklich gewesen wärst, wärst du nicht zurückgekommen«, sagte Mrs. Landrige. Bean sah ihr ins Gesicht und bemerkte, dass ihre Augen freundlich blickten, auch wenn ihre Stimme immer noch schneidend klang.

Eine Träne rollte ihr über die Wange und tropfte dick und durchsichtig auf Beans Hand.

»Also, was soll nun werden, Bianca? Willst du dorthin zurückkehren, wo du verletzt wurdest? Oder willst du da bleiben, wo du geliebt wirst und dir ein Leben aufbauen kannst?«

Es gibt nichts an Brot, was nicht schön wäre: Die Art, wie es wächst – aus winzigen Getreidekörnchen, in einer Schüssel auf der Arbeitsplatte, aus aufgehender Hefe in einem Messbecher wie eine Insel im Moor. Die Art, wie es einen Raum, ein Haus, einen ganzen Gebäudekomplex in allen Stadien des Entstehens mit seinem unnachahmlichen Duft erfüllt. Die Art, wie es anschwillt, sich der energisch knetenden Faust fügt, sich zusammenzieht und aufs Neue aufgeht; wie es sich beim Bearbeiten zieht und dehnt, sich warm und weich an der Haut anfühlt. Der Anblick eines ofenwarmen Brötchens auf dem Tisch, der Geschmack – süß, sauer, hefig auf der Zunge.

Wenn Cordy nachts nicht schlafen konnte, stand sie auf und tappte im Nachthemd durch den Flur (*Zu Nacht hat Erd' und Himmel Krieg geführt*) und schlüpfte wie ein Luftgeist in die Küche, wo sie Schüsseln, das Mehlsieb, diverse Zutaten hervorsuchte und die Butter zum Weichwerden auf den Fenstersims stellte, während sie umherhuschte. Sie bereitete den Teig zu und knetete ihn im Rhythmus mit dem Ticken der Uhr, dem einzigen Geräusch in der bedrückenden nächtlichen Stille. Dann ging sie ins Wohnzimmer und las auf dem Sofa, bis sie einschlief, wachte noch im Dunkeln auf, als hätte das Brot persönlich sie gerufen, um es noch einmal durchzukneten und dann wieder weiterzudösen. In jenem Sommer sind wir anscheinend fast jeden Morgen vom Duft des Teigs aufgewacht, der wie unsichtbarer Rauch durchs Haus zog.

Sie backte Brot aus allem, was sie finden konnte, nach jedem Rezept, und die Hexenküche unserer Mutter, in der die Schränke alles Nötige hergaben – Rosinen, Mandeln, Weizenschrot, Weinbrand –, leistete ihr gute Dienste. Nach dem Abendessen fanden wir sie häufig im Wohnzimmer, wo sie Kochbücher aus den Regalen in der Speisekammer studierte, deren Seiten mit verklebtem Mehl und Soßenspritzern wie mit Muttermalen gesprenkelt waren.

An diesem Morgen erschien Cordy in der Beanery mit einem Korb voller Brote, die mit Geschirrtüchern abgedeckt waren. Noch warm, so europäisch. Drei Laibe, alle in Zopfform. Sie hatte begonnen, sich mehr und mehr für das Aussehen von Brot zu interessieren: Sie lernte, es mit Eiweiß zu bepinseln, damit es Farbe bekam, experimentierte mit der Füllmenge für die Backform, damit es genau die richtige Form erhielt, drückte mit Plätzchenformen Muster in den Teig. Doch Brote in Zopfform mochte sie am liebsten; sie lernte, die einzelnen Stränge gleichmäßig zu formen und so ineinanderzuschlingen, dass sie sich verbanden und beim Backen dennoch erkennbar blieben. An diesem Tag hatte sie einen Hefekranz mit einer schön klebrigen Glasur gebacken, dazu einen langen Schokoladenzopf, dunkel wie Pumpernickel, und einen leichten, süßen Hawaii-Zopf, dessen Geheimnis die Kartoffelflocken im Teig und die gehackten Macadamianüsse auf jedem Zopfstrang waren.

In der Beanery duftete es bereits aromatisch nach Kaffee, und als sie das Geschirrtuch zurückschlug, atmete sie tief beide Düfte ein, die sich in der Luft ineinanderschlangen wie die Teigstränge. »Verdammt, riecht das gut«, sagte Dan, als er aus seinem Büro kam.

Cordy fuhr zusammen. »Du hast mich erschreckt. Ich dachte, Ian hätte heute Frühdienst.«

»Ian«, sagte Dan und wedelte mit der Hand. »Auf den ist morgens kein Verlass. Hast du die gebacken?«

»Ja. Möchtest du mal probieren?«

»Machst du Witze? Schieb rüber.« Er nahm zwei Becher, groß wie Suppenschalen, goss Kaffee in seinen und hängte einen Teebeutel zum Ziehen in ihren. »Und was sind das für welche?«

Cordy holte ein Schneidebrett, Teller und ein Messer mit Wellenschliff und deutete mit der Klinge auf jeden Zopf und benannte ihn. »Ich habe in letzter Zeit viel gebacken«, sagte sie. »Hat wohl was mit Nestbau zu tun.«

Dan nickte. Seit jenem Nachmittag in der Küche hatten sie wenig miteinander geredet, und die Gespräche waren in ihrer Belanglosigkeit anstrengend gewesen. Cordy stellte ihm einen Teller mit drei schmalen Scheiben hin, und Dan brach abwechselnd von jeder ein Stück ab und ließ sich den Geschmack auf der Zunge zergehen.

»Die sind ja unglaublich.« Dan klopfte sich auf den Bauch. »Das war einmal ein Bierbauch«, sagte er traurig. »Jetzt ist es nur noch ein Bauch.«

»Dan?«

Er hob den Kopf, und ihre Blicke trafen sich. Er sagte nichts.

»Es tut mir leid, wenn ich eklig zu dir war. Ich war so …«

»Cordy«, sagte er, und seine Stimme klang weich und mild. »Es ist gut.«

»Nein, überhaupt nicht. Ich hatte einfach Angst, und da habe ich dich angeblafft, und das tut mir leid. Du hattest recht. Ich habe keinen Plan. Ich wollte nur … Ich wusste, wie mein Vater reagieren würde, und da dachte ich wohl, es würde nicht so wehtun, wenn er es als Erstes von mir hörte.«

»Du hast es ihm also gesagt.«

Cordy nickte. »Reaktion wie erwartet. Er wird sich beruhigen. Hauptsächlich wegen meiner Mom. Irgendwie ist es für sie wichtig – sie ist krank, wie du weißt.«

»Ja, vor ein paar Tagen war ich in der Bibliothek, und da habe ich mit Bean kurz darüber gesprochen.« Falls Cordy das als Verrat ansah, sagte sie es nicht. »Bean, Mensch. Hättest du je gedacht, dass sie mal Bibliothekarin wird?«

»Nicht in tausend Jahren«, sagte Cordy, und sie grinsten einander an. Und Bean hätte ihnen diesen Scherz auf ihre Kosten auf jeden Fall verziehen, da er die beiden wieder miteinander versöhnte.

»Du weißt doch, dass es für mich keine Rolle spielt, oder?«, sagte Dan. Er legte seine Hand auf ihre. Warm und beruhigend.

»Was spielt keine Rolle?«

»Das Kind. Ich sehe es nämlich so: Wenn ich kein Problem damit habe, mit einer Frau zusammen zu sein, die ein Kind hat, wo ist dann der Unterschied zu einer Frau, die schwanger ist?«

Cordy fielen natürlich sofort tausendundein Unterschiede ein. Die Hormone, der Sex, das Stillen, die ständige sichtbare Erinnerung an einen anderen Mann in ihrem Körper … dann aber wiederum, nein. Eigentlich gab es überhaupt keinen.

»Ich war übrigens mal in Bean verknallt. Damals im Studium.« Er schüttelte den Kopf, und eine Locke fiel ihm über die Augen. Er strich sie zurück. »Ungefähr fünf Minuten lang. Ich glaube, weil sie mich unter den Tisch trinken konnte. Aber sie – Bean ist so unfertig, so grob. Die reine Willenskraft. Mit scharfen Kanten, als könnte man sich schneiden, wenn man ihr zu nahe kommt.« Er hielt inne.

»Aber du bist anders, Cordy. Jetzt, wo du wieder in Barney bist, ist mir absolut klar, warum Bean deinetwegen solche Komplexe hatte.«

»Meinetwegen?«

Seine Augenbrauen schossen in die Höhe. »Absolut. Weil du irgendwie alles, was sie konnte, besser konntest. Das fand sie schrecklich. Und die Menschen lieben Bean, das weißt du. Aber nicht so, wie sie dich lieben. Bean ist ein Tornado, sie überrollt einen einfach mit ihrer Gegenwart. Aber du, du bist ein lautloser Meteor. Du kommst herein, und es entsteht ein Krater. Dabei legst du es gar nicht darauf an. Ich habe dich früher öfter auf dem Campus beobachtet, du bist da wie eine Märchenprinzessin umhergeschwebt. Als würden deine Füße gar nicht den Boden berühren.«

Die Türglocke bimmelte. Dan sprang von seinem Hocker. Seine Wangenknochen glühten, seine Ohren brannten ebenfalls. Cordy saß wie festgenagelt.

»Mrs. O!«, sagte Dan, als hätte es dieses sehr persönliche Gespräch zwischen ihnen nie gegeben. Doch es hatte tatsächlich stattgefunden. Cordy konnte es noch spüren, es umfing sie wie ein Spinnennetz, glitzernd, aber fest.

»Guten Morgen, Daniel. Hallo, Cordelia. Oooh, sind das Macadamianüsse?« Sie deutete auf den Zopf.

»Den hat Cordy gebacken. Probieren Sie mal«, sagte Dan über die Schulter, während er den Hebel an einer der Kaffeemaschinen umlegte und ihr einen Pappbecher mit Kaffee füllte.

»Das sollte ich auf gar keinen Fall«, erklärte Mrs. O, aber Cordy hielt bereits einen kleinen Plastikbehälter in der Hand und legte ihr ein paar Scheiben zum Mitnehmen hinein. »Dann wirst du also jetzt Bäckerin?«, fragte sie.

»Nein«, erwiderte Cordy. »Oder vielleicht doch. Wie wäre es, wenn Sie mir sagten, ob Ihnen die schmecken, und dann entscheiden wir?«

Mrs. O'Connell nickte, als hätte sie gewusst, dass die Entscheidung allein bei ihr lag, bezahlte und verließ das Café. Sie war immer früh dran, doch ihr Erscheinen signalisierte, dass bald weitere Kunden kommen würden. Selbst im Sommer tröpfelte morgens Kundschaft herein – Angestellte auf dem Weg zur Arbeit oder Farmer im Ruhestand, die sich ohne den Rhythmus ihrer täglichen Pflichten verloren fühlten und vorbeikamen, um einen Kaffee zu trinken und einander aus der Zeitung vorzulesen.

»Ich hatte keine Ahnung«, sagte Cordy jetzt zu Dan, als wären sie nie unterbrochen worden. Sie streckte die Arme aus, ihre Hände fanden sich, Finger flochten sich ineinander. Dann zog er sie an sich und küsste sie, eine Hand in ihrem Haar, die andere um ihre Taille geschlungen, und ihr runder Bauch war zwischen ihnen, presste sich weich und nachgiebig an ihn. Und falls ihr Rücken gegen eine der Kaffeemaschinen gedrückt wurde, falls der heiße Stahl ihr einen winzigen Streifen in den Rücken brannte, nun, dann fiel ihr das nicht einmal auf.

Jonathan kam aus dem Labor nach Hause, wo es intensiv nach Gewürzen duftete und Rose auf dem kleinen Herd der Wohnung fröhlich kochte. »Wusstest du, dass Zucchini hier anders heißen? Courgettes?« Sie hob den Kopf, um sich von ihm küssen zu lassen, und lächelte, weil sein Mund immer noch einen Schauer in ihr auslöste. Wie oft hatten sie sich inzwischen geküsst? Hundert Mal? Tausend Mal? Rose wusste, dass es in keiner Liebesbeziehung gelingt, die Leidenschaft des Anfangs, die Erregung, die bei der Berührung eines neuen Liebhabers Millionen Zellen gleichzeitig elektrisiert, auf Dauer zu bewahren, doch es erfüllte sie mit großer

 Befriedigung, dass sie sich seiner Berührung immer noch entgegensehnte, statt sie im Zuge der Gewöhnung für selbstverständlich zu halten.

»Diese verschrobenen Engländer«, sagte er. Er nahm eine Haarsträhne, die sich über dem dampfenden Topf gelockt hatte, wickelte sie sich um den Finger und ließ sie wieder zurückspringen. »Warum lernen die nicht, Amerikanisch zu sprechen?«

Rose drohte ihm schelmisch mit dem Kochlöffel. »Wie war dein Tag? Irgendein Durchbruch in Sicht, damit es mit dem Nobelpreis klappt?«

»Leider noch nicht. Wir werden wohl weiter auf einen Lottogewinn hoffen müssen. Du hast so gute Laune. Wie war dein Tag?« Er setzte sich auf die Lehne eines zerschlissenen schweren Sessels, zog die Schuhe aus und wackelte mit den dunkel bestrumpften Zehen.

»Fantastisch«, sagte Rose. »Ich bin auf den Carfax Tower gestiegen.«

»Eine wahnsinnige Aussicht, nicht wahr? Ich habe dir doch gesagt, die Stadt ist schön.«

»Der Aufstieg hat sich wirklich gelohnt. Dabei hätte ich es fast nicht gemacht – ich dachte, ich würde an den Treppen scheitern, aber ich habe es prima geschafft.«

»Du hast einfach zu wenig Selbstvertrauen«, sagte Jonathan. Er trat auf bestrumpften Füßen hinter sie, schlang die Arme um ihre Taille und küsste sie auf den Nacken. »Und was hast du sonst noch gemacht?«

»Ich habe am Campus vom Magdalen College einen Schnellkurs in Tai Chi gemacht und in einem Pub eins dieser kleinen Pintgläser geklaut. Und ich habe keinerlei schlechtes Gewissen.«

Jonathan lachte und drückte sie an sich. »Brauchst du auch nicht. Die Leute tun das ständig. Ich wusste schon immer, dass du eine heimliche Rebellin bist.«

»Ich möchte hierbleiben, Jonathan«, sagte sie. Sie stellte die Flamme kleiner und befreite sich aus seinen Armen, um ihn anzusehen. »Ich merke, dass es mir hier gefallen würde.«

Er ging zurück zu seinem Sessel, hockte sich mit vor der Brust verschränkten Armen auf die Lehne und machte ein ernstes, nachdenkliches Gesicht. Wie unser Vater neigte er zum stillen Abwägen. Er ließ Rose weiterreden.

»Ich fühle mich hier … anders. Irgendwie mehr ich selbst. Freier.«

Jonathan nickte. »Das wird nicht immer so bleiben. Das Neue wird schnell zur Gewohnheit.«

Rose runzelte die Stirn und schob einen Moment lang die Unterlippe vor. »Ich glaube eigentlich nicht, dass das so ist. Höchstens ein bisschen. Aber heute kam mir der Gedanke, dass das alles nicht zufällig passiert. Vielleicht sind Cordy und Bean ja deshalb nach Hause gekommen, um mir eine Botschaft mitzuteilen.«

»Und wie, meinst du, lautet diese Botschaft?«

»Dass es in Ordnung war, wegzufahren. Es kommt mir so vor, als hätte ich im Geiste jahrelang einen Kreis um Barnwell gezogen. Und als hätte ich diesen Kreis nicht verlassen dürfen; als hätte jemand immer dort sein müssen – oh, es ist albern.«

»Nein, sprich weiter.«

»Als wäre ich es, die die Familie zusammenhielt, und wenn ich wegginge, würde alles auseinanderfallen. Und da Cordy und Bean weg waren, schien es, als gehörten meine Eltern wieder mir, als gäbe es meine Schwestern gar nicht, und ich wäre ein Einzelkind, weswegen sie mich brauchten. Aber jetzt sind die beiden zurückgekommen und haben alles mit Mom geregelt – es ist, als hätten sie mich gar nicht gebraucht und …«

»Du bist frei und kannst gehen«, vollendete Jonathan den Satz für sie.

»Vielleicht sollte ich das tatsächlich tun. Vielleicht war all das, was mich dort festgehalten hat, gar nicht das Problem. Vielleicht bin ich einfach zu lange geblieben und hätte mich schon vor Jahren lösen und weggehen sollen.«

Sie wandte sich wieder dem Herd zu, hob einen Deckel hoch, nahm zufrieden den Topf von der Flamme und zog das Dämpfsieb mit den perfekten kleinen Zucchinischeiben heraus, die in der Hitze ganz durchsichtig geworden waren. Als sie sich wieder umdrehte, saß Jonathan richtig im Sessel und hatte die Füße auf den Couchtisch gelegt.

»Die einzig wichtige Frage ist dann also: Was wirst du in deiner Zeit hier tun? Ich glaube nicht, dass du zum Nichtstun geschaffen bist.«

Rose kam und setzte sich ihm gegenüber in einen ebenso ramponierten Sessel. »Nein, das glaube ich auch nicht. Aber ich habe mir auch noch nie erlaubt, nichts zu tun. Wenn ich mir manchmal meine Mutter angesehen und mich gefragt habe, wie sie ihre Tage verbringt, war ich vielleicht vorschnell in meinem Urteil. Denn wenn sie …« Rose unterbrach sich, ehe sie das sagte, was wir bisher – mochte es auch unwahrscheinlich sein – nicht laut auszusprechen gewagt hatten, aus Furcht, das Schicksal herauszufordern. »Denn wenn sie es nicht schafft, wird sie, glaube ich, nicht denken: Ach, hätte ich doch mehr Zeit mit Arbeit verbracht. Sie wird, glaube ich, denken: Ach, hätte ich doch mehr Zeit im Garten oder mit Lesen verbracht oder wäre öfter mit unserem Vater spazieren gegangen.«

Jonathan nickte. »Machst du dir immer noch Sorgen wegen der Hochzeit?«

»Nein. Wir wollen doch beide keine große Feier, oder?« Sie legte den Kopf schief und blickte ihn an.

»Ich kann mir kaum etwas vorstellen, was mir weniger Spaß machen würde«, sagte Jonathan lächelnd. Seltsam, dachte sie, dass dieser Mann, der auf Konferenzen so ausgezeichnete Vorträge hält und unangestrengt vor seinen Studenten spricht, so ungern im Mittelpunkt steht.

»Und ich muss auch nicht eines dieser fürchterlichen Kleider tragen«, lachte sie und legte mit gespielter Theatralik die Hand an die Stirn. »Wir müssen in Barnwell keine große Feier veranstalten. So oder so werden wir schließlich verheiratet sein, und das ist doch alles, was zählt, oder?«

»Siehst du? Überall nur Gutes«, sagte er. »Jetzt komm her, mein Hühnchen, und gib uns einen Kuss.«

Rose stand auf und setzte sich vorsichtig auf Jonathans Schoß, doch er schlang die Arme um sie und zog sie an sich, und ihre Anspannung löste sich in Lachen auf. Haben wir uns gefragt, was sie so sehr an ihm liebte und er so sehr an ihr? Vielleicht war das der Grund: Er hatte die einzigartige Fähigkeit, ihre sorgfältig errichteten Verteidigungswälle niederzureißen, und das war ein Kompliment für sie beide und das Geheimnis ihrer Liebe.

Als sie in dieser Nacht Seite an Seite im Bett lagen, beobachtete sie nachdenklich, wie der Schatten des Mondes langsam über die Bettdecke wanderte. Es war, wie die Dichter zu sagen pflegen, derselbe Mond, der zu Hause auch auf uns herabschien.

Und nun war sie hier. Und konnte sich entweder weiter in der Düsternis ihrer Ängste einrichten oder sich dem zarten Pflänzchen Hoffnung widmen, das gerade in ihr aufzukeimen begann, und es zum Wachsen und Gedeihen bringen. Und mit all der ihr zu Gebote stehenden Durchsetzungskraft und Entschlossenheit, die uns so stolz auf sie gemacht hatten, als sie sich zwischen den Fallen und Hindernissen des akademischen Betriebs ihren Weg bahnte, entschied Rose sich für die Hoffnung. Sie hatte den weiten Himmel des Mittleren Westens gegen das Blau und Grau Englands ausgetauscht, doch der Ort spielte keine Rolle. Wichtig war nur, dass sie sich aus ihrem Sicherheitskokon löste und darauf vertraute, dass ihr Flügel wuchsen.

Der Brief wog schwer in Beans Hand. Sie drehte ihn um und überprüfte den Verschluss auf der Rückseite und wendete ihn erneut. Sie hatte einen Scheck und einen kurzen Brief hineingelegt – wie sehr hatte sie sich mit dem Wortlaut dieser knappen Mitteilung gequält.

Zu kleine Zahlung für so große Schuld, sowohl wörtlich als auch metaphorisch. Aus dem Secondhandladen war ein Scheck eingetroffen, höher als erwartet, doch weniger, als sie brauchte. Dazu ein fröhliches Briefchen der Besitzerin, falls sie noch mehr zu verkaufen habe, solle sie nicht zögern, es vorbeizubringen. Als ob sie das würde! Sie hatte beinahe alles abgeliefert, was sie besaß, das »Pfund Fleisch«, als Buße für ihre Sünden. Der Blick in den Kleiderschrank fiel jetzt deprimierend aus, die Kleiderbügel ließen sich mühelos hin und her schieben, wenn sie ihre mageren Möglichkeiten durchging. Sie hatte mit dem Rauchen aufgehört, nicht aus Angst vor einem frühen Tod, sondern weil sie dadurch Geld sparte, das sie mit dem nächsten Scheck schicken konnte. Doch sie beklagte sich nicht.

Bean überprüfte sich im Spiegel, der über dem Flurtischchen hing, und warf das Haar in den Nacken. Wir wussten nicht, welchen Trick sie benutzte, um es bei dieser Feuchtigkeit so schön glatt zu halten. Tieropfer wahrscheinlich. Eine letzte kritische Würdigung ihres Aussehens, dann hängte sie sich ihre Tasche über die Schulter. Mit diesem Scheck hatte sie ihr Bankkonto beinahe geleert. Nicht dass sie das Geld gebraucht hätte: Es war eine Ewigkeit her, dass sie etwas ausgegeben hatte. Das Geheimnis eines Lebens in Wohlstand: mit dreißig noch bei den Eltern wohnen. Der Gedanke hinterließ einen bitteren, metallischen Geschmack in ihrem Mund.

»Nun gut, ans Werk?«, sagte unser Vater in fragendem Ton, als er aus der Küche kam. Er war in Uniform – kurzärmliges Hemd, Krawatte, formlose graue Hose. Er trug diese Kombination schon seit undenklichen Zeiten, ganz egal, ob er zur Uni musste oder nicht, und er würde sie auch bis ans Ende seiner Tage tragen.

»Vorher gehe ich noch schnell beim Postamt vorbei«, sagte Bean.

»Ich begleite dich«, erklärte unser Vater. »Einen Moment noch.«

Bean seufzte, und der Brief in ihrer Tasche wog noch schwerer. Nur ein Brief an ein paar Freunde in der Stadt. Nur ein kleines Lebenszeichen, zerrt mich nicht vor Gericht, hier ist ein bisschen Geld. Den Rest bekommt ihr, sobald ich kann. Halt das Übliche.

Sie hörte seine Schritte auf der Treppe, gemeinsam gingen sie zur Haustür, und das Quietschen der Fliegengittertür verkündete ihren Abgang. Im Nachbargarten zischte die Sprinkleranlage. Irgendwo spielten Kinder Baseball, Bean hörte das Knallen eines Schlägers und die Schreie, als sie losrannten. Und zwischen alledem das Summen der Insekten und das friedvolle morgendliche Gezwitscher der Vögel. Heimatliche Geräusche.

»Wie ich höre, überlegst du, ob du die Stelle von Mrs. Landrige übernehmen sollst«, sagte unser Vater ohne weitere Vorrede. Er schob die Hände in die Taschen und ging gemessenen Schrittes neben ihr her. Hatte er sich immer so langsam bewegt, oder lag es am Älterwerden? *Das sechste Alter / Macht den besockten hagern Pantalon, / Brill' auf der Nase, Beutel an der Seite …*

»Das überlege ich«, erwiderte Bean. »Ich müsste dann aber wieder studieren.«

Er nickte. »Das ist nicht so schwierig.« Obwohl kein Verkehr herrschte, sah Bean jedes Mal prüfend nach links und rechts, ehe sie eine Straße überquerten. Durch ihre dünnen Sohlen konnte sie die zunehmende Hitze des Asphalts spüren.

»Meinst du, ich sollte es tun?«

Unser Vater blickte nicht mehr auf den Boden, sondern sah sie überrascht an. »Du wolltest immer nur weg von hier«, sagte er. »Und ich gebe zu, dass ich mich frage, weshalb du zurückgekommen bist.« Er hob die Hand, um Mrs. Wallace zu begrüßen, die in ihrem Vorgarten arbeitete. Sie nickte ebenfalls, stieß ihre Schaufel in die Erde und grub eine großblütige Petunie aus.

»Ich möchte eigentlich nicht darüber sprechen«, sagte sie. »Es war einfach … es war nicht mehr das Richtige für mich.«

»Auch schließt das Los, woran mein Schicksal hängt, / Mich von dem Recht des freien Wählens aus«, sagte er. »Porzia.«

Manchmal verspürten wir das dringende Bedürfnis, unseren Vater bei den Schultern zu packen und so lange zu schütteln, bis ihm die Bedeutung seiner dunklen Zitate wie locker gewordene Zähne aus dem Mund fiel.

»Mmm«, sagte sie stattdessen.

»Es wäre schön, wenn du wieder bei uns wärst«, sagte er. »Nicht dass du dauerhaft bei uns wohnen müsstest, obwohl es gerade jetzt außerordentlich hilfreich ist, dass ihr Mädchen hier seid. Und Bibliothekarin! Nicht ganz das, was wir erwartet hätten, aber vielleicht umso besser. Eine gute, beständige Arbeit. *Da ihm bekannt, ich liebe meine Bücher, / Gab er mir Bänd' aus meinem Büchersaal* ...«

»... *Mehr wert mir als mein Herzogtum*«, vervollständigte Bean zusammen mit ihm das Zitat.

Er lächelte. »*Der Sturm* war immer eines meiner Lieblingsstücke.«

»Die einsame Insel. Wie *Der Schweizerische Robinson.*«

»Du hast immer so gut mit Menschen gekonnt, Bianca. Vielleicht ist es für dich ja eine Chance. Obwohl ich fürchte, dass du das gesellschaftliche Leben in Barnwell ... nun ja, etwas beschränkt finden wirst.«

»Ich finde mich zu alt, um mit den gutaussehenden Collegejungen auszugehen«, bemerkte sie nachdenklich. Sie bogen in die Mainstreet ein, spazierten an der Beanery vorbei. Durch die Scheibe konnte Bean sehen, wie Cordys Zopf hin und her flog, während sie hinter der Theke arbeitete. Etwas in ihrem Innern welkte. War das aus uns geworden? Hatten wir das Genie unseres Vaters geerbt, um es bei der Essensausgabe, akademischem Wandertum und im Bibliothekswesen zu verschleudern? So sollte das Leben doch nicht sein. Es sollte aus Martinis, todschicken Werbekampagnen in todschicken Büros mit todschicken Männern an der Seite bestehen. Nicht aus dem doofen, verstaubten Barnwell und seinen begrenzten Möglichkeiten.

»Hast du mit Father Aidan gesprochen?«, fragte er. Sie biss die Zähne zusammen. War ihm etwas zu Ohren gekommen? Aidan würde doch nichts erzählen, oder?

»Sicher«, sagte sie kühl. »Wir haben uns ein paar Mal getroffen.«

»Nein, ich meine als Priester.«

Bean war stehen geblieben, um sich das Schaufenster eines Eisenwarengeschäfts anzusehen. Vor langer Zeit – wir selbst können uns aber nicht mehr daran erinnern – war es ein Konfektionsgeschäft gewesen, mit den elegantesten Modellen, die Barnwell zu bieten hatte, im Schaufenster. Es war dann allerdings ein Glücksfall, dass das Paar, das das Geschäft später übernahm, sich die Mühe machte, die Fenster so zu gestalten, als könnten ihre Waren es mit der elegantesten Pariser Couture aufnehmen. Dieses Mal hatten sie einen Garten geschaffen, in dem Werkzeuge und Materialien die Rolle der Pflanzen übernahmen: ein Strauß Hämmer in einer Vase, blühende Arbeitshandschuhe in adretten Reihen, die mit Samentütchen etikettiert waren.

»Ich habe ihn gebeten, ein Auge auf dich zu haben«, sagte er.

Bean drehte sich um, der postmoderne Garten war vergessen. »Du hast was?« Ihre Stimme hallte durch die menschenleere Straße, brach sich an den Fensterscheiben. »Wie alt bin ich eigentlich, fünf?« Sie spürte, wie ihre Mundwinkel sich senkten und ihre Gedanken nach dieser Information Purzelbäume schlugen, während sie blitzschnell jeden einzelnen Moment mit Aidan noch einmal durchging. Dann hatte er gar nicht … wollte nie …

»Verdammte Scheiße«, sagte sie. Noch nie hatte sie etwas so eklatant falsch eingeschätzt wie sein Interesse an ihr. Es gab gar kein Interesse. Nicht das geringste. Lediglich eine Übertragung wie aus dem Lehrbuch und das Mitleid eines Mannes, dem sie vollkommen egal war, der nur seine Arbeit tat. Ihr Gesicht brannte vor Scham bei der Vorstellung, was er wohl von ihr dachte. »Was hast du ihm erzählt?« Ihre Stimme überschlug sich hysterisch.

»Nicht, was du denkst, Bianca. Nur, dass du plötzlich zurückgekommen bist und irgendwie verletzt zu sein scheinst und dass du vielleicht jemanden zum Reden brauchst. Keinen aus der Familie.« Dieser letzte Satz klang melancholisch, traurig zustimmend lächelte er den Boden an. Bean drehte sich weg und marschierte los, die Scham drückte so schwer auf ihre Schultern, dass sie schmerzten.

Vor dem Postamt zog sie den Umschlag aus ihrer Handtasche,

 öffnete die Briefkastenklappe, schob ihn hinein, hörte das Rascheln von Papier auf Papier, als er fiel. All ihr gesammeltes Geld – aus der Bibliotheksarbeit, dem Verkauf des vermaledeiten Autos und der glitzernden Kinkerlitzchen ihres Lebens in der Stadt. Der Gedanke an eine Rückkehr hatte sich nun erledigt. Sie besaß gar nicht mehr die Garderobe dafür.

Unser Vater hatte sie eingeholt, und einen Moment lang starrten beide in den finsteren Briefkastenschlund. »Das Leben in Barnwell ist gar nicht so übel. Ich weiß, dass du immer mehr wolltest, aber ich weiß nicht, was du denn so verzweifelt suchst und hier nicht findest.« Bean ließ die Briefkastenklappe zufallen, und sie setzten ihren Weg fort. »Weißt du eigentlich, dass du am frühesten laufen konntest? Rose konnte so gut krabbeln, dass sie ewig lange brauchte, um sich zum Laufen zu entschließen. Und Cordy ließ sich am liebsten herumtragen. Aber du, du bist aus dem Liegen sofort mit Volldampf ins Laufen gestartet. Ich muss jedes Mal daran denken, wenn ich den *Sommernachtstraum* lese. *Mein Fuß vernimmt nicht der Begier Gebot*«.

Sie näherten sich der Bibliothek. Unser Vater, der außen ging, duckte sich unter einer Ulme, die ihre belaubten Äste über den Gehweg wölbte, als verbeugte sie sich. »Wenn du dich inmitten all dieser Menschen einsam gefühlt hast, Bianca, dann lass diese Menschen doch einfach ziehen. Die Fragen, die es zu stellen gilt, lauten: Was kann dich zufrieden machen? Was würde dir inneren Frieden schenken? Und vielleicht findest du die Antworten darauf, wenn du dich fragst, wann du zum letzten Mal glücklich warst.

Die Stadt, dein brennendes Verlangen nach Freiheit, was haben sie dir gebracht? *Klang und Wut, / Das nichts bedeutet*. Du magst mich für einen dummen alten Mann halten, der nicht mehr ganz bei Trost ist, aber deine Mutter und ich, wir haben uns für dieses Leben entschieden und es niemals bereut. *Ich verdiene, was ich esse, erwerbe, was ich trage, hasse keinen Menschen, beneide niemandes Glück, freue mich über andrer Leute Wohlergehn*. Wir werden dich nicht zurückhalten, Bianca, aber wir möchten, dass du glücklich wirst.«

Seine dramagesättigte Rede war zu Ende, und sie erreichten die breite Steintreppe der Bibliothek. Bean drehte sich zu ihrem Vater, legte eine Hand auf seinen Arm und gab ihm einen Kuss auf die Wange, und das Kitzeln seines Barts war so vertraut. »Danke, Dad«, sagte sie. Er nickte und sah ihr, die Hände immer noch in den Hosentaschen, die Schultern nach vorne geneigt, nach, als sie hineinging. Dann ging er weiter, den Blick himmelwärts gerichtet, und Bean sah ihm ihrerseits nach. Sie hätte ihn gerne gehasst, weil er Aidan gebeten hatte, sich ihrer anzunehmen, und weil er sie zu einem Pechvogel gemacht hatte, statt ihre Schönheit hervorzuheben. Doch so schwer es ihr fiel, das zuzugeben, sie wusste, er hatte es aus Liebe getan.

Und da kam ihr eine bittere Erkenntnis: Eines Tages würde er nicht mehr da sein. Seine unergründlichen Zitate, seine postalischen Sendschreiben, seine unmodische Kleidung, das schützende Netz, das er und unsere Mutter um sich gewoben hatten – all das würde dahin sein, und uns bliebe nur die Erinnerung an sein nachdenkliches Lächeln, seine Distanziertheit und seine lebenslange Arbeit, die wohl am ehesten einen Mann anging, der seit vierhundert Jahren tot war. Sie ließ die Tür hinter sich ins Schloss fallen, lehnte den Kopf an die Scheibe und betete.

Zweiundzwanzig

Aus New York war keine Antwort gekommen, doch den Scheck hatten sie eingelöst. Bean wusste nicht, was sie eigentlich erwartet hatte. Ein Dankeschön für etwas, das ohnehin ihnen gehörte? Vorwürfe wegen der Summe, die sie ihnen noch schuldete?

Sie hatte geglaubt, die Ratenzahlung würde es einfacher machen, doch ihre Verachtung sich selbst gegenüber war nur noch gestiegen. Abends ging sie joggen. Sie wartete, bis die Hitze des Tages nachließ, bis es dunkel wurde und sie von einer Straßenlaterne zur nächsten mehrere Straßenzüge an dunklen Häusern entlanglaufen konnte. Hin und wieder begegnete sie Kindern, die auf einer Wiese spielten, Glühwürmchen nachjagten oder im Schatten der Bäume Verstecken spielten, dann wechselte sie die Straßenseite. Hunde wurden ausgeführt, und Bean nickte ihren Haltern keuchend zu, als wäre sie eine Naturgewalt, die unablässig vorwärtsgepeitscht wurde und unmöglich für einen Schwatz anhalten konnte. Sie rannte, bis sie schweißüberströmt war und ein kaltes Rinnsal über ihren Rücken sickerte, wenn sie ihren Zopf ausdrückte. Sie lief, bis ihre Beine bei jedem Schritt aufschrien, erst dann machte sie kehrt und rannte wieder nach Hause.

Das Laufen war ihre einzige Möglichkeit zu vergessen. In New York hatte es stets genügend Ablenkung gegeben. Immer neue Menschen, immer neue Orte. New York war ideal, um alles Dunkle in ihr wegzuschieben. Doch hier gab es kein Entrinnen. Sie rannte und rannte und versuchte verzweifelt, zwischen Herz und Kopf Distanz einzuziehen, nicht mehr an Edward und Lila zu denken, an die unzähligen Male, in denen sie sich vor Aidan lächerlich gemacht hatte, einem Mann, der kein bisschen an ihr interessiert war, den sie kein bisschen kannte.

In den Schweiß auf ihrem Gesicht mischten sich Tränen. Jeder stampfende Schritt war ein Schuldspruch, ein Navigationsgerät, das sie zu all dem führte, was sie verloren hatte – ihr Leben in New York, ihre Selbstachtung, ihre Arbeit, die Möglichkeit, eine Zukunft für sich zu entwerfen. Im Augenblick sah sie gar nichts. Früher hatte es so ausgesehen, als täten sich Millionen von Möglichkeiten vor ihr auf, tausend unbeschrittene Wege, die vor ihr lagen und bis weit in die Zukunft reichten. Heute jedoch gab es nur einen einzigen Weg, und der führte stur geradeaus. Doch er jagte ihr Angst ein, denn wenn sie ihn gehen würde, könnte sie nicht länger die Augen vor der Tatsache verschließen, dass sie geradezu entsetzlich normal war.

Eines Abends, als sie mit stampfenden Schritten nach Hause rannte – ihre Füße schrien nach Linderung –, stieß sie buchstäblich mit Aidan zusammen. Er war der Letzte, dem sie hätte begegnen wollen.

Sie waren nur wenige Straßen von der Kirche entfernt, und er schlenderte, die Hände in den Hosentaschen, langsam durch die dunkler werdenden Straßen Richtung St. Markus. Ihr Kopf knallte gegen seine Brust, sie knickte um, und er packte sie an den Schultern, um sowohl sich als auch sie auf den Beinen zu halten.

»Bianca?«, fragte er. »Ist alles in Ordnung?«

Sie hob den Kopf und sah ihn an. Wie der große Regisseur des Lebens es wollte, standen sie im Lichtschein einer Straßenlaterne, und sie wusste, ihr Gesicht war schweißüberströmt und vom Weinen verquollen. Sie war klitschnass; das Hemd klebte ihr am Rücken, und die Shorts saßen verschwitzt an ihren Oberschenkeln fest. Sie atmete schnell und hechelnd.

»Bianca?«, sagte er noch einmal, und ihr fiel auf, dass er offenbar stets ihren vollen Namen benutzte. Er klang so fremd aus seinem Mund, in dieser Stadt, wo jeder sie kannte, jeder wusste, dass sie Bean Andreas war, Bean, die stets für Ärger sorgte. »Was ist los?«

Sie blickte ihn an, sah das Gold in seinen Haaren und das Licht in seinen Augen und sagte: »Ich muss etwas beichten.« Und dann brach sie in Tränen aus, und er zog sie an sich und hielt sie fest.

 Tränen und Schweiß durchnässten sein Hemd, und ihr fiel nicht einmal auf, dass sie, nach all der Zeit, in seinen Armen lag.

In unserer Religion hat eine Beichte keinerlei Ähnlichkeit mit der filmtauglichen katholischen Version mit den kleinen Kabinen und den Sprechgittern. Sie ist nicht einmal Pflicht, da der wöchentliche Gottesdienst in entsetzlich englischer Manier schon ordentlich und praktisch einen Bußteil enthält. Doch wir wissen, dass, als Bean so weit war, Beichte das einzig passende Wort dafür war. Vielleicht handelte es sich um eine allmähliche Veränderung, vielleicht aber auch schlicht um Verzweiflung, jedenfalls verschob sich irgendetwas in ihrem Inneren, und jetzt erschienen ihr die tausend Gelegenheiten, bei denen sie etwas mit Füßen getreten hatte, das ihr eigentlich wichtig war, nicht nur unmoralisch, sondern auch wie ein grausamer Stinkefinger gegen all das Gute, das ihr in der Welt widerfahren war.

Sie gingen ins Pfarrhaus, wo es aussah wie im Haus eines alten Mannes – offenbar hatte Father Cooke bei seinem Umzug nach Arizona wenig mitgenommen, und Aidan hatte sich nicht die Mühe gemacht, das Haus neu einzurichten. Aidan verschwand in die Küche und kam mit einem Glas Eiswasser und einem Beutel Tiefkühlerbsen für ihren umgeknickten Fuß wieder – sie hätte gern gewusst, ob er das Gemüse wohl noch essen würde oder ob es nur für Sportverletzungen bestimmt war –, und sie setzten sich ins Wohnzimmer.

»Was ist los, Bianca?«, fragte er, als sie das Wasserglas geleert hatte und die Erbsenpackung ungeschickt an ihren Knöchel drückte, der bereits ziemlich geschwollen war.

Bean brach erneut in Tränen aus. Er nahm ihre Hand, und als sie sich beruhigt hatte, stand er auf. »Ich bin gleich wieder da«, sagte er und nahm ihr leeres Glas. Mit dem gefüllten Glas und einer Schachtel Papiertaschentücher kam er zurück. Er stellte beides neben ihr ab, und sie zupfte ein Taschentuch aus der Schachtel und putzte sich wenig elegant die Nase.

»Lass dir Zeit«, sagte er. »Ich habe keine Eile.« Er rückte seinen Stuhl so nah an Bean heran, dass sie einander gegenübersaßen, und nickte ihr zu.

Bean brauchte einen Moment, hatte Mühe, nach den Tränen ruhig zu atmen, versuchte sich zu sammeln. »Ich bin eine Diebin«, platzte sie schließlich heraus. »Ich bin eine Diebin und eine Lügnerin und eine Hure, und ich verdiene nicht, dass man gut zu mir ist.«

»Bean«, sagte er. Sie schluchzte jetzt und konnte ihm nicht in die Augen sehen. »Bean«, wiederholte. Er legte seine Hand auf ihren Arm. »Du bist nichts dergleichen. Du bist ein Mensch. Du hast Schwächen. Du machst Fehler. Und wenn wir Fehler machen, bereuen wir. Und wenn wir bereuen, kann uns alles vergeben werden.«

»Alles«, flüsterte sie, und es war ein Echo, keine Frage. Ihre Stimme brach, sie atmete, als lachte sie, vier zittrige Atemzüge lang. »Ich wurde gefeuert«, sagte sie. »Ich wurde gefeuert, weil ich auf meiner Arbeitsstelle Geld gestohlen habe.«

Sie erzählte ihm die ganze Geschichte. Sie weinte, wandte den Blick ab, weinte wieder. Sie hielt das Glas Wasser im Schoß und trank, wenn ihre Kehle trocken wurde. Er sagte nichts, hörte zu, nach vorne gebeugt, die Ellbogen auf die Oberschenkel gestützt, und ließ sie nicht aus den Augen. Bean konnte seinem Blick nicht länger als vier Sekunden standhalten. Sie erzählte ihm mehr als uns, sprach über die Männer, die sie verführt, die Lügen, die sie erzählt hatte, sich und anderen, und sagte, dass ihre Zukunft ihr zuzublinken schien wie Kerzen, die am Ende des Gottesdienstes gelöscht werden. Sie erzählte ihm von Dr. Manning, erzählte, wie sie in seine Arme gesunken war, weil ihr Schuldgefühl dadurch so viel erträglicher wurde, und wie bereitwillig sie seine Frau und seine Kinder vergessen und die Tatsache ignoriert hatte, dass das, was ein Vergnügen hätte sein sollen, von Mal zu Mal mehr einem Schmerz gleichkam. Sie erzählte Aidan sogar, dass sie sich gewünscht hatte, er möge sich in sie verlieben, weil sie gehofft hatte, das Gute in ihm werde das Dunkle in ihr auslöschen. Und er verurteilte sie für all das nicht. Ihr ging es mittlerweile nicht mehr darum, ihn zu beeindrucken; sie wollte sich nur von der schmerzlichen Last in ihrer Brust befreien.

»Und jetzt?«, fragte er. Sie hatte alles gesagt und lehnte sich auf ihrem Sessel zurück. Die Erbsenpackung lag beschlagen auf dem Tisch, und ihre Stimme war vom vielen Reden ganz heiser.

Bean starrte ins Leere und achtete kaum auf das Ticken der Uhr auf dem Kaminsims. »Was jetzt ist, weiß ich nicht. Jetzt versuche ich nur, nicht in diesem Sumpf zu versinken.«

»Und die Geldschulden?«

»Die zahle ich natürlich zurück. Rate für Rate, aber ich glaube nicht, dass das Geld ihnen so wichtig ist. Ich glaube, sie wollten einfach, dass ich verschwinde.« Sie nahm noch ein Taschentuch und putzte sich kräftig die Nase.

»Und die Männer?«

»Welche Männer? Ich habe nur mit einem Mann geschlafen, seit ich wieder hier bin, und das ist vorbei. Es war schon vorbei, ehe es richtig angefangen hatte. Ich kann es nicht ungeschehen machen, doch die einzige Person, die ich damit verletzt habe, wäre nur noch mehr verletzt, wenn sie es wüsste. Außerdem ist es unwahrscheinlich, dass es noch einmal vorkommt. In Barnwell bist du der einzige ungebundene Mann, den ich kenne, der nicht mit meiner kleinen Schwester schläft und, na ja …« Sie brauchte den Satz nicht zu Ende zu sprechen.

»Ich rede nicht von Möglichkeiten. Ich frage dich, was du tun wirst, wenn du wieder in Versuchung kommst.«

Bean blickte ihn beherzt an. »Aus mir wird keine wiedergeborene Jungfrau.«

Aidan lachte und lehnte sich wie sie zurück. »Das meine ich nicht. Eigentlich sollte ich dir sagen, dass vorehelicher Sex strikt verboten ist, aber ich kann auf beiden Ebenen argumentieren, der des Vorgeschriebenen und der des Wahrscheinlichen. Wirkliche Sorgen bereitet mir eher, was hinter all diesen Dingen steckt. Der

Diebstahl, die Promiskuität, die Lügen –« und oh, wie es schmerzte, ihn diese Worte aussprechen zu hören, sie auf sich angewendet zu wissen –, »sie sind alle Teil eines größeren Musters. Was ist das für ein Muster, Bean?«

»Dass ich eine Idiotin bin?«

Er sagte nichts. Sie sah ihn an, wandte den Blick wieder ab. Ihre Augen waren rot und entzündet, und sie war so müde, dass ihre Knochen schmerzten. Ihr Knöchel pochte, ihr Magen tat weh. »Kann ich noch ein Glas Wasser haben?«

Er nickte, nahm das Glas und ging durch den Türbogen, der ins Esszimmer führte. Bean lehnte den Kopf an die Rückenlehne ihres Sessels und atmete aus, lang und langsam. Aidan kam zurück, stellte das Glas vor sie hin, und sie nippte vorsichtig daran. Er wartete schweigend.

»Rose war schon immer die Klügste. Sie kann alles. Sie kann total unmöglich sein, und alles muss immer perfekt sein, aber sie kriegt es hin, deshalb spielt es keine Rolle. Sie hat einen Doktortitel. Sie hat diesen perfekten Verlobten. Sie kann vor Menschen sprechen und über lauter Dinge reden, die ich in tausend Jahre nicht verstehen werde, und sie gibt mir ständig das Gefühl, ich sei dumm. Und Cordy … alle lieben sie. Sie ist flatterhaft und schmeißt das College und zieht jahrelang als Rucksacktouristin durch die Gegend, und alle sagen, ›Toll! Sie ist so abenteuerlustig.‹ Dann kommt sie nach Hause, ist schwanger und weiß nicht einmal, wer der Vater ist, und Dan verliebt sich in sie, und alle können es kaum erwarten, die Geburt zu feiern. Sie ist der Liebling von allen.«

Einen Moment lang wirkte Aidan verwirrt. »Aber es geht hier um dich, Bean. Wir reden nicht über Rose und Cordy.«

»Aber verstehst du denn nicht?« Bean warf die Hände in die Luft und beugte sich vor. »Mich gibt es nicht. Es gibt nur Rose und Cordy. Ich bin nur so etwas wie diese Buckel auf der Straße, die zum Langsamfahren zwingen, weil ich immerzu alles vermassle. Ich bin weder so klug wie Rose noch so süß wie Cordy: Ich habe keinen Freibrief. Mir schmeißt niemand eine Party.«

Aidan überdachte dies kurz. »Wenn Rose also die Kluge ist und Cordy die Süße, wer bist dann du?«

»Ich bin nichts.«

Aidan sah sie an und runzelte die Stirn. Kampflustig erwiderte Bean seinen Blick. Er lehnte sich in seinem Sessel zurück und sah aus dem Fenster, wo außer ihren beiden Spiegelbildern ein schmales Stück nächtlichen Dunkels zu sehen war. Als er wieder zum Sprechen ansetzte, wandte er nicht den Kopf, sondern starrte weiter aus dem Fenster, als läse er in einer Kristallkugel.

»Wir alle haben Geschichten, die wir uns selbst erzählen. Wir sagen, wir seien zu dick, zu hässlich, zu alt oder zu dumm. Wir erzählen uns diese Geschichten, weil sie uns erlauben, unser Tun zu entschuldigen, und sie erlauben uns, die Verantwortung für unser Handeln abzuschieben – vielleicht an etwas, über das wir die Kontrolle haben, aber mit Entscheidungen, die wir einmal getroffen haben, soll es auf keinen Fall zu tun haben.«

Er beugte sich vor, und Bean, die sich abgewandt hatte, suchte unwillkürlich wieder seinen Blick. »Deine Geschichte, Bean, ist die Geschichte deiner Schwestern. Und ich finde, es ist höchste Zeit, dass du aufhörst, diese Geschichte zu erzählen, und anfängst, deine eigene zu erzählen. Hör auf, dich über sie zu definieren. Dein Leben hat nicht in den Leerstellen stattzufinden, die sie dir lassen. Es gibt Zeiten in unserem Leben, da müssen wir feststellen, dass unsere Vergangenheit ist, wie sie ist und dass wir nichts daran ändern können. Aber wir können die Geschichte verändern, die wir uns darüber erzählen, und indem wir das tun, können wir die Zukunft verändern.«

Auf dem Sofa knetete Bean ihre Hände im Schoß und fing wieder an zu weinen.

»Du hättest mich heute Abend nicht gefragt, ob du mit mir reden kannst, wenn du nicht den Wunsch hättest, deine Geschichte zu ändern, Bean. Wie wird sie also lauten?« Er hielt ihr seine geöffneten Hände hin.

Es dauerte sehr lange, bis Bean sie ergriff.

Als unsere Mutter aus dem Krankenhaus kam, brachten wir sie sofort ins Bett. Wir wechselten ihre Druckverbände, massierten ihr Arme und Beine, machten die Übungen mit ihr, die man uns gezeigt hatte. Die Bestrahlung war vorbei, und sie bekam weniger Medikamente, und wir versuchten vergeblich, wieder gutzumachen, dass wir sie, viel zu sehr mit uns selbst beschäftigt, beinahe verloren hätten.

Nach ein, zwei Wochen des Rundum-Umsorgtwerdens reichte es unserer Mutter. Eines Tages stand sie auf, erledigte ihre Übungen allein, bat Cordy, ihr beim Duschen zu helfen, und stakste anschließend in die Küche hinunter, wo sie zusammen mit Cordy Brot zu backen begann, als handelte es sich um eine olympische Disziplin.

Die beiden verwandelten die Küche in ihre Werkstatt. Auf allen möglichen und einigen unmöglichen Flächen standen Schüsseln mit aufgehendem Teig und abkühlende Brote. Die Klimaanlage kam kaum gegen die Hitze aus dem Backofen an, und in der reglosen Luft legte sich der Geruch von Hefe und Bitterschokolade wie ein dicker Film auf unsere Haut. Unsere Mutter hatte ihr Geschmacksempfinden und ihren Appetit endlich wiedergewonnen, und Cordy war ohnehin immer hungrig. Beide waren in einem Schaffensrausch, testeten, verglichen, probierten Kombinationen und Rezepte aus und waren begeistert von ihren neuen Entdeckungen.

Bean ging in der Küche ein und aus und beschwerte sich, sie hätten vor, sie zu mästen, nahm aber gern die satt dampfenden Scheiben, die sie ihr zum Kosten gaben. Im Wohnzimmer war es kühler, weshalb sie sich dorthin zurückzog, bis die Düfte sie mitten in einem Kapitel erneut in Versuchung führten und sie sich nicht mehr konzentrieren konnte.

Mit völlig verklebten Händen knetete Cordy gerade einen schweren Lebkuchenteig, als sie plötzlich innehielt und die Hand auf ihren Bauch legte, was auf ihrem Hemd ein Mehlmuster hinterließ. »Mom«, sagte sie.

Unsere Mutter, die eine Glasur zubereitete und mit ihrer guten Hand fachmännisch den Schneebesen in der Schüssel kreisen ließ, um den Zucker zu süßem Schaum zu schlagen, fragte ohne aufzusehen: »Was ist?«

»Glaubst du, dass ich eine gute Mutter sein werde?«, fragte Cordy. Sie drückte den Lebkuchenteig in die Form und prüfte den Backofen. Wieder flatterten ihre Hände zu ihrem Bauch.

»Du wirst bestimmt eine ausgezeichnete Mutter.« Sie goss die Glasur über den Gugelhupf, der auf einem Stück Alufolie stand, und sah zu, wie sie an den Seiten in kunstvollen Fäden hinuntertropfte.

»Du hältst mich nicht für zu verantwortungslos?« Cordys Mundwinkel sackten herab, ihre Augen umschatteten sich.

Unsere Mutter stellte die Schüssel ab und stemmte die Hände in die Hüften. »Ach, Cordy, es ist so schwer für uns. Du bist unser Baby – das Baby von uns allen. Dein Vater und ich – wir schauen uns euch Mädchen an und sehen nicht die Erwachsenen. Wir sehen die Kinder, die wegen Bauchweh durchwachten Nächte, die wackligen Zähne, die aufgeschürften Knie, die selbstgebastelten Karten. Und in deinem Fall ist es vermutlich noch schwerer, denn du bist ja auch noch Roses und Beans Baby.« Sie schüttelte den Kopf und trug die Schüssel zum Ausguss. Klappernd gesellte sie sich zu dem schmutzigen Geschirr, das sich danach wieder zurechtschob wie Sand auf einem Teichgrund.

»Aber es stimmt doch.« Cordy blickte sich mit hilflos ausgebreiteten Armen in der Küche um. »Ich habe mein ganzes Leben versaut.«

»Das hat Rose behauptet.«

»Unsinn. Rose würde niemals ›versaut‹ sagen«, erklärte Bean, die gerade hereinkam und sofort den Finger in die Glasur stippte, die auf die Alufolie gelaufen war. Unsere Mutter schlug ihr beiläufig die Hand weg.

»Was glaubst du denn, wozu all diese Jahre gut waren?«, fragte unsere Mutter. »Wir kommen nicht mit fertigen Talenten aus dem

Mutterleib. Sie entwickeln sich erst aus all den Dingen, die wir lernen. Und wenn du nicht in Restaurants gearbeitet und nicht gelernt hättest, aus dem, was du gerade hattest, Mahlzeiten zu zaubern, dann wärst du nie die Köchin geworden, die du heute bist.«

»Einige werden hoch geboren, einige erwerben Hoheit, und einigen wird sie zugeworfen«, verkündete Bean. »Und einige von uns konnten sie nicht einmal mit beiden Händen finden. Aber wir überleben.«

»Ich will keine *Hoheit*«, sagte Cordy. »Du warst diejenige, die immer berühmt sein wollte. Ich möchte einfach nur glücklich sein.«

Unsere Mutter hatte uns nicht gehört; sie saß rittlings auf einem Stuhl am Küchentisch, nachdem sie einen dunklen Weizenlaib hochgenommen und zum Abkühlen auf den Kühlschrank gestellt hatte. Den Zeigefinger hatte sie ans Kinn gelegt. Klassisch. Sie war nicht mehr durchgängig erschöpft, aber immer noch schwach, und ihre Haut war blass und gleichzeitig glänzend, als hätte sie ständig Fieber. »Ich habe euch beide immer für eure Findigkeit bewundert«, sagte sie. »Ihr seid so furchtlos. Bean zieht nach New York und behauptet sich in dieser, wie ich schon immer gefunden habe, absolut ungastlichen Stadt.«

»Und du«, sagte Bean und nickte Cordy zu, »du hast dein Leben all diese Jahre nur mit Hilfe deiner Hände und deiner Intelligenz bestritten. Ich hätte das nie geschafft.«

»Ich auch nicht«, sagte unsere Mutter kopfschüttelnd.

Cordy hatte diese Jahre nie als eigene Leistung betrachtet. Früher, als ihr alles noch berauschend und romantisch vorgekommen war, hatte sie sich zwar für eine Art Pionierin gehalten, die unbekanntes Terrain erschloss und mit jedem neuen Menschen, der ihr begegnete, jeder neuen Geschichte, die sie hörte, den eigenen Horizont erweiterte, doch sie hatte nie gefunden, dass ihr das tatsächlich geglückt war. Das nun aus Beans Mund zu hören, war umso überraschender.

»Und deshalb wirst du auch eine gute Mutter sein«, sagte Bean und nickte, als wüsste sie, wovon sie sprach. »Denn du bist eine Kämpferin, Cordy. Du wirst tun, was getan werden muss.«

»Daddy denkt das nicht«, sagte Cordy traurig.

Unsere Mutter tat diesen Gedanken ab, als wischte sie sich eine Locke aus der Stirn. »Es geht ihm nicht um deine Fähigkeiten, Cordy. Dein Vater macht sich einfach Sorgen. Er möchte nicht, dass es schwer für dich wird.«

»Genau das hat er zu mir gesagt«, erklärte Bean. »Er würde nicht verstehen, warum wir es uns immer so schwer machten. Warum wir uns immer den schwierigeren Weg aussuchten.«

»Und am Ende gar nichts tun«, sagte Cordy. »Mit Ausnahme von Rose.«

Unsere Mutter schüttelte den Kopf. »Wer sagt das denn? Ihr Mädchen seid doch alle gleich. Ich weiß nicht, was wir getan haben, dass ihr meint, mit dreißig müsstet ihr Meister eures Fachs sein.«

Sie wusste es ja vielleicht wirklich nicht, aber wir schon. Die Vorstellung entsprang dem Leben im Schatten unseres Vaters, in dieser sehr überschaubaren Gemeinde, wo nur das geistige Leben zählte und die größten Berühmtheiten nicht solche der Leinwand oder der Weltbühne waren, sondern die hinterm Vortragspult und in den Fußnoten von Zeitschriften.

»Eigentlich möchte ich gar keine Meisterin meines Fachs sein«, stellte Bean fest. »Aber auch nicht nur komplette Scheiße bauen.«

An dieser Stelle erwarteten wir einen Tadel unserer Mutter wegen Beans Ausdrucksweise, doch der kam nicht. Sie lächelte nur nachsichtig und sagte: »Ach, Liebes, wir bauen alle mal Scheiße, jeder auf seine Art«, worüber Cordy so heftig lachen musste, dass sie sich in ein Mehlhäufchen auf den Boden setzte, worauf wiederum Bean derart loslachte, dass ihr die Tränen kamen und wir uns nur noch wünschten, Rose wäre da, um das alles zu sehen.

Dreiundzwanzig

In der Bibliothek wuchtete Bean einen schweren Bildschirm auf den Ausgabetisch. Mrs. Landriges Utensilien hatte sie samt und sonders beiseite geräumt: Briefmarkenschwämme, den Stempel mit den winzigen verstellbaren Ziffern, Bleistifte, die vom vielen Anspitzen nur noch Stummel waren und, oh, Papier, Papier, Papier.

Als erste Amtshandlung als offiziell ernannte, inthronisierte und bestallte Bibliothekarin der Stadtbibliothek Barnwell (Chefin in allen Bibliotheksbelangen, wie Cordy sie nannte) hatte sie die elektronische Umstellung des Systems verlangt. Zu ihrer Überraschung waren die ehrwürdigen Stadtväter nicht nur einverstanden, sondern hatten sogar schon vor Jahren das Geld dafür beiseitegelegt und auf die technologische Erleuchtung der eher maschinenstürmerischen Mrs. Landrige gewartet. Die natürlich nie erfolgt war. Und so stand dieser Fonds bereit, und Bean brauchte nur darum zu bitten, und siehe da, sie erhielt ihn.

Sie hatte gerade sämtliche Kabel eingestöpselt, kroch unter ihrem Schreibtisch hervor und wischte sich den Staub von den brennenden Knien, als die Tür aufging und Aidan hereinkam. »Madame Bibliothekarin«, begrüßte er sie und nickte dazu.

»Father Aidan«, erwiderte sie mit bemerkenswert schlechtem irischem Akzent. Er zuckte zusammen und blinzelte. »Was können wir heute für Sie tun?«

»Ich brauche nur einen ruhigen Platz zum Arbeiten«, erklärte er.

»Wieder mal alles bis zum Samstag verschleppt?«

»Nein, nur die übliche Verschleppung über die Woche, was den Notfall samstäglicher Arbeitsmoral zur Folge hat. Apropos, kann ich nächsten Samstag mit dir rechnen?«

»Klar. Was werden wir machen?«

»Wir fahren nach Columbus und helfen in der städtischen Essensausgabe. Dosen stapeln, Lebensmittel verteilen. Ruhmreiche Arbeit und bestimmt von den besten Paparazzi begleitet.«

»Wie könnte ich da nein sagen?« Bean schüttelte ihre Mähne und warf sich in Pose.

»Ich rufe dich an, um die Details abzusprechen. Wird Rose wieder da sein? Wir könnten gut noch mehr Leute gebrauchen.«

»Möglich. Aber ich bin mir ziemlich sicher, dass sie dann die meiste Zeit packen wird.« Bean bückte sich, drückte auf einen Knopf, und der Computer wurde surrend lebendig.

»Sie geht also tatsächlich?«

»Ja. Komisch, nicht? Dass sie in ein Jetset-Leben aufbricht und ich vertraglich zur Knechtschaft in Barnwell verdonnert bin.«

»England wird ihr guttun«, sagte Aidan. Er lehnte sich an die Theke, Bücher und Papiere mit seinen schlanken Fingern an die Hüfte gedrückt. »Es wird wirklich allerhöchste Zeit, dass sie aus diesem Kaff rauskommt. Und dir wird Barnwell guttun. Du wirst sehen.«

»Gewiss«, sagte Bean mit einem knappen Nicken.

»Dann sehe ich dich also morgen beim Gottesdienst?«, fragte Aidan. Er stieß sich von der Theke ab und blieb einen Moment so stehen.

»Ich würde ihn um nichts in der Welt verpassen wollen«, erwiderte Bean. Er lächelte und schlenderte zu den Lesenischen weiter hinten, wo er sich an seine Arbeit setzte. Sie blickte ihm nach, sah seinen lässig schwingenden Gang, das lose fallende T-Shirt über seinen schmalen Schultern.

Sie wollte ihn nicht. Hatte sie ihn je gewollt? Es ist so einfach, auf eine Liebe zurückzublicken, wenn sie vorbei ist, und zu glauben, es hätte sie nie gegeben. Doch da waren keine unguten Reste eines Desasters, die eine einst leidenschaftliche Affäre in ein hässliches Licht hätten tauchen können. Da war nur die Welt, in die Bean zurückgekehrt war, eine Welt der Wahrheit, der Tatsachen und Konsequenzen, und auch wenn wenig Aufregendes in ihr geschah, so gab es doch auch keine versteckten Bedrohungen, keine Angst vor Entdeckung und Bloßstellung. Und in dieser friedlichen Atmosphäre begann Bean mit großem Ernst, das, was sie sich erträumt hatte, gegen das, was war, aufzurechnen.

Aidan war kein Märchenprinz. Gequält von ihren Sünden und nicht fähig, irgendwo Absolution zu finden, hatte Bean Aidans Zuwendung so gedeutet, wie sie es gewohnt war. Und inzwischen wusste sie, dass Aidan, anders als unser Vater es gewollt hatte, eine Freundin in ihr sah und sie gern zu seiner Herde zählte. Und was vielleicht das Unglaublichste war, er behandelte sie jetzt, wo er alles von ihr wusste, nicht als minderwertigen Menschen. In gewisser Weise hatte er vielleicht gespürt, was sie wirklich brauchte, und dafür liebte sie ihn mehr, als sie ihn als Partner je hätte lieben können.

Außerdem wäre sie in einer Beziehung ohne Sex gestorben.

Gedankenverloren mischte sie ein paar fällige Ausleihkarten und sah durch die Eingangstür hinaus auf die Baumgruppe jenseits des Gehwegs, wo ihr Vater ihr aus *Wie es euch gefällt* zitiert hatte. Eigentlich Roses Stück, aber egal. *Ich verdiene, was ich esse, erwerbe, was ich trage, hasse keinen Menschen, beneide niemandes Glück, freue mich über andrer Leute Wohlergehn.* Die Worte des armen Schäfers, der wegen seiner Einfältigkeit verspottet wird. Für sie beschrieb das Barney, und sie hatte den Clown gespielt und Sünde gesucht, wo es keine gab. Das Leben in Barney hatte uns alle so ungeheuer beeinflusst: Rose, die immerzu dessen Trost suchte, ein Baby, das an der Brust nuckelte; Cordy und Bean, die gegen dessen Trägheit ankämpften und überzeugt waren, dass das Geheimnis des Lebens gleich hinter dem nächsten Hügel lag, hinter dem nächsten Taxistand, wo Abgase träge in die Luft stiegen. Doch wohin hatte sie uns geführt, diese Prägung durch unseren Geburtsort? Wir waren immer noch dieselben Menschen, und Cordy und Bean, die es am wenigsten gewollt hatten, waren wieder zu Hause im heimischen Nest.

Bean setzte sich an den Schreibtisch und zog die lange Katalogschublade zu sich heran. Sie konnte Barney nicht ändern, das wusste sie. Der Austausch dieser Schublade aus hellem Holz gegen den binären Code eines Computers war lediglich eine kosmetische Maßnahme und würde das Wesen der Stadt nicht verändern – die *kriecht so mit kleinem Schritt von Tag zu Tag, / Zur letzten Silb' auf unserm Lebensblatt* –, doch ihren Platz darin konnte sie verändern. Sie konnte ihr ihren Stempel aufdrücken, bei Gott und den Menschen ihre Schulden begleichen, und eines Tages würde sie den Teil in ihr, der Barney war und der ihr inzwischen keinen Schrecken mehr einjagte, sondern Halt gab, akzeptieren und damit in die Welt hinausziehen, und dieses Mal würde sie nicht versagen.

Wie Bean vorhergesehen hatte, galt Roses einziger Gedanke nach ihrer Rückkehr ihrer baldigen Abreise. Wenige Monate zuvor, als sie mit ihren Habseligkeiten wieder in unser Elternhaus gezogen war, hatte sie auf dem Boden gekniet und jedes Stück beim Auspacken einzeln betrachtet. Jetzt kamen ihr diese Dinge anders vor, beschwerlicher, weniger wichtig. Sie brauchte nur wenig: Kleidung, Aufzeichnungen für die Artikel, die sie schreiben wollte. Gute Wanderschuhe (doch Rose hatte natürlich gar keine anderen). Merkwürdig, wie unwichtig ihr das alles nun erschien. Was persönlichen Besitz anging, war Rose immer die Schlimmste von uns gewesen; allerdings waren wir ihr auch dankbar dafür, wenn wir uns die Alben ansehen wollten, die sie von unseren Familienausflügen zusammengestellt hatte, oder die Schuhkartons voller alter Aufsätze, Notizen und Kunstprojekte. Jetzt war sie wie Cordy und wollte sich mit nichts weiter belasten als ihrem Rucksack. Als sie ihren Kündigungsbrief abgeschickt hatte, der elegant und in höflichster Manier mitteilte, die Columbus University könne die Stelle nehmen und sich sonst wohin stecken, fiel plötzlich eine Last von ihren Schultern. Sie würde nie mehr in ihr schmuddeliges Büro, die grauen Seminarräume und zu den erschöpften Studenten zurückkehren müssen. Nie mehr würde die Lethargie, unter der sie litt, seit sie ihren Fuß auf diesen Campus gesetzt hatte, sie mit ihren Tentakeln umschlingen; und vielleicht würde sie sogar – welch verwegener Gedanke! – ohne diese Stelle glücklicher sein.

Cordy lag derweil auf Roses Bett unter ein paar ausrangierten Kleidungsstücken, mit denen Rose sie zugedeckt hatte, als sie sich weigerte aufzustehen. So war sie schon immer, unsere Cordy, sie wollte unbedingt mitten im Geschehen sein, zusehen, wenn wir uns zum Ausgehen fertig machten, oder uns danach sogar folgen. In Teenagerzeiten war uns das auf die Nerven gegangen, doch heute hatte es etwas Tröstliches, auch wenn Rose sich durchaus über Cordys Trägheit beschwerte und darüber, dass sie die Kleider zerknitterte.

»Du meinst die Kleider, die eingelagert werden?«, fragte Cordy und rollte sich absichtlich auf ein Hemd, das von ihrer Hüfte heruntergerutscht war, und zerdrückte es unter ihrem stetig wachsenden Hinterteil. Oh, die Freuden unseres Stoffwechsels und der Schwangerschaft.

Rose zerrte das Hemd unter Cordy hervor und schüttelte es aus. »Ja, die. Außer du erbietest dich, sie alle für mich zu bügeln, wenn ich zurückkomme.«

»Du kommst nicht zurück«, sagte Cordy und kniff die Augen zu, als habe sie das gar nicht sagen wollen.

»Sei doch nicht albern. An Weihnachten komme ich wieder zurück, und dann im August und wann immer Mom mich braucht.« Mit einer geübten Drehung des Handgelenks schüttelte sie eine Hose zurecht und rollte sie zu einer strammen Wurst zusammen, die sie zwischen die übrige Kleidung in ihren Koffer quetschte. Sie griff nach einem Wintermantel, betrachtete nachdenklich die Länge und entschied sich für einen anderen.

»Aber nicht hierher. Nicht nach Barney.«

Rose hielt inne und starrte Cordy an, die das derart kühl und entschieden sagte, dass es sie ein wenig fröstelte. »Woher weißt du das?«

»Ich weiß es einfach«, sagte Cordy und fing an zu kichern. *»Nimm vor des Märzen Idus dich in acht!«*

»Möglich wäre es«, meinte Rose und setzte sich auf die Bettkante, um in ein Paar Schuhe zu schlüpfen. »Aber ich glaube, nach einer Weile werde ich ganz schön Heimweh kriegen.«

»Vielleicht«, sagte Cordy. Sie langte nach der Flasche Körperlotion auf Roses Nachttisch, drückte sich etwas davon in die Hand und verrieb es. »Ich hatte eigentlich nie richtig Heimweh.«

»Du bist anders als ich«, sagte Rose.

Cordy betrachtete sie wie ein vorwitziges Eichhörnchen. »Sei doch nicht albern. Ich bin genau wie du. Wir sind nämlich alle ganz genau gleich.«

»Schon. Insofern, als wir alle grundverschieden sind. Rück mal zur Seite«, sagte Rose und gab Cordys Bein einen Stups. Cordy bewegte sich bereitwillig von einer Reihe säuberlich aufgerollter Unterwäsche herunter. Rose nahm die Bündel und stopfte damit die Lücken an den Kofferwänden aus.

»Nein, insofern, als wir alle gleich sind. Wir alle wollen das, was Mom und Dad haben. Wir alle wollen die Favoritin sein, die Meistgeliebte, der Star in unserem eigenen Film. Und wir alle wollen für uns etwas Besseres als Barney, aber das wird uns nicht gelingen.« Sie hielt einen Moment inne und starrte nachdenklich an die Decke. »Nicht dass das so schlimm wäre. Barney ist gar nicht so übel.«

»Das sage ich dir schon seit Jahren«, sagte Rose.

»Du sagst uns das seit Jahren, weil du Angst hattest wegzugehen, weil du dachtest, wir würden dich vergessen oder könnten ohne dich zurechtkommen, und was würde dann aus dir? Du würdest die einzige Rolle verlieren, die du jemals hattest.« Cordy stellte die Lotion wieder auf den Nachttisch und drehte den Kopf, um Rose ins Gesicht zu schauen.

Rose starrte unsere jüngste Schwester an. *»Du mein Orakel und Prophet«*, sagte sie schließlich. Seit wann zum Teufel war Cordy so weise?

»Die Jahre auf der Straße haben mir eine Menge beigebracht«, sagte Cordy, als hätte sie gehört, was Rose dachte.

So ist das mit den Gedanken von Schwestern.

Epilog

Heiligabend schneite es. Ein leichtes Rieseln, das morgens einsetzte und den ganzen Tag über andauerte, Gewisper von Schneeflocken, das Zauber versprach und die Bäume in stille Schönheit hüllte. Wir blieben so lange im Haus, bis die Eisblumen an den Fenstern und die Verheißung kalten Schnees auf unserer Haut uns endlich doch hinauslockten. Es war so viel Schnee gefallen, dass die Kinder zum Wilson's Hill gehen konnten; wir hörten ihr Gekreische, als sie mit dem Schlitten den sanften Abhang hinunterfuhren, der uns einst so hoch vorgekommen war.

»Komm, wir gehen in den Wald«, sagte Cordy und marschierte los, so dass uns nichts anderes übrig blieb, als ihr zu folgen. Das Baby war zu früh gekommen, oder die Ärzte hatten sich verrechnet (unsere Mutter versicherte uns, dass das möglich war, auch Cordy war beinahe einen Monat später als erwartet geboren), und Cordy genoss ihre neue Beweglichkeit. Mit leichten, schnellen Schritten lief sie durch den höher werdenden Schnee, und wir traten in ihre Fußstapfen und vergrößerten sie.

Rose und Jonathan würden in einer Woche heiraten, eine kleine Feier und ein kleiner Empfang, Gottesdienst in St. Markus, Empfang in einem Restaurant. Eine Hochzeit im Barnwell College war Rose mittlerweile unpassend erschienen, wie eine falsche Rückkehr in die Vergangenheit. Bean hatte das Kleid ausgesucht – ein tiefes Mitternachtsblau, das Roses Augen zum Leuchten brachte und ihren zarten Porzellanteint betonte. Bei der Anprobe hatte Rose sich vor dem Spiegel gedreht und gewendet, teils aus Verwunderung über ihre eigene Schönheit, teils, weil es bei jeder Bewegung so herrlich raschelte. Alle anderen würden das Ende des alten und das Heraufziehen des neuen Jahres feiern, und wir würden unsere Schwester feiern und den Mann, der im Wald von Arden ihr Herz erobert hatte.

»Bist du nervös?«, fragte Bean. Sie stieg über einen heruntergefallenen Ast, auf dem noch das Moos durch die Schneedecke zu erkennen war, verbrannt und braun.

»Überhaupt nicht«, sagte Rose. Sie lächelte mit strahlend weißen Zähnen im kalten, rosigen Apfelbäckchengesicht. »Komisch, nicht? Eigentlich sollte ich es doch.«

»Nicht unbedingt. Nicht, wenn du genau weißt, was du tust.«

»Ich bin mir absolut sicher«, sagte Rose. Und wir hatten das Gefühl, sie meinte damit nicht nur ihre Beziehung zu Jonathan. Sie war größer und stolzer aus England zurückgekommen, in eine Aura der Stärke gehüllt wie in parfümiertes Öl. Ein Artikel von ihr war zur Veröffentlichung angenommen worden. Nach der Feier würde die Hochzeitsreise sie nach Westen führen, dorthin, wo die Berge ins Meer übergingen, und sie würden Universitäten und Colleges besuchen, die vielleicht in Frage kamen, wenn sie aus England zurückkehrten. Doch das Einzige, was sie als feste Größe betrachteten, war ihre Liebe, und wir merkten, dass das für unsere Rose jetzt genügte.

»Oooh, schaut mal. Sie bauen die Krippe auf«, sagte Cordy und zeigte zur Kirche. Auf dem Rasen davor waren Heuballen und ein winziger Schuppen in dem Weiß zu erkennen, und Gestalten in schweren Gewändern liefen mit Kisten und Brettern hin und her. »Wisst ihr noch, wie die Kuh in der Krippe starb, und keiner hat es gemerkt?«

»Oje, wie deprimierend. Musstest du davon anfangen?«, fragte Rose.

»Ja«, sagte Cordy und stapfte in Richtung Kirche.

Auf der Vortreppe klopfte Father Aidan sich gerade den Schnee von den Stiefeln, ehe er wieder die Kirche betrat. Er hob den Arm, winkte und rief: »Kommt ihr alle heute Abend?« Solange wir denken konnten, hatten wir am Heiligen Abend den Gottesdienst bei Kerzenschein besucht. Wenn wir an St. Markus dachten, sahen wir im Geiste immer dieses Bild: das gedämpfte Licht, den glänzenden Stechpalmschmuck und überall das kräftige Rot und das wächserne Elfenbein der Kerzen, während wir – ja, selbst wir – dem Winter, dem Christkind, dem Dunkel und dem Licht gewidmete Kirchenlieder sangen.

»Das wissen Sie doch!«, sagte Cordy. Sie streckte die Hand nach ihm aus, schnippte mit den Fingern. Peng.

»Mein Gott, Cordy, du bist so peinlich«, sagte Bean.

»Dafür bin ich da«, sagte Cordy und schlenkerte mit den Armen.

Zurück nahmen wir den Weg durch die Stadt, alle Geschäfte waren dunkel und geschlossen, die altmodischen Straßenlaternen zu Ehren des dunklen Himmels bereits angezündet, sie schimmerten im Flockenwirbel doppelt so hell mit ihren Lichterketten, die um die Pfosten geschlungen waren.

»Das ist die schönste Zeit in Barney«, seufzte Rose.

»Ist Oxford zur Weihnachtszeit denn nicht schön?«, fragte Bean. Die Straßen waren menschenleer, nur ein paar schwache Fußabdrücke, die rasch von neuem Schnee zugedeckt wurden, verrieten, dass überhaupt jemand hier vorbeigekommen war. In der Ferne ahnte man das große Campusgelände, rein und unberührt.

»Nicht so wie hier«, sagte Rose. »Es ist feucht. Und es gibt diese schrecklichen Neonlampen, die die Atmosphäre kaputtmachen.«

»Das würde das Christuskind aber gar nicht mögen«, sagte Cordy, ohne eine Miene zu verziehen.

»Schlimm!«, lachte Bean.

»Ich bin froh, dass du da bist«, sagte Cordy zu Bean. »Gehst du nachher zu Matthew?« Bean hatte seit kurzem eine Beziehung mit einem alleinerziehenden Vater, der ein paar Ortschaften weiter wohnte. Er war etwas älter, und seine Kinder kamen gerade in die Pubertät, was für Bean, die weitaus lieber Make-up-Tipps austauschte als Windeln wechselte, wahrscheinlich das Beste war.

»Nein«, sagte Bean. »Er kommt heute Abend zum Gottesdienst, nachdem er die Kinder bei ihrer Mutter abgeliefert hat.«

»Oh, prima!«, sagte Cordy und klatschte in ihre behandschuhten Hände, während wir in unsere Straße einbogen. »Das ist fast, als wäre die ganze Familie versammelt. Dan kommt auch nach der Kirche vorbei. Er ist ein gottloser Heide, aber ich glaube, er hat Lust auf heißen Cidre und Weihnachtsstollen.«

Wir betraten die große weiße Fläche, unter der sich unsere Einfahrt, unser Rasen, unser Weg verbargen. Das Haus sah wunderschön aus, wie es leuchtete und funkelte, mit dem glitzernden Weihnachtsbaum im Vorderfenster und dem warmen Licht hinter allen Fensterscheiben und unseren Eltern und Jonathan als beweglichen Schatten darin.

Drinnen wartete Ariel darauf, gestillt zu werden. Sie war in allem ein Ebenbild von Cordy, von uns. Sie gehörte ganz und gar zu uns. Der Anblick ihrer winzigen, hilflosen Händchen, die in die Luft griffen, wenn Cordy sie an die Brust legte, entzückte uns, und bei jedem ihrer winzigen Atemzüge vermehrte sich das Wunder der Welt für uns um ein Tausendfaches. Der Einzige, der vielleicht noch verrückter nach ihr war, war unser Vater, der sie einfach nicht aus den Augen und seinen Armen lassen wollte, es sei denn, sie wurde gestillt. Wenn wir geglaubt hatten, dass er Cordy vorzog, dann verblasste diese Zuneigung neben der Liebe, die er Ariel entgegenbrachte; mit ihrer Geburt waren alle Konflikte zwischen ihnen beigelegt.

Drinnen verwandelte unsere Mutter, geheilt und glücklich, die Küche in eine warme Herdstelle. Dort duftete es lieblich nach dem Abendessen und verhieß uns, dass sie da sein würde, jetzt und immerdar.

Drinnen las unser Vater wohl gerade noch einmal den Weihnachtsmonolog aus *Hamlet* und bereitete die Rede vor, die er beim Abendessen halten würde.

Sie sagen, immer, wann die Jahrszeit naht,
Wo man des Heilands Ankunft feiert, singe
Die ganze Nacht durch dieser frühe Vogel;
Dann darf kein Geist umhergehn, sagen sie,
Die Nächte sind gesund, dann trifft kein Stern,
Kein Elfe faht, noch mögen Hexen zaubern:
So gnadenvoll und heilig ist die Zeit.

Drinnen der Baum, umgeben von Geschenken, von Menschen, die wir lieben. Drinnen, unsere Betten, unsere Erinnerungen, unsere Geschichte, unser Schicksal, unser Glück. Drinnen, wir drei. Die Zauberschwestern. Hand in Hand.

EXEUNT

Danksagung

Mein herzlicher Dank gilt …

Amy Einhorn (der besten Lektorin, die es je gegeben hat, und besten Freundin dazu), dass sie *Die Shakespeare-Schwestern* angenommen hat, außerdem für ihr verblüffendes Verständnis und ihre animierenden Fragen, die aus dem Manuskript einen Roman machten. Halli Melnitsky dafür, dass sie mir jede erdenkliche Frage beantwortet und mich dabei auch noch zum Lachen gebracht hat.

Ivan Held, Leigh Butler, Lance Fitzgerald, Marilyn Ducksworth, Mih-Ho Cha, Katie Grinch, Michelle Malonzo, Kate Stark, Lydia Hirt, Chris Nelson und allen anderen unglaublichen Leuten bei Amy Einhorn Books/Putnam. Ihr unermüdlicher Zuspruch und ihr Fachwissen waren unschätzbar.

Elizabeth Winick Rubinstein, der hartnäckigen Agentin und eleganten, witzigen und klugen Frau, für ihre geduldige Ruhe im Auge des Sturms – außerdem ist sie eine fantastische Führerin durch New York City. Ich bin Dir ewig dankbar, dass Du ja gesagt hast. Rebecca Strauss, Alecia Douglas und den Angestellten bei McIntosh & Otis für ihre begeisterte Unterstützung.

Meinen ersten Lesern: Dyani Galligan, Rebecca Kuhn, Lauren Wilde, Lily McGinley, Jennifer Eckstein Coon, Denice Turner und Francesca H. Redshaw. Vielen Dank, dass ihr an mich geglaubt habt.

Den ehemaligen Krebspatienten, den Onkologen und den Geburtshelfern/Frauenärzten, die sich die Zeit nahmen, meine Fragen zu beantworten: Darlene McGinley, Susan Westgate, Linda Ross, Cara Leuchtenberger und Nana Tchabo. Ihr Beitrag war ausgesprochen wertvoll. Alle noch vorhandenen Fehler stammen nur von mir.

Meinen Eltern, Bill und Cathy Brown, dafür, dass sie mich zu einer Leserin gemacht haben. Ein Geschenk, für das ich euch unendlich dankbar bin.

Den Lehrern, die mir beibrachten, wie man schreibt, und die mich ermutigt haben: Terri Rubin, Ann Scott, Cheryl Wanko und Steve Almond. Und in großer Verehrung gedenke ich der drei Professoren James Andreas, John Kelly und Don Belton, die mich und zahllose andere mit ihrer Leidenschaft und ihrem Humor inspirierten. Wir vermissen Sie und empfinden es als Ehre, Sie gekannt zu haben.

Meinen Freunden, die noch nicht genannt worden sind und mich und mein Schreiben unablässig unterstützt haben: Michele Delaney, Amanda Holender, Amy und Rob Schoen, Lissette Diez, Tammy Doll, Alan Newton, Nicole Gellar, Jennifer Chaffin, Wayne Alan Brenner, Holly Fults, Jonathan Segura, Marcela Valdes und Hanne Blank. Ich bin froh, dass ihr alle zu meinem Leben gehört.

Eine englische Affäre …

England, 1936. Die 19-jährige May Thomas ist gerade aus Barbados angekommen und tritt eine Stelle als Chauffeurin bei Sir Philip Blunt an. Dort trifft sie auf den Oxfordstudenten Julian, für den sie schon bald mehr empfindet, als ihr erlaubt ist. Zur selben Zeit hält die lebensfrohe Amerikanerin Evangeline Nettlefold Einzug bei den Blunts und sorgt auf Anhieb für jede Menge Ärger: Sie steht in engem Kontakt mit Wallis Simpson, deren Affäre mit dem König nicht nur die Skandalpresse in Alarmbereitschaft versetzt. May taucht immer tiefer ein in die Verstrickungen der gehobenen Gesellschaft und findet sich bald in einem einzigen Gefühlschaos wieder …

»*Als Mrs. Simpson den König stahl* ist witzig, romantisch und sehr detailgetreu – ein tolles Debüt von Juliet Nicolson, das man in einem Rutsch durchliest.« *Freundin*

Juliet Nicolson, Als Mrs. Simpson den König stahl. Roman. Aus dem Englischen von Hans-Christian Oeser. it 4237. 392 Seiten

NF 186/1/9.13

Es war einmal in Paris …

Paris in den 1960er Jahren. Michel, gerade erst zwölf Jahre alt geworden, taucht ein in ein ganz neues Leben: Er entdeckt die Welt der Jugend und des Rock 'n' Roll, atmet die Luft der Intellektuellen und Literaten, die mit Gitanes-Zigaretten und Sartre-Bändchen in den Cafés und auf den Boulevards eine neue Zeit diskutieren. Durch die Linse seiner Kamera fängt er die Winkel und Gassen der Stadt ein und erlebt seinen ersten Kinofilm wie eine Erweckung.
Eines Tages stößt er im Hinterzimmer eines Bistros auf den »Club der unverbesserlichen Optimisten«. Hier trifft er Menschen, die zu Freunden werden, zu Vertrauten und Begleitern. Und schließlich erlebt er seine erste große Liebe …

»Ein Buch voll ungebrochenem Optimismus. Ein wunderbarer Schmöker.« *titel-magazin.de*

Jean-Michel Guenassia, Der Club der unverbesserlichen Optimisten. Roman. Aus dem Französischen von Eva Moldenhauer. insel taschenbuch 4136. 688 Seiten

NF 139 / 1 / 3.12

Catering ins Glück

Luises Leben ist alles andere als perfekt: Im Job kommt sie nicht voran, in der Liebe will es auch nicht so recht klappen, und ihre ins Alter gekommene Mutter erlebt ihren zweiten Frühling. Richtig glücklich ist sie nur, wenn sie ihre Freunde um den Küchentisch versammelt und nach allen Regeln der Kunst bekocht. Als sie von heute auf morgen ihren Job verliert, macht sie ihre Passion zum Beruf und gründet den Catering-Service »Essen mit Freunden«. Dabei erlebt sie nicht nur kulinarische Überraschungen …

Ein spritziger und warmherziger Roman über Neuanfänge, gutes Essen und die Unvorhersehbarkeiten der Liebe.

»Mit viel Liebe erzählt, ein bisschen schnulzig, sehr kulinarisch und absolut herzerwärmend.« *Existenzielle.de*

Ilke S. Prick, Essen mit Freunden. Roman. it 4246. 253 Seiten

NF 187/1/9.13

Eine Reise in ein neues Leben – auf den Wegen, die das Schicksal lenkt …

Cherbourg, 1912. Tess, ein einfaches Nähmädchen, träumt davon, ihre eigenen Kleider zu entwerfen, prachtvolle Roben zu schneidern und eines Tages selbst zur Welt der Haute Couture zu gehören. Als sie die berühmte Modedesignerin Lady Lucile Duff Gordon auf der Titanic nach New York begleiten darf, scheinen all ihre Träume in Erfüllung zu gehen – bis das Undenkbare passiert und Tess' Leben eine ungeahnte Wendung nimmt …

Ein Koffer voller Träume ist ein hinreißender Roman über die großen Gefühle einer jungen Liebe und die atemberaubende Welt der Mode im pulsierenden New York zu Beginn des 20. Jahrhunderts.

Kate Alcott, Ein Koffer voller Träume. Roman. Aus dem Amerikanischen von Gabriele Gockel und Barbara Steckhan. insel taschenbuch 4182. 393 Seiten

NF 155/1/8.12